大鱼

有爱的青春陪伴者

莫斯卡托

是辞———著

天津出版传媒集团

天津人民出版社

图书在版编目（CIP）数据

莫斯卡托 / 是辞著. -- 天津：天津人民出版社，
2022.3
ISBN 978-7-201-17769-4

Ⅰ. ①莫… Ⅱ. ①是… Ⅲ. ①长篇小说—中国—当代
Ⅳ. ①I247.5

中国版本图书馆CIP数据核字(2021)第234644号

莫斯卡托
MOSIKATUO

是 辞著

出　　版	天津人民出版社
出版人	刘　庆
地　　址	天津市和平区西康路35号康岳大厦
邮政编码	300051
邮购电话	（022）23332469
电子信箱	reader@tjrmcbs.com
责任编辑	玮丽斯
特约编辑	雪　人
装帧设计	Insect　cain酱
责任校对	周　萍
制版印刷	长沙鸿发印务实业有限公司
经　　销	新华书店
开　　本	880毫米×1230毫米　1/32
印　　张	10
字　　数	348千字
版次印次	2022年3月第1版　2022年3月第1次印刷
定　　价	42.80元

目 录
contents

目 录

contents

"但把孟梁挂心头，便是人间好时节。"

一则"念念回响"的独家故事。

到最后手中有酒，前路有望，情人有伴，再好不过。

楔子

MOSIKATUO

2019年1月初，秦昭回学校参加高级英语考试。因为是重修，她早就提前和华教授打了招呼，所以这小半年还没进过校园。

试卷并不难，毕竟她重修的原因并不是期末考试分数过低。

恰巧赶上华教授大发慈悲去掉了听力题，秦昭特地提前交卷，怕遇上隔壁考场的孟梁。

但没想到她栽在了贪吃上。

学校对面的"遗迹串吧"，门头上挂着几十年不变的褪色匾额。秦昭如坐针毡，打算等老板烤完打好包就走，绝不多留一秒。因为今天是期末考试的最后一天，又正好是下午场，天色快要暗下来，已经有学生成群结队笑呵呵地走进来。她有些躲闪，还是怕遇到那个不想见的人。

耳机里是许美静清冷的声音，给这个冬日平添了几分寒意。

"世事无常，人生难能圆满，且莫再虚度时光……"

那声音太悲，秦昭想起自己重修这门课而导致延期毕业的原因，想起前男友陆嘉见，不由得心事重重，更别说被眼前热闹的景致一衬托。她果断关了音乐软件，把耳机线绕成一团捏在手心里。

秦昭刚起身，打算去催一下老板，迎面碰上六七个意气风发的小伙子，嘴里还念着生僻又熟悉的英文单词，看样子他们讨论的是今天的试题。

她总能第一眼看到孟梁。

孟梁也一样。

毕竟两人比其他同学多认识那么几年，太熟悉彼此了，而这家烧烤店又是秦昭在孟梁刚上大一的时候就推荐的，怎么可能忘记。

两人看到对方，却都没有开口。

率先开口的是孟梁的一个同学，绰号"中分"，他之所以得此外号，无外乎是因为21世纪了，他还执着于留那种土土丑丑的"中分"。

"学姐，你回来补考了？刚才出考场后怎么没见到你，我还跟梁子说你是不是不来了呢。他说你一定会来考试，还是他了解你。"

"中分"特别勤学好问，当初秦昭毕业论文的指导导师教他们班，秦昭每次去找导师沟通问题，十有八九会遇到"中分"。一来二去，两人说得上几句话。而孟梁的其他同学只是对秦昭略有耳闻，有几个偶然见过那么几次。

孟梁打了"中分"一下，成功地让他闭嘴。

旁边三三两两的同学都叫了声"学姐"，秦昭淡笑着点头。

"回一趟学校不容易，嘴馋打包点烧烤带回去。"秦昭解释，"你们吃你们的，我先走了。"

她笑起来的时候眼睛眯成月牙，衬得那张冷淡的脸柔和许多。

孟梁最爱看她这么笑，只是眼前的这个笑容带着尴尬，他看得出。

"中分"下意识地拉了秦昭一下，又赶忙缩回手，说道："一起吃呗，多巧啊，学姐。"

"对啊，学姐，一起吃吧，别嫌我们都是男的就行。"

"梁子，你快说句话，怎么跟不乐意似的？"

秦昭手心里的耳机线被攥得越来越紧，还不如塞进口袋，她匆匆开口道："其实我和孟梁也好久没有……"

"阿昭，一起吃吧，他们要我喝酒。"

孟梁是和秦昭装可怜来着，本想让秦昭帮他说说话挡酒，却没想到她一喝就停不下来。

孟梁酒量差，是真正的一杯倒。认识这么多年，秦昭好像还从没看过孟梁喝酒，光是看他对酒避如蛇蝎的样子，就能想象出他的酒量有多差。

有个健谈的同学和"中分"一唱一和，气氛倒也不尴尬，更何况秦昭的性格远比她那张脸看起来和善得多。

"今天这顿孟梁请，学姐你这钱付得太早了，不然算他账上。"

"是啊，梁子不喝酒，你说他吃个什么劲儿。反正也有学姐了，不然你就走吧。"

"中分"拍了拍那个不会说话的同学，还使了眼色："你是不是傻，谁走梁子也不能走啊！"

"对对对，我说错了，自罚一杯。"

"至少三杯。"

一个比一个能说，孟梁凑近秦昭低声说话，夜色朦胧之中，衬得他的声音像是在撒娇："我不走，我还要送你回家。"

秦昭斜了他一眼，冷淡地回答："谁要你送。"

后来她才得知，孟梁的工作定下了。他们大四上学期刚结束，因为下学期还有专八考试要准备，和别的专业不太相同，他们是此时就定好工作的。

"华教授亲自推荐的，是不是特有排面？"

秦昭重修的就是华教授的课，闻言默默听着，没多说话。

不多会儿，他们又开始撺掇孟梁喝酒。孟梁为人一贯随和，同学也知道他酒量不行，平时没逼迫过，此刻都说他要发达了，再加上下学期很难见面，男孩子情绪上涌时也感性得很。

看孟梁推拒困难，秦昭虚虚地把人护到身后，爽朗地开口："别欺负我弟弟了啊，我跟你们喝，到时候喝不过我可别哭。"

那一声"弟弟"叫得孟梁眼神立刻暗了下去，一众男生都知道他大学四年始终单着就为了眼前这个人，但大家不敢再多说什么，转而跟秦昭喝酒。

结果就是谁也没喝过秦昭，直说还得留点神志安全回宿舍。

而孟梁脸色沉得可怕，强撑着去付了钱，再把秦昭塞到副驾驶。

秦昭清醒得很，道："我说怎么要送我回家呢，这是买车了。"

"反正工作定下了，早买早享受。"

秦昭咽了口口水，皱眉忍下了那股恶心，拿手机输了地址给孟梁导航。

"那就赶快开车，我怕自己吐你车上。"

"酒量就这么点，还喝那么多干什么？拦都拦不住，秦昭，你可真行啊。"孟梁忍不住挖苦她。

"你不懂，我一看他们都把酒倒在杯里喝，虐菜的心思就有了，他们是不是都是南方人？大连干啤不对瓶吹。"

等了个红灯，孟梁转身把秦昭的齐肩短发拢到耳后，突兀地说道："我错了。"

"你抽风吗？"秦昭莫名觉得眼睛酸，向上翻个白眼，总觉得这次见到他，哪里有点不一样了。

"我不该故意留你。"

"孟梁，是我自己想喝，你拦不住。"接着，秦昭的话音低了许多，"我这半年，其实喝得不少。"

秦昭今天没化妆，墨绿色的围巾遮住下颌，更显得人柔弱。

很多人喝酒上脸，秦昭喝酒后脸却更白，那算不上第一眼美人的五官甚至有些寡淡，可孟梁喜欢了好久。

到了秦昭家里，孟梁才知道她刚刚那句话所言不假。

房子供暖很好，他有些热，没拿自己当外人径自走到冰箱前打算拿水喝。结果一打开冰箱门，看到冰箱里塞了不少酒，惊得他这个滴酒不沾的人下意识把门关上。

秦昭一到家就拿了衣服进洗手间，孟梁隔着门听到水流声，提高了分贝问道："我渴了，冰箱里怎么都是酒啊？"

"下边儿呢。"

"哦。"

他再次打开冰箱，看到了一箱矿泉水，打开后一口气喝了大半瓶，然后坐在沙发上扫视周围。

没有男人的痕迹。

为了得到确切的结果，可能还得进洗手间看看。

于是秦昭摘了浴帽擦着头发刚走出洗手间，孟梁就钻进去上厕所。她一眼就看穿他的心思，甩过去个白眼没说什么。

孟梁很快就出来，脚步轻快许多，还状若无意地问道："哎？陆嘉见呢？"

秦昭看着茶几上孟梁喝了只剩下半瓶的水，转身进了厨房，又拿出一瓶新的打开喝，缓解了一下酒劲，说道："分了。"

"真好。"

她语塞，打开冰箱挑了瓶偏酸口感的利口酒倒了一杯，还放了几片薄荷叶。

孟梁见状皱眉道："怎么又喝上了？别告诉我那是果汁。"

"再喝一杯好入睡。"

"你什么时候开始酒瘾这么大了？"

"随便喝喝。"

莫斯卡托

玻璃杯里的酒，她三两口喝光，孟梁猜测杯子里的酒定然比啤酒度数高很多，而她眯着眼睛的样子像极了酒鬼。

他不敢说出这个词，开玩笑也不可以，因为知道秦昭一定不愿意听。

秦昭头发有些乱，大学时剪了短发又留长，这会儿又剪到了齐肩的长度，随意扎了个小鬏，还有成绺的头发垂在双颊。

孟梁一时间有些视线模糊，她以前好像不是这样的。

在他发呆的工夫，秦昭脚步虚浮地往卧室走，显然没有跟孟梁叙旧的意思，只轻飘飘地留了句："已经到寝室门禁时间了吧，你睡沙发，自己下楼买毛巾和牙刷，钥匙在我包里。"

"嗯，你先睡，我小点声。"

她忽略了孟梁也许已经在校外租了房子的可能，孟梁也不说。

两人相处得疏离又带着默契，亲密中夹杂着隔阂。秦昭进了房间，很放心地虚掩着门。

孟梁愣了一会儿，起身翻秦昭挂在门口的包，不仅拿了钥匙，还拿了半盒香烟和打火机。他买完东西在楼下蹲着点了一支，一看他就不常抽，点火的动作生涩，烟也没过肺，吸进去就马上吐出来，更像是为了发泄情感的无意识举动。

孟梁抽完最后一口，把烟屁股按在垃圾桶上，露出了个莫名的笑往楼上走。

他心里想的是秦昭说的那句"分了"。

还是要再讲一次，真好。

洗漱完毕后，孟梁轻轻推开了唯一一间卧室的门，发现床头灯没关，秦昭戴着眼罩呼吸平稳，睡得还算安逸。孟梁特意脱了拖鞋，光脚踩在地板上走进去。他余光瞟到地上一张有些熟悉的坐垫，那图案老旧、土里土气的，可孟梁心里一颤。他默默捡起来放在梳妆台前的座椅上，再关了床头灯关好门。

躺在沙发上，孟梁忽然就不困了，甚至还有些不知从何而来的躁动。

也许原因应该归结于他穿的是她的T恤和睡裤。

十五岁初识秦昭，十八岁考上大学，成为和她同校同专业的学弟，二十岁得知秦昭留宿陆嘉见的公寓，如今二十一岁过半，两人马上相识七年了。

孟梁打开一晚上没看的手机，发现已经过了十二点，上面有十几条微信消息，都来自同一个人——寇静静。

前面都是四五十秒的语音消息，他点都没点，最后一条是十五分钟前发来的，让他看到后回消息。

孟梁想了想，拨了通语音电话过去，很快被接通。

寇静静声音激动地质问："你怎么这么久没回我，手机又静音，就不能开个振动？"

"我讨厌振动声。"

其实是秦昭讨厌。

"那你就让我联系不到你？你去哪儿了好歹告诉我一声，我担心你。"她的语气暴躁又委屈，满是嗔怪埋怨。

孟梁说道："寇静静，我可能不打算往前走了。去掉'可能'两个字。"

对面无声，孟梁叹气，腹诽道：她总是这样，不该说话的时候聒噪，需要她回答的时候又沉默。

孟梁也没什么耐心，冷冷地道："说话，不说话挂了。"

"你在哪儿？你是不是见到她了？"

"是。"

"你又要去给她做'备胎'？你个缺心眼的懂什么……"

孟梁被她吵得烦，挂了电话，再把手机关机，防骚扰做得彻彻底底。

他忽然长吁一口气，对着天花板无声地笑了笑。

什么"备胎"，她一点也不懂他和秦昭。

一点也不。

莫斯卡托

1.

2012 年 8 月中旬，秦昭高二开学前夕，不知道第多少次搬家后，搬到了孟梁家对门，与他成了邻居。

这还要得益于秦志忠那阵子赚了些小钱，虽然欠了一屁股的债没还，新家倒是秦昭从小到大住过的最好的。

8 月的北方，秋老虎仍旧燥得恼人，更别说同一栋楼里吵闹了大半天的搬东西声。秦昭弟弟秦彰的房间最先摆完家具，他离不开网络，即便网线还没接好，也要用手机流量刷游戏论坛。秦昭则跑上跑下做些力所能及的事，庆幸是在三楼，她体力还招架得住。

上下楼的住户避让着搬家工人，眉眼之间少不了不耐烦，可秦志忠与张书和夫妻俩从不与邻居交流，就像没见到一样，理都不理，想着不过是关上门过自己的日子，现在哪有早年住平房时邻里之间的亲近。

反倒是秦昭主动赔着笑说"不好意思"，或是"很快就弄好了"。

秦志忠对这个懂事的女儿很满意，见她知礼的样子还摸了摸她的头。张书和见状动了动眉毛，满脸冷漠，表达不赞同的意见："关了门谁认识谁……"

被秦志忠拉扯了两下她话都没说完。

秦昭一直认为妈妈是刀子嘴豆腐心，也就嘴上刻薄了些，心里一定是关爱她的。毕竟哪个母亲不爱自己的孩子呢，何况妈妈对秦彰还是很温柔的。

孟梁母亲施舫就是这个时候记住秦昭的。

高中时期的女孩子最爱打扮，即便放假，秦昭还是扎简单的马尾，露出光洁的额头，五官都是淡淡的，组合在一起却意外相配，让人看得舒服。她的颧骨有些外扩，小窄脸，月牙眼，像她母亲张书和，但又没有那种饱经世事后的尖酸世故。

那时候的秦昭是孟梁记忆里许久不变的秦昭，她成绩优异，气质出众，是无数老师家长最爱的那一类学生，也是女同学会忍不住嫉妒的存在。学校里总有一些并非传统意义上的大美女，却因为表现或是成绩而加分的女生，秦昭算一个。

在秦昭的记忆里是先认识施舫，后认识孟梁的。

张书和说邻里之间关上门各过各的，可命运弄人，偏要他们家有求于人。

高二开学没多久，秦昭选了文科，唯独地理最差。有一天晚上，她洗完澡披着头发趴在桌子上面对书本发愁，不多会儿就昏昏沉沉睡了过去。

张书和不是体贴入微的母亲，自然不会推开秦昭的房门看她是否盖好被子。懂事的女儿一贯让人放心，要关爱也是去秦彰的房间，他年少不懂事，最需要母亲花费心思。

秦昭是被男人的哭声吵醒的。

她撑着胳膊坐起来，趴久了感觉全身都有些僵硬，伸了个懒腰让自己清醒，随后确定哭声的来源，且仍在持续。

秦昭有些害怕和紧张，悄悄把门打开个缝隙，那声音就彻底清晰了。

是父亲秦志忠跪在客厅茶几前哭，那个四十多岁的男人是秦昭心中并不尽似完美，但仍似山峰一般存在的父亲。

这些年，家里的日子总体来说过得不是很好，秦昭知道，秦志忠做过好些生意，但大多亏损，这阵子刚有些起色才租了个好点的房子，虽然更多是为秦彰上学方便。只是秦昭没想到，才一个月怎么就生出这么大的变数。

秦昭小心翼翼地走到客厅，看到秦志忠趴在茶几上打电话，脸色涨红，旁边散落着好多空药瓶，家里放常用药的盒子已经空空如也。

秦昭反应过来，这是只在电视里看过的吞药自杀。

秦志忠像个半大的孩子，一边哭，一边对着电话那头胡言乱语："妈……儿子对不起你……书和也对我失望透了……家里孩子你帮帮忙……我真的挺不下去了……让我死了算了……"

秦昭一点也哭不出来。

即便后来过了许久，那都是她噩梦中常常出现的场面：明明哭闹声很吵，她却觉得静得能听到心跳声。秦昭回过神来赶紧去主卧，门被张书和锁上了。

她拍着门，颤抖着声音叫道："妈妈，开门……救救爸爸……"

里面沉默许久才传来张书和冷漠又薄怒的声音："追债的堵在店里还有闲心出去赌，他不死谁死？"

莫斯卡托

"妈妈……求求你带爸爸去医院……药瓶都空了……"

秦彰年少无忧，被张书和叫到主卧睡得很沉。秦昭哭着求了许久也没有得到回应，仿佛整个家只剩她在拼命维系。

解救秦昭的是孟兆国和施舫。

秦昭披上外套到邻居家求助，秦志忠已经意识不清地栽倒在地，嘴里胡乱地咕哝着。

这种紧急时刻秦昭还不忘平复呼吸，轻声而有节奏地敲响孟梁家的门。

施舫早年生过大病，睡眠很浅，虽然房屋隔音效果好，但还是觉得隔壁有动静，听到敲门声立刻起身。

孟兆国跟着醒了，关切地问道："胃又不舒服了？"

施舫笑着摇头道："有人敲门，我去看看，你继续睡吧。"

施舫从猫眼里看到是秦昭，赶紧开了门，只觉得她很瘦很小，那眼睛憋得通红的少女有着满身坚韧。

"阿姨您好，请问可不可以帮我个忙……"

秦昭还在竭力维持自己的那份体面，即便头发凌乱，表情隐忍得有些扭曲。

施舫看着这个上次见面还笑盈盈地跟她说"阿姨，不好意思呀"的女孩，心里平添了几分怜爱，关切地问道："发生了什么？和阿姨说，你别害怕。"

施舫联想到她是不是被家暴，思忖着如果真的是这样该怎么办。

秦昭有些哽咽，太久没被人这么温柔对待，低头啜泣着说："您能不能帮忙送我爸爸去医院啊……呜呜……我妈妈她，她不会开车……"

"你爸爸怎么了？"孟兆国走到门口正好听到，沉声问了句。

施舫握着秦昭的手，明显感觉她因为突然出现的陌生声音颤抖了一下，于是马上出声安抚："没事，这是我丈夫，我们家孩子跟你差不多大。"

后来孟兆国扶着秦志忠下楼，开车送去医院洗胃。

孟家夫妻俩谁也没问缘由，更没有问秦昭她不会开车的母亲为什么没同来。

他们陪秦昭等了许久，并且主动帮忙垫付了医药费。秦昭在施舫一句句柔声细语中泣不成声，又懂事地知道这里是医院，不能吵到别人，实在是狼狈至极。

那一夜，施舫心疼又苦涩。

张书和绷着脸姗姗来迟，一起来的还有秦昭的舅舅，孟兆国和施舫看着人来了就悄悄走了。

秦昭追出去，冰凉的手握住施舫的手，再看向孟兆国，哽咽道："谢谢……谢谢叔叔阿姨……谢谢……"

"没事，别害怕。我们先回去了，你也快到家长身边去，大晚上的不安全。"

秦志忠命大，不仅没死，且几天后就恢复如常。秦昭也知道原来那天下午债主上门讨债，张书和百般找理由拖延，而秦志忠却拿了她包里没来得及存的现金去跟人打牌。

秦志忠不算嗜赌，只是偶尔玩一玩，可惜不懂收手，把手头所有的钱输光了才知道走。更别说牌桌上被人家设套，完全是往坑里砸钱都没个响。

秦昭不知道，那夜是孟梁第一次见她。深夜，孟梁透过自己卧室房门的缝隙，看到门外有一个披头散发、哭得梨花带雨的女孩。她看起来柔弱又坚毅，言语之间都在试图维系自己最后的体面，却不知道早已被角落里的他看在眼底记在心里。

那不算孟梁喜欢上秦昭的理由，只是他们的开端而已，一次很特别的初次见面。

那年孟梁高一，身高不到一米七五，体重一百六十斤，任谁也夸不出口的"身材匀称"。他即便五官像施舫，也因为面庞圆润看不出来，和男生相处极好，却没有青春期的少女给他递情书。他还喜欢打游戏，喜欢吃垃圾食品，多吃少动，在施舫逼他减肥的边缘试探。

时隔几天后，才是秦昭记忆中的与孟梁初见。

施舫提着几袋菜走在小区里，遇到了刚放学回来的秦昭。秦昭主动帮忙分担，笑着说："阿姨好。"

施舫体贴地不提那晚的窘迫，任她拿两袋轻的，两人一路交谈着。

"我看你的校服和我儿子的一样，今年高几了？"

"今年高二，刚分完文理科，我学的文科。"

孟梁放学把书包扔家里就要出去跟朋友玩游戏，正撞上施舫和秦昭。

秦昭刚好一米七的个子，因而两个穿校服的人面对面，看起来似乎差不多高，只是孟梁更胖一些。

秦昭实在抑制不住地怀疑：施舫和孟兆国怎么生出这么……潦草的儿子？

施舫瞪了孟梁一眼，转头对秦昭说道："昭昭啊，这是我儿子，被我惯得长得太胖了。"

"嗯嗯，阿姨，那我先上楼了。"

"我跟你一起上楼。"施舫突然没了面对秦昭的温柔，转头呵斥孟梁，"又去网吧是吧？早点回家，少让我操心。"

孟梁讨人嫌地扯秦昭的衣袖，问道："你那什么眼神？我不像她儿子是吗？"

施舫伸手拍他挑事的手，道："你给我放开，小猴崽子。"

秦昭实在想笑，那时候孟梁刚从楼上跑下来，呼吸有些重，再加上看她的眼神实在是挑衅，像是一只气呼呼的斗牛犬，滑稽又好笑。

秦昭憋了半天笑，才说出了句："注……注意健康，上分大吉。"

孟梁被施舫又狠狠地剜了一眼，愣愣地看着两人进了楼门，总觉得自己被嘲笑了，声音不大不小地说了句："笑什么笑你！"

他年少气盛，心想：我见过那样窘迫狼狈的你，你怎么穿戴整齐了还笑我呢？

其实如果孟梁当初没那么胖，也许这可以成为言情小说里男女主角的浪漫初见，奈何年少不经事，他又实在不是吃不胖的体质，那画面不够美，更别说浪漫。

多年后，两人回想当初，秦昭毫不掩饰地说："孟梁，你那时候真傻，胖乎乎又气喘吁吁的，我真是需要花费那么一点时间才能从你眉眼中看到阿姨的神韵。你怎么那么想不开要祸害自己啊？"

即便时隔许久，孟梁想到那次见面还是有些害臊："不许提。"

孟梁当天提前了一个小时回家，施舫坐在客厅里看他自己热饭菜，有些庞大的身影走来走去，确实显得厨房都有些小。

家里只有他们母子俩，孟兆国出门和朋友打羽毛球去了。

孟梁感觉到母亲投来的炽热的目光，头也不抬，问道："妈，你干吗啊？从我回来就盯着我。"

"儿子，我觉得你是不是应该减减肥了呀？"

孟梁没回话。

"我记得你初二的时候还没这么胖，怎么一眨眼才刚读高一就这么多肉了？"

孟梁有些无语。

"你们班有没有女生给你写信？"

"妈……我才高一……"

"唉，也是，你这么矮，还胖，我要是昭昭这个年纪我也不会喜欢你。"

孟梁打开电饭煲盛饭，还是少添了一勺。

饭直接放在了菜盘子里，孟梁坐到施舫旁边吃饭，听着她在那儿讲秦昭。

"昭昭就是今天你看到的那个小姑娘呀，我们家对门的，她和你读同一所高中，不过今年高二了。你看看人家，妈妈不要求你瘦成电线杆子，可是你现在确实有点偏胖了呀。"

"哦，就是你说搬家时特别吵还特别没礼貌的那家？"

这下轮到施舫沉默了。

"你是看人家觉得我胖了才想让我减肥吧？人家说啥就是啥？我才是你生的，施舫女士。"

施舫若有所思地沉默着，孟梁已经三两下扒拉完盘子里的饭菜，只剩了几块青椒。

"我回屋写作业去了。"

"你别急着回去呀，在客厅里走走路消消食，刚吃完就坐着，更长肥肉了……"

"妈，我要胖到二百斤，你拦不住。"

十分钟后，房间里，扬言要胖到二百斤的孟梁捂着肚子躺在地上。他刚做了一组极其不标准的俯卧撑，并且成功地把自己搞岔气了。

孟兆国刚回到家，路过孟梁的房间，听到有重物砸在地上的声音，赶紧敲门，问道："儿子，怎么了？"

"没……没事，学习呢。"

"行，你早点休息。"

第二天，孟梁早出门了十分钟，拿着根油条风风火火地跑下楼，终于在小区门口赶上了秦昭。他用空闲的那只手拽了拽面前的马尾，虽然特意收了几分力道，但还是惹得秦昭瞪了过来。

"你干什么？"

"我不干什么呀！秦昭是吧？我叫孟梁。"

孟梁就那么憨笑着把刚刚拽过秦昭辫子的事情带过去了。

莫斯卡托

秦昭看在施舫面子上对他还算客气，点了点头往公交车站走。

孟梁提了提挎在一侧肩膀的书包，跟了上去，说道："咱俩今后可以一起上学啊，我还以为你是二中的，这边不是离二中近吗？"

她望向公交车驶过来的方向，发现一点公交车的影子也没有，便收回了视线，表情淡淡地说："我弟弟二中的，所以搬家到这边。"

"你还有弟弟啊？多大了，我可以带他打游戏。"

"不用了。"

那时候孟梁心想：秦昭真是傲得很。

进了校门后，不断有同学和孟梁打招呼，他人缘好，再加上从初中一起升上来的同学遍布整个年级，认识他的人很多。

秦昭快走了几步，试图摆脱他的"跟踪"，却被孟梁追上拍了拍肩膀。

"你怎么人缘这么差啊？这个时间来学校的大多是高二高三的呢。"

秦昭咬牙切齿地回了个假笑，道："要你管，小胖子。"

那时候秦昭心想：孟梁真是好烦啊。

就是这个好烦的小胖子，跟在秦昭身后上学，一跟就是一整年。

秦昭不论春夏秋冬都是一副整洁的样子，头发梳得一丝不苟，仿佛恨不得拿碎发整理膏抹平一样。她喜欢把校服外套的领子立起来，可每周一参加升旗仪式时一定会放下，里面穿的就是领口有些高的衣服。

每天早上，孟梁为了追上她，都要提前十分钟起床，总是有些仓促又凌乱。他左手喜欢拿着油条或是蛋饼做早餐，后来和秦昭混熟了，还非要给她也带一份。

严格地说，秦昭在高中没有什么关系亲近的朋友，她从小玩到大的好朋友宋安然，也因为搬家且高中不同校而只能电话联系。

那么如今有了孟梁，算是她高中交的第一个朋友。

人总是不能太得意，因为不知道何时老天爷会突如其来地狠狠给你一巴掌，或者说陷于泥潭的人时刻都做好最差的心理准备，命运会搜着你向下坠。

秦志忠把生活中的苦楚艰辛归咎为自己命不好，大概10月末，请了个"大师"到店里做法事，而店里正中间供了尊财神爷，秦昭看着心里发笑。

后来，几个大人要秦昭和秦彰出去玩，然后神秘兮兮地进了里屋。她一个高中生都觉得整个过程很扯，难道秦志忠、张书和，还有牵头请人来的叔伯阿姨们还不懂吗?

他们懂的,就是愿意任人摆弄,图个心安。

秦彰兜里有钱就跑到黑网吧去玩游戏,秦昭任由他去,回头站在门边偷听大人讲话。

那位戴眼镜的"大师"神秘兮兮地说道:"这小儿子是财神爷座下的童子转世,能旺你们家。你女儿眼神凶恶,不能让她带坏童子……"

艳阳天,秦昭却觉得浑身都冷。

房间里的大人们出来后,看到秦昭坐在沙发上低头玩手机,气氛有些尴尬。

秦志忠又请了"大师"到家里吃晚饭,做的全是素菜斋饭。

秦昭看到有两盘菜里混着金黄色的蛋花,秦志忠和张书和化身整座小城里最融洽恩爱的一对夫妻,在厨房商量着还要做什么素菜,秦昭手机里的搜索页面停留在——

【一切出卵不可食,皆有子也。】

出家人是不吃鸡蛋的。

想到了今天三姨和三姨夫叮嘱的那句"大师爱吃鸡蛋和喝冰红茶",秦昭无声地冷笑。

秦家四口人和"大师"入座后,张书和才想起来家里只有酒,便让秦昭下楼去买冰红茶。

秦昭踹了踹旁边秦彰的椅子,说道:"你去买,楼下路灯坏了,我夜盲看不清。"

秦彰不想去,拒绝得很直接:"不去。"

见"大师"状若无意地咳了声,秦志忠赶紧提高音调:"秦昭,别欺负弟弟,你是姐姐,你下去买。"

秦昭蓦地想起下午听到的那些话,没再说什么,穿了件外套下楼,将门重重关上。

外面起了秋风,好像又要下雨。秦昭的头发被风吹散,还要摸黑走过路灯坏了的那段路。她有迎风落泪的习惯,更别说那风对着她的脸刮。

在小区门口的超市买了两瓶冰红茶抱在怀里往回走的时候,秦昭听到身后有脚步声逐渐逼近,她害怕得想跑,但看着面前漆黑一片,又不知道该往哪里跑。

莫斯卡托

神经紧绷，肩头被人碰了碰，她吓到立刻蹲在原地尖叫，头顶传来调皮的嘲笑声。

是刚和同学打完游戏回来的孟梁。

"咱俩谁吓谁呢？你叫什么啊，秦昭？"

"你有病吧，吓死我了。"秦昭感觉脑仁抽痛，蹲在原地捂着脸。

孟梁也蹲下扯她胳膊，问道："你怎么了？"

他打开手机屏幕，接着屏幕幽光，捕捉到她眼角依稀的泪痕，问道："怎么还哭了，我错了，姑奶奶，下次不吓你了。"

孟梁的声音有些低，有些暖，是凉风里唯一的温热。秦昭感觉脑中绷了一下午的那根弦断了，不知道是不是被风吹的，她赶紧用衣袖擦了擦泪。

孟梁也不再说话，手机屏幕很快又熄灭，周围恢复黑暗。她头发乱糟糟的，孟梁随意地给她拨了拨，静静地等她开口。

像是过了许久，也许只有两三分钟而已，她强迫自己收住那股情绪，在骤雨将至的凌乱风中说了句："气死了。"

那是孟梁第一次觉得她可爱。

永远在人前维持体面的秦昭，第一次发泄不满。

而他和施舫一样温柔，对她家里的事情闭口不提。

踩上最后一阶楼梯，孟梁把两瓶冰红茶塞回秦昭怀里，说道："明天在公交站等等我啊，我今天要熬夜补作业。"

"大师"并不能让秦志忠和张书重归于好，更不能让他们俩永不吵架。

接近年末，孟梁都听得到隔壁偶尔爆发的争吵声。

施舫也听得到，叹息着说："昭昭是个好孩子，可惜了。"

孟梁捏着遥控器咬牙问道："你说秦昭爸爸会不会家暴？"

施舫更害怕了，愣了两秒之后打了孟梁一拳，嗔怪道："你就知道吓我！她爸那个人就是语气凶。"

幸好第二天早上，孟梁只看到秦昭黑眼圈有些重，再没别的。

"孟梁，我怎么觉得你长个子了？"

"我才高一，至少还能长三年，你以为我跟你似的一辈子就这么高了啊。"

公交车到了，两人一前一后挤上去，秦昭笑着说："你别混淆视听，我这个身高在女生里算高的了。虽然你和我差不多高，但在男生里算是矮的。秦彰前几天教我一个词，可以用来形容你。"

"说说看，'玉树临风'还是'放纵不羁'？"

"你能不能要点脸，不过他的也是四个字。"

"哪四个字？"

"约德尔人。"

约德尔人是指某个游戏里设定为矮人的一个种族。

旁边都是赶着上学的同学，男生自然不少，那年手游还没有风靡校园，还是这个游戏的天下，大家听到秦昭说的话忍不住笑。

孟梁立刻就脸红了，却也只是伸出手轻扯两下秦昭的辫子。

"又绑这么紧，像个老尼姑。"

"尼姑有头发？你傻不傻？"

"你闭嘴。"像是觉得不够狠，孟梁又给自己找补了句，"你最好祈祷我一辈子长不过一米七五，不然我要弯着腰戳你脑门欺负你。"

"哦，期中考试成绩要下来了吧。"

"姑奶奶，亲姑奶奶，咱俩都闭嘴。"

秦昭的烦恼岁月照旧，孟梁好像不止在长高，也微不可见地瘦了一点点。

毕竟那时还没有什么能让贪玩犯懒的孟梁下定决心去减肥。

12月中旬，电影《泰囧》上映，创造了当时的票房纪录。周五放学后，前往学校最近电影院的公交车都挤了好些穿蓝色校服的学生，成群结队地去看。

孟梁婉拒了约他一起看电影的同学，提前叫了秦昭。那时网络订票还没有普及，他排了好长的队才攥着两张票从人群里挤出来。周围人群熙攘，还有提前布置的圣诞装饰，空气里都是温暖的氛围，秦昭下意识地眯眼笑起来。

孟梁看到她的笑脸有些恍神。

"孟梁，我今后不叫你小胖子了。"

"啊？一张电影票就打动你了，你也太好哄了吧。"

"我这是拿你当好朋友了，除了你就只有宋安然，等放假介绍你们认识。"

等待检票的人不少，吵吵闹闹的。孟梁听着那句拿他当好朋友，无声地咬了咬嘴里的吸管，只觉这可乐怎么一点也不甜。

然后他佯装无碍，轻飘飘地说："那我今后叫你阿昭。"

"啊？你叫我什么？"秦昭下意识地用手挡在耳边，头向后仰了仰，满脸疑惑地问他。

"不是说我们是好朋友吗？宋安然难道叫你秦昭吗？"

"可我比你大，孟梁，我是你姐姐。"

"你怎么这么爱当姐啊，家里有个秦彰还不够？"

"你就是不懂事的弟弟啊，阿姨没少让我管教你呢。"

孟梁腹诽道：你才是弟弟。

可他开口变成了："哎，快走快走，要入场了。"

影厅座无虚席，电影播放途中观众笑声不断，秦昭笑得眼睛像个月牙眯着，甚至飚出泪花，双颊也有些发麻。

孟梁一直以为生活里吃了太多苦的人，为喜剧发笑也会变得难上加难。可整场电影两个小时左右，秦昭是那样的纯粹，正如她高中时满腔求真的念头一样，一切都是刚落地的雪，落在哪里都是纯净洁白的。

可最后她却会为争夺最后一颗爆米花和孟梁大打出手。

出去的时候，走廊两侧都是黑色反光的墙面，孟梁看着秦昭高高的马尾，伸手捵下了发绳。秦昭长发披落，还能看到头发被绑太紧而留下的印记。

那是孟梁第一次扯秦昭的发绳，后来很长的一段时间里，秦昭都有些后悔当初对他态度太好才纵容了他养成这个习惯。

"你别闹了，我头发那里有个印，太丑了。"

"那你在下面扎松一点，扎低一点，原来那样子也太老气了。"

为了拿回发绳，秦昭勉强答应："行。"

她说自己扎低马尾的样子像刘欢，孟梁但笑不语，心里想的是：武侠小说里的仙女都是这样长发披肩轻轻束起，你不知道自己有多灵动漂亮。

这些话他不好意思说出口，只能表面装作嘲笑。

商场门前摆了圣诞树，那天还飘了雪花，晚上八点钟的小城，哪里都是温情脉脉的。

两人跑到圣诞树下凑热闹，遇上孟梁的初中同学在拍照，孟梁扯着秦昭把自己的手机递了过去，非要拍一张。

那年秦昭拿一部白色的手机，孟梁用黑色的手机，他的手机存下了两人的第一张合照。

当时那个同学开玩笑说："梁子，行啊，高一就开始……"

秦昭赶紧红着脸解释："不是不是，我认识他妈……"

男生嘴贫，没等孟梁开口，就说道："你的意思是你和他妈一个辈分的呗，那他是不是得叫你小姨？"

秦昭扑哧就笑了，眼睛可爱地眯着。孟梁在旁边手插着兜，也咧开了嘴。

"咔嚓"一声，画面定格永存。

好些年后，孟梁随口提到那个同学，说他毕业后做了摄影，还开了工作室。

回家的公交车上，他们坐在倒数第二排的双人座位上，随着一条条路的切换，路灯照得人脸晦暗不明，可能是看电影的时候笑得太久，好长时间谁也没有说话。

孟梁腿长，顶在前面的座椅靠背上，又因为块头比较大，还压着秦昭肩膀，被她满脸嫌弃地推开。

"你当初在楼下就是这么看我的，你可真现实。"

闻言，秦昭抑制不住笑意，抿着嘴看向窗外。

旁边孟梁还在嘴碎地唠叨："你伤害了一颗少年的稚嫩心灵，在我的过往里留下了伤疤……"

"孟梁，你打算学文学理？我看你还挺适合学文，酸词一套一套的。那才几个月前的事情啊，你现在都能跟我这么贫了。"

"被你说得我要考虑学文了，咱们学校文科不是一直不受重视吗？是时候出现我这个天才拯救……"

"你就贫吧，等你到了下学期就知道慎重考虑了。"

孟梁突然问了句："阿昭，你为什么总是这么板正啊？我觉得你特别累。有一句老话说，太懂事的孩子是没有糖吃的。"

秦昭的笑容僵在脸上，对上他不解的眼神，淡淡地说道："人生就要过得明明白白才行。"

她移开了视线再度看向窗外，幽幽地说："被呵护得太好的孩子，长大对于他们来说总是遥远。"这一句说得没头没尾的。

那时候的孟梁刚刚摆脱了中考压力，沉迷网络游戏，成绩一落千丈，唯一的觉悟是少吃些垃圾食品、少去网吧，自然听不懂秦昭说的话，只觉得是两句心灵鸡汤，就像教室图书角里堆了多少本都没人看的那种书。

即便短暂沉重，那夜在秦昭的心中始终是高中时期纯粹的快乐时光。她回到家里，看到秦志忠满身酒气地躺在沙发上，张书和把卧室门紧锁，心里难免还是有些被打回原形的窘迫感。

洗漱过后，秦昭悄悄锁上房门给宋安然打电话。有阵子没联系的小姐妹相隔半个小城，埋在各自的被窝里畅聊，谈人生、谈理想，约定要考同一所

莫斯卡托

大学，将来要给对方做伴娘。

最后秦昭已经困得不行，宋安然仍旧精神抖擞道："我一定要挺过这两年，脱离我妈的魔爪。"

秦昭合着眼，嘟囔了句："嗯，宋安然你要努力啊。"

"Dobby is free（多比自由了）！"

第二天是周六，秦昭和宋安然约好一起去书店学习，但因为宋安然学的理科，两人只好一起做英语作业。秦昭刚做了几道完形填空，还在脑海里梳理情节，正面朝上的手机无声亮起，是孟梁给她发了消息。

孟梁：【你在做什么呢？】

秦昭：【学习。】

孟梁：【高二就这么忙吗？】

秦昭：【我刻苦。】

孟梁：【下午请你吃冰？供了暖气后最适合吃冰了，我知道有一家新开的。】

秦昭：【要上补习班。】

孟梁：【几点下课，我等你呗。】

秦昭的手指在屏幕前顿了很久，一抬头发现对面的宋安然不见了。她赶紧锁了手机到处张望，想着宋安然可能去上卫生间了，又低头打开聊天界面，回复过去：【五点，我请您，大少爷。】

孟梁：【好嘞。】

终于让他消停下来，秦昭看着做了一半的题，已经彻底忘了文章讲的什么，无声地叹气。

她正要提笔从头看起时，宋安然抱着两本书回来，手里还拿了张缴费的小票。

秦昭看得出来，宋安然又买言情小说了。

宋安然小声开口："我这回只买了两本，放你那里一本，我妈要是看到了，我就说是你的，反正她不能说你。"

秦昭接已经拆开塑封的崭新的书随手塞进书包，转了转手里的中性笔，略微犹豫后，还是说道："宋安然，你妈妈早晚要阻止你跟我联系，在她心里，我已经是带你不学无术的坏女孩了。"

宋安然吐了吐舌头道："那我就搬出你成绩第一的名头，吓死她。"

秦昭用笔敲她脑袋，凶她："你可别说是文科班的，那名头就大打折扣了。"

家长们总认为文科简单，只要把课本背下来就行了。

每当分文理班的时候，家长都会说孩子学习不好，那就学文科，文科多容易啊。

可读书哪有容易的呢？

2.

北方的冬日，下午四点多就已经彻底天黑了。秦昭从补习班出来的时候，孟梁刚下了公交车朝她招手。

"没想到这么巧，那家冷饮店就开在旁边那条路上。你怕不怕冷，我们走过去吧？"

秦昭点点头，小步走在泥泞的路面，留意着脚下薄薄的一层冰。孟梁拉着她向前滑，被秦昭双手扯着向后带，脸上写满了抗拒。

"你别闹了，我可不想摔倒。"

秦昭被他扯着，穿过小路到了隔壁那条街，推开重重的玻璃门进店，她悬着的一颗心终于放了下来。

室内暖气很足，有几桌一看就是学生在吃冰激凌或者喝奶茶，一面墙壁有些涂鸦和手写卡片装饰，许是因为新店，还不至于乌压压的。

两人坐下后，孟梁点了一份冰沙给秦昭，又给自己点了一碗冰激凌，还点了两杯奶茶。

秦昭挑了挑眉道："你还真是不客气，回家还吃不吃晚饭了？"

"不吃，我减肥。"

"减肥你还加双份布丁？"

孟梁伸手解开了脖子上的羊绒围巾，薄薄一层却很保暖，递给秦昭："我妈听说我出来跟你吃冰，非让我戴出来。我说这才12月，她说给你戴。"

秦昭推了回去，白了他一眼，说道："刚才走那么老远你也没说给我，现在坐店里热了倒想给我了。你这好比夏天的棉袄、冬天的蒲扇……"

没等她说完，孟梁起身拿了秦昭放在旁边座位的书包，抱在自己怀里，然后拉开拉链想把围巾塞进去。那本封面颜色有些鲜亮的言情小说实在是和同色系的课本不同，更别说厚度和大小都很特别，他把围巾塞进去后，又把书拿了出来。

"你拿我书干吗，给我放回去。"

莫斯卡托

孟梁先看的背面，上面硕大的字体写着推荐语："言情界年度巨献，寻回你的专属纯爱物语……这什么书啊？"

太羞耻了，秦昭捂了捂脑门低头道："你小点声行不行，是言情小说。"

"你也看言情小说？"

"中午在书店时安然买的，她妈妈管得严，就让我带回家保管。"

"借我看看，明天还你。"

"孟梁，你一个男生看什么言情小说。"

"知己知彼，看看你们女生喜欢的男主角是什么样子的。"

"嗯……那你可能得先瘦二三十斤。"

"这就把天聊死了啊。"

秦昭从来没有在冬天里吃过那么大一碗冰沙，孟梁皮糙肉厚的倒是什么感觉都没有，还说北方有暖气就要充分利用。她秉承着不浪费的原则吃光了整碗，还吸干净最后一粒珍珠，隐隐约约觉得胃和肚子开始不舒服。

到了家门口，孟梁还不忘打开她的书包，带走说好了要借的书。

楼道暖黄色的灯光下，她一张小脸煞白，胃痛难忍。

围巾留在了她书包里，两人转身各回各家。

秦昭一打开门，见厨房灯开着，客厅空无一人。她换了鞋走到厨房门口，看到张书和低头撑着洗手台一动不动。

她心里一惊，试探着开口："妈……爸爸还没回来吗？"

"爱回不回。"

可张书和腰部僵得不正常，秦昭问道："妈，你腰又疼了吗？"

张书和沉默半天才说了句："回屋学习去吧，我没事。"

秦昭攥紧书包带子沉默地往里走，路过秦彰房间试着推了推，门锁着，一定又戴着耳机在打游戏。她心里念了句"也不知道心疼妈妈"，虽然自己的胃也疼得不行，但还是打算换了睡衣先去帮张书和收拾厨房。

结果刚脱了外套挂起来，就听到厨房里传来一声巨响，秦昭赶紧跑过去，看到张书和倒在地上，动都动不了。

秦昭叫了声"妈"，赶紧又出了厨房打算找个坐垫，结果发现餐厅椅子上光秃秃的，客厅里只有个圆鼓鼓的抱枕。她再回到自己房间，发现书桌前的椅子上也没有坐垫，才想起来是天冷后被她拿到学校去了。

在路过秦彰房间时，秦昭狠狠地敲了两声门，说道："妈腰疼又犯了，你别玩了。"

没空听他回答，秦昭跑到厨房跪坐在冰冷的瓷砖地面，说道："妈，家里的坐垫呢？地上凉，我给你拿个垫着。"

以前有几次张书和倒地，秦昭都会找个垫子给她垫着，毕竟地上太硬太冷。

"年头太久，被我扔了。"张书和疼得蹙眉，语调还是冷漠。

"那我拿个毯子给你。"

"不用，回头还得洗，还不是累我。"

"妈妈，可以用洗衣机……"

"洗衣机洗得干净吗？"

秦昭忽然有点想哭了，不再说话。她忍住了那股哭意去客厅打电话给秦志忠，倒是很快接通，清晰可闻那边推麻将的声音。

父女俩总共就说了两句话，电话就挂断了。

秦昭说："妈妈腰疼倒在了地上。"

秦志忠说："等我打完这圈就回家。"

回到厨房，张书和表情都没变，她自然听得到秦昭打电话的声音，夫妻二十年，也知道秦志忠说得出什么话。她腰疼的毛病是生完秦彰后有的，秦志忠不管孩子，月子里落下的毛病年头越久越治不好。

而秦昭不再说什么，她心里多少是有些恨秦志忠的。明明以为自己早就习以为常，不会再有什么情绪波动，真正发生了事情，她还是会觉得难过。

记不清当时是秦彰因为饥饿先出了房门，还是秦志忠打完了那圈麻将先回到了家。秦昭胃疼到额间发了层汗，张书和自顾不暇，没有多注意她，她自己就选择性忽略，忍着忍着也觉得不那么疼了。

第二天，外面除了地面湿润，已经看不到下雪的痕迹，只有阳光照不到的阴暗处还有些薄冰。

秦昭不知道自己昨晚几点才睡，只记得自己蜷缩着身子，给孟梁发了条消息：【我这辈子再也不跟你一起吃冰了。】

她没等来回复，因为孟梁将手机扔在枕头下，人坐在书桌前看从她那里拿来的言情小说，后来躺床上就睡着了。

秦昭则是疼到困倦才睡。

一觉醒来，胃疼缓解了不少，她烧了热水吃了两片从冰箱里拿出来的临

莫斯卡托

期面包，然后换了身衣服出门。

孟梁刚吃完早饭站在窗前，看到秦昭出现在视线中，冬天窗户结冰很难打开，他赶紧去捞手机。看到秦昭那条半夜发的消息愣了两秒，给她打电话，成功地让楼下那个黑色的身影止住了脚步。

"大清早你干吗去？"

"买坐垫。"

"你学校没坐垫吗？我陪你去，等我会儿。"

"那你快点，我还要找你算账。"

孟梁下了楼，秦昭脚下正好有块没化的冰，她推了孟梁一下，孟梁块头大，扯着秦昭一起，两人双双摔了个屁股蹲。

她又气又笑道："拜你所赐，我昨天胃疼到半夜，下次别叫我吃冰了。"

"怎么还胃疼了，我什么事也没有。"

"比不得你皮糙肉厚。"

"现在还疼不疼？"

"不疼了。"

"下回喊你吃热乎的。"

……

两人进了超市找坐垫，各式各样的坐垫摆了一层，秦昭一直在找那些土里土气的花样。

孟梁忍不住吐槽："你这审美……这些都多土啊，是我们家施女士喜欢的调调。"

秦昭听到却很欣喜，问道："真的吗？那就要这个。"

去收银台的路上，孟梁一直在说："你这要是拿到学校去，一定引领潮流。"

秦昭充耳不闻。

回到家里，施舫在窗前打理那两盆花。

孟梁边脱衣服边问道："妈，你当初胃出问题，有没有什么预兆，比如不能吃冷饮什么的？"

施舫赶忙看过来，问道："你怎么了？胃不舒服？"

"不是我，是你的昭昭。昨天我俩不是一起吃冰吗，她告诉我胃疼了大半夜，关键是我什么事也没有啊。"

"你们俩点了多少，是不是吃多了？"

"就一碗冰和一杯奶茶啊，奶茶也是冰的。"

施舫拿着剪刀指他："女孩子怎么能吃这么多冰，我看你是缺心眼。"

"我忘了她是女的了。"孟梁尴尬地吐出这么一句就去翻药箱。

施舫凑过来找了盒胃药，塞到他手里，嘀咕着："会不会她家里都有这些药啊？"

孟梁说道："该送还是得送的。"

孟梁犹豫地在家门口来回踱步，不好意思去敲门，又拿出手机想给秦昭发消息叫她出来，却说不出口。

施舫嘲讽了句："你还害羞了？"

"嘘，她出门了。"

"这大冷天的，出门做什么？"

孟梁扒在猫眼上看，说："好像是扔垃圾。"

看到人下楼了，他又跑到窗前，发现秦昭向小区门口走去，不一会儿又原路返回。

施舫花也不弄了，拍他肩膀，说道："快去门口守着，人一上楼你就开门。"

见孟梁那么大的块头在客厅里转来转去，孟兆国合上报纸，没好气地说道："儿子还小，你这是选儿媳妇吗？"

孟梁比施舫先开口："爸，你说什么呢，我又不喜欢她。"

施舫皱眉看过去："就是，老孟你说什么呢，人家也看不上我们儿子啊。"

孟梁愣住了。

孟兆国则干笑了声。

孟梁冷着脸打开家门，吓得秦昭向后一闪。

他长臂一伸，把那盒药塞到她兜里，面无表情地说："记得看说明书服用。"

随后砰的一声关门，留下满脸莫名其妙的秦昭。

回房间前，孟梁埋怨地看了眼施舫，说道："你儿子不就胖了点吗，差哪儿了？"

"成绩也不行，为人处事上跟昭昭更比不了。上次在楼下见到，我问她月考成绩，人家谦虚着呢。"施舫说了一通，又突然叫自家老公，"老孟，你说是不是？"

孟兆国压根儿没听，心想什么是不是，还是赔笑点头道："对，就是。儿子好好学习啊，少让你妈操心。"

"知道了。"

那时孟梁心想：看我怎么把昭昭追到手，带回家给你做儿媳妇。

可现实是他漫长的暗恋才刚刚起始，或是因为畏惧，或是时机不对，总归就是戾了好些年。

年底是秦昭的生日，既不是成年也不是整岁，再加上秦志忠和张书和不是在吵架就是冷战，更不必说庆祝。

秦昭懂事地不提，过了午夜十二点，拉开窗帘，对着月光许下愿望——

愿高考辉煌，青春不枉。

她再拿起手机，除了宋安然守着零点为她送上一长串的生日祝福，居然还有一个人。看着两条未读消息，秦昭有些疑惑：孟梁是怎么知道我生日的？

简简单单的六个字，她不用点进去就看得到全部内容。

【阿昭，生日快乐。】

秦昭无声地呼了口气，还是先点开了宋安然的消息，用心回复了一段话，再点开孟梁的聊天框，发出疑问：【你怎么知道我生日的？？】

孟梁看到这条消息翻个白眼，忍不住在心里骂人：她怎么总怀疑我？

【你微信号写了你生日。】

秦昭恍然，那时候高中生普遍还在流行用 QQ，但是微信出现后，还是会礼貌性地互加一下。她很早就加了孟梁，也忘记了自己设置的微信号带了生日。毕竟她在学校没什么亲近的朋友，更别说会有人细心地发现并送上祝福。

【谢谢你，孟梁。】

【这还差不多，你明天的生日怎么过，出去吃大餐？】

秦昭沉默许久，明明前两句都回复很快，这次却过了好几分钟。

【上午要补课，我先睡了。】

孟梁想到了一些情景，脑海里回荡着隔壁间歇性传出的争吵声，好像意识到了什么不对。

【睡吧睡吧，大餐也没什么好吃的，胖成我这样就不好了。】

这种时候他又愿意自嘲。

秦昭补课回来，进了小区就开始飘落雪花，看得人心情都柔和了不少，更别说雪是吉兆，十六周岁的少女总觉得自己被老天怜爱与眷顾。

秦昭进门时恰好赶上做午饭，张书和腰疼的毛病一犯，没有半个月好不了，她便主动提出承担家务。

洗干净碗筷收拾好厨房后，秦昭回到卧室，书桌上的历史书停留在英国资产阶级革命那一页，并没有什么惊喜与礼物，虽然明知会如此，但还是有些失落。

秦彰内向寡言，喜欢打游戏，父母都不记得的生日，年少的弟弟又怎么记得。

秦昭在心里安慰自己：不要把希望寄托在别人身上，你才是自己的希望。

还是要从革命背景圈地运动看起，她最近在整理这些知识点串成时间线做成表格，更方便记忆，等到高三也容易复习。

不知道过了多久，秦昭累得放下笔揉了揉手，随后站起来走到窗前，看到雪下得越来越大，地上已经积了一层。脑中浮出李太白笔下的"高卷帘栊看佳瑞，皓色远迷庭砌"，她闲时喜欢背诗，成绩最好的也是语文。

秦昭看着满地的雪，想到小时候家里还算平静的那段日子，冬天里她最喜欢和表哥表姐一起打雪仗堆雪人，或许又因为她生在冬季，最喜欢的也是冬季。

如今却没那么喜欢了。

秦昭不禁自问：是我长大了，还是冬天变了？

恍神的工夫，她感觉到路灯旁有人在挥动手臂，那裹着羽绒服看起来有些臃肿的人，可不正是孟梁！

孟梁朝秦昭招手，意思是叫她下去。

秦昭犹豫了一下，作业都已经写完，可是打算整理的表格还没做好，错题本上好像也还有一道题没弄懂……但只犹豫了那么一瞬，她就打开衣柜开始穿外套，还从小格子里翻出一双旧手套。

秦志忠不知道是在看店还是出去赌了，张书和一个人躺在沙发上看电视，秦彰一定又在房间里玩游戏或者抄作业。秦昭悄悄关门，奔赴孟梁的雪中邀约，那是她精神游移的自乐园，尚未公开，不能声张。

他们俩准备堆个雪人。

孟梁提出这个建议的时候，秦昭表示怀疑道："没有铁锹怎么堆呀？"

孟梁敲了敲她脑门鄙视道："雪人是滚出来的，谁告诉你是堆出来的？"

"堆雪人，堆雪人……那怎么不叫滚雪人？"

莫斯卡托

孟梁放弃和一个文科生细究字面上的东西："咱俩一人滚一个球，我弄个大点的做身子，你弄个小点的做头，懂了吗？"

"好，听孟老师的。"

于是冬日里惬意的下午，两人撅着屁股在雪地里滚雪球。

施舫找出了柜子里的数码相机，特地跑到孟梁房间，打开窗户，冷风灌进温暖的室内，相机记录下了属于年轻人的纯粹浪漫。

孟梁蹲在雪地里偷看秦昭，她呼哧呼哧地滚着雪球转来转去，蓦然回头看他，他目光慌乱，接着居然翻了个白眼。

孟梁在心里骂自己，表面上又欠揍地开口："你知道你特别像什么吗？某个游戏里面的雪人努努，个子丁点大，满峡谷滚来滚去。"

秦昭不玩游戏，一时间不知道他说的是好话还是赖话，抓了一捧雪团成雪球丢了过去。

孟梁不气反笑，跟她互打了起来。

回想起刚和孟梁做朋友的第一年，他是真的很讨厌，话多又烦人，没事还扯她的发绳，带女孩子大冬天吃冰激凌喝冰奶茶，还会把你按在雪地里往头上糊雪球。

秦昭应该庆幸他糊的不是脸。

少年表达喜欢的方式总是那么奇怪。初中时，宋安然曾经在大夏天给喜欢的男生买了六支冰棍，还要人家都吃掉，被秦昭吐槽脑子不太正常。相比起来，孟梁还知道掌握分寸不惹毛秦昭，好像正常那么一点。不过秦昭不知道，从来不理任何女生的孟梁，只对她这样。

秦昭气喘吁吁地喊停战，抑或是说举白旗后，孟梁直接坐在了地上。秦昭怕弄湿裤子，蹲着大口喘气，等到缓过来之后，还要无力地再朝他丢一团雪，可还没扔到孟梁身上就已经散开了。

"你是仗着体重优势欺凌弱小，衣服都被你弄湿了，回家我妈又得说我。"

孟梁笑得特别得意道："一会儿你先跟我回家，我们家施姐姐那么喜欢你，让她给你烘干再回去。"

秦昭也笑了，心里有莫名的情绪在涌动，打心底羡慕孟梁。虽然和施舫接触不多，却深深地认为她一定是个好母亲，反正不会是张书和那样的。

秦昭愣在原地，脱下了湿漉漉的手套，白嫩的手指在地上随意戳着。孟梁忽然起身凑得离她近些，然后伸手给她理了理打湿的头发，拍掉羽绒服帽子里的雪。

秦昭忘记了那天夜里，孟梁也曾温柔地帮她理头发，眼下只是觉得温暖，抬头对上他有些红的脸，说道："孟梁。"

"啊？"

"你是不是喜欢我？"

对视了一秒，两秒，三秒……孟梁合上了嘴，仍旧停留在秦昭脑后的手果断地拍了下去，秦昭扑通一声跪在了雪地里。

"罪魁祸首"还凶巴巴地说："你做梦！"语气里有微不可察的娇羞，气呼呼的。

秦昭扑哧笑了，伸手打回去，说道："我逗你呢。"

"你别吓我，这也太吓人了。"

"嗯，我也觉得吓人。"

两人合力把雪人的头放在身子上，孟梁又找了石子和树枝装点。

秦昭随口说道："我听我们班女生聊过，她们都不信男女生之间有纯友谊。"

"咱俩这叫哥们儿，当然了，姐妹儿也行。"

"那我这辈分不就降了？我跟你妈是姐妹呀。"

"行行行，你是姨，你是姑奶奶。"

秦昭没说完，那些女生的闲谈中，不止说男女之间没有纯友谊，还说如果有，那一定是其中一方偷偷地喜欢着另一方。

秦昭十六周岁生日时体会的温情，是施舫给的。

孟兆国因事出差，施舫独自靠在沙发一角，身上盖着条毛毯，一看就是自己织的。她手里还在织一顶帽子，时而举起来量比量。

小区供暖效果很好，孟梁和秦昭一进屋就忍不住脱衣服。

那情景忽然就让秦昭想到了"红泥小火炉"，这是她觉得听起来就很暖的一句诗。她又觉得自己宛如"风雪夜归人"，施舫是童话故事中山林里的善良婆婆，也是武侠小说里一洗风尘的客栈老板。秦昭像是在做梦，感觉每一个画面都不真切。

看到两人像落汤鸡一样回来，施舫赶忙起身，嘴里念叨着孟梁，手却帮秦昭脱衣服。

孟梁掏出手机翻开相册，怼到施舫面前道："妈，你看我们俩堆的雪人。"

"看看看，你怎么把她弄得浑身都是雪呀，这一进屋衣服立马就湿了。"

"你给她烘一下呗，我进屋换身衣服。"孟梁说完就钻进卧室。

施舫拿吹风机给秦昭吹湿了大片的头发，还有毛衣的领子。

秦昭脸红红的，也许是冷热交替产生的，也许是害羞。张书和从来不会这么温柔地对待秦昭，记忆里她总是冷漠，还会在言语上挖苦秦昭。秦昭不禁有些疑惑：都是第一次做父母，为什么差别会这么大呢？我怎么就没有施舫这样的妈妈？

"昭昭？"

秦昭飘荡的思绪被施舫的询问声拉回："嗯？阿姨你刚刚说什么，我没听清。"

施舫关了吹风机，一手翻着她毛衣的领口，指着她左侧脖根连接肩膀的地方，那里有条一厘米长的疤痕。

"你这疤痕怎么弄的呀？"

衣领已经吹干，秦昭试探着从施舫手里拽回领口，含混道："小时候弄的吧，不太记得了……"

施舫看得出她不想说，就没再问。

孟梁穿着睡衣从房间里出来，说道："妈，今天阿昭生日，你一会儿给她煮碗面呗。"

秦昭没能拒绝得了，看着施舫放下吹风机进了厨房。

她默默地把吹风机插头拔了下来，再理好线，放在了施舫拿出来的那个柜子里。

孟梁无意看见，张张嘴又合上，意识到自己从来没有过这种细腻心思，她却娴熟得不行。

没一会儿，秦昭坐在孟梁家的餐桌上吃一碗卧了荷包蛋的长寿面。

施舫还特地加了个番茄，说红彤彤的，喜庆吉祥。

秦昭在那儿低头吃面，施舫自然地站在她身后帮她编了个鱼骨辫，直说自己好多年没编，要是当初生个女儿就好了。

孟梁则插科打诨道要留长发满足施舫，被说满嘴没个正经话。

一墙之隔的两家大有不同，秦昭视孟梁家为治愈自己的疗养院，一边想多待些时间，一边又畏惧回到家后心灵上的无所遁形。

晚上，秦昭在卧室看着书，忽然想起来什么，打开手机给孟梁发了一条消息：【小胖子，谢谢你。】

而小胖子此刻正在一会儿开门一会儿关门，总觉得自己卧室里莫名有些冷，补作业效率大大降低。他扯着嗓子问道："妈，我房间今天怎么这么冷？"

他自然不知道他和秦昭在楼下畅快玩雪的时候，施舫在他房间开窗拍了照片。

施舫心虚，庆幸孟梁没有面对面问她，敷衍地回应："我怎么知道，要不要给你找物业问问？"

"算了算了，不用了。"

脱罪成功，施舫窃喜。

3.

放养式的家庭，有时会涌现出突如其来的关心，那种关心倒还不如平时的默然。

期末考试时间定下来时，秦志忠在家里赋闲了好多天，他破天荒地没出去赌，店也不看了。

人一闲下来总想找些事情做，这使得秦志忠终于想起来扮演慈父角色。

从大到小排排坐，一个一个来，他先去秦昭的卧室，见她坐在书桌前用功读书很是欣慰，随口问道："什么时候期末考试？考完试得开家长会吧。"

"下周。"秦昭自动忽略他的后半句。

总归家长会父亲也不去，张书和遇上省事闺女能做撒手掌柜，统共没出席过几次。日子过得顺心点还会找个借口打电话给老师"请假"，大部分时候都是无缘无故缺席。毕竟秦昭不是秦彰，成绩差又不听课，老师会特地点名让秦彰家长来一趟。

"好，好。"秦志忠站着，再说不出一句话。看秦昭学的东西也看不懂，他搓了搓手，干巴巴地说了句"好好学习"就出去了。

秦昭有些心酸，又有些说不清道不明的复杂情绪掺在其中，实在不知道怎么去评价秦志忠。

她活了拧巴又憋屈的十六年，父母施加与倾注得太多了，不禁想象自己心里的一座堤坝，是否有天会因为那些记忆的堆积而倾泻崩塌。

大概是从秦彰出生那年起，秦志忠总是不在家。而张书和独自照看两个孩子，多年没有出去工作，几乎算是彻底断绝了社交，而当年同期创业的同学都赚了些小钱。

秦昭设身处地地想，那时候的张书和一定很绝望。她把青春岁月赔在了

莫斯卡托

秦志忠身上，换来的是竹篮打水一场空。

秦昭就是在那个时候被迫懂事的。

张书和把有限的温柔给了儿子，那就给不了做姐姐的秦昭。她把小儿子不愿入睡的烦闷发泄在秦昭身上，秦昭还没学会撒娇的年纪就要忍受谩骂，或许其中还夹杂着张书和对秦志忠的恨意。

不论过去多少年，秦昭都不会忘记，那天秦彰一直不睡，断断续续哭个不停，她被吵醒，站在门外看张书和乱着头发哄怀里的孩子。天黑之际万家灯火，爸爸始终没有回来，是常事，是定律。

秦昭开口叫张书和："妈妈，我可以和你一起睡吗？"

是小女孩最可爱的年纪时发出的奶声奶气的询问。

但现实很残忍，张书和抬头狠狠地瞪了她一眼，那眼神中蕴含的情绪让人恐惧。秦昭争取着："我不会吵到你和弟弟的。"

看，四五岁的秦昭就已经很懂事。

秦彰又哭了，浑身写满了抗拒，好像在对深夜困倦不已的张书和发射信号：我不睡觉。

而张书和忍到了临界点爆发，对着秦昭说了一句话，让秦昭只觉得世界都安静了。

"你不要来烦我！"

丧偶式的育儿让一个淡然自持的女人变成失控咆哮的疯子。

细想起来，那几年张书和大概患上产后抑郁症，但老一辈的人觉得看精神科是一件极不光彩的事情，即便诉说自己的压抑愁苦，除了被人指责矫情，成为他人茶余饭后的谈资，再没有任何作用。

如何治愈？只能自愈。

秦志忠一缺席就是好多年。

秦昭撑着下巴走神许久，即便试图去想，也想不出一件和秦志忠有关的温馨事。她对张书和还有心疼，对秦志忠则是什么都没有，或许还带着那么一点恨。

秦志忠抱秦昭的次数屈指可数，喝多了酒会在秦昭的哭声下撕掉她写了整个假期的作业本，店里亏损让放学回来嬉笑着的秦昭跪在财神爷面前，看到秦昭被暗恋她的男同学追求时骂她不知检点……

这种事情倒是能想起来很多，每一件都能让秦昭记忆犹新，连那天吃的是白菜馅的包子都记得清楚。

秦志忠倒是从来没打过秦昭，秦昭不禁疑惑：那来自父母的冷暴力是否也算得上一种家庭暴力？

一滴泪水落在白色的书页上让她回过了神，连忙仓促地用纸吸干净，听到隔壁传来秦志忠无力的怒骂声。秦彰学习太差了，游戏倒是打得不错，奈何期末考试没有打游戏这个科目，秦志忠那语气急躁的样子让不懂内情的人看了都要感叹他真是个好父亲。

可秦昭和秦彰只会在心里骂一句：有病。

再多说一句就是：真是闲得没事干。

秦志忠骂累了，家里终于恢复了安静，他和张书和对这个儿子生再多的气，也舍不得掐断家里的网线。不是因为网络有多重要，而是知道网线等于秦彰的命，夫妻俩怎么舍得刺激自己的宝贝儿子，他可是要给秦家传宗接代的。

秦昭埋头看书，一心苦读，谁也不能让她延误学习。即便从高二开始就保持着年级第一，始终未掉过一名，她心里也通透得很：人要向前看，如今是第一，那就超越自己。

那时小城里的姑娘把外面的世界当作新天地，以为只要走出去，一切就都好了。

期末考试，高一高二的考试时间刚好错开，也是这学期头一回秦昭和孟梁没有一起坐公交车上学。

成绩下来后，秦昭要在心底默默地鼓励自己，再严谨地对照每一门科目分数变化，分数降了的用红笔圈出来作为警示，她把自己的一切都安排得井井有条。而那次秦志忠发怒后，大概没多久又找到了新牌友，家里大多数时候很安静，偶尔还听得到秦彰敲键盘的声音。

放假后，除了去补习班，秦昭还要帮秦志忠看店，偷听到他和张书和聊天，说是又要和朋友开始做什么生意赚钱，估计在为此忙碌。她想着秦志忠能少沉迷于牌桌也好，瞬间觉得看店都轻快许多。

那天是个大晴天，孟梁闲着没事到店里去找秦昭，正抓到了她在看宋安然的那本言情小说。

"这都多长时间了，你怎么还没看完？看到哪儿了？我给你剧透剧透。"

"放假了才有时间看，你以为我跟你似的。"

莫斯卡托

"我怎么了？你说清楚。"

秦昭放下书，看他没个正行瘫在沙发里，一本正经道："孟梁，阿姨上次看到我跟我说了，你期末成绩创了新低，让我督促你学习呢。"

"我只是没用心思，你别管她。"

"那你为什么不用心思？难道要等到高三才知道努力吗？"

孟梁有些出神道："你成天这么努力地学，图什么啊？阿昭，我只是不想考第一，其实我有这个能力。"

"说比做容易。最烦你们这种说大话的，只有我才有资格这么说。"

她的语气不是骄傲，反而带着俏皮，歪头看向他，孟梁总觉得自己下一秒就中激将法了。

"你手机亮了。"孟梁眼神好。

秦昭低头一看是秦志忠，按了接听键放在耳边。

那头声音有些焦急："女儿啊，你赶紧把店门关了，卷帘门拉下来，快点。"

"嗯，我知道了。你回来吗？"

"我在跟一个叔叔谈事情呢，不回去了。你关好门就行，在里面看书学习啊，不耽误的。"

好一个不耽误的。

秦昭应了声就挂断电话，快步走到门口拿了长钩，钩住卷帘门向下搋。她力气不够，搋到一半停住。孟梁虽然不懂她举动为何，但还是过去一下帮她拉到了底。

秦昭焦急地拍他的手臂，说道："你拉起来点呀，我们得进去。"

"哦。"孟梁又拉起来半米高，两人钻了进去，随后从里面搋到了底。

几乎前后脚的工夫，门外就有人敲门，两三个男人气势汹汹地吼道："秦志忠你给我开门，我知道你在里边。每次都用这招躲我，我可长记性了。开门，你还点钱，好让兄弟过这个年啊！"

秦昭和孟梁沉默地蹲在门口，清晰地听到每一句话。因为是白天，店里没有开灯，如今拉了卷帘门变得非常昏暗，只有里面墙上财神爷前的莲花灯散发着微弱的黄光。秦昭有夜盲症，一点都看不清孟梁，心里悄悄希望他真的消失就好了。

门外的人叫了许久，孟梁显然从谩骂中明白了什么，一时间更不知道如何开口。他又对秦昭多了一些了解，她的家庭千疮百孔，生活遍布疮痍，她始终坚持的，一个是对前程的渴望，一个是遮羞的体面。

如今后者破裂，她的窘境被他一览无余。

不知道过了多久，人骂累了走了，周围归为安静。

孟梁觉得腿都蹲酸了，隐约看见秦昭还是把脸埋在膝盖上，一动不动。

"灯在哪儿？我去开灯。"

秦昭站起身拽他，说道："先别开灯行不行，你带我去沙发坐会儿，我看不到。"

"好。"孟梁到了嘴边的疑问通通收了回去。

两人就那么一声不吭地坐在沙发上。离得近了，孟梁感觉架子上的莲花灯光实在是暧昧又沉闷，他目之所及的一切都清清楚楚，不知道秦昭看不看得到。

暧昧是因为光线昏暗，沉闷是因为气氛凝固压抑。

孟梁悄悄斜眼看她，心里想的是：她太瘦了，靠在沙发上低着头都不见双下巴。

他没见过秦志忠和张书和，但是看过几次秦彰，秦彰也很瘦，大概他们家的人都是吃不胖的体质。

而孟梁虽然相比学期初瘦了五斤，但也看不出来多大变化。

打断一室静谧的是孟梁的手机来电铃声，他正在偷看秦昭，听到声音赶忙从口袋里拿出手机来。他收回目光的那一刻，看到秦昭眉头紧蹙，神情蓦然变得烦躁。

孟梁赶紧调到振动，拒接了电话，手机就放在沙发旁边。

可没等他转头和秦昭说话，刚刚被拒接的同学又打来了。

这次是振动。

秦昭冷脸深呼吸，然后没等孟梁开口就起身进了里面的小房间。昏暗的灯光下她看不真切，头磕到了供奉财神爷的架子，发出好大的声响，孟梁听着都觉得疼。

进了房间，秦昭靠着门板坐在地上，双手捂着耳朵，神情痛苦而烦躁。

孟梁跟过去却被关在了门外，语气有些不好："你怎么了？莫名其妙的。"

后来过了很久，孟梁都不知道秦昭为什么讨厌手机来电铃声，更恨振动，只知道她的手机常年静音，且换了新手机的第一件事就是关闭振动。

孟梁虽然语气有些凶，但还是把自己手机的振动关了，生怕同学再打过来。

莫斯卡托

"你不是怕黑看不到吗？里面开没开灯啊？"

即便孟梁放缓了语气，秦昭还是不理。他无奈地坐在门口，觉得自己真是脑子坏掉了才在这里跟她耗时间，明明同学催他去网吧玩游戏，那多快乐。

孟梁那时候还不懂温柔体贴，他算得上晚熟，觉得那莲花灯暗黄暗黄的，晃得人眼睛疼。

他不会哄女生，开口就让人觉得他有些不耐烦："我今后不开振动了行不行，姑奶奶。阿姨？你跟我妈一个辈分，行吗？

"阿昭啊，我错了。你再不出来，我走了啊，要债的冲进来打你怎么办？

"你怕不怕，怕就快点出来，里面黑漆漆的有什么……"

秦昭被他一通废话说得头疼，擦干眼泪推开门。

没想到孟梁直接坐在地上，一条腿横着，她被绊到，差点摔了个脸朝地。孟梁赶紧把人抱住，两人第一次离得那么近。

当时孟梁心想：这灯光可真妙啊。

秦昭撑着他的身体起身，一掌拍在他头顶，质问："你故意的吧？"

孟梁抬头，看到秦昭恨恨的眼神，还看得到她眼圈红红的。

孟梁就心软了，柔声宽慰："阿昭，没事的。"

莫名其妙的一句话，秦昭还是湿了眼睛，拼命瞪着，就是为了不让眼泪流出来。

他站起来，又突然抱了她一下，拍了拍她单薄的背。

很多年以后，秦昭想过，她应该是喜欢过他的，但是心里有个声音在说：你不配。

短暂的拥抱结束后，两人对视，秦昭满脸认真地问："你是不是喜欢我？"

孟梁这次都没犹豫，直接弹了下她的脑门道："你想什么呢！"

其实是下意识反驳，和在孟兆国面前说的那句不喜欢是一样的含义。

孟梁太粗心，没有发现这是秦昭第二次询问。

也是最后一次。

每年的寒假好像大半的日子都花在过年上。

秦昭没那么喜欢过年，她和张书和一样天生喜静，周围越热闹，心里越恐慌。

而对过年的厌恶是随着年龄递增的，这其中有个不能说的原因，就是她已经能听得懂大人之间的话了，能从语气中品味含义。

除夕夜在秦志忠老家过，重男轻女的奶奶双手按着秦彰的头亲了好几下。秦昭心里祈祷老太太不喜欢她这个孙女。

秦彰僵着脸，抬头就看到了秦昭偷笑，扯着她说要出门玩，结果到了后院打开冰凉的水龙头洗脸。

果然是张书和那个冰块生出来的儿女，冷漠如出一辙。

秦昭从兜里拿了纸巾递给秦彰擦脸。

秦彰看她还在偷笑，冷脸说道："明天我说要去姥姥家，你记得帮我掩护。"

"我在这个家里没话语权啊，你怎么不让妈帮你说？"

秦彰话特别少，两人在乡下的后院里无声对峙。墙边挂着长串彩灯，亮到患夜盲症的秦昭都看得清楚。

秦彰刚用冰冷的水洗完脸，冻得双颊都有些僵，留了句话就头也不回地进了屋子："那我就把你偷偷看小说的事情说出去。"

秦昭又想骂人了。

她在院子里晃来晃去，踢踢这里踢踢那里，还是想不出来秦彰是怎么看到的。

初一早上发压岁钱，小姑姑又因为秦志忠家有两个孩子说东说西，红包也给得不情不愿，那场面让人浑身都不自在。

初二回张书和娘家那边拜年，如了秦彰的愿。要是不出门，秦志忠本可以在老家的牌桌前坐到出正月。他不舍得骂秦彰，一边开车，一边数落秦昭没个姐姐的样子，不识大体，总归要挑点缺点。

秦彰戴着耳机看游戏视频，秦昭却不能戴，她深呼吸一口气看向窗外。

姥姥家并不是秦彰和秦昭的乌托邦。

秦彰只是为了早点拜完年，好能回家打游戏。

张书和的姐姐们少不了又对秦志忠冷嘲热讽，她们之间数张书和嫁得最差，虽然自己的日子过得也没好到哪里去，还是要含沙射影地挖苦别人。

秦志忠说不出什么反驳的话，就闷头喝酒，正屋里到处都是酒味烟味，呛得人不止眼睛疼，呼吸也困难。

秦昭溜进了无人问津的偏屋，站在窗前，看着外面的小孩子在打雪仗，不禁想到了一个人——孟梁。

在姥姥乡下的老房子里住了两天，秦昭背包里装的零食被舅舅家的小表妹偷拿了个干净。最后一袋橡皮糖被拿走的时候，秦昭把她抓了个正着。

四五岁的小姑娘哭着去找奶奶，说表姐抢她的糖吃。

秦昭站在那里解释："糖是我的，她撒谎。"

在这里没有人会把心思放在一个小孩撒没撒谎上，关心的只是长幼，还有姓氏亲疏。

老太太说道："你是姐姐，怎么不知道让着妹妹？多大人了还是不懂事。"

是谁说姐姐就一定要让着弟弟妹妹？

在秦昭看来，弟弟妹妹做错了事就应该给姐姐道歉。

她只能在心里安慰自己：姥姥在纵容偷窃，是不对的。

表面上她什么也不说，好像默认姥姥的说法。久而久之，这种表面和内心的巨大反差也会让秦昭疑惑：我是不是真的做错了什么？

再见孟梁，已经是正月初五。

他和秦昭不同，他的年节充满热闹与欢笑，初五时还不太情愿地回家，还打算元宵节和家人再聚。

孟梁到家都没顾得上收拾，就给秦昭发了消息。

【小爷回来了，来楼道里一见，给你新年礼物。】

秦昭靠在床上和宋安然聊八卦，看到消息回复很快：【我没有礼物回你，不要送了。】

【快出来，楼道里好冷。】

看他说冷，秦昭只好套了件外套出去。

孟梁不嫌脏地坐在楼梯上，看到黑色身影开门出来，对她招手。

"坐！"

秦昭想了下，反正自己的睡衣也该换了，于是小心翼翼地坐下。

孟梁嗖地从兜里掏了个橘子？

从来没见过那么像橙子的橘子，又或者说像橘子的橙子，大概只有剥开才知道到底是什么。

"给你的，金橘。"

"谢谢。"

秦昭接过，指甲抠了口子打算剥皮，发现真的是个皮很厚的橙子，滋出来的汁水溅到秦昭眼睛里。

"孟梁，你害我吧？"

孟梁蒙了，明明记得自己是从装橘子的袋子里拿的，只不过确实是随手拿了一个，没仔细看。

秦昭狠狠揉了揉眼睛，恢复清明后把剥了个小口的橙子塞回他手里。

孟梁尴尬地笑了笑，赶紧从另一个口袋里掏出一个东西，递到她面前。

"不逗你了，这才是礼物。"

那是一个拳头大的水晶球，做工精巧，里面有两个亚克力小人，还有飘荡着的亮片雪花。

孟梁拧了圈发条，两个小人绕着轨道跑起来，雪花也在漫天飞舞，响起的音乐是《致爱丽丝》。

秦昭双眼泛光，只觉得实在是太浪漫了。

"当作给你补的生日礼物。我那天是偶然打开微信看到是你生日，也没来得及准备。前几天去了我表哥家，我有两个表哥，我姥姥就生了我妈和我阿姨姐妹俩，结果她俩生了仨儿子，不然我妈怎么那么喜欢你呢。

"说远了，水晶球是在我哥那里拿的，他不知道什么时候买的，盒子都没拆。你放心，我既然拿了，那就是我的了。咱不会做那种让哥们儿难堪的事情。

"我是说，你就放心收着，球是不大，可是多浪漫啊。"

他也说浪漫，他们想的一样。

看秦昭不说话，孟梁摸不准她喜不喜欢，试探着问道："是吧？"

水晶球的音乐很短暂，发条转了回去，人停住了，雪花也不飞舞了。

秦昭接过来笑着回道："嗯。"

后来秦昭说不一定会送孟梁生日礼物，更不知道他的生日。孟梁贴着她的耳朵一遍又一遍地重复日期，两人就差楼上楼下地追逐打闹。

而那个被秦昭抠了个口的橙子，被孤零零地放在楼梯上。

秦昭把水晶球放在书桌上一个不那么显眼的地方，她趴在旁边，用手轻点球面。

看到指甲缝隙因为剥橙子而染上的黄色痕迹，她嘴角不自觉地翘了起来。

4.

开学后，秦昭又和孟梁一起上学。

离高三越来越近，秦昭好像把脑中那根弦绷得很紧，孟梁说她未免太过紧张了。

在去学校的公交车上，她也拿着个小小的单词本背个不停。

莫斯卡托

上学路上是她巩固生僻单词的时间，孟梁不好意思出声打扰，倒是多了些偷看她的机会。

4月中旬学校公布了五一劳动节的假期安排，孟梁早早查了下上映的电影，发现了一部青春爱情片。他还没开口约秦昭，自己倒靠在椅背上害羞脸红起来。

孟梁给秦昭发了条消息过去：【小秦阿姨，五一那天出去玩？】

秦昭直到他快要睡着才回复：【可以，我只有那天有空，我们班二号就要补课了。】

孟梁心里默默腹诽准高三真是太可怕了，但见她答应还是很开心：【去游乐园给你放松放松，然后再看部电影，你也该休息休息啦。】

【好的，我告诉安然了，你要不要叫你朋友？人多会热闹一点吧，虽然中央公园那的游乐场有点旧了。】

寒假的时候，他们三个一起吃过几次饭，所以孟梁跟宋安然也认识了。

可那头孟梁立马就精神了百倍，忍不住攥着手机捶枕头，大半夜的在房间里哀号："谁——让——你——叫——她——啊！"

第二天，孟梁顶着厚厚的黑眼圈出门，且破天荒地手里没夹着油条、蛋饼，包子更没有，脸还很臭。

秦昭把习惯性要给他擦手的纸巾默默塞回口袋里，问道："你怎么了？头发有点长了，该剪了吧。"

孟梁摸了摸脑袋，说道："知道了，我要剪光头。"

"真的吗？那你等我放学一起走，我想看看。"

他扯出个假笑，咬牙切齿地道："你不许跟我说话。"

秦昭耸肩，自顾自地戴上耳机听歌，一手抓着公交车的扶手，一手拿着单词本背单词，两不误。

孟梁气得不行，恨不得打她，犹豫了一路，最后在抵达学校的前一站扯了她的发绳。她过肩的头发散落，应该刚洗过，很顺滑，那道常年扎马尾的印痕看起来也淡了许多。

秦昭侧过头瞪他，孟梁正微微低头望着秦昭，看来他这半年也长高了。

孟梁对上她的视线就愣住了，他不明白那瞬间怎么觉得她那么漂亮，自己一定是昏头了。

"还给我。"

"嗯？"

“发绳，还给我。”

“哦。”

沉迷背单词的女孩懒得跟他计较，而沉迷女孩美貌的男孩呆呆地把那根黑色发绳放到她手心里。

下了车，秦昭一边走路，一边捋顺头发。孟梁看她没有梳子，用手扎得没那么紧，心里不知怎的放心了许多。

她真像是施舫的姐妹，一边跟他一起往教学楼走，一边数落：“你把扯我头发的劲儿放在学习上，也不至于让阿姨见到我就诉苦。我快高三了，你也快分文理班了，我现在就已经很紧张很努力了，你怎么一点也不着急呀？”

“我也学文吧，这样有问题还能问你，你也一定有自己整理的笔记，到时候给我复印一份就行。”

孟梁语气轻飘飘的，秦昭总觉得他不认真。

“你不要这样想。我下学期要开始上晚自习，哪有时间教你呀，我还得找老师补课呢。”

秦志忠最近老实了些，大概是因为过年的时候被张书和娘家人冷嘲热讽到终于知道脚踏实地，而不是巴望着家里的财神爷为他天降横财。他有钱赚，秦昭的口袋也会充裕很多，而家里静到似乎听得到秦彰按鼠标的声音，这样最好。

家里只要不弄出声响，即便冷淡沉默到诡异，也算是正常的。

五一那天秦昭还是起了个早。

她被闹钟吵醒，迷迷糊糊地到洗手间洗漱时，镜子里的那张脸写满了后悔。

唯一一天可以睡懒觉的日子，就这么没了。

孟梁让孟兆国帮他弄了几张隔壁市游乐场的票，他抱着破罐破摔的心理赴三人行的约，没再叫同学。

只是因为上次秦昭说中央公园那边的游乐设施太旧，他便想到了隔壁室尚在试营业的游乐场，就让孟兆国帮忙弄的票。

他下楼前给秦昭发了条消息，说在单元楼门口等她，前后没差几分钟，就见她挎着背包急匆匆地推门出来。

那天秦昭绑了个双马尾麻花辫，戴了顶黄色的渔夫帽，穿的是最普通的

莫斯卡托

T恤，还有像男孩子的那种宽松短裤和帆布鞋。

孟梁记得十分清楚，她那身打扮像极了要去春游的小学生，就差在帽子上印个"××小学"了。

那时候的秦昭素面朝天，从不化妆，不像学校里的某些女同学背着老师打一层粉或是涂BB霜追求皮肤白，他却觉得她这样简简单单就是最漂亮的。

关于这次出行，其实秦昭也记得一些。

好像在特殊的日子出游，你总是不由自主记下对方穿的什么，或是吃了什么、做了什么，明明是再平常不过的事情，可你就是会无意中把这些事情记那么清楚。

秦昭清楚地记得，那天清早下楼时，隐约还听得到老爷爷养的鸟叫声。孟梁抓着手机，呆呆地等在那儿。

看到她出来，他脸上展现出淡淡的笑，很好看。

秦昭问他："你现在多少斤了？"

"嗯？"

两人前往小区外的公交站，那是一条熟悉得不能再熟悉的路。

秦昭说道："要不减减肥吧。"

"啊？"

"我觉得你再瘦一点会很好看。"她赶紧又解释一句，"也不是要瘦成我这样子，或者秦彰那样子。我爸妈都很瘦，也不是易胖体质，我就是……"

"你到底想说什么？"孟梁笑着问道。

"你也快成年了，应该注意一下外表。"

"哦。"孟梁一边走，一边用鞋尖踢路边的石子，低声问道，"你喜欢瘦瘦的男生吗？"

"嗯？"

"我是说，你们女生是不是都喜欢瘦瘦的男生？"

"不知道呀。"秦昭用手肘顶了孟梁一下，"我就是觉得，人要有自制力的呀。你得先能控制自己的体重，才能控制自己的人生。"

孟梁心里有些想法在上涌，但嘴上还是不饶人："你真应该去写心灵鸡汤，初中时我还看过这类书，现在我长大了点，看不下去了。"

秦昭笑意不断，和他上了公交车后，说道："你哪里长大了，阿姨也说你还不成熟呢。"

"是吗？"孟梁左手攥着右手，手指抠个不停。

青春期男孩的心思，不比女孩的简单分毫。

坐公交车到了客车站时，还不到八点，两人到肯德基买了早餐，给迟到的宋安然也带了一份。

孟梁在看到宋安然也扎着麻花辫戴了顶春游帽的时候，才意识到这两人是约好的。

"我像你俩的爹，带着不省心的女儿出来郊游。"

秦昭闻言把帽子摘下来，踮脚扣在孟梁头上，说道："要不要看身份证上的出生日期，孟梁小朋友，你有身份证了吗？"

秦昭凑得有些近，孟梁觉得心跳都有些不正常了，他赶紧把帽子拿下来扣回她头上，怕被人认为他和宋安然是一对。

孟梁后来才意识到，秦昭一直很会撩人。

去往隔壁市，大概一小时的车程，他们三个一起坐在最后一排，正好三个座位挨着，宋安然在最里面，秦昭位于中间，孟梁坐最外面。

宋安然昨天晚上一定又熬夜看小说了，一直在打哈欠，说道："昭昭，我睡一会儿，我真的太困了，不然等下都没精神玩了。"

"嗯，你睡吧。"

一开始秦昭还跟孟梁小声说着话，随着客车驶入漫长的公路，周围的乘客逐渐安静下来，或是和宋安然一样补觉，或是静静地摆弄手机。秦昭便转头看向宋安然那边的窗外，这种旅途中，心总是平静得不寻常。

她一向心事多，会想很多事情。

不知道过了多久，宋安然靠向椅背的头歪了过去，砸在她肩头。

宋安然大概是闻到秦昭身上熟悉的味道，蹭了蹭，贴得更近。

秦昭无声地叹了口气，把宋安然快要滑落的帽子拿过来放在自己腿上，身子不自主地僵住，不敢有大的动作。

这一刻倒是有点此间宁静的意味，她想：这客车是不是永远都开不到尽头呀。

然后，孟梁塞了一只耳机在她右耳。

耳边车流的沙沙声瞬间就被音乐取代。

后来孟梁回想起来，认为他当时不解风情到没有选择一首合适的歌给喜欢的女生听。

莫斯卡托

譬如他应该让音乐播放软件"恰好"播到五月天的《温柔》，或是周杰伦的《晴天》。即便非要选粤语歌，也可以是《初恋》。

孟梁只是看了秦昭好久，觉得她一直保持这个姿势一定很累，就塞了个耳机过去。

里面放的是杨千嬅的《小城大事》。

孟梁彼时不知，秦昭从来不听粤语歌。

她只记住了一句歌词"但我大概上世做过太多坏事"。

事实上那首歌也并没有什么温柔含情的词，就连"青春仿佛因我爱你开始"，接的也是"但却令我看破爱这个字"。

即便同一首歌，听的人心境不同，品出来的就是不同滋味了。

少时秦昭不为懵懂初恋困惑，尚且不太丰富的人生阅历让她在放空时想的都是家庭琐事。

她知道不论日子过得多苦，她从来没被父母打过，尚且吃得上一碗热饭，应该算得上是生活相对好的那部分人。

可为什么还是会觉得自己上辈子做了坏事，人生前十六年才总是这么不尽如人意。

得偿所愿是很难的，顺遂平和同样。

孟梁看着她神情淡淡的，压低了声音问道："你也困了吗？"

秦昭因为耳朵里在放音乐，听不清他说了什么。

见秦昭转过头来，孟梁便又说了一遍："你困不困？"

他声音好小，耳机里的声音又有些大，秦昭实在是听不清，看口型又不清楚，只能瞪大了双眼疑惑地看他。

孟梁笑了笑，扯掉她耳朵里的耳机，凑近了说了第三遍："我问你困不困？"

秦昭感觉到他的呼吸打过来，耳朵立刻就红了，幸亏他很快坐回去，又给她塞回了耳机。

这次换了首华语歌，是王菲唱的。

她想不起来歌名，赶紧摇摇头，反应过来动作有些大又赶紧收住。宋安然嘟囔着，有转醒的态势。孟梁好像不太喜欢这首歌，翻着歌单要换。

好像不过是几秒钟的事情，莫名就有些慌乱。

青春总是慌乱的。

坐在巨大的海盗船上，秦昭觉得心都要跳出来了，她从来不知道自己那么恐高，失重感驱散了她内心的那些阴霾，脑子都是空白的。

秦昭左手攥着宋安然，仿佛要把她的手指抓断，右手隔着衣服抓着孟梁的手腕。

秦昭应该是整艘船上叫得最大声的。

宋安然哭笑不得，在秦昭不知道第几十次喊"能不能让它停下"后回道："这海盗船真不高呀！昭昭！你看看它！"

见秦昭眼角都要流出泪水，孟梁笑个不停，他微微侧着身子，两只手抓着前面的护栏。

"这才第一个项目你就这样了，一会儿过山车怎么办啊？"

"能不能停下来……不行了……"

短短几分钟的海盗船，秦昭身体力行地向孟梁和宋安然证明了"人类的本质是复读机"。

秦昭站在垃圾桶旁边对着塑料袋干呕，又因为早晨没吃多少东西吐不出来什么。

她漱了漱口，擦干净嘴，脸色煞白，另外两个人没忍住又笑了。

"昭昭，我从来不知道你这么恐高，将来咱俩不能一起双人蹦极了。"

秦昭虚弱地说："我……我也不知道……"

孟梁勾着的嘴角就没放下过："你是真的不行。"

后来他口中"真的不行"的秦昭，就站在隔栏外抬头仰望。

而孟梁坐在过山车上，到处都是尖叫声，最大的声音来源是身边的宋安然。

过了最高点，宋安然一边喊着"啊啊啊"，一边激动地用手拍打孟梁的肩。

从过山车上下来后，宋安然说道："孟梁，你胆子好大，咱们去玩大摆锤吧。"

孟梁评价道："宋安然就是个憨憨。"

宋安然是典型的慈父严母家庭出身的孩子，父亲是真的慈，母亲只不过是板着脸装严肃，看宋安然每天没什么烦恼的样子，就知道一定是被宠大的。

其实孟梁和宋安然算是一类人，很多地方都很像，自然也还玩得来。

从孟梁认识宋安然到后来很多年，见她做了不少没头脑的事情，而且听秦昭说她初中时给喜欢的男生买六支冰棍，还有过在不知名饰品店花了一百

莫斯卡托

块钱买了个塑料眼镜框的事，且连个盒子也没给她。

孟梁坐在大摆锤上紧了紧安全带，旁边宋安然笑着和远处的秦昭招手。

他心里其实是有些不太满意的，觉得宋安然不考虑秦昭的感受，只顾自己玩得爽，还要拉上他陪同。

"我和昭昭从小学就做好朋友了，你放心，我一定比你了解她。"

孟梁被宋安然忽然的一句话说得有些愣，呆呆地转过头去问："什么？"

"不过昭昭说将来谈对象一定要找个成熟的，你应该也知道她家里的事情，小学的时候就没少……"

话没说完，机器已经升到最高点忽然下坠，宋安然的声音变为"啊啊啊"。

听了她这句话，孟梁一颗心吊在那里不上不下的，居然心跳加速，不知道的还以为他害怕了。

大摆锤结束后，宋安然没再继续说这个话题，两人顺着人流走出去就看到了拿着烤肠的秦昭，更没机会再说。

看着接过烤肠大快朵颐的宋安然，孟梁坚信她真的只是忘记了而已。

秦昭敏感地发现孟梁频频地瞟宋安然，心里忍不住起疑，但表面上不显。

那天是五一，游乐场的人越来越多，幸亏他们三个来得早，几个项目都没排长队。

人多起来后，他们便去玩了一些人数较少温和点的项目。

宋安然直说是"关爱秦昭奶奶"，被秦昭拿着充气锤追着打。

那天唯一的小插曲，就是在卖纪念品的店里遇到了蒋倩。

蒋倩是秦昭高一的同班同学，因为蒋倩高二选了理科，所以他们已经许久没有见过面，偶尔在学校里远远地见过几次，但谁也没有跟谁说话。

而眼前这种情况，两人逛同一排货架，距离不超过两米，实在是有些尴尬，尤其是谁也没有移开视线。

蒋倩旁边站着个高瘦的男生，秦昭眼熟，觉得他学习成绩一定不错，因为她见过他在国旗下做过演讲。

蒋倩夸张地冷笑，秦昭倒是没什么表情。

真是冤家路窄。

"真倒霉。"蒋倩瞪了秦昭一眼，扯着那个男生就走。

秦昭在原地发笑。

孟梁买了三杯饮料从外面进来，跟要出门的蒋倩二人撞了个正着。蒋倩高傲得像只母鸡，对孟梁这种微胖的男生都不会正眼瞧。

孟梁没当回事，径自走进去。

宋安然拿着个玩偶站在秦昭面前，看着门外，问道："谁呀？"

秦昭接过她选的玩偶捏了捏，像是没被影响的样子，淡淡地说："遇到蒋倩了。"

孟梁过来的时候，宋安然正骂道："她真有病，要我说你当初应该报警抓她，老师知道也没用……"

孟梁走过去，问道："怎么了？"

看他两只手捧着三杯饮料，秦昭赶紧把玩偶放在旁边的货架上，接过一杯，笑着说："没什么，就遇到了个同学。辛苦大少爷啦。"

孟梁把唯一一杯常温的饮料换给她，秦昭拿到后有些愣。

宋安然自然不知道发生了什么，咬着吸管平息怒气。

幸好整体气氛尚佳，秦昭也最会宽慰自己不要被不值当的人和事绊住脚。

最后一个项目是"激流勇进"，这是小城游乐场没有的项目。

秦昭第一次坐，以为只是冲冲浪泼泼水。

且那块位置有些偏，人确实不是很多，排队的地方只能看到结束的那一段，所以她满心轻快地主动提出要玩。

当船进入漆黑的隧道并且逐渐升高时，秦昭的一颗心却开始向下坠，觉得人生路都跟着黑了。

孟梁和宋安然笑着，突然听到中间的秦昭带着哭腔喊了句："妈呀——"

孟梁咧嘴笑到差点呛了口水。

三个人的头发都湿了，秦昭刚刚恢复血色不久的脸蛋又变得煞白。

她直说再也不想来游乐场了："我秦昭不配来游乐场，不配。"

孟梁则说："旋转木马项目欢迎你常驻。"

太阳落山之时，他们坐上地铁去电影院，看那部孟梁选好的青春片。

只是孟梁没有想到，那部电影那么无聊。

秦昭睡着了。

她今天起了个大早，再加上被恐高折磨，身体疲累，一直强撑着困意。

只记得电影一开始就是女主角往返于男女宿舍之间，又因为设定的年代比他们所处的时代早一些，说实话她并没有怎么看进去，甚至觉得剧情有些莫名其妙。

　　秦昭的眼皮渐渐下垂，原本靠在椅背上的头也在向左耷拉。秦昭强撑着最后的意识想着：宋安然是不是坐在我左侧？从今天坐车的时候，宋安然就是在我左边的，玩海盗船和激流勇进时，她也在左边，那我向左靠一定没错。

　　孟梁心里也在吐槽剧情，正想转头看秦昭，一个头先搭了他肩膀上。

　　其实他们是从影厅左侧进门的，宋安然说这部电影的原著小说她看过，兴致勃勃地走在最前面，自然坐了秦昭右边。

　　所以秦昭的左边是孟梁。

　　那一瞬间孟梁是什么感觉呢，呼吸立刻放轻十倍，担心一动就会吵到她。

　　他想装作无意地回过头，却正对上宋安然投过来的视线，便赶紧伸出左手做了个嘘的动作。

　　宋安然扑闪着大眼睛，愣了两秒后比了个"OK（好）"，还把大拇指和食指形成的圈贴在唇上。孟梁强忍着笑意回了一个，宋安然就继续盯着屏幕看入迷了。

　　秦昭大概睡了半小时左右，孟梁僵着身子一动不敢动，终于体会了她在客车上给宋安然靠着的感觉。

　　不论是什么事，只要是为了在乎的人做，就会觉得甘之如饴。

　　孟梁完全没有看进去剧情，总是在走神，他甚至连十年后和肩膀上的人步入婚姻殿堂都想到了，然后又忍不住想抽自己嘴巴。

　　电影里不知是谁说话大声起来，秦昭抖了下就醒了，弓着身子用手揉脑袋，嘟囔着什么。

　　孟梁靠近，听到她说的是："我国第一颗原子弹爆炸，1964 年 10 月，10 月……"

　　虽然画面很好笑，但他的心却沉了，有些心疼她。

　　宋安然又投过来视线，孟梁示意宋安然继续看，然后从书包里拿了水递给那个刚醒有些神志不清的人。

　　电影快要结尾的时候，好像是谁死了，宋安然还攥着袖口嘤嘤地哭。秦昭始终低着头凑在她旁边，看起来情绪不高。孟梁急匆匆地从包里拿出纸巾递过去，又帮秦昭把掉在地上的帽子捡起塞到包里。

　　这下他彻底不用看电影了，且应了大清早的那句话，他是带着不省心的女儿出游的爹。

　　收拾好了包，电影也结束了，影厅亮了起来。孟梁再回头看秦昭，见她

T恤领口有些歪，左边脖子和胸前交界处有个像月牙一样的疤。

孟梁做事利索，早就联系好了车送他们回家。

宋安然先下车，挥手作别后，孟梁特意从副驾驶座位换到了后座。

天已经黑透了，时间有点晚，秦昭看着夜色，满目宁静。

孟梁还是忍不住开口打破沉默："你肩膀上的疤是怎么弄的？"

秦昭不知道怎么开口，下意识地扯了扯衣领，其实明明已经遮住了，但还是下意识认为他能看到。

"要是秘密就别说了，我就是随口问问，你别多想啊。"

秦昭的语气刻意放得有些软，大概是觉察到沉默带来的冷淡，说道："我今天在电影院有点睡昏头了。"

"没什么，你没必要这么紧张兮兮的。"

两人在小区门口下了车，慢悠悠地往家里走，谁也没说话。

快要到楼下时，秦昭开口："孟梁，我这个人是有点问题，我知道。即便是朋友，有些话我也说不出口。

"高考对我来说太重要了，我不能出任何差错，因为我一定要离开这个家，离开这座城市。"

5月初的北方，夜里起了风还是有些凉，她把早就穿上的外套拉链拉得更高，遮住了下巴，模样我见犹怜。

如今孟梁好像能理解一些了，秦昭把学习看作解脱自己这种处境的唯一方法。

孟梁不禁疑惑：可是一个人的根真的能斩断吗？

但他眼下还是摆出那副惯有的吊儿郎当模样，问道："你是不是要来那个什么了，怎么今天心情这么不稳定？"

秦昭呼了口气，示意孟梁一起上楼，每一步都像踩在心里。

"我明白你的意思，接受你的建议，会尽量别过度紧张。那也算生病吗，我最怕生病了。"

听着前面的人像是自言自语一样地念叨，孟梁轻松许多，回道："那我也接受你的建议。"

"我建议你做什么了？"

两人背对背掏出钥匙开门，秦昭扭开锁后回头看他。

孟梁钻进家门后露出了个头，拉长声音道："减——肥——"

莫斯卡托

话音落下，紧跟着响起关门声，她笑着回过头，也进了门。

晚上九点多，秦志忠还没回家。

张书和在客厅看电视打盹儿，听见开门的声音睁开了眼，阴阳怪气地说道：就这一天假期你也挺能玩的，我还以为你不回来了。"

"哪能不回来，看了个电影就回来晚了。"

"你都高二下学期了，还天天这么疯玩，我看你跟秦彰也没差到哪里去，不如在家里玩游戏安生。"

秦昭发现张书和有一种魔力，每次和她交谈超过两句，就能让人呼吸不畅，仿佛缺氧。

她总是这样子，你以为她在关心你，在内心深处为她开脱，但她说出来的话永远不中听，伤人伤己。

以前的秦昭可能会执拗地解释："妈妈，我没有每天都疯玩。"

那么，张书和就一定会说："不承认是吧，九点多了才回来，我说你还说错了吗？"

明明好不容易放三天小长假，选择了没有补课安排的一天出去玩，就会被认为总是这样整天出去玩，也不知道是哪里来的逻辑。

而他们这类父母，从来不会承认自己说错话做错事。

解释最无力无用，只会招致更凶的谩骂。

于是秦昭把鞋子摆回鞋架后说道："今后不出去玩了，我先去洗漱，明天还得补课呢。"

张书和感觉自己的拳头打在棉花上，闻言只能点点头，还要故作温柔地关怀一句："早晨多穿点，自己买早饭吧，我现做也费事。"

"嗯，好。"

回到房间锁了门，秦昭扔掉背包，一头栽在床上流了几滴眼泪。

她想：懂事真的好难啊。

于秦昭来说，不是做不到而感觉难，是做到了才感觉难。心会钝钝地疼，想要肆意任性，却好像从出生起就失去了机会。

第二天，秦昭补完课几近下午一点，秦志忠和张书和带着秦彰出去和朋友吃饭。秦昭心里嘀咕着秦志忠居然还有朋友，没被他借钱借到跑光。

她本来打算自己随便煮方便面吃，孟梁估计看到了秦昭家里人出去，估摸着秦昭快下课了给她发消息。

【你家人今天要干吗去？我看着你爸妈带着你弟出去了。】

【他们出去吃，我回去自己弄。】

【来我家，来来来。】

【弟弟，无事献殷勤，非奸即盗。】

【赶紧的，回来直接来我家，我让我妈晚点儿炒菜。】

秦昭不敢再在老师眼皮子底下偷看手机，不过这几句话立马让她心里变得暖融融的，她回了个"OK"后赶紧把手机塞进包里。

到小区门口时，秦昭拐进了水果超市，站在一排排水果前看了几圈，心里算着自己的零花钱还有多少。

最后她还是咬牙买了最贵的樱桃，拎着水果照常走在回家的路上，却是奔着孟梁家去，心情也轻快许多。

进了门，秦昭就知道樱桃没买错。

施舫明显多做了两道菜，已经摆在桌子上正散发香气。

施舫还在厨房里炒最后一道青菜，孟梁见秦昭拎着樱桃说道："怎么来我家还要带东西，跟我这么生分吗？"

秦昭还是有些不好意思，大概是第一次来蹭饭的原因。

施舫端着菜出来，一眼就看明白了，她总是那么温柔，放下了菜上前接过秦昭手中的袋子。

"昭昭这是有礼貌，哪像你。不过下次真的不用带了，就是多双筷子的事情，你再这样阿姨也要生气了。"

"没事，阿姨，我一会儿多吃几碗饭。"秦昭笑着说俏皮话，还主动上前接过施舫盛好饭的碗，放在桌子上。

施舫每次和秦昭接触，都觉得这个女孩身上有她这个年纪少有的懂事。

尤其在一些细微举动上，她总是知道怎么让对方舒服。

施舫想到这也许是从小就锻炼出来的下意识行为，还是有些心疼。

毕竟于施舫来说，这个年纪的秦昭和孟梁应该还只是个天真烂漫的孩子。

孟梁大剌剌地坐下，说道："你们俩又像姐妹又像母女，阿昭，你看我妈多喜欢你，都比过我了。"

"阿姨你看，孟梁跟我吃醋呢。"

"他呀，一点也不懂事，真后悔当初没生个女儿。我还有个亲姐姐，也养了两个儿子，头疼得哟。"

"孟梁还小呢，阿姨教得好，他知道疼人那是早晚的事儿。"

孟梁看着施舫笑得跟朵花儿似的，嘴角翘起就没下去过，暗自思忖着秦昭可真是川剧变脸的好手。

在长辈面前倒是乖巧惹人爱，怎么在学校就这么傲呢？

吃完饭后两个小的坐在沙发上瘫着。秦昭本来在帮施舫收拾碗筷，就等着一头扎进厨房洗碗，被施舫和孟梁合力按在了沙发上，于是就成了眼下的情况。

厨房里，施舫把樱桃泡在盐水里后开始洗碗，碗洗完了，把樱桃沥干净水，装在透明的玻璃碗里送到沙发前。

秦昭下意识地坐直，被孟梁粗暴地扯了上衣帽子靠了回去。

施舫笑着坐在了侧边的小沙发上，说道："没事，别拘束。"

上一次在孟梁家是严寒冬日，秦昭吃了一碗长寿面，感觉到温暖炽热。

而如今，5月的风清凉，顺着开了一半的窗吹进客厅。

孟梁捧着碗樱桃和秦昭同吃，电视里不知道在放什么节目，施舫看得认真。

没多久，孟兆国回家，看到秦昭后抬了抬眼镜，也叫了声"昭昭"。

可能他根本不知道秦昭全名，只是听施舫在家里说，就跟着这么叫了。

秦昭大胆地想：如果我是施舫和孟兆国的女儿，该多好。

只想了那么一瞬间，她就赶紧叫醒自己，仿佛妖怪被打回原形。

五一过后回到学校就是期中考试，之后便又恢复每天与孟梁坐同一班公交车，在教学楼的楼梯口挥手作别，一如常态。

唯一变化是孟梁放学后去网吧的次数逐渐变少了。

那时候他身高还不到一米八，在北方的男生里算不上最高，但也不算矮，只是有些微胖不那么显高。

孟梁一贯人缘不错，对谁都是笑呵呵的，没什么架子。

那年夏天，篮球场上多了孟梁的身影，他有些胖，体力也没那么好，都快有一年没碰过篮球了，技术也不行。

秦昭晚他十五分钟放学，顺着大路走出正门。

同年级的人大多都知道她成绩优异，担任班长，长得漂亮，气质又好，唯一的缺点就是不太爱理人。

有人经常见她早晨和一个男生一起上学，他们会怀疑她是不是早恋，随后爆发低低的嘲笑。

路灯亮起来的时候，孟梁穿着运动装下楼，绕着小区外夜跑。

那年开始流行记录运动的手机 App，他也下了一个。高一学业并不算重，且他保持居中的成绩，算是稳定。

秦昭并不知情。

那时的孟梁更像是头脑发热在做这件事，能不能坚持下来还是未知。

有一天，他跑完步满头大汗地回到房间，忽然开始翻阅历史课本，几乎翻了个遍，最后找到了一行字，才莫名地舒了口气。

他又忍不住敲自己脑袋，明明百度一下就知道的事情，干吗费这么大周折。

书上写的是：【1964 年 10 月 16 日，我国第一颗原子弹爆炸成功。】

五月下旬的寻常一天，趁着班主任还没到学校，早自习上课铃声也没打，秦昭的同桌转身和后座的两个女生低声聊天。

秦昭听着入耳的细碎声响，用铅笔在单词本上做了个没背完的记号，转而开始预习今天要讲的新课程。

她听力一向好，甚至比常人听得更清楚，好像无意中窥探了别人的秘密。

"你听说了没，蒋倩都跟小混混一起玩了。"

"我知道她，还挺会打扮的那个是不是，你怎么知道的？"

"妈呀，太不要脸了吧，她不是学习还挺好的吗，怎么也做这种事？"

……

秦昭看着地理书上有关气温带的内容，忍不住挑了挑眉。

三个女人一台戏，声音虽然不大，秦昭却听得清清楚楚。而她们好像认为秦昭这种除了发作业收作业几乎不和同学有私交的人一定不会多嘴，聊得很是安心。

秦昭转了转手里的水性笔，忍不住分神，虽然她和蒋倩关系不好，且有些过节，但还是有些听不下去。

在那个女孩子买卫生巾都要遮遮掩掩的年纪，流言无疑给蒋倩带来了巨大的冲击。

秦昭倒也不算多么思想前卫，她是彻头彻尾的浪漫主义者，永远期待为爱无畏而已。

莫斯卡托

1.

现实总是不那么浪漫的。

倒数第二节课下课后，秦昭到班主任办公室取了统一订的文学杂志，抱着往教室走。快到门口见到一个熟悉又陌生的身影，她不禁抬头看了看牌子。

上面写着二年一班，没错，是她的班级。

那个靠着墙的人，把校服裤腿改小了两寸，外套的下摆永远不会扎起来，大概是趁着还有一节课就放学，老师管理松懈，头发也是披着的。

秦昭装作没看到蒋倩的样子打算进教室，被她拦住了。

"秦昭，我找你。"

秦昭和她对视，一脸冷漠，说："那你快点说。"

蒋倩冷笑道："是不是你说的？"

"我说什么了？"

"五一那天我和陈子意去游乐场就遇到你了，你还跟我装傻吗？"

秦昭把杂志递给要进教室的同学让他帮忙带进去，回道："你又想找我碴是吗，胳膊上的疤祛了？"

"你看着我被人背后讨论就开心了是吗？"

"我看出来你是来找我碴了，那事不是我说的，别的我也没什么跟你说的。"

秦昭说完转身进了教室。

蒋倩站在门口叫她名字："秦昭！"

秦昭回头看向门口，眼神冷了下来。

班级里骤然变得安静，秦昭还看到早晨说蒋倩坏话的那三个女生最是关切。

"蒋倩，你再没完没了我就去叫老师过来。"

看秦昭搬出老师，蒋倩狠狠瞪了她一眼，恨恨地转身走了。

教室里又恢复了吵闹，很快打了上课铃。

秦昭看着讲台上的杂志，拿出口袋里刚刚班主任给的名单开始发放。

杂志发完了，班主任还没来教室，她回到座位开始自习。

很快，同桌传来个本子，上面写着：【蒋倩找你干吗？】

秦昭做了下抉择，还是写了回复：【陈子意。】

同桌下笔龙飞凤舞的，很快又将本子推了回来：【她找你有什么用，你别理她，自己不检点活该被人说。】

秦昭看后觉得有些好笑，赶紧低头掩饰，又胡乱写了个【嗯】，推了回去。

秦昭与蒋倩是高一时的同班同学。

蒋倩擅长的是理科，就像秦昭的理化生成绩有点拖后腿，蒋倩政史地同样。

当时的班主任都会开玩笑说："你俩要是中和一下就好了，年级第一都不是问题。"

秦昭当作玩笑话听了就过了，蒋倩却动了歪心思，期中考试之前找上秦昭，说到时候偷偷带手机进去，互相发文理综的答案，这样对谁都有好处。

秦昭连蒋倩的话都没听完就拒绝了。

蒋倩以为她装假，很是温柔地拍了拍她的肩膀就走，留了句："到时候我答完选择题就发给你。"

进考场之前，秦昭把手机关机装进包里，书包统一放在讲台周围的空地上。

最先考的是理综，秦昭大部分选择题是蒙的居多，不提前交卷算作对它最后的敬畏。

考完理综休息了十五分钟，大家按照座位表重新换了座位。秦昭坐在座位上放空，脑子里一遍一遍地梳理文综的知识点，等待老师发下试卷。

考完试的第二天有一节体育课，小城的体育课没有那么多的活动，篮球场满足了大部分男生的需求，而女生则大多扎堆聊天。

秦昭回教学楼里上厕所，身后跟着蒋倩和同班的几个女生，她刚出隔间就被推坐在了台阶上。

她干脆就不起来了，虽然觉得坐的那块地有些脏。

初秋凉爽的天气，蒋倩把外套袖子撸得很高，弯着腰不断推搡秦昭的肩膀。

"你怎么这么能装啊，秦昭？唬我是吧？你高中还想不想安生地读了？"

秦昭的头发被几个女生扯得有些乱，高一的女孩子已经很聪明了，不论是推搡还是踢打，都施加在被校服遮盖得住的地方。秦昭第一次经历这种事，可她清楚地知道眼前几个女生没有一个长得比她高，单拎出来力气也不见得比她大，但她们一起行动她就是挣脱不开。

她也见过被校外小混混打伤的同学，即便请假一周重回校园，脸上的痕迹还是隐约看得出来。

被打时，她想着：其实也没那么疼，胃疼起来比这疼多了。

蒋倩不知道又说了什么，随后带着人出去了。

秦昭赶紧起来钻进了隔间落锁，害怕被进入厕所的人看到，她忍受不了在人前如此狼狈。

她靠着隔板蹲在地上，心跳快得夸张，手也在发抖，抱住头开始想怎么办。

秦昭想：一定不能再被她们这么欺负。

晚上回到家里，吃饭的时候，秦昭试探着跟秦志忠开口："爸，如果有人在学校里欺负我怎么办？"

秦志忠嘴里的饭还没来得及吞咽，不问缘由，嘟囔着笑道："怎么，你被同学欺负了，我还能去学校帮你出气不成？"

秦昭在心里偷偷回应：我就是这么想的。

没有得到父母一丝关注，秦昭只能自己想办法。

于是下一周的同一天，依旧是体育课，秦昭悄悄攥了个东西在手里，再把手缩进校服袖子。

蒋倩这次直接状若亲密地挽着秦昭去厕所，她要在秦昭这个外人眼中的乖学生身上发泄自己积压的情绪。

秦昭心知肚明将会发生什么。

那天的结果是蒋倩和秦昭双双进了校医务室，蒋倩因为手臂受伤，秦昭肩上的伤则是她自己不小心划到的。

教学楼一楼最西侧的女厕所内，遗落了一把银色手柄染了血的美工刀。

懦弱者被人欺，秦昭要用实际行动告诉蒋倩，她选错了霸凌的对象。

第二天蒋倩没来上学，因为右手臂受伤。

那时候班主任对于这种事情的处理，还是要大事化小小事化了压下去的。

秦昭亲自为自己"报仇"，也不矫情地要蒋倩一句道歉，因为她暗自决定，绝不原谅蒋倩。

秦昭无奈地把自己目前的不幸生活归咎于可能自己上辈子做错了事情。而蒋倩这种人也一定会自食恶果，秦昭等待着那一天的到来，日子还长。

譬如现在，秦昭不就在厕所听到蒋倩的哭声了吗？

真是似曾相识了，校园里的卫生间那么相同，却又不同。

蒋倩红着眼出来时，教学楼里已经很安静了，蒋倩低着头在旁边的水龙头前洗脸。秦昭把水阀开到最大，手指抵住大半出水口，水立刻滋了蒋倩一身。

"你有病吗？"蒋倩抬头一看是秦昭，愣在了原地，如今轮到她狼狈了。

"不好意思，原来是你啊。"秦昭不介意小人般地再来轻轻踩她一脚。

"秦昭，你最好永远都不要跌下来。到时候看我会怎样对你。"

"那我一定会好好的，你也能少花点心思在我身上。"

走出校门后，秦昭被后面的孟梁叫住，他一身的汗，没有纸巾擦，拿着校服粗暴地蹭来蹭去。

秦昭无奈地从口袋里拿出纸巾递给他。

他们班的男生看到后，暧昧地吹口哨，被门卫大爷一声呵斥，催促快点离校。

"这包纸巾给你了，你下次用这个擦。"

"够我用两次了，你给我的，谁跟我要我也不给。"

秦昭一边走，一边说道："他们也想不到你会带纸巾。下次阿姨去超市让她给你买些这种小包的纸巾随身带着，今天见不着我你不就没得擦了？"

"可我这不是见到你了吗，阿昭。"

秦昭再次忽视他的情绪，问道："全城的黑网吧被查封了吗，你怎么打篮球了？"

"你会不会说话啊，我减肥呢。"

"哦？有喜欢的女生了是不是？"

"低调低调，一点点喜欢吧。其实我……"

没等他说完，就被她打断："哎？公交车来了，快跑。"

两人坐在楼下，夕阳西斜，一人手里拿着一支巧乐兹。

"这还不如我读初中时吃的五毛钱一根的冰棍呢，腻死了，你们女生都爱吃这种吗？"

"那你也得吃完，不然下次别想从我的口袋里抠出一毛钱给你买东西。"

孟梁就是嘴皮子厉害，实际挺老实的。他总觉得秦昭今天不对劲，刚看到她的时候头发还溅了些水。且他在后操场打了半小时的篮球，秦昭往常这时候早就坐上回家的公交车了，哪里遇得到。

"你今天怎么了？我总觉得你不对劲。"

秦昭淡笑着看孟梁，问道："你如果有心事，会和朋友说吗？"

"当然会。"

秦昭轻叹了口气，拉下校服领子，里面是一件圆领的 T 恤，微微拉开领子歪头给他看，说道："这个疤是我自己划的。"

看孟梁呆愣愣的，她赶紧加了句："不小心划的，我没自虐倾向。"

孟梁表情放松下来，不敢直勾勾地看她修长的脖颈。

秦昭刻意凑得更近些道："你看看，看看……"

"看到了，你不要再凑过来了。"

"孟梁，你害羞什么，脸红成这样？"

然后一直是孟梁在问，秦昭在答。她看着因为夏日即将到来而迟落的夕阳，断断续续地讲了那件埋藏在心里的事，又说了五一那天遇到蒋倩，还有今天蒋倩来找她。

"她应该是从别人口中听到了自己的传言，以为是我传出去的，其实她应该知道是谁说的。"

孟梁倒是知道那个男生叫陈子意，想了想，说道："陈子意以前和我一个中学的，那年中考全校第一，我没想到他这人这么没品。"

"孟梁，我一直认为人与人之间是咬着链条循环的。蒋倩伤害过我，陈子意如今伤害她，可能没过多久，又会有人伤害陈子意。这像是在报复，冤冤相报何时了。"

"阿昭，其实很多时候，不需要想那么深刻。"

"我知道这样不好，可能我就是一个不值得被爱的人。当初班主任连我们双方家长都没有叫，不是因为我怎样，而是蒋倩家里的情况特殊。老师跟我说，她爸妈在她很小的时候就离婚了，她爸去了外地工作，家里只有年迈的奶奶，蒋倩自己主动说的不找家长，老师话里话外的意思好像是她在大发慈悲地饶过我。

"谁家里还没些糊涂账了，我父母是没有离异，看起来家庭美满，我连个卖惨的由头都没有。老师对蒋倩始终都是温和亲昵的，对我只会说：'秦昭，你性格太执拗、倔强，这要不得。'"

夕阳的余晖泼洒，秦昭手里的巧乐兹早就吃完，木棍上还有压花，她对着光举起来瞄看，等孟梁说话。

她心里祈祷着，这个时候他可千万别干巴巴地开句玩笑。

孟梁拿着木棍在地上乱画，也画不出来什么，更像是无意识地乱戳。

"阿昭，你是不是嫉妒老师偏爱蒋倩？"

他说得一针见血，听得秦昭脸和耳朵都有些发烫，她并不是很想承认，实际上是有的。

她试着解释："我没有那么在意，但也不是完全不在意。"

孟梁站了起来，身上的汗干了，脏兮兮的，有些难受。

"你应该学一学我。我从来不在意别人会不会喜欢我，可事实上，大家都还挺喜欢我的，对吧？"

接着，他说了些建议："如果你想让人人都喜欢你的话，你多多少少就会去讨好。但不应该是这样的，你应该先让自己放松下来，大家喜欢你那也只是锦上添花的事儿，对吧？"

虽然还没到夏天，但孟梁已经穿上了短袖校服，而外套被他胡乱拽着，拖在地上也不在意。他扔下手里的东西，从后门进了超市，很快又跑了回来，手里拿着两瓶可乐。

那年可口可乐推出了昵称瓶，秦昭同宋安然还特地买了上面写着"闺密"的款式。

孟梁塞了一瓶到她怀里，兀自拧开自己的那一瓶喝了一大口，瓶身还冒着冷气。

秦昭手里那瓶上面诙谐地写着"邻家女孩"。

她笑着问他："你怎么不给我买冰镇的？就知道自己凉快。"

"我怕你又胃痛，我妈上次还教训我来着。"

秦昭举着可乐瓶问他："邻家女孩？"

"你不就是邻家女孩吗？"像是察觉出了话语中的暧昧，孟梁赶忙接了句，"让我看看我这瓶写的什么……天啊，'型男'啊！"

"型男，再见。"

"邻家女孩，明天见。"

期末考试前的最后一个周末，秦昭和宋安然约在奶茶店见面。

莫斯卡托

隔着窗户，秦昭看到宋安然在跟一个男孩道别，两个人看起来很亲密，可和她与孟梁的那种亲密又不一样。

那个男生是宋安然的同班同学，一看就不怎么爱学习。

秦昭很想泼冷水，但看宋安然喝着东西，还不忘笑盈盈地回复手机消息，还是忍住了。

高二的结束意味着秦昭即将成为一名准高三学生，可高二这个尾并没有收好。

秦昭从第一名变成了第二名。

自从秦昭读高二后，张书和问过几次成绩，听到的都是第一，因而这次大概觉得出席家长会很有面子就去了。她回来后脸色不好，秦志忠见状问她原因。她用冷嘲热讽的语调说："秦昭骄傲，成绩退步了。"

秦昭房间门开着，听到了简短的对话，便知道事情不对了。

张书和尽到了去开家长会的义务，秦志忠则是整个小城最"操心"女儿成绩的那位父亲，他拿着成绩单来秦昭房间进行"爱的教育"。

秦昭明明觉得自己没那么差，应该是考试的时候马虎算错了数，虽然有些难以接受，但还是在合理范围内。

毕竟凡事难以尽善尽美，像孟梁说的那样，别把自己绷太紧，时而放松一下，最终的结果未尝不是好的。

不能接受的是秦志忠。

"我以为你一向听话，不需要爸爸妈妈操心，怎么成绩才稳定了不到一年，就骄傲自满了？我平时忙，没时间管你，但你扪心自问，爸爸对你不关爱吗？"

这种话怎么回答呢？你点头，是对自己内心真实情感的亵渎；你摇头，是对父亲权威的挑衅。

"马上要高三了，把心思收一收，不要放在那些无关紧要的事情上。要是按照你现在的趋势来看，高考就要完蛋，到时候我可没钱养在家不务正业的你。"

秦昭清楚爸爸又在打压自己了，绝不为所动。

从小到大都是这样，秦昭不论做什么，秦志忠都会说她不行，考试考了第一名也没有任何夸奖的话，但会在成绩下降那么一丁点的时候说你今后都完了。

夸大其词，不留情面。

秦昭忍不住开口："爸爸，我没有退步很多，这次只是粗心了，下次我……"

"高考给你机会粗心吗？我在这儿跟你好好说话，你还学会顶嘴了。"

"现在离高考还远，我会……"

"远什么远，开学你就上高三了，怎么一点危机感都没有？谁家的孩子像你这样，就算学习不如你的也一定都在严肃对待，你除了顶嘴还会什么？"

秦昭知道，自己又做错了，她不应该多说那句话，这下秦志忠又要说个不停。

听着他的大嗓门越说越来劲，秦昭只觉得自己刚做好的心理建设全然崩塌。她也开始和秦志忠一样，不接受这个考试结果了。

施舫这几天瞧着儿子总觉得不正常。

因为孟梁不再像以前那样吵着让自己做这个菜做那个菜，虽然放学后依旧晚归，却是打篮球流了一身的臭汗回来，路灯亮起后又换上运动装出去跑步……

施舫忍不住问道："你是不是早恋了？"

孟梁回答："没有。"

"儿子，你不用瞒着妈妈，你可以和我说说。"

孟梁刚跑完步带着一身汗回来，扯了茶几上的纸巾擦，翻了个白眼，说："你想什么呢，真没有。看看你买的这纸，沾我一脸的纸屑，下次别买这个了。"

"你流了那么多汗，什么纸擦不坏？还怪我了。"

"阿昭给我的纸怎么就没烂，质量比你买的这个好多了。"

"说起昭昭，我今天不是去给你开家长会了吗，回来没多久，隔壁又开始吵了。"

孟梁一愣，说："她爸妈又吵架了？不是都习惯了，三天两头的。"

"我听着什么高考、退步的，估摸着是说昭昭。他爸爸真凶呀，刚消停没一会儿。要我说，就算退步她也……你干吗去？"

"秘密。"

孟梁站在楼下向上看，秦昭的房间拉着窗帘，亮着灯。他打开通讯录，按下第一个联系人拨通过去，电话大约响了三声后被接通。

那头果然声音闷闷的："嗯？"

"你在干吗呢？"

"准备看书。"

"刚放假，看什么书，快下来。"

"孟梁，我不想出去。"

"你下来待会儿，风吹得人舒服死了。"

秦昭在心里权衡着，今天秦志忠在家里，而自己刚被教训完就出门，实在是有些顶风作案。

可她内心是想出去的。

孟梁看得出她的犹豫，催促道："说好了啊，快点，我就在楼下呢。"

他说完就挂了电话，不给秦昭反悔的机会。

秦昭偷偷掀开一点窗帘向下看，外面有些黑，孟梁就站在路灯旁一直抬头看，也不嫌累。

咬牙让自己忽略后果，她穿上鞋子开门出去，留了句："宋安然找我拿英语材料，我下去一趟。"

看到秦昭推开楼门走出来的时候，孟梁笑了。

"我今天刚被我爸骂惨了，现在天黑了又跑出来……"秦昭嘟囔着。

孟梁看了一眼她脚下的运动鞋，然后拽上秦昭纤细的手腕就朝着小区门口跑。

秦昭不喜欢运动，一边跑，一边挣扎道："干吗呀，我不行，你今天还没跑步吗？"

孟梁一身的汗味还没来得及清洗，听了她的问话脸色不变地回答："还没跑，你陪我一起。"

"不行不行，我体育考试都是刚刚及格，跑不动……"

"你不要讲话了，一会儿跑岔气就知道疼了。"

孟梁一直拽着秦昭的手腕，出了小区沿着路边跑。秦昭挣扎不开，只好跟着他跑。

男孩的手攥着她的那一处，在夏季时节的热气蒸腾下也发了层细汗，有些黏，像秦昭潮湿的心。

跑了大概还不到一千米，秦昭另一只空闲的手叉在腰侧，步伐越来越缓慢。

孟梁投来视线，见她一直在摇头，这时恰好看到路边有张木制的长椅，两人也不嫌脏就坐了下去。

孟梁笑得极其开心，虽然秦昭跑得岔气疼得皱眉。

"我刚刚是不是让你不要说话，你一直在喊不行了，当然会岔气了。"

秦昭微微蜷缩着身子，闻言打了他一拳，说："你真的有病，且病得不轻，我最讨厌跑步了。"

"你是不是不疼了？好了继续跑啊，我看你还有得是劲儿，是不是跟我装的？"

"我装你个头……你别拽我了行不行……"

孟梁拉着秦昭先慢慢步行，再一点点加速跑起来，说道："你快闭嘴，我放开你，你保准跑回家。"

后来，秦昭流了满头的汗，额前的碎发都已经粘住，最后几乎整个人瘫在长椅上，孟梁站在旁边傻笑。

"我讨厌死你了，孟梁，你真是有病，我就不该下来。"

"有没有好受点？"

秦昭愣住了，运动后剧烈的心跳还没有缓过来，大脑有短暂的空白。

但不可否认，心里被秦志忠种下的那朵罪恶之花仿佛被挤到了偏僻一隅，她觉得释怀多了。

"那也讨厌你，我不需要减肥。"

孟梁知道她嘴硬，弯腰揉着腿，看她毫不顾及形象地躺在长椅上，问道："没看我最近瘦了吗？"

秦昭坐了起来，给他让了个地方，有点疑惑地问："嗯？"

两人并排而坐，孟梁抬头望向天空，繁星点点，明天一定是个艳阳天。他们相处时就算沉默也不觉得尴尬，眼下都傻呆呆地抬着头，看很久没仔细看过的星空。

秦昭幽幽地开口："这种长椅，我之前住的小区外的广场也有。"

"嗯？"孟梁示意她讲下去。

"有一次他们俩吵架，我妈深夜出走，秦彰那时候还小，已经睡着了。我追出去，最后母女俩一起睡在长椅上，因为她没带钱，我更没钱，我爸根本不在意，连个电话都不会打，真是冷漠死了。"

原来情绪到了那个份儿上，有些话自然而然就说出来了。原来倾诉是这么美好的事情，连带她内心都软了三分，那最后一句"冷漠死了"似乎还带着少女的埋怨。

孟梁心里沉了沉，温柔地回答："阿昭，你一定会过得好的，你值得。"

而我也会默默为你祈祷，因为你值得世间所有的好，我要你喜乐顺遂、自由通透。

秦昭用手肘顶了顶他，说道："借你吉言，你也会过得好的。哦不对，会帅的。"

"我本来就帅好吗？只是帅得不明显。"

得，又开始贫了。

街口的烧烤摊传来香气，两人对视一眼，心照不宣地走过去，还异口同声地互相指责："你啊……"

秦昭吃着鱿鱼须，听孟梁发表感慨："没有什么事是一顿烧烤解决不了的。"

秦昭笑着接话："如果有，那就两顿。"

暑假伊始，秦昭已经定下了上补习班的时间，她不像宋安然那样埋怨放假也有上不完的课，反而觉得把更多的时间花在补课上或是公交车上，比在那个冷清的家里好得多。

孟梁上课的地方恰好离秦昭补课的地方不远，有一天，两人约好了一起回家。

孟梁下课早些，优哉游哉地走了半条街，就到了秦昭的补习班。

没多久，他看到许多背着书包的学生鱼贯而出，秦昭混杂在其中，扎着万年不变的马尾。他刚要朝她招手，就看到她后面的一个男生碰了碰秦昭的肩膀，孟梁就把手放下了。

那男生和她同年级，或许以前在老师的办公室见过几次，趁着同学们都走远，他递过去一封粉蓝色的信。

秦昭愣在原地，不知道怎么回应。

再加上当时她高二期末考试失利，因此拒绝得实在是有些伤人。

"开学就高三了，我不会考虑这些无聊的事，希望你也能把心思放在学习上。信，你自己收藏吧。我相信你语文成绩很好，期待你的满分作文。"

秦昭一通话说得那个男同学脸有些红。

忽然，他看到了远处的孟梁，指着孟梁说："你拒绝我是不是因为那个人？我以为你审美……"

秦昭看过去，阳光有些刺目，她眯着眼睛像是不耐烦，扭头回答那个男生："你不要乱讲，他是我邻居家阿姨的孩子。"

明明上一句还在觉得自己伤害了对方，可听到他对孟梁的嘲讽，实在是让她忍不住出言讥讽。

孟梁看到了她满脸的不耐烦。

两人站在公交站等车的时候，他冷飕飕地说："被表白啦？"

"无聊。"

"我看他还递信了，真勇敢。"

"你还挺赞许他？"秦昭不想说人家刚刚还嘲讽了他。

察觉秦昭对这话题有些反感，孟梁连忙否认："没有，没有。"

"你不要学这些，都是在耽误时间。宋安然那家伙也有欣赏的人，我还不知道怎么劝她。"

孟梁想得简单，说："我觉得这未必是坏事吧。可以两个人相约一起努力，考同一所大学，多好啊。"

秦昭却更现实，说："你想得太浪漫了，考同一所大学哪么容易。再说就算真的如你所想，孟梁，我们所在的城市太小了，见过了外面的世界，也许会分开的。"

"阿昭，你这样太不可爱了。"

"嗯？"

"你明明是向往浪漫的，可你在压抑自己。"

秦昭不置可否，说："等我十八岁以后，有得是时间浪漫，我一向不急于一时。"

孟梁在心里暗暗赞同：好，不急于一时。

2.

那个暑假，孟梁一直在躲着秦昭。

一开始，秦昭还能见到他，但他补习班上了没多久就开始彻底放飞享受假期。

而秦昭用放假的时间把课本的知识点又顺了一遍，再加上要补习，快一个月两人都没能见面，她也不知道他在忙什么。

马上就到要返校的那几天，秦昭才真正歇下来，有时间睡个懒觉，可不出九点还是会自然醒。

孟梁特地攒了一个假期的头发没剪，脑后的头发都能用发绳扎个小鬏鬏

莫斯卡托

了。施舫催他开学前赶紧去剪头，他神秘兮兮地说自有打算。

那天下午，他戴着顶棒球帽，穿一身新买的休闲装，依旧站在秦昭窗下的路灯旁，给她打电话。

"下来。"

"干吗？我不去跑步。"

"想什么呢，大太阳天儿谁跑步。"

秦昭站在窗前，没有窗帘的遮挡一眼就看到一个男生的身影，试探着问道："楼下穿了一身黑的人，不会是你吧？"

孟梁闻声立马背过身子，说："没有，我在小区门口。"

"你这转身也太生硬了，我看那人好像挺瘦，你是要和我炫耀减肥成果吗？"

"你怎么磨磨叽叽的，快点下来。"

秦昭不再逗他，将近一个月没见面的人，她也好奇他变成了什么样子。

事实证明，见到他后她还是有点消化不了眼前的情况。

"你是不是故意穿的黑色显瘦啊？"

"我本来黑色衣服就多。"

"戴帽子干什么，给我看看你的脸，是不是瘦了变好看点了。"

孟梁甩甩头示意秦昭一起走，说道："陪我剪头发去，让你看看帅哥是怎么练成的。"

两人一路嬉笑着，秦昭打趣道："你是特地留的头发吗，然后弄个韩剧里男主角的那种发型，庆祝自己减肥成功？"

"我最烦留刘海了，最近头发长了我都用我妈的发绳给绑起来。"

"哦，那你又要剪以前那种头？"

孟梁气得想打她，说："会不会说话啊，你非要把爷气死是吧。"

秦昭笑得不行，说："不逗你了，孟梁，你现在倍儿帅，真的。人一瘦果然精神不少。"

孟梁现在的身材绝不是秦彰那种消瘦，但秦昭不像宋安然只爱高高瘦瘦那一挂，孟梁这种健康状态的身材她就觉得很帅。

"真的？那我摘了帽子岂不是要被帅晕过去了。"

"当然当然，我一会儿在理发店给你表演当场晕倒。"

"那你小心点，磕了碰了我不负责的。"

"我磕傻了就赖上你，你等着吧。"

"那我妈高兴了，说不定再把你养成个胖子。"

秦昭坐在理发店的椅子上玩了十分钟的 Flappy Bird（愤怒的小鸟），看那只鸟颤颤巍巍地飞来飞去。她玩累了抬头，见孟梁已经剃好了板寸，理发师正在修剪细节。

孟梁虽然脖子上还系着围布，倒是终于看清他的脸，活生生比原来小了一大圈。

秦昭摇摇头，说道："孟梁，你好有心机。"

"怎么说？"

"这开学就要文理科分班了，你是打算给新同学留下好印象，再开始一段美丽……"

"俗，忒俗。我怎么就不能奋发图强呢，你总是怀疑我。"

孟梁付完钱，两人走了出去，秦昭看着眼前精神了不少的人忍不住一直笑。

"你学文还是学理呀？"

"你有没有想考的大学？"

两人同时开口，问的都是想从对方口中知道的问题，只不过一个是随口说说，一个却真心想得到答案。

见孟梁没说话，秦昭笑着先回答："我想考外语学校，倒是没有特别想去的城市，到时候还要看分数才能定。"

孟梁若有所思地点点头道："你想学外语？那想去南方还是北方？我就是随便问问。"

"想学日语或者法语，上大学就可以选择自己喜欢做的事情了。"她顿了顿继续开口，"想去南方看看，但是我更喜欢北方的天气。"

"我会说'空你七哇'（你好）。"

"哇？你在说什么……"

两人在小区里追逐打闹起来，太阳光晒得很，没一会儿，他们就找了个阴凉处坐着，手里拿的是孟梁说最解暑的老冰棍。

"你不知道我多期待高考，到时候就会有另一番天地，一定比现在多姿多彩，最重要的是那是我向往的、拼出来的。"

孟梁看得出秦昭对前程满怀希望，眼中有光，有笃定。孟梁自知若是要与她在大学见，就要从现在开始努力了。

学习是他一度认为最枯燥的事情，可是忽然起了心思，他也想尝试做

莫斯卡托

一做。

孟梁无声地嘬着冰棍，侧脸问她："你还没告诉我，为什么送我存钱罐？"

秦昭没忍住笑了一声，说："孟梁，你是反射弧太长吗？3月份发生的事情，现在才来问我。"

"别笑，我认真的呢，我一直没想明白。"

孟梁的生日在3月下旬，当时开学不久，且他提前几天就告诉秦昭自己生日要到了。秦昭表面上说没钱给他买任何生日礼物，实际上还是在周末跑了好多家礼品店，最后送了一个精挑细选的存钱罐。

秦昭笑嘻嘻地看着他说："就是让你学会存钱的意思，你连自己的体重都能控制得了，我觉得你也没那么幼稚了。"

身边有孩子吵闹着从身边跑过，孟梁小声嘀咕了句："我会追上你的。"

"你说什么？"

"没什么，你等着看吧，我要开始奋发图强了。到时候我们家施女士可能少不了感谢你，你就来我家吃饭。"

"谢我做什么，你学文学理呀，还不告诉我。"

"你急什么，后天就开学了，到时候不就知道了。"

"选什么都好，文科有我，理科有宋安然，你多幸运，有两个神仙姐姐。"

孟梁把吃完的木棍塞回包装袋里，斜了秦昭一眼，说道："宋安然就算了，你别找尽一切机会想做我姐，你就比我大三个月。"

"大三个月也是大。"

"不大。"

"大。"

……

孟梁选了学理科。

他之后每每回想起来，都觉得自己是一腔孤勇，决定做得又理智又莽撞。

理智是因为他知道自己想要在成绩上和秦昭匹敌，就一定要学自己擅长的理科；莽撞则是因为，他那时想着能跟她上同一所大学，又有些天真。

那年秋天，孟梁进入新班级，结识了一众新朋友，也收获了许多女生的关注目光，还遇见了寇静静。

寇静静喜欢故作深情，明明也就三分同窗情，她却能表现出来好像有九分那么深。

她对孟梁说："我对你一见钟情，少年时代的一见钟情，是要喜欢一辈子的。"

孟梁回了句："有病早点治。"

窗外的叶子簌簌落下，宣告着秋天即将落幕。

孟梁奔走于隔壁的逸夫楼上实验课，也会主动扣响老师办公室的门请教问题……

好像很多人都是这样，分了文理科后的高中校园生活，更加游刃有余。

孟梁亦然。

艳阳高照的北方秋日午后，安静的教室讲台上英语老师正在讲《百万英镑》。

戴眼镜的女老师刻意端着语调说："Then Henry said……Who can read it？"

接着就是短暂的沉默，不论想不想读，大家都默契地不作声。

突然，后排传来一句梦话："你听我说……嗯……"

教室里骤然爆发哄堂大笑，老师把手里的书摔在了讲台上，说道："安静。同桌是谁？把他叫醒。"

笑声逐渐低了下来，直到教室又恢复安静。孟梁看了看手表，心里默数三十个数，下课铃就响起来了。

于是安静了不到半分钟，同学们又开始轻声地交谈，老师提高了音量："课代表跟我去办公室拿作业，下课。"

老师话音刚落，孟梁赶紧跑出了教室，朝着楼上去。

他不是英语课代表，他是要去高三的楼层找秦昭。

"孟梁，你是不是故意的？"开学后秦昭就以自己要提前二十分钟上学为由，没再和孟梁一起上学。结果他按原来的时间上了几天学后，开始比她早十分钟到校，且不带钥匙。

施舫开着自家门等秦昭出门，摆脱她把钥匙带到学校转交给孟梁，起初是她送到孟梁班级，后来变成了孟梁来找她拿。

"我最近学习太刻苦，记性不好，你就不能关爱一下我吗？"

"我才不信，你明天能不能自己带钥匙，不行我给你拿绳子系在脖子上，抽根鞋带就行。"

"唉，不一定。我下节上体育课，走了走了。"

看着那风风火火的少年背影，不知道又是多少女孩子的梦，秦昭站在三年一班的牌子下面，无奈地笑了。

周末秦昭去孟梁家吃饭，施舫惯例地数落孟梁："我说了让他别麻烦昭昭帮忙带钥匙了，高三多忙呀。他非说什么自己放学可能要和同学打篮球。昭昭啊，真是让你操心了。"

秦昭甜笑着回答施舫："阿姨，没事的，都是孟梁去找我拿，我就是下课出个门的工夫。"

餐桌下面，她连拖鞋都没脱，朝着孟梁的腿踹了一脚，再附赠一个凶狠的白眼。

那年秋末，秦志忠终于彻底关了店面，开始和友人到外地跑生意。

本以为没了秦志忠，家里的吵闹声会彻底消失，可到了叛逆期的秦彰却继承了父亲的"传统"，少不了把张书和气得冷脸沉默。

秦昭觉得这样的日子已经好了很多。

平时除了学校或是补习要交钱，与张书和不再有过多交流。

宋安然和那个无心学习的男同学一起做叛逆乖张的少男少女，秦昭不用想都知道她妈妈现在一定急得焦头烂额。

秦昭觉得自己是个不太会说话的人，有一肚子想要劝诫宋安然的话，却不知道如何开口。

或者说她太过冷静，人总是不撞南墙不回头的。

就像我们虽然知道长辈们口中的大道理是人生经验，可到了自己身上，还是要亲身实践走走弯路才能醒悟。

有时候清早起来，秦昭还会看到宋安然昨夜发来的 QQ 消息，说她和那个男生吵架。

然而下面常常又会跟着一条【我们和好啦】，相隔不过一个小时。

冬天，大概是年终岁尾的原因，秦昭总是觉得整个人都有些疲累。

九点半下了晚自习，秦昭一边在初雪过后打滑的路上小心行走，一边接收宋安然的坏情绪。

近十点的小城，学校附近却热闹异常，公交车站还有许多二中的学生在等最后一班车。秦昭不知道第多少次说"安然你听我说"，最后彻底放弃，只让她一心发泄情绪，这种无关痛痒的小事，本来就是说出来就快活了。

好像秦昭总是这样，太过在意别人的心情想法，而忽略了自己的真实感受。

其实秦昭心里也有些烦躁，脑袋里装着弄不清的地理知识点、错题本整理如何，还有家里恼人的争吵声，如今又还要接纳宋安然不断起伏的情绪……

好在老天爷眷恋，让宋安然爸爸的车子从拥堵的马路上冲出重围接她回家。

秦昭把手机收回口袋，拉好拉链，抬头看到小区门口站在人群之中那个最不一样的少年。

是孟梁。

他把手缩在外套的袖子里，不知道拿着什么。

对上秦昭看过来的眼神，孟梁笑了，秦昭就也跟着笑了。

顷刻间，周遭所有的嘈杂嬉闹声好像都消失了，人行道亮起绿灯，她缓步过了马路和他面对面站着，至此所有的不安都能被治愈。

孟梁手里捧着两个烤地瓜，递给了秦昭一个。

秦昭有样学样地垫着袖口接过，发自肺腑地笑道："这都快十点了，你怎么还出来了？外面怪冷的。"

"我爸天黑了才回家，说路口卖烤地瓜的大爷出摊了……"

秦昭故意抢话说道："孟梁弟弟特地出来给我买的是不是？"

"你要不要脸。"他绝不承认。

街口卖烤地瓜的老大爷大概是今年冬天第一次出摊，孟梁记得自己说过今后冬天带她吃热乎的。

又像是终于有了理由等她下晚自习回家。

孟梁步子放得更慢了，他一米八几的身高，那么长的腿像在原地磨蹭。从小区门口到家楼下，两人走了很久，最后地瓜都要吃完了。

"我这个地瓜烤得不够熟，要里面都软软的才好吃。"

"你真事多。"孟梁先数落她一句，接着又说，"那我下次挑个长条形的，应该比较容易熟吧。"

"唔，孟少爷破费了。你下回别不跟我说就在楼下等了，万一我下午请假回家了，你不就受冻了？"

"那我下次见面就把你塞雪堆里。"

秦昭坚信他做得出来。

莫斯卡托

2013 年的 12 月 9 日，周一，市里为纪念"一二·九"运动，要求各个学校联合举行长跑友谊赛。

那年小城南边被划成了开发区，大片空地开始建楼，因为一中的新校址还没建好，长跑赛定在了新文化公园的广场举办。

当天全校腾出了两节课的时间转播比赛，高三的学生更是开心得大声欢呼。秦昭知道孟梁有参加，因为他刚报了名就告诉她了，不管是能够休息还是能看到孟梁，她心里都觉得倍感轻松。

秦昭当时真的没想到，这场再寻常不过的长跑赛会成为她高中校园最后一个冬天里令她无法忘怀的欢笑记忆。

孟梁自诩高二前的那个暑假都在健身跑步，一定比得过校园里大部分男同学，说不定还能争第一。

拿奖状和证书倒是其次，全市的比赛，得给他们一中跑出排面。

赛况还是比较胶着的，高中时期的男生在运动上更看天赋，去过健身房的屈指可数，孟梁靠着良好的运动习惯，始终保持在前五名左右。

因为地方电视台提前做了预告也会转播，有许多附近的老人牵狗遛鸟地去凑热闹。秦昭挂着下巴盯住屏幕，镜头偶尔掠过孟梁时她一眼就认出来了。

后来他说，他中途没跑第一，是在积攒体力。

虽然秦昭觉得他就是追不上人家而已。

最后一圈的时候，观众几乎都以为结果已定。孟梁当时跑在第三，前两名是其他高中的男生。

屏幕里突然出现了只大黄狗，违规"参赛"。

这狗不知道是哪位大爷带来的，没牵绳，直接从人群中钻了出来，正好碰上开始跑最后一圈的孟梁，瞄准了他就开始追。

原本安静的教室，突然爆发大笑。

秦昭扬着嘴角尽量不笑出声，实则心底已经因为这滑稽场面笑疯了。

孟梁立刻开始提速，摄像录不到他的表情，可是从背影来看，实在是慌乱。

那个穿着黑色无帽卫衣的身影在疯狂地向前冲，而他后面还跟着一只毛色淡黄的土狗，一人一狗超过了第二名，又超过第一名……

最后孟梁冲过了拉好的红线，累到脱力地坐在地上，那只狗站在他旁边叫个不停。

裁判用大喇叭喊着"第一名，一中孟梁"时，秦昭赶紧捂住了耳朵。不止她所在的班级，走廊也传来骤起的欢呼，隐约还听得到笑声。

广播里解说员的声音传来："同学们请保持安静，友谊第一，比赛第二。一二·九长跑比赛是为了向革命先辈致敬，冬季长跑需要勇气、耐力与恒心，才能够获得最后的胜利，正如我们的高考一样艰辛，当我们取得胜利后，一切都是值得的……"

教室里发出了喝倒彩的吁声，秦昭带笑盯着屏幕，看到孟梁搂着那只狗对着镜头拍照，她的笑意更深了。

晚上那个被狗追的人又捧着两个烤地瓜在小区门口等秦昭。

秦昭一见到孟梁，好不容易压抑的笑又露了出来。

他们太熟悉彼此，孟梁一眼就看出来她笑容里的调侃。

什么昏黄的路灯下我等你的浪漫意境立马消失不见，他将地瓜塞到她口袋里，咬牙凶道："笑笑笑，我下回把地瓜给狗吃都不给你吃。"

"还不让笑了呀，今天整栋教学楼都笑疯了，我下晚自习还听到路过的同学讨论你。"

孟梁有些得意地仰了头，问道："讨论我什么呢，给咱们一中拿了第一，我厉害吧。"

"是是是，你最厉害了，他们讨论说你被狗追到第一，是不是应该取消成绩。"

孟梁咬着地瓜还没咽下去，气愤地开口："你们高三的都这么闲的吗？什么人啊，我得了第一，还要被校友说取消成绩，你不知道我当时多害怕。"

秦昭用手肘顶他，问道："这才是你的真实想法嘛，当时你吓坏了吧。"

"吓蒙了，我都不知道它为什么追我。我承认，我这个人就是帅得不讲道理了点儿。"

"它就是觉得你是同类而已。"

"去去去，你嘴里就说不出好话。"

"不逗你了，你今天是挺威风的，吸引了不少女生注意吧，嗯？"

"哪有，我倒想有呢，什么都没有。"

……

其实孟梁下午回到学校，寇静静就找他了。

当时已经开始上最后一节自习，教室里静悄悄的，孟梁发现自己桌子上放了瓶水蜜桃味的脉动。

坐下后，他拿着瓶子到处看了一圈，寇静静回头毫不掩饰地跟他对上眼神，吓得孟梁下意识地往后躲了躲。

寇静静对他眨了眨眼，孟梁觉得更害怕了，低头想着怎么把没开封的饮料还给她。

没一会儿，班主任在门口叫孟梁出去，应该是长跑比赛的证书发下来了。他离开座位时拿着饮料，路过寇静静的桌子时将其放了回去。

他不用回头都知道，寇静静一定气得直瞪他。

放了学，寇静静还穷追不舍，非要把那瓶饮料给他。

孟梁直说："不用不用，我自己买得起。"

"孟梁，你是不是跟我装傻，你故意的。"

"我怎么了，你爸妈从小没教你不能拿陌生人东西吗？你要是钱多没处花，你给杨舟帆喝，往我这儿塞什么？"

旁边要跟孟梁一起出校门的男生正嘻着笑看热闹，听到自己的名字后呆愣愣地说："啊？"

寇静静被"陌生人"三个字刺痛了心，把那瓶脉动塞到了杨舟帆怀里，头也不回地走了。

"梁子，你坑我啊？"

孟梁把手插在口袋里，笑着说："让你看热闹，白送你一瓶水。"

"咱静静差哪了？你怎么一点都不为所动呢？"

"谁跟你咱静静，你愿意那就是你的静静，别带我。"

"嗨，我的意思是咱班的……你是不是有欣赏的人了？"

孟梁闻言站住，然后搭着杨舟帆的背往下压："这是机密。"

"谁啊？"杨舟帆拍孟梁的腿，两人闹了起来，"我知道了，给你送钥匙那个，长得也没静静好看啊。"

"你有没有审美啊，杨舟帆。"

"她是高三的吧，你了不得啊，叫什么来着，上回她来找你咱们班还有人认识她来着……"

"你闭嘴吧。"

2013 年的冬天，在女生的记忆里一定少不了两部韩剧的踪迹。

《继承者们》和《来自星星的你》。

就连秦昭所在的高三班级的女生，每天放学后到上晚自习之间的吃饭时间，也要匀出一半来追剧。

由于文科班女生更多的原因，大家凑在一起看某个同学下载的最新一集韩剧，小小的手机屏幕前立了好些个脑袋。

唯一的风险就是手机可能会被不知何时从后门进来的班主任没收。

偶尔周末宋安然找秦昭出去吃饭，拜宋安然所赐，秦昭倒是把剧情大概都吃了个透。

那年的最后一个周末，宋安然约了秦昭，两人依旧坐在去过好多次的奶茶店，墙上的贴纸和涂鸦厚厚的，不知道有多少层。

宋安然眼睛红红的，她已经无暇纠结到底更爱崔英道还是都敏俊，她告诉秦昭自己和那个男生断了联系了。

秦昭默默地松了口气，心里想着幸亏高三上学期还没结束，宋安然还来得及追一追成绩。

两人坐了没一会儿，宋安然的电话就开始响。秦昭直觉是那个男生打来的，因为宋安然咬牙按了拒接，但眼神中又有些犹豫。

那头很快又打过来，宋安然再度拒接。

几次三番的铃声和振动吵得秦昭又开始莫名地烦躁起来，从小到大，秦志忠拖欠了不知道多少外债，他有时闲在家里，家里便日日都是催债电话不断响起，按了静音就是振动。

也不知道从什么时候开始，秦昭听到这两种声音就会控制不住情绪，她自己也觉得怪异。

两人无声对坐着，结果下一通电话打过来，却不是打给宋安然，而是秦昭。

秦昭看着陌生的电话号虽然有些疑惑，但还是按了接听。

对面的人一开口就是脏话连篇的谩骂声："秦昭是吧？你让宋安然接电话，我知道你们俩在一起呢，不然她哪敢不接我电话。"

秦昭沉默，看到宋安然满脸抗拒地对着秦昭摇头又挥手，显然是听到了听筒里传来的声音，求着秦昭帮她把电话挂了。

"安然不想接你的电话，不要像狗皮膏药一样缠着人了。"

秦昭被吵得心烦，语气也有些凶恶。

对面再打来，她便拒接，再把手机号拉入黑名单。

她叹息着嗔怪宋安然："你就给我惹事吧，那个男生怎么有我电话？"

"我妈那阵子没收了我的手机，在学校的时候我拿他的手机给你打电话了，可能他找到了通话记录……对不起，昭昭。"

秦昭笑着瞪她一眼，然后又见到手机亮了亮，是另一个陌生号码发来的

短信：【一中的是吧，你等着，看我找不找你。】

秦昭心里咚的一声，那瞬间有些怕，又有些烦。

她把手机推过去给宋安然看，宋安然吐了吐舌头，换上一副惹了祸的表情，说道："他敢。"随后低头手指快速地按手机屏幕，大概是给那个男生发了短信。

秦昭无声地删掉了自己收到的那条短信，专心吸杯子里的奶茶，脸上是一副平淡的表情，只觉得这事更像是一场闹剧。

分别的时候，秦昭搂着宋安然的手臂，忍不住多嘴道："不要再和这个人有牵扯，距离高考没多久了。安然，你这样子下去我们上不了同一所大学的。"

那时的秦昭理智得超脱于同龄人，宋安然则情感至上，迷失了自己。

她们俩简直是小城版的埃莉诺和玛丽安娜。

高三上学期结束后，还有个半月左右的小学期，美其名曰小学期，也不过是美化了学校补课的事实。

平时容纳三个年级学生的高中校园，如今少了三分之二，走在哪里都有些空荡荡的。

距离期末考试结束不过两天，卷子全部发了下来，随之而来的还有成绩单。

时间紧张到放学就开家长会，家长会结束学生接着上晚自习。

秦昭看着手机里和张书和的短信记录停留在今早，她最后一次提醒：
【妈妈，今天傍晚六点开家长会。】

张书和没有来。

秦昭桌面上放着一张无人问津的成绩单，她趁着无人发现，赶紧将其折起来塞进书里。

好像这样就可以假装自己的家长来过，与班级其他人并没有不同。

那次，秦昭不只是第一，还头一次取得了英语单科的全班第一。

秦昭的英语成绩一向不突出，那次不知道是试卷太难的原因还是怎样，班级里英语拔尖的那几个同学纷纷落在秦昭之后。

英语老师是个打扮时髦的新婚少妇，和那几个英语成绩很好的同学一向关系亲近，像是同龄的朋友。

每次考试后讲试卷的时候，各科老师都会做大概的总结，还会特地说一下本次的班级第一，这已经成为惯例。

结果那天，英语老师很是尴尬地没有说秦昭考了班级第一，若是彻底没提还好，当时她说的话实在让秦昭觉得有些难堪。

"讲试卷之前例行总结一下这次考试，我们班退步太大了，是我带的班级里平均分最低的。你们不能看着高三上学期要结束了就松懈，知不知道？期中考第一的权盈盈，还有我们的课代表陈伊，这次考得都很不理想，你们这些英语拔尖的可得加把劲，下学期开学可就一模了。"

"这次第一是谁？"英语老师像是在自言自语，下面有人低声说着秦昭的名字，她像没听见，很快抖了抖试卷，接着说，"算了，总体考得那么差，我看你们下次的表现。看一下第一题，说过多少遍的宾语前置……"

这种说者无心听者有意的事情，会让人耿耿于怀多久，恐怕只有主人公知道了。

后来过去很久，秦昭都记得英语老师攥住试卷时，无名指的钻戒很大很亮。

"小学期"结束后的那个周末，赶上家里没人，秦昭又去了孟梁家吃午饭。

她心里偷偷纠结的事情不想跟孟梁说，怕被这个比自己小的男孩"嘲笑"自己看起来像是一个争宠的天真少女。

孟梁心细，关注着秦昭的细微表情，追问了几次见她不说就不问了。

那年是他上高中后第一次进了班级前十名，施舫开心得不行，直说秦昭的功劳大。

饭后两人去了孟梁的房间，孟梁非要秦昭给他讲期末的语文试卷，被秦昭戳破。

"语文试卷有什么好讲的，你连必背的文言文和诗词都不背，你看古诗词填空这些红叉，小册子呢？拿出来自己背去。"她手里抱着本从书架上抽出来的漫画，靠在椅子上瞎翻，嘴上对着孟梁颐指气使。

"你怎么这样啊？现在来我家都这么不客气了，不带樱桃了？"

秦昭脱了拖鞋露出穿着淡粉色袜子的脚，朝着他就要踹过去，孟梁就躲。

两人拌嘴未停，直到施舫推开了门，送上一盘洗好的水果。

她出去的时候，孟梁喊了句："妈，你怎么不随手关门？"

孟兆国在客厅看电视，闻言喊了回去："昭昭是小姑娘，跟你在一个房间里还关着门，像什么样子，不许关。"

"哦。"孟梁吃了瘪，不大情愿地应了句。

秦昭双手举着漫画遮住了脸，笑得眼睛弯成月牙。孟梁扭头看到，下意识地也扬起了嘴角。

秦昭回到家时，却不想张书和已经在家了。秦彰房门紧闭，张书和大概又心情不佳，挑了秦昭的碴说上几句。

冷言冷语加上丝毫不用正眼瞧她，是秦昭早已习以为常的事情。

她沉默着回到房间，手机上还有另外的烦恼在骚扰。

三天两头的陌生电话或是谩骂短信，她不用动脑子想都知道来自宋安然那个小混混男同学。

秦昭早练就了铜墙铁壁的功夫，不动声色地删除再拉黑。

晚上和宋安然的闺密夜话时间，秦昭还试探着问了一句："你和那个男生没再联系了吧？"

宋安然沉默好久才回复："哪能呀，你放心。"

高中时代大多就是这样，日日琐碎平常，每天学校家庭两点一线，波澜不惊。

只是偶有暗伤，谁也难以幸免。

高三的记忆之于秦昭而言，尤其是在寒风呼啸的 2014 年到来之后，好像总是在奔波。

要么是在黑漆漆的清晨出门上学，要么就是在下午五点钟的黄昏里赶往补习班。

小城的公交车是那么相同，带她四处穿梭，可怎么开也开不出这片土地。

苦涩中也有一些星光闪耀的时刻，秦昭站在公交车站点，朝着车要来的方向张望，她总是这样急切。

望不到该来的白色公交车，仿佛精灵打了一个响指，视线所及的排排路灯亮起，她又是被上天眷恋的女孩了。

一如十六周岁那天飘落祥瑞大雪，路灯也要为她照亮前行的路。

可惜那天的结尾有些狼狈。

几近年节，公交车上挤满了人，年前最后一天补习结束，秦昭呆愣愣地下了车，骤然呼吸到新鲜空气，人也要缓一缓才清明过来。

秦昭立在小区对面，总觉得身后的书包有些不对劲。

她迟疑了几秒，正打算拿下来看看，就听到了纸张被风吹刮的声音，一回头就看到了自书包里飘出来的试卷，不知是名校考题还是专项训练，通通飞舞着，像是在对高考抗议。

四周投来目光，秦昭在公交上遭遇扒手，书包张着鳄鱼般的大口，也无人敢上前提醒她合上。

四周的目光之中有怜悯，有好奇，也有小孩子无知的嬉笑。

秦昭赶紧把能抓到的抓到手里，有的试卷被攥出了褶子，有的被团成了团，再通通塞进书包。

她咬紧腮肉，一滴眼泪都不能落下来，告诉自己成长总是要有些难堪，这很平常。

孟梁在马路对面看着，握紧了拳头，忍住跑过去帮她的冲动。

然后他偷偷跟在秦昭身后，一步一步走进小区，看着她从超市后门进去，很快抱着箱矿泉水出来，有些吃力。

走了不到十步，她彻底放下了箱子，更像是力气不够而摔下去的，人蹲在地上。

不论过了多久，那情景孟梁都记得清楚，旁边有清扫过后堆积的雪，染上了些黑，脏兮兮的，地上是界限不分明的薄冰。秦昭穿了件长羽绒服，捂在脸上的手红得发紫。

孟梁整颗心都软了，那一刻他很想疼爱这个女孩。

他大步跑了过去，克制着情绪蹲在她旁边，也没有问她怎么了，因为他知道刚刚发生了什么，只叫了句："阿昭？"

秦昭低声的呜咽停不下来，整个人几乎跪在地上。

孟梁忍不住，还是张开手凑近，终于把她揽入怀中："阿昭。"

她骤然开始号啕大哭，抓住孟梁的衣服，肩膀颤抖着。

孟梁生涩地拍打着秦昭的后背安抚，听她哀怨地问了一句："为什么这么难啊？"

那是属于彼此的第一次拥抱，孟梁庆幸自己有经常运动，能支撑住秦昭压过来的重量。

他想疼爱的女孩在自己怀里泣不成声，让他的心跳加速，仿佛万马奔腾。

孟梁好纠结，不知道自己该憎恶寒风凛冽的 2014，给他心中最美好的女孩施加如此多的磕绊，还是应该感恩落雪轻柔的 2014，把他默默珍爱的女孩送到他的怀里。

后来孟梁毫不费力地搬起那箱矿泉水，放慢了脚步陪着秦昭往家里走。

莫斯卡托

秦昭一直在用手扇风，想让脸蛋别那么红，她眼睛是最红的，根本不敢再碰。

秦昭主动开口解释，声音还有些闷闷的："秦彰一直喝这个牌子的矿泉水，家里没有了我妈让我带上去一箱。"

家里的日子不论过得好与坏，秦志忠和张书和对儿子一贯包容。

孟梁呆呆地点了点头道："你下次叫我，我保准比你闲，你一个电话我就从楼上下来，两分钟就到。"

有时候，被关怀比被冷落更加催泪。

秦昭刚缓过来的情绪，被孟梁一句话又打回原形。她伸手轻轻给了他一拳，颤抖着声音怪他："你怎么还惹我哭啊。"

孟梁有些不知所措，从来不知道女孩子的泪水来得这么快，又这么莫名。

两人进了楼门，孟梁把水放下，伸手想给秦昭擦眼泪，又尴尬地缩回去，只能看着秦昭用手擦拭得特别狠，是为了把眼泪彻底挤回去的那种狠。

"我再抱抱你好不好？"

秦昭擦干净最后一滴泪，做了个深呼吸，嘟嘴瞪他："老实搬水，别想占我便宜。"

她刚哭得梨花带雨的，眼睛红、鼻子红，头发也有些乱，最致命的是眉眼不自觉露出来的娇态，和平时冷冰冰端着的样子大相径庭。

那样子让他心动，孟梁无声地搬起箱子，一句话都说不出口，嗓子又干又哑，感受着心跳得异常迅速。

寒假，孟梁的班级组织滑雪，好多同学都去了。

寇静静是听说孟梁去了后才报名的，仍旧是很有偶像包袱地披着及腰长发，风一吹，飘散的长发有些唯美，她太张扬，孟梁自然也看到了。

他那一刻想的却是，秦昭的头发就没有这么长，刚认识的时候过肩，现在也就刚没过胸，寇静静的头发太长，秦昭的才好看。

杨舟帆不知道摔了多少次狗吃屎，笨得孟梁都不想再浪费时间教他，自己滑了起来。

结果那个披着头发、明显会滑的女生总故意撞到孟梁。

不知道被撞了多少次后，孟梁停在原地，轻笑着问道："寇静静，你怎么这么不含蓄啊？"

寇静静大概是戴着滑雪镜的原因，更加肆意，微微抬着头说："我跟你含蓄什么呀？"

这半学期她对孟梁的示好就没断过，三天两头地送饮料送零食，可惜大多进了杨舟帆的肚子。

QQ上的聊天记录里，节日祝福比手机的日历App发送得还勤快，且喜欢深更半夜找他"谈心"。

孟梁表现得不能更冷漠了，但寇静静还是孜孜不倦乐此不疲。

"你到底欣赏我什么啊？你眼光不行。"

"我不在意你过去怎样。"

杨舟帆从远处蹭着过来，没收住，一个劈叉坐在了地上，抬头看着孟梁，哀怨道："梁子，你带带我呗。"

孟梁皱眉看了眼寇静静，说道："我真跟你没什么好说的，你别撞我了行不？我离你远点。"

他起身拉起来脸上写着救命稻草四个字的杨舟帆就滑走了。

没想到一周后，寇静静到孟梁家所在的小区找他，碰巧看到了他和秦昭一起下楼。

那次是孟梁求了好久，才把秦昭叫出去吃小火锅，是新开的一家。秦昭直说他是"探险达人"，看到新出的东西都想试试。

孟梁心想不找个由头秦昭更不愿意出来了，面上还要嘴硬说反话："所以带你一起去，不好吃或者不卫生你陪我一起受罪。"

秦昭在楼下冰面不平的路上推他，然后被他反手钳制住脖子，像是乌龟翻壳那样要把她按倒。

"放开我，你这是武力压制，孟梁。"

"你这细胳膊细腿的，还跟我闹，服不服？叫声哥哥。"

"不叫。"

"那我松手了啊，你护着点脑袋，别摔傻了。"

两人就在小区里边走边闹，寇静静在远处已经看了一小会儿，眼见着他们越来越近，她喊了声："孟梁！"

孟梁听到那个声音就头大，差点没抓住秦昭。秦昭见到有人，赶紧用手拍他示意放开自己。

三个人像三足鼎立一样立在那儿，有些尴尬。

寇静静明显对秦昭带有敌意，连正眼都没给她，仿佛没有这个人。

"我来给你送新年礼物。"寇静静说道。

莫斯卡托

"谁告诉你我家地址的？"像是和秦昭的私人领域被入侵，孟梁有些生气。

寇静静卖队友倒是卖得快，说道："杨舟帆。你拿着，就是我爱吃的零食，包装了一下。"

"我不要，你别来找我了。"

"这儿还有外人在呢，你能不能给我点面子，孟梁。"寇静静笑容不减。

孟梁打心底觉得假，没好气地问道："你说谁是外人呢？"

秦昭始终没说话，倒是孟梁语气有些急。

"要不改天再去吃？我先回家了，你跟她聊吧。"秦昭实在是不擅长面对这种情境，说完就转身往家里走，孟梁叫她也不回头。

他瞧着秦昭没走几步就进了楼门，烦躁地抓了抓头发道："寇静静你干什么啊，你在打扰我的正常生活……"

"你很在意她？"

女人的第六感一向很准，女孩同样。

虽然孟梁表面上跟秦昭像兄弟一样，但他的眼神骗不了旁人，尤其是刚刚秦昭走了之后，他整个态度都变了。

"不关你事，我没跟你欲擒故纵，收一收你的征服欲，有那时间好好学习，中华的崛起还需要我们。"

大概寇静静也没想到孟梁会说这么奇怪又官方的话，一时有些迷惑。

孟梁趁着她在那儿发愣，赶紧往回跑，还故意没直接进自己家的单元门，奔向另一栋楼。

前阵子杨舟帆还跟孟梁说，一起打篮球的谁谁谁和谁谁谁都欣赏寇静静，人家抢手着呢。

孟梁从来不觉得自己有多优秀吸引寇静静注意他，只是因为他不搭理她，她不甘心而已。

寇静静是要参加艺考的，下学期就会减少在学校出现的次数，孟梁无比期待与她"分别"。

可是秦昭好不容易答应跟他出去走走，一句"外人"把秦昭又推回去了。

没过几天，秦志忠回家了。

本来静到可以听得见钟表声的家里，重新有了些生气——拜秦志忠常常大声打电话所赐。

他好像四十余年从未学会过心平气和，说话永远急匆匆的。秦昭即便房间门紧闭，也阻隔不了秦志忠的大嗓门。

那阵子她开始戴耳机学习，但整体的效率还是有所下降。

唯一庆幸的是与宋安然有纠葛的那个男同学没再用陌生号码骚扰过她，大概是放了假在忙着快活，无暇顾及。

孟梁给秦昭推荐过许多歌，他平时听粤语歌听得多，挑着歌单里的华语歌找给秦昭。

秦昭才知道他竟然是习惯听歌学习的，她不一样，她需要绝对安静的环境。

后来过年回到老家的时候，秦昭把音乐声开得很大，站在窗户前看皑皑白雪，耳朵里的每一首歌都与孟梁有关。

"不见朗月，导我迷途只有星；荒野路，伴我独行是流萤……"

她忽然就觉得满脑子都是他了。

不是有句话说，梦里见到的人，醒来就要去见他。那所思所想的人，至少也要听听他的声音。

秦昭暂停歌曲，给孟梁打电话，在最热闹的年三十夜里。

"阿昭？"

"嗯。"

两人一起沉默数秒，然后异口同声地说："新年快乐。"

满分默契。

至此秦昭心里空的那块彻底被填满，她放松了语气："帮我跟叔叔阿姨说新年快乐呀。"

不同于秦昭一个人站在偏屋，孟梁那边特别热闹，听他说今年过年回爷爷家，想必周围都是兄弟姐妹，吵吵闹闹的。

他大概是走进了房间里，还听得到关门声，然后才说话，嗓音有些低沉。

"阿昭，等我们都回小城了，你自己亲口说。"

秦昭觉得一定是自己穿得太多了，脸莫名其妙红了起来，烫烫的。

"挂了挂了，我去看春晚了。"

那头孟梁看着突然结束通话的手机界面，有些纳闷地皱眉头。

3.

正月十五之前，秦昭还是被孟梁拉到家里去了，她当时半张脸躲在堆得高高的围巾里，脸有些微不可见的红。

那场景太像孟梁带着女朋友回家给父母拜年，尤其是秦昭回到家里后，发现外衣口袋里被塞了个红包，忍不住埋在被窝里哀叫。

她不敢打开红包，于是在书架上找了本最喜欢的书，把红包夹在了里面，然后做整个小城最努力的女孩，把语文背诵篇目的小册子拿出来看上几遍，直到脸上的红晕彻底退下去。

秦志忠糊涂近二十年，好像从去年年底开悟，自己做生意是做不成大老板的，经由朋友介绍开始承包工程，上面受制于人，下面也有人受制于他，总算开始踏踏实实地做事。

一个冬季老实做事赚了些钱，回张书和娘家拜年的时候，腰板也算略微直起来些。秦昭听到夫妻俩在客厅聊天，张书和劝他就这样干下去，先把外债还上再买房。

即便张书和眼神压制着他，秦志忠还是加大了音量，说自己不可能一把年纪一直给人打工。说到底，他还是有些异想天开，寄希望于自己大器晚成，天降横财。

刚出正月，秦志忠就又走了，一同带走了盘旋家里整月的酒气。

拜秦志忠所赐，秦昭特别讨厌喝醉酒的人身上散发出醉醺醺的气味，他两个月之内回不了家，秦昭心里暗自庆幸。

张书和纵容秦彰，秦彰又是撒娇又是耍脾气，一通闹下来，张书和就给他换了套电脑配置。

这是秦昭高三时期的家庭碎片，从混乱趋于平静。

只是她有时候下了晚自习回到家，张书和对开门声不为所动，呆坐在沙发上，看枯燥无味的电视剧，后来渐渐地，电视也不打开了，家里除了隐隐约约从秦彰房间传来键盘的敲打声，静得可怕。

张书和关了客厅的吊灯，只留一盏昏黄的壁灯，回卧室的背影还是有些孤单。

秦昭想：妈妈才四十多岁，一定很寂寞。

开学没几天，本来应该举行高考前的百天誓师大会，但是因为开学已经是三月，错过百天当日，学校就改成了高考誓师大会。

逸夫楼顶层的小礼堂当然是容不下整个高三年级的，秦昭无比庆幸文科班级排在前面，且自己是一班。

末尾的几个理科班，不论男生女生都要自己搬椅子，在无数条过道中插缝坐，最后硬生生挤满整个小礼堂。

有人哀怨为什么不在操场上办，虽然也要搬椅子，但是总好过这样上楼下楼，且地方也宽敞不少。

大家嘈杂地说了许久，最后得出结论，小礼堂拥挤，才能营造出那种紧迫的高考气氛。

操场太大，坐了人也略显空荡，气氛到底是不一样。

秦昭笑而不语。

高考誓师大会或许应该改名叫演讲交流会，校长讲完年级主任讲，年级主任讲完老师代表讲，老师代表讲完学生代表讲。

秦昭作为文科班的代表先上台，台下第一排侧边有个穿着休闲西装的男人竟然举起手机在拍她，看样子是在录像。

秦昭如常讲完，带着疑惑回到座位。

理科班的代表走了出去，她坐在最靠边的位置，与那个男人隔开了一个座位的距离。

那个男人不知道是做什么的，频频看向秦昭，她没转过头去也感觉得到男人的视线。

对方微微侧过身子，低声跟秦昭说："那个水晶球下面还有个按钮，按了之后就是两个小人一起看雪花飘。"

秦昭闻言，猛地转头看过去。

那年孟梁送她的水晶球，两人都只知道拧了发条后，小人会伴着雪花飘落转圈跑，她拿回家便一直放在桌子上，也没有钻研过，自然不知道还能让小人原地不动看雪。

想起孟梁说水晶球是从他表哥那里拿的，秦昭好像知道眼前的人是谁了。

看着秦昭表情有些尴尬，他淡笑着开口："你别怕，我后来敲诈了他的压岁钱，当他跟我买的。"

秦昭放松多了，还是说了句："不好意思呀。"

"你比我表弟礼貌多了，是他让我把你的演讲录下来的，刚刚别在意。"

秦昭现在只想把孟梁按在墙角打一顿，她有些脸红，眼前的男人看起来至少也得大学快毕业了，正微微跷着腿坐着，手放在膝前，说话声音温柔如水。

她没敢正面看他的脸。

两人坐在第一排低声说话，他说得多，秦昭因为不知道如何称呼对方，

莫斯卡托

说得少些，礼貌而疏离。

"我当年也做过学生代表演讲，现在一晃都要大学毕业了。

"时间是过得很快的。

"说不定几年后你就是我这个身份了。"

掌声响起来时，那个理科班的代表回来要进去坐，孟梁的表哥顺便出来，走上了台。

秦昭便听到兼任主持的主任说："接下来是优秀毕业生代表讲话。"

她这才后知后觉地明白孟梁的表哥刚刚说的那句话是什么意思。

秦昭心想：如果孟梁今晚在小区门口等我，一定要好好找他算账。

她下了公交车，如愿看到那个在马路对面靠着路灯发呆的人后，快速过了马路，一掌拍了过去，埋怨道："孟梁，你害惨我了。"

"怎么了？"孟梁被打得有些蒙。

秦昭伸手继续往他身上招呼，但收着力气，打在他身上就跟挠痒痒似的。

"我们今天开高考誓师大会，我遇到你表哥了……"

"我吗？"

说话间那个和孟梁差不多高的人从不远处走过来，停在暗处。

秦昭吓得瞪大了眼睛，合着是兄弟俩一起在这儿等她呢。

孟梁开口介绍："这是我大表哥，顾宸。"

秦昭记得施舫说过孟梁有两个表哥，看来这个是老大，于是老老实实地说了句："你好。"

顾宸笑着说："梁子这么晚下楼，我还以为他要去吃烧烤，就跟了下来，没打扰到你们吧？"

"没有，没有。"秦昭先一步开口回道。

后来三个人还真去吃烧烤了。

秦昭看着留着寸头的孟梁穿着件牛仔外套，而顾宸依旧是在学校见到的那身打扮，头发比孟梁的长一些，就她穿的是校服。

旁边还有一些北方大叔粗着嗓门推杯换盏的，自己就像是叛逆乖张的夜行少女。

顾宸考虑他们两个还是高中生，陪他们一起喝饮料，聊些自己当初在一中时的事情。

吃了小半个小时，秦昭和顾宸也熟了些，知道他学习好，忍不住就问了些学习方面的问题。

"阿昭，这都放学了你能不能歇一歇？"孟梁开始唱反调。

秦昭看他还是有气，忍不住用吃完的竹签虚虚指他，语气有些娇嗔："你让人给我录像干什么呀？"

孟梁看向顾宸，顾宸依旧是那副无可挑剔的微笑表情，再看向秦昭，秦昭正眯着眼睛看他，神情中写满了打趣。

"就拍你。"孟梁最后只能咬牙切齿地垂死挣扎。

"孟梁，幼稚鬼。"秦昭转移了视线，小声骂了他一句。

那天因为有些热，老板送上来的橙汁是冰过的，孟梁摸到冰冷的橙汁就问秦昭能不能喝，她没当回事。

结果她还是肚子疼了，正赶上那阵子她每天早晨到了学校都用凉水洗脸，想着是着了凉。

那阵子她心情莫名有些低落，不是很想与人说话，孟梁发来的消息她大多都选择了视而不见，其中当然也有很多情况是自以为回过了，实际上并没回。

孟梁周末还是会邀她出去吃东西，秦昭看着最拖后腿的地理，补习班也上了，就是分数不见起色，更无心理会孟梁。

那是 2014 年 3 月，秦昭高中的最后一学期，隐隐有一些慌乱。

孟梁想得简单，他觉得秦昭不过是太过刻苦，而他是她紧张之余的开心果。小城里开了新的甜品店，他永远是最开心的，主动邀秦昭去。

秦昭拒绝，他便死缠烂打，后来秦昭懒得回他消息。

到底还是少年，大多男孩懂事比女孩晚，孟梁也难免意气用事，于是产生了两人相识之后的初次"矛盾"。

看着聊天界面都是自己发出的消息，秦昭一句话都没回，孟梁第二天早起了半个小时，快速收拾完等在楼下。

他一见秦昭出来就问道："你怎么不理我了？"

后来孟梁也问过她，秦昭回答说那时候觉得孟梁太幼稚了，还耍小孩子脾气，明明早起来那么久，校服领子都没翻整齐，还要凶巴巴地扮狠质问她。

"谁不理你了？"秦昭从口袋里拿出个小小的记事本，上面有一些需要背的地理知识点。她对地理不太感冒，背过的东西也容易忘记，更别谈理解。

孟梁跟着她往小区外面走，两人许久未一起上过学了。

"我给你发消息你也不回，怎么还不承认？秦昭，你是不是烦我了？"

秦昭腹诽：孟梁真是好矫情。

她心烦，看着小本子上的东西更烦，语气有些冷："我每天好多事情，你不要跟我闹情绪。"

刚好到了公交站车就来了，这个时间点上学的人还少，孟梁让她先上，秦昭没注意他撇着嘴有些委屈的样子。

两人一路无话，下了公交车并排往教学楼走。秦昭背着知识点，偶尔看两眼本子，孟梁也插不进去话。

他敏感地觉察到秦昭最近情绪有些低落，却又不知道所为何事，明明她爸最近没回家。

"你不理我，那我下次月考就不好好答题。"

秦昭差点被他气笑了，那么高大的男孩在扮委屈。

"孟梁，你威胁我呢？幼稚死了。"

说完她头也不回地跑进了教学楼，留孟梁在原地看她甩着马尾跑远的背影，心里憋着股气。

于是孟梁也忍着不理她，却憋得难受。奈何秦昭一门心思放在学习上，周末除了补习也是大门不出，他想不明白她怎么就那么能看书。

周一升旗仪式，孟梁站在班级队伍里靠后几排，脸色阴沉得像是泼了墨。

杨舟帆在旁边推了他一下，说道："梁子，快看上面，你女神。"

起初杨舟帆这么称呼秦昭的时候，孟梁忍不住笑出声，现在倒是习惯了。

孟梁闻声抬头，可不正是那个马尾扎得高高的人要上台做国旗下的演讲。

周围的男生和孟梁关系都不错，听了杨舟帆的话忍不住问道："哪个啊？升旗的还是演讲的？"

"高三了怎么还做演讲，他们这么闲？"孟梁黑着脸嘀咕着。

"你阴阳怪气什么，这不就是好学生干的事儿吗？"

孟梁翻了个白眼，反问："我不是好学生？我班级前十名呢。"

"不是，杨舟帆，你快告诉我哪个啊？我看讲话那个更漂亮点……"

班主任走到旁边低声呵斥了句："安静！"

几个男生立刻闭嘴，孟梁抬头看秦昭，她依旧是那副仿佛千百年不变的样子，手里拿着演讲稿，声音清脆，有北方人常带的儿化音。

他忽然开始怨怪自己，距离高考不足百天，她还要接连准备两个演讲，一定很忙，自己竟然还在跟她闹脾气，实在是不应该。

孟梁本来就有些歉疚，在看到秦昭走下台按了下腹部的动作后更是自责，心道：完了，她一定又胃疼了。

一上午，孟梁心里那股劲憋得难受。

下午第一节课下课后，他跑到学校的超市里买了瓶脉动，一边走一边喝，几乎一口气就把整瓶喝完。

碰巧看到寇静静，她还笑他道："我以为你不爱喝水蜜桃味的，这不是喝得挺快吗？"

孟梁懒得理她，她不说自己都没注意到买的是什么味道的。

他拿着空瓶子到饮水机前接了瓶热水，再把瓶盖拧严实，往楼上高三的楼层跑。

杨舟帆跟几个男生凑在一起，指着孟梁的背影呲嘴摇头。

秦昭下课后除了上厕所或者到老师办公室问问题，大多数时候都在座位上埋头休息，被从外面回来的同学碰了下说外面有人找她的时候，她抬头眼神有些迷茫。

她早晨起来发现来了例假，大概是之前着凉的原因，这次痛经异常严重，满脸不情愿地走出去。

看到立在走廊上的是孟梁，她脸色也没有缓和，语气甚至有些冷漠："你来干什么？"

"喏，给你。"

孟梁像是抱着烤地瓜一样抱着水瓶，拿袖口垫着。

秦昭便看到他一小段白嫩的指节，递过来的是一瓶瓶身变形的脉动。

"这是什么？"她语气缓和了许多，却没伸手接。

孟梁仍旧憋着气，语气硬邦邦的："灌的热水，你拿着暖胃。"

秦昭没忍住笑了，把手缩进袖子里接过了他特制的简陋版"热水袋"。

"你怎么知道？"

"我看到你捂胃了，早晨升旗的时候。"

"那你眼神真好，不过不是胃痛。"

"那是什么，拉肚子了？"

"我走了，晚上你别出来等我了。"

"你怎么说话不说完啊，我就等你。"

秦昭没回头，心里还要再骂一遍他是幼稚鬼。身上抱着的热水瓶开始散

莫斯卡托

发热气，刚刚她觉得还有些寒的早春，开始暖起来了。

孟梁时不时地在小区门口等秦昭下晚自习回家，从枫叶飘落满地的秋，到雪落雪停的冬，还有如今即将暖起来的晚春，他好像接孩子放学的父亲，可又因为年纪轻，举止之间调皮多了。

大多数时候他会戴着耳机，手酷酷地插袋，冬天的时候抱着烤地瓜，唯一不变的是总要剪那么短的寸头。

有时秦昭没赶上第一班公交车，晚到了十多分钟，就会看到孟梁站在路灯下烦躁地踢两下灯柱。

那时年少，小城很小，昏暗的路灯下只有穿着校服的女孩和换掉了校服的男孩。

她从不问他为什么等自己，就那样状若无意地贪恋这份美好，是此间最难忘的回忆。

北方的夏来得有些迟，五一假期过后才有了热起来的势头。

自从经历上次短暂的"矛盾"后，孟梁给自己做了心理建设，释怀许多，想着秦昭没多久就高考，冷落他也一定是在学习。

反而秦昭上次不过是因为经期前后心情莫名的差才对他生了气，后来看他那么老实，等不来回复也不催，她反而有些愧疚了。

她默默地拿来手机给他发送消息：【乖弟弟，等我考完试再疼你，先自己乖乖学习。】

孟梁靠在床头看手机消息，对着屏幕傻笑，回复她：【去去去，看你的书去，谁要你疼。】

天气热起来的时候，校园里的同学们都开始穿夏季的半袖校服，秦昭班级黑板上的高考倒计时快要变为个位数。

那几年只要一入夏，后操场上少不了玩水气球的，班级里有时候会不小心发生"惨案"——砸一地的水，被班主任气哼哼地骂个不停。

秦昭对着枯燥的题发呆时，班级墙角的音响发出刺啦的电流声，随后是亲切熟悉的声音。

是他们的年级主任，一个冷酷又严肃的、喜欢穿西装的冷面女人。

"现在夏天到了，操场和教学楼里总有玩水气球的同学，我在这里警告你们，不要以为把破了的气球拿走就没事儿，你们是在破坏操场和教学楼的卫生。监控录像没有死角，再被发现……"

秦昭忍不住笑了，用脚指头都想得到，做这种事情的人里一定有孟梁。

不止有孟梁，他还把祸水引到了秦昭那儿。

一个清风和煦的下午，短暂的午睡结束，秦昭班上的学生都迷迷糊糊转醒，有的去喝水，有的则去水房洗个脸。

秦昭准备去水房洗个脸，出来就碰上了在他们班级门口张望的孟梁。

"你干吗鬼鬼祟祟的？"她轻声走过去，拍了下孟梁。

孟梁带着大男孩的笑，一贯穿得单薄的人居然套了件校服外套，看起来有些肥，一看就不是他自己的，且拉链没有拉的样子像个小混混。

然后他神秘地从左边口袋里拿出了个拳头大的绿色水气球要给秦昭，说道："不对不对，不是这个。"

他伸出去的手又缩回来，另一只手去掏右边口袋里的气球，再递给秦昭，这次对了。

是一个淡紫色的气球，很柔和的颜色，像她眼中的孟梁。

"你是不是喜欢紫色，这个紫色好看吧？我最近买了好多袋气球就这么一个紫色的，堪比限定皮肤，给你。"

秦昭无奈地笑道："你给我，我放哪儿呀，我又不能出去砸人。"

"我特地上来给你送的，你就拿着呗，你看它颜色多漂亮。"

秦昭接过水气球，两手托住，说道："行，你赶紧下去吧，让主任抓到你就完蛋了……"

话还没说完，从走廊另一头走来个穿着西装套装，头发梳得一丝不苟的女人，她指着孟梁说："那个男生，你给我站住，手里拿的什么？"

秦昭给他递了个自求多福的眼神，小声说道："我回去啦，晚上等我，你先去挨批评吧。"

孟梁抿着嘴笑，斜她一眼道："嗯……去吧。"

不论时间过去多久，秦昭回忆里的孟梁都是那么单纯。

他会买好几袋气球，选出最漂亮的紫色送给她，却因此挨了主任的骂。

青春的故事里，少年对一个人好是那么全心倾注。

6月临近，高考到来，不论是没做完的试卷，还是依旧记不住的地理知识，都要通通尘封。

真正的武林大侠上台比试，不带刀剑鞭索，只凭一套内功，全部凭心造。

秦志忠五一刚回过家，再加上并非平常假期忙得厉害，秦昭高考是她自己的大事，所以他并没有回来。

张书和只当她如寻常般去上学，轻描淡写地说："明天高考了吧。"

换来秦昭同样轻描淡写的一句应答："嗯，我自己去就行。"

一如中考。

她拒绝了孟梁要陪她去的建议，觉得自己是苦学下山的独行客，心里暗暗认定走这条江湖路从一而终的只有自己。

接连两日的阴天造福了外面等待的家长，考最后一门英语时，外面开始淅淅沥沥地滴落雨点，越来越大。

秦昭出考场后，把装文具和准考证的资料袋顶在头顶，也只是让自己不那么狼狈，看到旁边的考生因为家长不能入内和她状况一样，她心理平衡了点。

出了校门，周围是此起彼伏的尖叫欢呼声，还看到有等待的人怀里抱着鲜花，即便撑着伞也被打湿，略显凋零。

明知秦志忠和张书和一定不会出现，秦昭也一直暗示自己不要怀揣希望。

她突然被背后的人急匆匆地喊住，声音是那样缥缈，恍如梦中。

"阿昭……"

秦昭停住了脚步，整个人愣在原地，她怀疑自己被雨水淋得幻听了。

她放慢了倍速一样回头，孟梁攥着把蓝色格纹的伞走到她面前，她微微低着的头几乎要撞上他的胸口。

"你跑那么快干什么？"孟梁为了追上她，不得不收了伞跑，现在重新打开，撑在两人头顶。

秦昭脸上不知道是雨水还是泪水，只觉得视线有些模糊，她透过蒙蒙雨雾，看清楚了面前的男孩。

"你来干什么？"

"我来接你回家。"

"你对我那么好干吗？"

"养儿防老。"

"……"

他还是要贫上一句才算是孟梁，秦昭却破天荒地没有挤对回去。

盛夏伴随着放榜、报志愿。

秦昭大概把这一整年的运气都用在了高考地理上，算是从上高三以来文综答得最好的一次，总分更是意外的高，连张书和都喜形于色地给秦志忠打电话报喜。

在填报志愿时他们倒是发表了意见，无外乎是不建议她去南方，离家太远有什么事都不方便，再数一数北方好的学校，京津冀地区有很多大学供她选择。

秦昭默默听着，只觉得他们是舍不得花钱，毕竟四年下来，往返的机票也不便宜。

那算得上是很艰难的几天，秦昭从来没有想到高考后还会这么累。

宋安然考砸了，算是意料之中。

不过此时秦昭自顾不暇，在找一些文科专业也还不错的理工院校作为选择。

而她想学的不论是法语还是日语，通通都被张书和与秦志忠驳回。

张书和自诩做过老师，是个"文化人"，对秦昭的选择满脸不赞同，说学小语种没有未来。

秦昭默默听着，心想自己的未来早晚要折在她和秦志忠的手里。

这次秦昭据理力争，最后坚持了自己的选择，第一志愿填的日语。

那是志愿填报截止的最后一天，中午秦昭提交志愿表格后关闭了电脑，跟张书和说了声晚上不回家吃饭，然后约了宋安然和孟梁去中心公园的广场滑旱冰。

夏日的夜晚，风还是热热的，秦昭开心得不能自已，嘴角始终扬着。

她不禁感叹：原来未来掌握在自己的手里是这么自由的感觉。

孟梁当天下午在家里的储物间翻找轮滑鞋，施筋满脸嫌弃地站在门口怪他弄乱东西。

结果当他背着重重的轮滑鞋跟秦昭一起到了广场后，看到边上有好几排的轮滑鞋租赁摊，租赁费十块钱一小时。

宋安然熟练地付钱，还走进去帮老板找码数，回头问孟梁："你多少码？"

孟梁呆呆地回答了鞋码，然后装作自己没带轮滑鞋把背包寄存，跟着她俩一起坐在台阶上，把老板递过来的一次性塑料袋套在脚上，再穿轮滑鞋。

孟梁没想到秦昭滑得那么好。

记得上次跑步，她表现出来的明显是一副排斥所有运动的样子。

而现在在人流来往不息的广场上，她速度很快，遇到突然闯出来的孩子也能迅速躲开，且滑了许久也不见喊累。

没一会儿，孟梁坐回台阶歇脚，看着秦昭拉着宋安然，在宋安然的低声惊呼中带着她加速，转了一圈就把宋安然带到了孟梁旁边。

宋安然捂着屁股说："昭昭害我，疼死了。"

秦昭笑着说："我去玩一会儿过桩，然后请你们吃冰棍，行吧？"

"去吧，去吧。"

不远处就是轮滑爱好者用塑料纸杯摆的"桩"，大概放了太久，没什么人在玩。

孟梁看着秦昭去说了一声，就开始有些生涩地练习，不小心踢倒了再扶起来，一遍又一遍。

宋安然回复了条手机消息后，一回头就看到了孟梁在看着秦昭出神。

"小学的时候，我爸给我买了双轮滑鞋，昭昭借我的鞋滑了两次就比我滑得好了，回家跟她妈妈说也想买一双。"宋安然说道。

孟梁眼神没有移开，淡笑着问道："然后呢？"

"然后挨骂了，她妈说她攀比，老小区隔音效果差，我听得清清楚楚。昭昭说她家那时候经济条件不好，可我看秦彰吃的穿的用的也挺好呀。"

孟梁喉结动了动，安静听着，视线里的秦昭练习一直不顺利，却始终笑盈盈地，不见急躁。

"不过后来她妈还是给她买了，我记得是一双淡紫色的，昭昭特别开心。

"我跟她初中的时候经常来这里玩，高中就几乎没滑过了，她初中时候过纸杯可熟练了。

"那时候秦彰太小，有次摔倒磕在了昭昭放角落的轮滑鞋上，她奶奶就把鞋给扔了。她奶奶重男轻女，不然为什么家里又生个老二，我们这个年纪不是大部分都是独生子女嘛。

"我还跟她去垃圾箱找过，我跟昭昭是一起掏过垃圾箱的交情……这可是我给你的独家情报，你自己加油吧。还有上次那件事，你答应了我不能告诉昭昭哦。"

看着秦昭拿着冰棍滑过来，孟梁低声"嗯"了下。

宋安然说的不能告诉秦昭的事情，发生在五一。

孟梁有次在外面玩的时候偶遇了宋安然和一个男生在一起，两人看上去很亲近。

当时宋安然就叫住了孟梁，小声告诉他别把这件事告诉秦昭。

孟脸虽然心里有些疑惑，但还是答应了，像是和宋安然之间达成某种协议，她后来给他讲了许多秦昭以前的事情。

没想到当天晚上秦昭就知道了这事。

那天宋安然没背包，拗造型的平光眼镜放在了孟梁的包的夹层里，还是秦昭先想起来，拉着刚到公交车站的孟梁往回走，就看到那个男生来接宋安然。

秦昭视力好得很，看清了那个男生的脸，可不就是宋安然给她看过照片的那个人嘛，两个人不知道何时又和好了。

孟梁看秦昭立在原地没再往前走，拉了她胳膊一下，说道："我们回去吧。"

"你知道？"见他反应平淡，秦昭立刻就确定他知道这事，但他们都没告诉自己。

孟梁不想骗她，在秦昭投来视线后微不可见地点了点头。

秦昭深吸了一口气，转身头也不回地去等公交车。

她心里有些恼怒，更有种被背叛的感觉。

直到走到小区楼下她也没理孟梁，孟梁怎么跟她搭话她都沉默。

最后孟梁无奈开口："你怎么这么矫情啊，有情绪能不能说出来？"

或许他说得对，她确实矫情，一颗心脆弱得要死，更是难以接受一夕之间发现两个最亲近的朋友有事情都瞒着自己。

"是，我矫情。你应该体验一下被闺密的前男友短信辱骂一个假期他们还复合了的奇葩经历，最可怕的是我从来没想过你会帮着宋安然一起瞒我。"

秦昭带着怒气说出这些话，然后丢下他独自跑上楼。

孟梁愣住，反复消化话里的前因后果。

那学期最后一天上学，孟梁下颌处有一块拳头大的瘀青，坐在座位转着笔出神，秦昭则回学校参加毕业典礼。

他年少气盛，去找了宋安然的男朋友对质，结果起了冲突，回到家被施舫追问也不解释。

教室的门敞开着，夏末午间的穿堂风凉爽吹过，那堂课的老师有事出去，留了题给他们做。

本来一片安静，坐在靠门口前排的一个男生突然低声喊道："梁子，你女神。"

孟梁站起来抻着脖子看，秦昭穿一条墨绿色长裙，鲜有地披着长发，缓缓从他们班级门口走过。

他无暇想她为什么这么巧地从他们班级过去，目光一直追随着她的身影，直到她从他的视线消失不见。

杨舟帆在后面戳他，说道："收一收你脸上的痴笑，太傻了。"

孟梁回身打了杨舟帆一下。

"关你什么事，我就笑。"

还有几个和孟梁关系好的男生也起哄，班级里一时间吵闹起来。

寇静静看着，忽视不了孟梁的表情，冷脸开口："能不能安静做题，吵死了。"

孟梁笑着点头，对那些男生做嘘的动作，教室又恢复宁静，隐约还听得到外面的蝉鸣。

而孟梁的冲动之举，仿佛注定要为这个本应惬意的假期增加凌乱。

宋安然以为她男朋友只威胁了秦昭一次，心疼人被孟梁打得重，还对秦昭颇有微词。秦昭又懒得解释，两人后半段假期一直冷战。

确切地说，秦昭始终在家里没怎么出门。

孟梁因为脸上挂了彩，好些天没找秦昭。录取通知书下来，秦昭被第一志愿录取，但是专业上写的是"英语翻译"，根本不是自己报的。

真相是张书和打开电脑给秦昭改了志愿，什么小语种，她觉得通通不如英语有用。

好像刚剪断线的风筝，回头发现又被绑住了一根线，秦昭飞不动了。

秦昭感觉那种无力感在吞噬自己，将自己锁在房间里好久，不知道怎么纾解。后半段假期，她学会了逃避，小区里最偏僻的垃圾桶是她下楼的唯一目的地。

最可怕的是在家时而会对上张书和讨好的脸，秦昭多次想过复读，但知道父母一定不会同意……

时间来到 8 月末，最后秦昭还是仿佛一切都没发生过一样，由张书和陪同到学校报到。

当孟梁终于等到秦昭理他时，也得知了发生在她身上的一切，满是怅然。

而曾经约好要考同一所大学的一对好姐妹，一个去了东北，一个奔向最南方。

　　宋安然好不容易被广州的一所大学录取了，但她妈妈气得不行，在找人给她办出国。宋安然和秦昭忘记是谁先开口和对方说话，但和好后总觉得不如当初亲密了。宋安然依旧和那个秦昭不喜欢的男朋友谈着，百般维护，而秦昭也有些赌气，耿耿于怀。

　　相处之中倒是有些交深言浅。

　　秦昭也曾满心期许年少时代的谢幕是浪漫的，现实却是和她前十七年一样慌乱。

　　到了生机勃勃的大学校园，即便此刻她心里满是对小城甩不掉的疲怠，秦昭还是觉得自己可以重新开始，把未来握在手里，明明白白地活。

莫斯卡托

1.

秦昭大一那年，孟梁高三。

大概是因为当时孟梁瞒她的事情吧，两人的关系有些生疏，秦昭也不再做督促他学习之类的事情。孟梁暗自难过，这才意识到自己是喜欢被秦昭关心的。

第一次生出想表白的想法也因为这个插曲而搁置，还有些担心一旦说出自己的心思会破坏他们的友谊基础，只能暗暗告诉自己再等一年，他去找她。

大学开学季很热闹，学校办了好多活动，还有社团纳新，秦昭参加了话剧社和轮滑社。

这两个社团让秦昭结识到了大学里最重要的两个人——谭怡人和陆嘉见。

谭怡人其人，一点也不怡人。

如果说秦昭只是整体气质有些清冷所以看着不好接近，谭怡人就算得上是彻底的臭脸。

秦昭对她第一印象不算好，排练节目迟到，整个人不紧不慢的，但是因为面相又冷又凶，话剧社社长也不敢说她。

她长得漂亮，让人忍不住盯着看，但又害怕被她的目光刺到。

两人在厕所里不期而遇，雾气缭绕着交融，相视一笑。

谭怡人极其老土地抽茶花，当时烟盒①上有诗句的旧版已经不容易买到，还会遇到茶花叶下面烤不出人脸的情况而怀疑是不是买到了假烟，但她还是坚持着。秦昭说她是青春伤痛文学看太多，她好脾气地笑笑。

即使是淡笑，也能让冷凶的脸立马变得甜美，这是她们这种长相的独到之处。

后来发现两人有许多相似点，不止身高体重相近，星座相同，在表演后

---

① 吸烟有害健康。

台还发现用同一款卷发棒，歌单里的华语老歌重复了大半，互相借的书都喜欢读，关系就越来越近了。

有次谭怡人还问秦昭："你知道原来盒子上的诗句？"

秦昭说道："与君初相识，犹如故人归。"

谭怡人变得若有所思。

秦昭看得出来她有心事，绝不多问，随口继续说道："正如我与谭君。"

冷面美人笑眯了眼，说出结论："咱俩是一类人，凡事看得太明白未必是好事。"

秦昭笑笑不多说。

谭怡人也是翻译专业，但和秦昭不同班级，两人平时大多独行，只是碰上专业大课才会坐在一起，下了课就一起到校外搜寻美食，或者参加社团活动。

话剧社是外语学院的社团，确切地说是英文话剧社，会长说早年为了多招些人，就把英文两个字抹掉了。

年底，话剧社团为了元旦晚会排练节目，定下的是《新编白雪公主》，秦昭和谭怡人笑到头昏。

演白雪公主的是个长相甜美的女生，秦昭和谭怡人报名饰演小矮人被以身高超标而驳了回去，最后只剩下没人愿意演的继母和魔镜，臭脸的谭怡人其实更适合演继母，没想到两人猜拳秦昭输了，就得秦昭演。

但是最后因为秦昭崴脚而换了角色——毕竟魔镜不需要走动。

那天秦昭跟着轮滑社的几个同学一起绕着学校溜圈，下坡的时候碰到了颗不小的石子，摔在了地上，脚也崴了。

陆嘉见学金融专业，却不务正业地喜欢摄影，当时正抱着个单反在学校里闲逛取景，盼着遇到个长得有特点的女生。

唱段里唱：天上掉下个林妹妹，似一朵轻云刚出岫。

秦昭也算是从天而降，只不过是摔下来的。陆嘉见扭头一看还以为是个瘦弱的男生，因为秦昭身高超过一米七，人又瘦，再加上当时剪了个齐耳的短发。

她高中时头发扎得太紧，勒出的印子去不掉，冬天刚到她就给剪了，还把剪下来的头发寄到了"青丝行动"，给癌症化疗患者做假发，对方还回寄了证书。

莫斯卡托

陆嘉见以为秦昭是男生，正打算收回视线，看到秦昭坐在地上抬了头，露出那张五官标致的小窄脸，他就笑了。

秦昭的长相不算是传统意义上的第一眼美人，高中的时候也是因为学习好而出名，私下里大家聊到校花、班花之类的名头，也是说了好些个女生才会点到她的名字，大学更是如此。

孟梁算得上第一个真真切切发掘到秦昭美的人，他小小年纪就感受到了秦昭的魅力。

陆嘉见则是第二个。

他见状举起相机，对着小脸有些发红、头发微微凌乱的秦昭按下快门。他善于发现美的画面，美人"落难"更值得记录。

其实秦昭第一眼看到陆嘉见就觉得他面相风流，尤其是那双放电的桃花眼。

陆嘉见蹲在秦昭面前有些居高临下般地审视，嘴角噙笑道："同学，没事吧？"

秦昭承认他很帅，当时她冷淡又礼貌地发出求助："没事，你能不能扶我起来？我可能脚崴了，得去校医室。"

陆嘉见看着她脚上的轮滑鞋，虚指了下："你这也走不了，我抱你过去？"

他话没说完就已经把相机往包里放，秦昭从没见过这么主动的男生，心跳有些加速，庆幸自己惯会装冷漠，面上应该看不出来什么变化。

陆嘉见把秦昭放在校医室的病床上后，坐在旁边休息，盯着秦昭说："我心跳加速是累的，你怎么也心跳这么快？"

那一刻秦昭立马彻底脸红。

她发微信给谭怡人，让谭怡人带双鞋来找她。校医看过后给她开了红花油，陆嘉见估摸着谭怡人要来了，低头在手机屏幕上按了几下，送到秦昭面前。

秦昭有些愣，发现眼前是陆嘉见的微信二维码，带着疑惑抬头看他。

陆嘉见嘴唇很薄，张合之间都是玩味："别告诉我你不用微信，不要小气，加一个。"

谭怡人进来时刚好和陆嘉见擦身而过，她问秦昭："怎么弄的？"

"下坡摔的，你得演继母了。"

"休想，赶紧给我好起来。刚刚那个男生送你来的？"

"嗯。"

"你脸红什么？"

"刚跟他加了微信好友。"

谭怡人挑眉道："哦？有情况。"

直至很久以后，回想起大学这几年，对于秦昭和陆嘉见，谭怡人都是摇头说秦昭被陆嘉见迷得七荤八素的。

可平心静气地讲，谭怡人和秦昭同为一个星座，特别能理解秦昭，那么一个浪漫至上的男人，秦昭哪里抗拒得了呢。

后来，陆嘉见突然出现在秦昭上课的教室，递给她一支不知道从哪里借来的拐杖，像是十分熟稔秦昭不喜欢麻烦别人的性格，她自己挂拐方便做任何事。

加了微信的当晚，陆嘉见还给秦昭发来一张修好的照片，是她坐在地上红脸蹙眉的样子，任谁看了都觉得漂亮。秦昭点了原图保存下来，再含蓄地回了一句"谢谢"。

2014 年的最后一天，外国语学院举行元旦晚会，陆嘉见也来了，是话剧社社长邀请的。

秦昭穿着黑袍子演魔镜，陆嘉见在台下举个相机对着她拍个不停。秦昭明显感觉演白雪公主的女生脸都绿了。

她换掉衣服跟谭怡人说了句"等我一起回宿舍"，就到观众席找陆嘉见。

他毫不吝啬地夸奖："你演得很好。"

秦昭有些不好意思，说道："我就像个工具人。"

"你发的是英式口音？现在学校里大多都是美音，你说得很好听。"

"可能因为我们外教是英国人，你听得很认真。"

陆嘉见低头摆弄单反给她看刚刚拍的照片，随口说道："我家里人都发英式口音，我爸妈是在英国长大的，所以就会注意到这些。"

晚会结束后，陆嘉见和话剧社社长低声说了几句话后，会长随后组织大家一起出去跨年，除了话剧社的人，还有陆嘉见的几个同学。

于是 2015 年即将到来的时候，酒量过于好的秦昭在酒吧昏暗暧昧的灯光下头脑依旧清明，陆嘉见却微醺着不小心倒在她肩头。

谭怡人推了秦昭一下，调笑秦昭脸红了。

陆嘉见在秦昭耳边说她酒量好，很快强撑着自己坐起来，仿佛生怕被秦昭误解自己在占她便宜。

莫斯卡托

孟梁的短信和零点一起到来，秦昭像是有预感，屏幕亮起来的时候她刚把手机拿出来。

【阿昭，新年快乐。】

旁边的吵闹欢呼的声音秦昭充耳不闻，正想回信息过去，孟梁又发过来一条：【什么时候回来，想你了。】

她十一假期没有回去，两人有小半年没见了。

旁边传来陆嘉见叫她碰杯的声音，秦昭急匆匆地打了几个字回过去，甚至忘记说新年快乐。

【十八号。】

她直到闭校的前一天才回家。

那半年之于孟梁，少了许多嬉笑，紧张严肃地对待学业和高考，日常拒绝着寇静静，在冬日室内暖气蒸腾的玻璃窗上一遍遍写秦昭的名字；而于秦昭，从小城到新世界，跟张书和几乎一个月才通一次电话，少了许多烦心事，偶尔也会因为陆嘉见的撩拨而脸红心跳。

一班高铁或者一趟飞机的距离将他俩生生隔开。

秦昭和陆嘉见越来越熟，陆嘉见看起来是对她有意思的，但是又绝口不说喜欢。大一上学期，外国语学院几乎尽人皆知陆嘉见在追秦昭，那年陆嘉见大三。

整个学期，他与秦昭相处都是彬彬有礼的，时有的撩拨也是点到即止，秦昭也消除了对他的偏见。

谭怡人对此的看法是谈恋爱不必想那么多。

但那个时候，秦昭总觉得自己不算喜欢陆嘉见，只是因为他长得好看，又很懂女孩子的心思，任谁被他盯上都逃脱不掉，偏偏他又不说明白，让人连拒绝的话也无法说出口。

谭怡人便问秦昭有没有喜欢的人。

秦昭脑海里倏地出现留寸头的孟梁，那个外表坚硬内心柔软的单纯少年，她笑了笑回答谭怡人："喜欢过吧，我当时觉得他也喜欢我，但是他不说。"

"少年时代的深情，总是难以启齿。"谭怡人眯着眼淡笑。

秦昭则毫不留情地拍过去，笑道："你又懂了，你自己呢？"

秦昭认为表现得比同龄人成熟的人一定吃过苦，她自己吃的是冷漠亲情的苦，谭怡人的是什么呢？

谭怡人眼里闪过一丝错愕，故作轻松地说："我啊……不告诉你。"

那年秦彰已经初三，开始逃学逃课，如果母子俩有个战场，张书和定是溃不成军的那一方。

但还是应该感谢张书和整个学期没有骚扰过秦昭，让她真正地快乐了那么一阵。

原生家庭就是个烂泥潭，每当秦昭以为自己即将脱离而欢快得跳脚的时候，它便拉着她向下坠，永无出头之日。

孟梁到高铁站接放假回家的秦昭，两人久违地想拥抱，像《哈利·波特》里赫敏害羞不敢拥抱罗恩，两个人都尴尬地僵住了手。

孟梁转移重点一般，拉了秦昭的行李箱，嘴里还要数落她："阿昭，外面就那么好，你十一都不回来，别跟我说什么没钱，我去打工赚钱给你买车票行不行？你不能这样……"

"你怎么变得这么聒噪了？孟梁，是不是学习压力大，这次期末考试考得怎么样？"

"就那样，不怎么样。"孟梁有些避讳讨论成绩。

耐不住秦昭肃着脸追问，他才吞吞吐吐地说道："班级十多名吧，全校更别说了，真不怎么样，有什么好问的……"

这倒确实退步不少。

看出秦昭有些失望的神色，孟梁没再多说，他考试的时候马虎得厉害，回头看试卷，发现几乎都是计算错误，但是此刻又不想说这些，像是找借口开脱。

孟梁更没办法说自己因为秦昭没有回他"新年快乐"，只一句冷冰冰的"十八号回家"而耿耿于怀。

大一上学期，秦昭和宋安然的联系减少许多，宋安然是容易头脑发热的性格，到了新环境投入新恋情，每天各种活动不断，是想不起秦昭的。

起初秦昭会主动和她分享近况，可有几次周末赶上宋安然出去玩通宵而忘记回复，久而久之，秦昭也不主动了，甚至连宋安然什么时候回小城的都不知道。

秦昭的期末成绩擦着及格线过，她这半年都在吃老本，对英语根本没有多大兴趣，和孟梁坐在靠窗的座位看外面皑皑白雪落下，说一说学习的烦恼。

孟梁盯着她看，秦昭虽然在看窗外但是感觉得到他的视线，蓦地扭头想吓他，孟梁却一脸淡定。

他这半年好像又长个子了，脱了外套，穿着件黑色的卫衣。他不似同龄大多瘦弱的男孩，而是脱衣有肉，且在气质方面，他跟陆嘉见太不一样。

"头发什么时候剪的？"接秦昭的时候，孟梁就想问了。

"11月初吧，记不清了，我把头发捐了，做了好事。"秦昭试图轻飘飘地一句话带过。

"我都不知道……"

孟梁太知道怎么惹秦昭心疼了，如果是质问，或许还会让秦昭觉得莫名其妙，但是就这样低落地说一句无关痛痒的话，秦昭反而觉得好愧疚。

"唉，我错了，今后这种大事都告诉你好不好？"秦昭哄道。

"嗯……但我下学期上学不打算带手机了，可能要晚点才回复你。"

他还在心里暗暗地加了句：我也会告诉你我这里发生的事情。

"这么刻苦呀，有没有想考的学校？"

他撒谎，回得很快："没有，没想那么多。"

秦昭的学校是很有名的理工院校，她想让孟梁为此努力，但话到嘴边怎么也说不出口。

两个人各怀心事相对，谁也做不到先捅破那层窗户纸，也就注定要生生耽误许多年。

过年时，最开心的是秦志忠。

其实他如果早踏实肯干，家里不至于到今天这般光景，这一年他老实做事赚了点钱，因为太忙又没时间上牌桌赌钱，张书和很是欣慰。

现在他不论是回自己老家还是去张书和娘家，腰板都挺直了许多。秦昭默默看着这一切，不多说话。

自从报志愿的风波她选择无声翻过后，她在家里更少说话了。

他们一家人一个比一个寡言，只不过弟弟是因为沉迷游戏，姐姐则是被他们逼得不愿意沟通。

张书和算钱算得很精细，给秦志忠拿了几千块钱零花钱，又说要给秦昭涨生活费，那样子像极了施舍一丢丢母爱。秦昭淡笑着答应，心里却想着尽早回学校。

还没出正月十五，秦昭就回学校了。

孟梁来送她，满脸不舍。

秦昭看着眼前比她高出半个头的大男孩，心情复杂，细数两人的关系，是真的友人以上，恋人未满。

她声音有些低："好好学习，就这半年了。到时候……如果我们的学校离得近的话，还可以多见见面。"

"快了，还有三个半月。"

他心想：你一定要等等我。

陆嘉见开车到机场接秦昭。

大年初一那天，他主动给秦昭发了【新年快乐】，顺便问她什么时候回学校。秦昭本来想坐高铁，陆嘉见热心地帮她看机票，告诉她价格没有差多少，秦昭就订了机票。

秦昭以为陆嘉见是本地人，毕竟放假的时候他也没着急回家。陆嘉见帮她拿行李箱，因为只是短时间下车，所以他只穿着件白得亮眼的毛衣，笑容很温柔。

"我在市内租了套公寓，初五就回来了，然后和几个朋友去了趟漠河。"陆嘉见一边说，一边贴心地帮她开了副驾驶的车门。

秦昭闻言问道："现在漠河好冷吧？"

"是啊，所以我提前溜回来了。"

他说这句话的时候眼神有些狡黠，微微扬着一边嘴角，俊俏好看。

秦昭那时候没多想，也没意识到陆嘉见就是那么一个任性散漫的人，他要去漠河，就能不顾父母反对从上海飞回大连；漠河太冷，他依旧不顾朋友的挽留说走就走。

就连他们在一起后吵架生气，他也同样选择最省事的方法——冷战。

那天陆嘉见把秦昭送到了谭怡人家里，秦昭知道谭怡人家境不错，但不同于陆嘉见爱玩享乐，谭怡人平时很低调。可直到进门后，秦昭才发现冷冰冰的复式房，只有谭怡人一个人。

谭怡人倒是无所谓的样子，淡笑着说道："我爸前几年去世了，我是他带大的。"

秦昭觉得每个人都有自己的暗伤连城，并不多问。

两人偶尔出去逛逛，过得像步入社会后的合租生活，还算享受。

那时陆嘉见初次提出想给秦昭拍照，秦昭从没拍过写真，就连自拍都屈指可数，对此有些抗拒。

莫斯卡托

陆嘉见直直地看着她，满目认真地说："我很少拍人像，就是在等你出现。"

秦昭有那么一刻的心动，答应考虑。

开学不到一周，张书和初次向秦昭求救，说秦彰又逃学了。

秦志忠不在家，她没有了援助，决定找秦昭帮忙。

张书和发来一条条近60秒的语音，无外乎是发泄内心的怨气，语气暴躁地数落秦彰有多么混账。秦昭心想：她但凡能把这份强硬用在秦彰身上几分，也不至于被自己儿子气成这样。

张书和的情绪发泄了出来，倒是好受了许多，还说要把教育秦彰的责任交给秦昭，她大概又要去跟人逛街做美容，最后将烦恼彻底转移，不得不说手段高明。

那一天或者说那几天，秦昭的好心情都毁在了这件事上。

秦昭木着脸给秦彰打电话，明知道对方不会接，还是一遍一遍地打。其实她不用多想都知道秦彰在网吧，小城设备好的网吧也就那几家，张书和顾虑着自己做过老师，不愿意去那种地方找人。

可秦昭又有什么办法呢？

最后秦彰把秦昭的电话拉黑了，秦昭借了谭怡人的手机给他发了条短信后，心情彻底丧到了极点。

【不愿意上学就跟她说辍学，你现在已经打扰到我了，知道吗？】

她和秦彰不是那种亲密的姐弟，大概是因为秦彰内向的性格，所以关系也不算是很差，平平常常。

谭怡人见状提出解决办法："把他零花钱没收，他就没钱去网吧了。"

"我妈要是做得出这么狠的事情，哪至于跟我大吐苦水。"

总归就是无解。

孟梁几乎每天晚上十点准时给秦昭发消息，有时候也会打电话聊天。秦昭就坐在宿舍楼下的花园里吹着凉风，跟他交流生活琐事。

秦昭不禁想到和宋安然倒是许久没这样平常地聊天了，宋安然平时也想不起她来，失恋了倒是出现得快。

孟梁给秦昭讲高三生活，不论是高考誓师大会还是体检，又或者一模二模，都是秦昭一年前经历过的，分毫不差。只是孟梁总能发生些不同的插曲，她听了发出短暂的欢笑。

而秦昭说起自己的近况，省去了秦彰和张书和给她施加的烦恼，以及陆嘉见。

只说认识了个喜欢摄影的朋友，想让自己做模特，孟梁还劝她尝试。

有一天，孟梁试探着问道："月末是我生日了，阿昭，你回来好不好？"

秦昭记得孟梁的生日，闻言看了下日历，发现那天只有两节课。

孟梁又说道："我有钱，我给你买票，好不好？我们去吃石斑鱼，新开了一家……"

他很怕和她疏远。

"孟梁。"秦昭无奈地笑了，"你又要带我去做小白鼠去新店试吃。"

"这次我吃过了，很好吃，所以想和你一起去，那店是年后开业的，那时候你都走了。"

秦昭整颗心被孟梁孩子气的话融化，他明明已经比她高那么多，甚至还练出了些肌肉，开口却还是大男孩的语气。

"好，我回去陪你过生日，不用你买票，那你三模能不能考好？"

孟梁显然愣了，秦昭低声逼问："嗯？"

他赶紧回答："能，一定能！我要是没做到，等你放假回来让你打我一顿。"

秦昭彻底被他打败："等我放假，你录取通知书都下来了，打你还有什么用？"

多年后回想，秦昭觉得这种事情好像一辈子只能做那么一次。

因为真的太累了。

太晚买票加上为了省钱，秦昭没有选择高铁或飞机，最后买了张需要站十几个小时的火车站票，千里迢迢，只为陪孟梁过生日。

他十八周岁的生日。

2.

孟梁生日当天，秦昭摸黑起床，然后轻装简行，妆也没化，只背了个包出门，坐公交车到友好广场，再步行十分钟抵达火车站，自此开始十几个小时的漫长路程。

火车比高铁慢很多，秦昭起初靠着看书，是从谭怡人那儿拿的《小团圆》。

张爱玲对邵之雍用了许多金色的形容词，她写和他在一起是在金色的河

莫斯卡托

上划船，想在金色的永生里沉浸，他俯向她，是苦海里长着一朵赤金莲花。

浪漫至极。

爱一个人的时候总会在心里把他捧得那么高，他是金色的，他是光，他是星，自己是凡尘，是翻覆不出泥潭的土，是渴望被拯救的竭力者。秦昭看书快，翻了半本有些晕，就把书放回包里，戴上耳机开始听歌，出神地望向窗外。

秦昭在一中校门口等着，看着高一高二的学生开始出来，她又困又累。孟梁出来的时候到处找秦昭，他个子那么高，秦昭一眼就看得到，对他挥手。

几个高三的男孩看到秦昭都嬉皮笑脸地推孟梁，被孟梁赶走。

孟梁跑向秦昭，喊道："阿昭！"

"嗯。"秦昭拍了他一掌，提起精神开口，"去吃饭吧，我中午没吃东西，饿死了。"

孟梁以为她坐的高铁，四个小时车程的话中午一定是在高铁站度过，有些心疼地说："怎么不在车站吃饭，随便吃点也好。"

秦昭没解释，笑着说："这不是等着晚上宰你嘛。"

"好，你随便点，我有钱。"

"是是是，孟少爷最有钱。"

孟梁觉得自己像是需要充电的手机，而秦昭是电源，见了她就觉得可以一口气坚持到高考结束。

他知道秦昭对小城毫无留恋，五一小长假也一定不会回来，下次见面的时候他八成已经是收到录取通知书的准大学生了。

两人吃完饭后又随便找了部冷门片子，钻进了电影院，秦昭不出意外地睡了过去。

她倒在孟梁的肩膀上，额头还蹭到他的下颌，短发垂落遮住了半张脸。孟梁轻轻地伸手，帮她把头发掖到耳后，露出完完整整的一张脸，素面朝天。

他恍惚觉得闻得到她涂的防晒霜香味。

周围安静得很，确切地说整个影厅也不超过五个人，他们周围更是空荡荡的。孟梁低头差点吻到秦昭光洁的额头，他心跳快得仿佛要蹦出来，咽了咽口水，喉结微动，攥拳的手心都是汗水。

那几分钟真的好漫长。

漫长到秦昭揉着眼睛转醒，孟梁才松了口气。

电影院附近的小巷子里，秦昭正在跟孟梁商量晚上在哪儿住的问题。孟梁想的是回家住，秦昭定然是不愿意回家的，他又让她去他家里……

月光下你说一句我说一句的时候，张书和打来电话，秦昭才发现她已经打了几通了，自己没接到。

无外乎是母子俩吵架，秦彰又惹张书和生气。

张书和好面子，跟和她一起做美容的朋友说不出这些糟心事，只能给秦昭说。生儿育女当真不易，如今张书和也因为不懂事的儿子变成聒噪怨妇。

秦彰现在也学会了跟秦昭吐苦水。

秦昭觉得自己是他们母子俩的垃圾桶，因为怕孟梁听到，她走远了几步听电话。

孟梁看着她纤瘦柔弱的背影，贴心地背过身，给她留出隐私空间，心里大概也知道不过又是她家里的事。

过了会儿，听着秦昭那边没声了，孟梁把手机放回口袋走过去，心里痒痒的。他走得越近，心就越躁动，仿佛十八岁生日的这天一定要做一件事。

于是孟梁从背后搂住了秦昭，秦昭没有抗拒，她一动不动，彼此贪恋，且无声沉默。

秦昭明白，同龄男孩都在学着抽烟喝酒的时候，孟梁却不为所动，明明他也是爱玩的性子。这让秦昭觉得自己配不上孟梁。

两人默契地不谈刚刚的骤然亲近。因为秦昭不想回家，两人决定去网吧包夜。

她还要赶凌晨的火车回学校上下午的一节专业大课。

孟梁好久没来过网吧了，当初办的卡还剩不少钱，他心里有些烦，就随便开了一局。秦昭没玩过，在旁边看，半个小时过后，屏幕上出现硕大的"失败"两个字。

他要了杨舟帆的号带秦昭一起玩，两个人包了个包厢，孟梁打 ADC，秦昭辅助。

秦昭只能记住基本的按键，达到控制人物行动和使用技能的最低水平，操作什么的更是压根没有，拖累孟梁也战绩惨淡。

但是有人曾经说过：男生带女生打游戏，带不动就还是男生的问题。

于是秦昭看孟梁的眼神很是耐人寻味。

最后一局，孟梁给秦昭选了个英雄，秦昭看屏幕上是个骑在雪人身上的小男孩，像是想起来了什么。

莫斯卡托

"这个是你说过的努努？"

他曾经说她滚雪球的样子像努努。

孟梁没看她，故意凶巴巴地说了一句："下面写着努努呢。"

"他骑的是谁？"

"他伙伴，威朗普。"

"哦。"

忘记那局有没有赢，只记得打完没多久，电脑屏幕的右下角显示着 23:59 时，秦昭和他说了句"生日快乐"。

她听过一种说法：最后一个和你说生日快乐的人，就会陪你最久。

孟梁最近每天学习很累，现在熬不了夜，靠在座位上合眼休憩，呼吸声渐渐重了起来，倒先睡着了。

秦昭对游戏兴趣不大，便登上 QQ 从班级群里下了个翻译作业开始做，包厢里只有她敲键盘的声音。

她回头看孟梁，第一次见到他睡觉的样子，依旧是她心里纯粹和煦的大男孩，睫毛很长很翘，还看得到双眼皮上那条淡淡的褶子。他鼻梁很高，视线顺着滑下去就是一张不薄不厚的嘴唇，正微微张着。

靠着睡觉太容易张嘴了，而张嘴呼吸容易影响嘴型。

秦昭伸手帮他合上嘴，指腹不小心摸到他的唇瓣，很软。

不知道什么时候，秦昭被闹铃吵醒，顺便叫醒了孟梁。

虽然椅子很软，但他俩还是睡得腰酸背痛的，秦昭甚至担心孟梁今天能不能认真上课，孟梁则保证一定不辜负她特地逃课回来看自己的诚心。

秦昭拒绝了孟梁要送她去车站的提议，让他早点去学校吃个早餐，再去洗把脸漱漱口。孟梁答应了，但他还是急匆匆地跑到网吧附近的小巷给她买了烧卖豆浆当早餐，他捧着热得烫手的豆浆，一如当初捧着烤地瓜等她的样子。

地点和时间都变了，可人还是孟梁和秦昭。

他们短暂地见面又很快分开，各自为了前程奔忙。

秦昭赶在最后一分钟上了绿皮火车，靠在门板上缓气，依旧是站票。火车渐渐地开始动起来，她顺着窗外看向站台，没买票不能进来送人，她心知肚明看不到孟梁。

后来她想，也许当时自己回看的不是孟梁，而是那段与孟梁有关的青春记忆，还有对他超脱朋友的感情的道别。

彼时孟梁坐在前往一中的出租车上，满怀希望。

他想等自己今年8月末出现在她大学的时候，他们一定会在一起。

火车驶离了站台，周围变成无垠旷野杂草丛生，秦昭手里的《小团圆》应景地翻到九莉跋山涉水到温州看邵之雍那段。

她在心里默默地说：孟梁，这是我所能做的最勇敢的事了。

秦昭回了趟小城的事情只告诉了谭怡人，陆嘉见都不知道。

她戴着口罩、帽子全副武装，从侧门进了学校，前往上课的教室，谭怡人已经占好了最后一排的座位。这堂课是临时调换的，教室紧张就安排在了信息学院的一栋楼里，这边都是理工专业学科楼。

秦昭却没想到路过医学院时，看到陆嘉见的车停在路边。陆嘉见没看到秦昭，很快就开走了，即便看到大概也认不出来。

秦昭觉得陆嘉见顺便送朋友的可能性大，没多想就赶紧往教室跑。

趁着那个外教老师低头调换教学视频，秦昭从后门进去，坐在了谭怡人旁边的位置上，然后哀叫一句："累死我了，腰不是自己的了，腿也不是自己的了。"

谭怡人低头画着知识点，分神问道："怎么样？"

"没怎么样，白跑了。"

"那还是怜惜眼前人吧。"

对陆嘉见改变第一印象的不只是秦昭，还有谭怡人。

"哪来的眼前人？"秦昭装傻，一边翻书，一边问道。

"陆……"谭怡人话还没说完，被秦昭伸手捂住了嘴。

"可别乱说，八字没一撇的事。"

"我看以他的性格，能一笔写完一个八字。"

"那八字也太丑了……"

外教指着教室后面说："Shh——"

秦昭被精准地锁定，埋头比了个OK（好）。

清明假期的第二天，陆嘉见开车带秦昭去了市中心他租的一个场地，开始给秦昭拍照。

秦昭还是感谢陆嘉见的。

她虽然表面冷淡骄傲，实则心里有一丝自卑在作祟，对着镜头更是浑身

莫斯卡托

不自在。

陆嘉见那时把所有的好脾气都给了秦昭，不厌其烦地开解引导她，最后让她成了真正自信的秦昭。

他说过很多次："你很美。"

秦昭却不自知，站在布景前紧张地咬唇，摇头说："我不美。"

"你就是美。"

"拍照归拍照，你别哄我。"

"谁哄你，我说真的。"

"你再说我不拍了。"

她那股倔强外露，陆嘉见气得拨弄头发，刘海变成了中分，一手抓着单反，一手叉腰，像是恨不得把英语都用上给她解释自己心里的感觉。

秦昭怀里抱着本精装书做道具，看着那样濒临崩溃的陆嘉见，扑哧就笑了，眼睛眯成了月牙。

陆嘉见赶紧拿起相机拍下来，说道："这样就很好，我们就这样轻松地聊聊天，拍拍照，很简单的。"

这一通插曲过去，秦昭也放松了。她随意地摆了几个动作，进入状态后，陆嘉见话都不说了，专心找角度，接连不断地按下快门，还热到脱了外套。他认真的样子与平时不符，却也是别样的好看。

像是在发掘自己的专属缪斯，陆嘉见满心都是甘愿，对秦昭百般温柔。

拍完后已经到将近晚饭时间，秦昭十点多吃了顿早午饭，肚子有些饿，陆嘉见提出想给她钱——拍照的报酬。

秦昭知道他家境不错，从开的车就看得出来，她也不是故意客气，只是觉得自己又不是专业模特，水平达不到收费的地步。更何况两个人算得上是朋友关系，就当作帮忙了，她生活费也足够，课余也做家教兼职。

陆嘉见向来有话直说，笑道："给报酬是因为这个照片我想发出去。"

"你随便发，别选我的丑照就好。"

陆嘉见脸上的笑变成了无奈，看她的眼神又温柔了许多，叹了口气，说道："你太单纯了，昭昭。"

秦昭这个一向自诩比同龄人成熟的冷漠怪物居然也有被说单纯的一天，不过想起陆嘉见比她大两岁，又很快了然。

"报酬是真的不需要，管顿饭就行，我现在好饿。"秦昭坐在沙发上仰头看他，头发上的饰品还没拿下来，在陆嘉见的眼里点上色彩。

"我的错，我们出去吃饭，然后送你回学校。"

"送我去怡人家里就行，我明天跟她去喂海鸥。"

秦昭卸了多余的配饰，钻进帘子里换衣服。

陆嘉见坐在沙发上玩车钥匙，漫不经心地问道："怡人回家了？我还以为她在学校。"

"她前天就回去了，我想着你送我回学校的话太远，就问了她。"

陆嘉见给了秦昭韩食和日料两个选项，秦昭胃不好吃不了生鲜，便选了韩食。车上放着旋律轻柔的英文歌，两人有一搭没一搭地聊天，伴着窗外霓虹交错，倒是有些此间静好的感觉。

每次秦昭有些得意地翘起尾巴，马上就会被现实拽下来，她是当代十二点的灰姑娘。

秦彰给秦昭发来了微信，跟她抱怨张书和的百般不好。秦昭还是做不到全然不理，面色凝重地回复过去，然后再告诉张书和一声秦昭在网吧，勿担心。

结果张书和开始给她发语音，秦昭犹豫几秒，然后将手机放在右耳听。

陆嘉见开车之余分神看她，以为她有事，体贴地把车载音乐调小声些。但秦昭并不想接受这份体贴，她有些害怕被陆嘉见听到手机那边尖酸的谩骂，胡乱伸手想把音乐声音调大，不小心碰上了陆嘉见的手。

"不用调小声。"秦昭语气莫名低落，手也很快挪开了。

"好，马上到了，你有事吗？"

"没有，家里的小事。"

秦昭是凭借一己之力拉开撕扯得难分难解的母子的裁判，可以宣布短暂休战。

大一的下半学期，秦昭一度怀疑自己要患上抑郁症。她要学习自己不喜欢的专业，每天与英语为伴，老师说的是英文，作业是大篇幅的英文，她要写的还是英文，满心抗拒。

最好的一门成绩应该就是第二外语日语了。

而明明开篇那么欢快的大一，她远在东北的滨城，还不得不接收母子两人双倍的坏情绪，总体算起来苦多乐少。深夜里，她更是忍不住埋在被窝里无声地哭，好不容易凭借自己的力量涂抹上色彩的生活，却又被洒上了墨。

五一当天，陆嘉见叫上秦昭和谭怡人，还有几个和他一起玩摄影的朋友，开了两辆车去龙王塘看樱花。下午天气大好，几个人现买了野餐布和一应吃喝，找了个公园野餐，还说好晚上去 KTV，白天手机一律关机，谁的响了到

莫斯卡托

时候得罚酒。

这一切都是为了秦昭。

那天陆嘉见拍了好多照片，秦昭到哪儿都躲不开他的镜头，直说他好讨厌，可嘴角又不自觉带笑。

秦昭坐在野餐布上端着盘子小口吃饭团，陆嘉见从口袋里掏出一朵樱花，应该是中午在龙王塘的樱花园捡的，他伸手将其别在秦昭的耳后。因为离得有些近，两人都呼吸一顿，相视不语。

远处谭怡人在放风筝，陆嘉见的一个朋友相机没电了回来，正好看到陆嘉见和秦昭凑得很近，使坏地吹了声口哨。秦昭赶紧扭头，有些不好意思。

陆嘉见倒是坦然，撑着手臂向后靠了靠，还啐了几句那个不解风情的朋友，朋友也笑着回呛他。

陆嘉见是南方人，说普通话咬字很清晰，又因为在东北待了几年，被朋友带得有些北方口音，倒是混杂出异样的感觉，戳得人心痒痒。

之后孟梁经历了高考、放榜，秦昭却决定不回家了，反正暑假不闭校，她打算找个兼职，还能赚些钱。

孟梁为此颇有怨言，但能理解秦昭的想法，只是电话和微信发得越来越频繁。他最后几个月进步很大，上秦昭的学校完全没问题。

他报志愿的时候还特地瞒了秦昭，说了好几个要报的大学，就是没说秦昭的学校。秦昭没多想，还帮他仔细筛选。

那天秦昭考完期末考试最后一门，在宿舍和孟梁视频，手里拿着个本子，上面列得整齐，一边翻，一边给他讲："你上次跟我说的学校我特地查了下，学校当然是没问题。你不是喜欢打篮球吗？我就看了看校址和操场设施，有几个篮球场很差的，贴吧里有学生说晚上路灯都不亮。你选择很多，这几个就……"

孟梁怎么也没想到她特地去找人家学校的篮球场照片，他蓦地打断："你对我这么上心，是不是喜欢我？"

设想一下正常的互相暗恋剧情，秦昭应该红了脸，然后嘴硬地快速反驳。

可不知道是她伪装得太好，还是真的对他没意思，秦昭只皱了皱眉头，然后看向屏幕，说道："你想太多，我是看在阿姨的面子上才帮你。"

"哦。"孟梁语气中有毫不掩饰的失落。

但秦昭正认真看着电脑屏幕，并未注意。

那边陆嘉见却悄无声息地帮秦昭找了个不错的公司实习，工资多少倒是其次，主要能让她将来找工作时的履历漂亮一些。那家公司也不是秦昭想去就能去的，为此她一定要请陆嘉见吃饭，还叫了谭怡人。

也是那天，孟梁拿到了录取通知书。

3.

盛夏的海滨城市，晚风清凉，陆嘉见把车停在了宿舍楼下，跟秦昭和谭怡人步行到学校对面。三个人坐在"遗迹串吧"外面摆的桌子，吃东北烧烤，喝啤酒。

与此同时的小城，孟梁跟杨舟帆几个同学也一起吃饭，从来都嚷着自己滴酒不沾的人破天荒地同意喝酒。他算达到"金榜题名"时的人生喜事，还想在定下了和秦昭上同一所大学的日子里向她表白。

一瓶啤酒下去，孟梁脑袋就晕乎乎的，脸色倒是没怎么变，耳朵却红得褪不下去。他躲开看热闹的杨舟帆，蹲在马路边打电话。

通讯录里的第一个号码，他就算喝醉也不会拨错。

秦昭的手机常年静音，当时放在桌面上，屏幕一亮她就注意到了。

看是孟梁打来的电话，她接通放在耳边："喂？"

孟梁声音还算清明，他控制着语调，尽量让自己说的话有逻辑："阿昭，你别说话，你听我说。"

秦昭于是沉默地听着。

"你怎么不说话了？哦对，我说，我今天拿到录取通知书了，第一志愿，很圆满。但我暂时先不告诉你是哪个学校，我想告诉你另一件事……"

孟梁话说了一半，秦昭那边明显是在室外，有隐隐约约的嘈杂声，忽然传来一句男声："昭昭？"

是低柔的询问，来自身边的陆嘉见。

陆嘉见看秦昭接了电话后"喂"了一声就不再讲话，投来关切的眼神。

孟梁看不到电话那头秦昭笑着摇了摇头，然后跟他说："你继续说，我正跟朋友在外面吃饭。"

"我……"那一刻孟梁心里莫名地吃味，大股酸涩涌动。

孟梁许是给了太多的注意放在陆嘉见的声音上，即便陆嘉见更加小声地跟谭怡人说话，他还是听到了。

谭怡人笑着问陆嘉见："你还怕她接诈骗电话被骗？"

陆嘉见说道："那可不，她傻着呢，我得盯着点儿。"

秦昭闻声打了陆嘉见一下，三个人开玩笑是常事。那头的孟梁因为陆嘉见暧昧的语调沉默，秦昭问道："怎么不说话了，另一件事是什么？"

"忽然忘记要说什么了，刚被杨舟帆他们忽悠喝了杯酒，脑子不清醒。"孟梁紧接着话锋一转，"你跟哪些朋友一起吃饭呢？"

秦昭心情不错，笑着呛孟梁："你这是要查我的岗吗？快告诉我你被哪个学校录取了。"

"我手机快没电了，回去再跟你说。"

"好。"

后来孟梁和几个同学去毕业旅行。而秦昭实习结束后，在距离开学还剩十天左右的时候，陆嘉见说八月末最适合去海边，于是说走就走，立马订票。依旧是上次一起看樱花的那几个人，这次多了个带女朋友的，一行人坐船去青岛。

明明大连就是海滨城市，还非要去青岛，陆嘉见任性，秦昭也只好陪着他一起折腾。

他们在青岛的最后一天，秦昭和宋安然近十年的友谊情断。

宋安然不知道是第几次失恋，打电话给秦昭哭诉。

秦昭坐在海边吹风，看浪花拍打海岸，回想起来自己总是倾听者的角色，承受了太多人的苦水。

秦昭柔声哄道："安然，我们视频，我给你看一看这边的海吧。"

当初那个小混混男朋友被孟梁打的事情，在宋安然这种爱情至上的人心里埋了个疙瘩。秦昭又有股傲气，不愿意撕破了说，长此以往，两个人越走越远。

宋安然的哭声骤停，大概是喝了酒，情感迸发更快，开始列举秦昭的诸多不是，她道："昭昭，你从来没把我当过好姐妹，你什么心事都不和我说，就连小学时你爸妈常常骂你，都是我听到了问你你才说的。

"我总觉得你离我越来越远，我等着你总有那么一天会和我说，可读大学后我们一南一北，好像更远了。"

秦昭想给宋安然看海的心思瞬间就没了。

两个人从小学就在一起玩，秦昭小宋安然半岁，但因为性格深沉一点，一起闯祸了或者发生什么事都是秦昭处理，久而久之就变成了如今的局面。

秦昭从来不说自己心底最深处的事情，宋安然又不是心细的性格，自然就越来越看不懂秦昭。

成长的路上总会发生一些转折，譬如和朋友分道扬镳。

本来以为就这样平静体面地作别，即便秦昭此刻心如刀绞，她还是下意识地从自身找原因，居然可以追溯到高考之前——宋安然间歇性踌躇满志，根本没有对她们两个约定的未来负责，但错一定在秦昭，没有时时敦促宋安然。

可认识陆嘉见之后，尤其实习之后，在和陆嘉见相处中，他那种任性散漫感染了秦昭，秦昭也想任性一次。

秦昭缓缓开口，一切情绪都隐藏在冷静的语调下，说道："可是安然，我们现在离这么远，读大学以来逐渐疏远，是我想要这样的吗？说好了为读同一所大学努力，没有出力的不是你吗？"

宋安然的哭声骤然止住，沉默了半分钟不知道该怎么回应，可要比任性，她绝对比秦昭在行，很快找回主场："我能怎么办？我和你差太远了，我怎么拼命地努力也追不上你。"

秦昭觉得心痛，独自坐在沙滩上发出一声苦笑："你没有错，我也没有错。"

这次她决定不再认错。

"安然，你知道我家里什么情况，我没有输的资格。包括我这大半年来每天学不喜欢的东西，过得也不开心，我怎么不想跟你说，每次你回复最快的时候都是在和男朋友吵架。你的难过永远比我大，我听你倾诉，把你哄好了之后我都不知道我要说什么了。

"你们为什么总是把问题抛给我，让我给出反馈，让我解决？我怎么做都不能让所有人满意，我真的累了。"

宋安然这次沉默更久，久到两个人都失去了交谈的欲望。

最后，宋安然平静地说道："室友叫我洗澡，我先挂了。"

前半句是借口，后半句则不只是为这通电话画上句号，同样为两人的友情写一个"完"。

秦昭满心疲累，"嗯"了一声算作回应，举在耳边的手垂落一旁。

众人在不远处烤东西吃，谭怡人看到秦昭把脸埋在膝盖上久久不动，刚要拿着烤好的鸡翅去找她，余光看到旁边的陆嘉见就止住了脚步。

谭怡人用手肘顶了下陆嘉见，抬起下巴示意远处秦昭的方向。陆嘉见立

莫斯卡托

刻明白她的意思，接过烤鸡翅，又拿了自己烤好的鱿鱼。

"我看你什么都懂，自己怎么不谈呢？"他随口打趣了谭怡人一句，意料之中收获她的冷面冷眼："你管我？"

陆嘉见做了让自己闭嘴的手势，一只手拿着烤串，另一只手又捞了两罐青岛啤酒，小跑着去找秦昭。

谭怡人愣在原地许久没动，手里的串还在烤，她想到了一些人和事，忍不住伤感。直到被另一个朋友拍了下说烤煳了，她才平静地把烧焦的东西丢到垃圾桶里，再看向秦昭那边。

陆嘉见和秦昭一起坐在沙滩上，离得很近，他伸手揽着秦昭的头，帮她按住乱舞的短发，在此起彼伏的海浪声和绵绵不休的海风中，二人接吻。

秦昭穿的修身吊带露了一小截腰，陆嘉见则是一身浅色的背心短裤，画面满是年轻人的浪漫。

旁边的朋友显然也看到了，朝谭怡人露出会心一笑，感叹："羡慕啊。"

谭怡人的声音小很多，喃喃重复："嗯，羡慕啊……"

回到学校已经将近 9 月。

秦昭有预感，孟梁迟迟没有告诉她考上的学校，八成是要出现在自己面前制造惊喜。

她不知道自己是期待还是抗拒，彼时她和陆嘉见尚未确定男女朋友关系，接吻只是因为那天气氛太好，她有些脆弱且喝了酒，但她确定是自愿的。

自愿被陆嘉见蛊惑，她真实心动。

秦昭准备接手话剧社，正式的换届要 10 月中旬才举行，但会长已经开始偷懒把事情推给秦昭。新生报到那天，陆嘉见陪她去找会长拿东西，谭怡人作为学生会干事在校门口迎接新生。

孟梁的电话如预料般打来。

"阿昭，快来接我，校门口的学姐都没你好看。"

秦昭心跳加快，赶紧接过社团的几本名册示意陆嘉见走，然后笑着呛孟梁："明明有个黑长直齐刘海的学姐很漂亮，你什么审美。"

她说的是谭怡人。

男孩撒娇地哼了声表示不赞同："太凶了，我害怕，你快来救我。"

即便一路上想过很多种相见时的情景，但真正面对面时还是不一样。

孟梁的头发比上次生日那天见面时短一些，穿着最普通的白 T 恤，他旁边立着个黑色行李箱，对她露出熟悉的笑。

陆嘉见帮她拿了名册，秦昭径直跑过去拥抱孟梁，没有了当初的扭捏。

苍天做证，秦昭当时一点也不伤心，满心都是高兴。

孟梁搂住秦昭，在秦昭耳边说道："阿昭，我来陪你学你不喜欢的专业了。"

秦昭眼泪唰一下就出来了，幸亏那天只涂了防晒，蹭在孟梁的衣服上，只有一点淡淡的香味。

她松开了他，不顾眼泪往下流，轻轻拍打他的双颊，问道："你说什么？"

孟梁伸手想帮她擦拭泪水，又觉得自己手有些脏，便只用手背擦她脸上的泪，不敢触摸眼睛。

"理科生也能报语言类专业，还不许我来你们外国语学院当院草吗？带没带纸巾，擦擦眼睛，别哭了。"

秦昭消化他话中的信息，好一会儿才反应过来——他放弃了他们学校那么多具有优势的理工专业，跑来"陪"她学英语。

"你蠢啊……"

"别骂了，我妈骂过我了。"

陆嘉见看到秦昭激动地流泪，走上前从口袋里拿了纸巾递到两人中间，问道："怎么还哭了？"

秦昭自然地接过，低头擦眼睛，没看到孟梁对陆嘉见有些敌视的目光。

孟梁一向聪明，听过陆嘉见的声音如今重合印证，就可以锁定情敌。

那年陆嘉见大四，显然没把孟梁这个男孩放在眼里。

之后是新生军训，为期十天。

9 月中旬社团纳新和文化节合办，那两天校园主街上热闹非凡，校社联那边一开始就联系了秦昭在闭幕式上组织社团出个音乐短剧的节目。

那阵子秦昭有些忙，因为平时喜欢读小说剧本，对话剧社是真的上心，更主要的原因是她可不想今年元旦晚会上再排幼稚无聊的《新编美人鱼》了。

陆嘉见已经没什么课，他的同学大多已经离校实习，而他则做个散漫的摄影师。那阵子看秦昭忙，他就常在市中心拍片子，与她微信联络。

秦昭除了上课就是借场地带人排练，谭怡人帮了她不少。她还要分一点神，路过操场给军训的孟梁送冰凉贴，他总是忘记带。

文化节闭幕式那天，秦昭在后台忙来忙去，她没有参演，做一切后勤工作，

莫斯卡托

租来的服装有些陈旧，让她觉得身上都灰沉沉的。

大一新生由助导统一带到礼堂入座，结束后自行解散，孟梁给秦昭发消息，问她在哪儿。

秦昭直到看着参演成员完美谢幕才彻底放下心，因为话剧社的节目压轴，她害怕出差错，提着的一颗心总是放不下。

此时谭怡人正在叫大家过去拍合照，秦昭这才有时间拿起手机看孟梁的消息，回了过去：【我们要拍照，你来后台找我，我等下还得把服装收拾好。】

她没想到的是陆嘉见也来了，特地赶上看她排的压轴节目，一结束就不声不响地来了后台。

后来回想起那天来，于秦昭如梦如幻，于孟梁如雷如电。

孟梁是恪守规则情窦晚开的邻家大男孩，陆嘉见却已经验丰富，像谭怡人所说，一笔就要写出个八字。

孟梁刚脱下军训的迷彩服没两天，换上自己平时的衣服，皮肤黑了一个度，到后台时正好看到秦昭接过陆嘉见手里的花，两人在周围的起哄声中抱在一起，陆嘉见还浅浅地吻了秦昭的额头，显然已经抱得美人归。

那一刻，孟梁觉得自己是全天下最傻的人。

秦昭事先完全不知情。

上次青岛和陆嘉见不明不白地接吻，后来陆嘉见也没有提过，她倒不是保守到为此索要个名分，只是时间长了难免有些奇怪。

秦昭更是没想到时隔半个月后会接收到陆嘉见这么正式的告白。

那几天陆嘉见在金州区帮朋友弄新开的工作室，驱车回学校要开近一个小时，只为了看秦昭排的对他来说并没什么兴趣的音乐剧，末了捧着花真挚地问她："在一起，好不好？"

陆嘉见浪漫，且不是刚谈恋爱的愣头青，送花只会送红玫瑰。他捧了一束蓝紫色的绣球，配上纯白色的包装纸，显得无比郑重。

秦昭的心就是花，被他圈住了。

那时陆嘉见说："这捧绣球叫无尽夏，花期漫长，花枝繁茂。我也想要属于我们的夏天无尽，那个我们在海滩初吻的夏同样无尽。"

每一个字眼都戳中了秦昭心底最柔软的那块地方，她在心里无声地为陆嘉见辩护，一点也不在意他为什么时隔这么久才表白。

绣球的花语皆是美好的含义，它代表希望健康、美好团圆。

秦昭第一次正式投入爱情，也相信和陆嘉见的一切都将是好的，一如绣球花语写的那般。

奈何天总是不遂人愿。

如果说那天孟梁除了沉默再没明显的变化，是因为反应迟钝，而后发生的事，才让他觉得天地塌陷，时日良久。

因陆嘉见几乎不在学校，秦昭大二定然大部分时间都在学校，看起来和确定关系前并无差别。有同学调侃校园里一南一北都算异地恋，那秦昭和陆嘉见这种隔了一个区的也算得上。

秦昭带着孟梁逛校园，孟梁也时常约她，平时和谭怡人两个人一起去逛小吃街，如今新加了个孟梁，除此之外一切好像都没什么不同。

11月中上旬，院里学生会开始统筹元旦晚会节目。

那是秦昭第一次意识到自己过于理想化。

本来话剧社纳新吸引了好多学弟学妹，秦昭摩拳擦掌地就等着元旦晚会排一出《罗密欧与朱丽叶》，结果被学生会几个主管晚会的学长学姐轮番劝导，直说这不够轻松，过不了一审。

秦昭问学校让演什么，得到的回答是：童话这种简单的都可以，再加入一点喜剧元素的创作，一定会很受欢迎。

秦昭想不通都是大学生了，为什么还停留在看安徒生童话的水平，奈何胳膊拧不过大腿，她最后还是妥协了。

陆嘉见听秦昭委屈兮兮地讲这些，在电话那头笑得很宠溺。

他安抚道："宝贝，你是没办法凭借一己之力去改变现状的。你有情怀，但是晚会整体就是娱乐至上，出发点不同，没必要过分纠结。"

陆嘉见讲完道理之后回归到男朋友角色，柔声哄道："你周六早点结束排练好不好，我带你出去吃饭，换换口味，别一个小晚会把咱们昭昭累瘦了。"

热恋中的温柔作用是那么大，秦昭心里的纠结立马就驱除了大半，低声回答："周六你不是有片子要拍吗？我吃胖了还怎么上镜呀，又哄我。"

现在不止陆嘉见找秦昭拍照，之前他朋友开了工作室后需要拍模特图的活也介绍给了秦昭，赚钱的那种。秦昭认为现在也算吃这口饭，对自己的身材难免要求严格。

"小林子前几天敲我竹杠，顺了个镜头走的，我就把那个活推给他了，反正也不怎么想拍。"陆嘉见接了杯水，慢悠悠地和秦昭闲聊，"你怕什么，我给你把不该长的肉都修掉，你可别背着我节食啊，记住没？"

"知道了，知道了。"

周六陆嘉见到排练厅的时候，发生了个小插曲。

秦昭翻遍了图书馆借的《格林童话》，最后定下了《灰姑娘》。演灰姑娘的女生叫白思琪，长得不算漂亮，放在人堆里很容易被忽略，性格也很内向。秦昭选她更看重的是她的口语，她的台词功底比其他的竞争者都好，而且谭怡人化妆技术一流，一定可以让她换装后大放光彩。

只是演王子的男生不太情愿。

这已经不是第一次排练，可一到王子和灰姑娘搂在一起跳舞的戏份，男生就满脸不耐烦，很嫌弃地揪住白思琪的衣服一角，对着剧本念台词也是错误百出，导致扮演其他角色的同学都等在那里没法排练。

这次参演的都是大一新生，孟梁当时为了给秦昭捧场也加了话剧社，但是他比秦昭还嫌弃《灰姑娘》这出戏，于是他就靠在旁边的椅子上戴着耳机听歌，看得秦昭总想打他一顿。

演王子的男生是俄语系的，自诩长得很帅，可以做外国语学院新一届院草，甚至毫不掩饰对白思琪的嫌弃。秦昭一向共情能力很强，仅仅旁观也觉得心里不是滋味。

陆嘉见拎着好几个袋子推开排练厅的门时，"王子"正在提出解决方案："学姐，咱们商量商量，变装之后的灰姑娘换个人演。"

秦昭心里咚的一声，旁边一众学弟学妹也尴尬沉默，除了孟梁戴着耳机充耳不闻地轻哼。

"什么意思？"秦昭冷脸问"王子"。

"我都是为了节目好，就直说了，白思琪就算化妆穿裙子，也不能让人信服王子会爱上她，还不如换个漂亮的人演，也能节省换装时间。"

他不过是仗着只有自己才能演这个男主角，逼秦昭同意。少年无知的优越感正在深深地伤害无辜的人。

秦昭那时候拼命给自己做心理建设：法治社会文明社会，不能打他不能骂他。她余光瞟到白思琪的头已经低得不行了，大概恨不得钻进地下，于是冷冷地问道："那你想让谁演？"

"吴格，报节目的名单我看了，就她最漂亮。"

吴格是有些艳丽的漂亮，现在演的是灰姑娘的姐姐，她报名后就跟秦昭说了自己口语不好，只想演个配角。

吴格听到"王子"说了自己的名字，翻了个白眼，说："我不演。"

女生之间是有怜惜的，吴格也为白思琪鸣不平。

陆嘉见看着气氛有些严肃，没多作声，拎着袋子找地方坐下。一旁的孟梁斜了他一眼，继续听歌没理会，脸色沉了不少。

他想的是：看到陆嘉见就烦。

谭怡人看着眼前的状况有些尴尬，主动开口让大家都休息一会儿，拉了秦昭到孟梁和陆嘉见那边坐下。

陆嘉见伸手，自然地搭在秦昭肩膀上，问道："怎么了？"

秦昭简单两句话说清楚了事情，没忍住低声吐槽了"王子"一句。

陆嘉见眼里含着笑问道："那个眼睛有些小的女生是灰姑娘吗？"得到肯定回答后，他表情越发玩味了。

秦昭了解他，知道那眼神中有些轻慢，不见得是"王子"的那种鄙夷，但总归不算和善。

秦昭递了个白眼过去，推开了陆嘉见的胳膊，转头跟谭怡人说："我不会答应他的，不行就换个男主角。"

谭怡人安慰道："我也看不惯他那样子，只是想着他是报名演王子的人里长得最帅的……"

说话间，"王子"走了过来，因为是站着，显得有些居高临下，他问秦昭："学姐，换不换人？你不用不好意思，这也是为了我们节目。"

秦昭分神看着远处孤零零坐着的白思琪，有些烦躁。

孟梁终于摘了耳机站起来，从秦昭手中抽走了剧本，白色的耳机线胡乱垂挂在椅子上。秦昭习惯性地帮忙拿起来收好，就听到头顶传来孟梁的声音："不换，她决定把你换掉，我演王子。"

那天孟梁用最直接的办法帮秦昭摆脱了困境，也成了少女白思琪的救星。

虽然孟梁后来排练的时候面对白思琪始终摆着一张臭脸，冷冰冰地说"你别弓着背""直起腰板"之类的话，还是让所有人的心里都一暖。

无论是秦昭还是谭怡人，都觉得孟梁比前任"王子"帅得多。

孟梁也后悔过自己冲动之下做的决定，可想想秦昭，那就值得。

陆嘉见看事情顺利解决，前任"王子"也臭脸走了，拎着袋子说道："好

莫斯卡托

了好了，我请大家喝奶茶。"

秦昭接过陆嘉见亲自递过来的奶茶后没立马就喝，随手放在一边继续低头看剧本，陆嘉见拿着平板电脑不知道在干什么，谭怡人也在看手机。

孟梁趁着无人注意，伸手摸了摸秦昭那杯奶茶，是冰的。

看着秦昭伸手要插吸管，孟梁大口喝了两下自己那杯后放在一边，对着秦昭说："我的不够喝。"

秦昭笑着瞪他一眼，插好吸管给了孟梁。孟梁也没客气，拿着就喝。

陆嘉见抬头看秦昭空着手，递过了自己那杯，说道："喝我的。"

"小情侣别在这儿恶心我啊，生气了我就罢演。"孟梁动了动眼皮，沉声开口。

秦昭摇了摇头，道："我本来就不怎么想喝，你下次别买了。"

"嗯？怕胖？"陆嘉见又把手搭在秦昭肩头，有意无意地摸她耳朵。

"什么时候排练？"孟梁抬头问谭怡人。

谭怡人动了动眉毛，说："现在。陆少，您女朋友该干活了。"

秦昭把剧本卷起来朝谭怡人打了过去。

看到三人嬉笑，孟梁眼里变得黯淡，挪开目光沉默。

那年的元旦晚会，秦昭临时被叫去救场，担任主持。

在孟梁的记忆里，她那天美得不像话，好像舞台上的所有亮丽灯光都聚集在她一个人身上，那个在小城里度过多少慌乱岁月都板正得一丝不苟的女孩，终于能够发光发亮。她不知道什么时候住进了孟梁心里，一开始很小一块地方，现在很大，挤得孟梁的世界里只有她了。

晚会结束的后台，大多数人在混乱地收拾着，拿错东西状况百出的时候，陆嘉见把还穿着拖地礼服的秦昭横抱起来。在她笑着惊呼时，谭怡人举着单反记录下了那一刻，陆嘉见一向知道怎么逗秦昭开心。

也是那一刻，孟梁的心里如山川崩塌，灰暗无垠。

孟梁站在明亮的换衣间门口，看暗色幽幽如波的远处刺眼景象，后知后觉心痛难忍。

想到候场的时候，白思琪问他是不是喜欢秦昭学姐，孟梁故意臭着脸哼了声，懒得理她。

白思琪低着头，听到秦昭在台上主持的声音，她说话声更低，孟梁还是听到了。

沉默了许久，直到白思琪马上要上场时，孟梁才淡淡说了一句："别再说这些了，白思琪，我和她是很多年的朋友，人家心里压根没我。"

所以，就别影响到她和陆嘉见的感情了，对不对？

白思琪和孟梁有了"秘密"，抿嘴点头，虽然她本来就没打算多说。

孟梁呆愣愣地换掉服装后，谭怡人接过去收了起来，没一会儿，秦昭过来叫他出去跨年，说陆嘉见订了位置，除了他们四个还有几个陆嘉见的朋友。

看孟梁冷脸，秦昭小声地解释："陆嘉见平时很少去酒吧的，你别那么想他。"

她总觉得孟梁不喜欢陆嘉见。

"你解释什么。我对泡夜店的人没有偏见，倒是你，你不是最怕吵吗？"

孟梁对去酒吧的人当然没有偏见，只是对去酒吧的陆嘉见有偏见。

"跨年呀，怡人也去的……"

孟梁像是想到什么，直呼她大名地问道："秦昭，你去年跨年是不是就跟他在一起？"

"嗯……"

还没等秦昭继续说，孟梁甩手就走了。她礼服还没换下来，拖地的裙摆有些累赘，脚下穿的还是双细高跟，想追上去，踩到了裙摆差点绊倒，还是谭怡人过来赶紧抓住了她。

"孟梁怎么走了，不一起去吗？"谭怡人问道。

秦昭长叹口气，无可奈何地说："少爷脾气摸不准，当他抽风了吧，我去换衣服。"

那时候秦昭也曾短暂地想过孟梁是不是吃醋，然后立马就在心里否决。她和陆嘉见9月中旬在一起，自那一刻到现在孟梁始终对她一如常态，他们相识以来都是这么过来的，孟梁怎么可能会喜欢她。

要说喜欢过，也是她短暂地喜欢过孟梁，他是那颗在她晦暗的长路之中指引光明的星，他们是彼此最好的朋友。秦昭试探过多次，也失败过多次，最终告诉自己退居朋友的位置。毕竟她也深信，友情比爱情更长久。

陆嘉见则是秦昭在那段困顿时刻的一道光，她抓不住，仅仅成了短暂疏解哀愁的希望。

张书和与秦彰施加给她的烦恼没有减少一丝一毫，让生活变得有所不同的是陆嘉见想方设法给她带来快乐，恋爱后更是如此。

即便后来两个人结束得有些难看，但是秦昭从来没有因为与他相恋而后悔。

秦昭和谭怡人拎着装满服装的袋子走出礼堂，陆嘉见本以为孟梁会一起，见状赶紧下车帮她们拿，问道："孟梁呢？"

谭怡人看秦昭有些不愿意说，主动开口："估计他最近累了，回宿舍了。"

陆嘉见噙着笑没再多说，上车后摸了摸秦昭的头，说道："他刚读大学也得谈恋爱不是，你去哪儿总叫他，难不成想把怡人介绍给他？"

话音刚落下，就被谭怡人啐了句："去你的吧。"

秦昭也说他没个正行，但总算是使气氛轻松了许多。

那是 2015 年的最后一天，施舫的电话打来，孟梁犹豫许久还是接了。两人闲话家常，施舫一早知道孟梁加入秦昭所在的话剧社，还问他怎么不报名参加节目。后来听说他有出演，虽然孟梁打死不告诉她自己演的角色，施舫还是追着孟梁要照片。

"怎么可能那么正式的晚会不拍照片的，就知道你会这样，我等下去跟昭昭要。"

"妈，你别找她。"孟梁急忙答道。

"你和昭昭闹矛盾了？"

"没有。"

"那怎么了，你有没有表白，是不是表白被拒绝了？这个又没有什么的，多大的人了……"

电话那头施舫温柔的声音絮叨着，孟梁一颗脆弱的心像是隔空注入了暖流，暖得他更加酸楚，隐隐作痛。

"儿子，你有没有在听妈妈说？你现在是大学生了，我和爸爸都支持你谈恋爱的。"

"她和别人恋爱了。"

施舫总觉得孟梁说这句话的时候声音有些发抖，母子连心，她相信那头的孟梁一定有些脆弱无力到抗拒现实。

"唉，这怎么还被人插队了。"

孟梁觉得跟施舫再也说不下去，这些情绪后知后觉地在年末这天奔涌，他闷声哽咽着说了最后一句："是我一直没有排队。"

当初报志愿的时候，孟梁填好后给施舫和孟兆国看，两人看着第一志愿的学校在大连，满脸不赞同，不懂他为什么要去东北。

孟梁说不出口理由，拖了两天，在一个晚上懒洋洋地躺在沙发上跟施舫说："妈，我这一年铆着劲地学习，为的就是8月末能在学校见到她，报的专业也是她学的。没有她就没有现在的我，所以我也不想读别的学校，有更好的我也不要，我就想去她在的地方。"

施舫满脸迷惑，问了句："她是谁啊？"

孟梁不知是气的还是臊的，立马起身回房间，关门前狠狠地说："秦昭。"

开学后施舫也时常问孟梁有没有表白，倒是比孟梁还急。

孟梁讨厌陆嘉见，除了陆嘉见的出现打破了他终于鼓起的勇气和原定的计划，大概还有一丝对陆嘉见那副举重若轻模样的嫉妒。

此时回想夏天满腔的少年躁动，难免唏嘘。

筹备元旦晚会以来，秦昭和谭怡人都没好好休息，这天又和朋友一起跨年，两点钟不到她们两个默契对视，表情写着"疲惫想睡"四个大字。

秦昭看陆嘉见还算精力充沛，不想扫了大家兴致，附在他耳边说："我和怡人太累了，先回去了。租的服装先放你车里，明天酒醒了再说。"

陆嘉见犹豫了几秒，点点头说："回她家？我送你们。"

"我们俩打车就好了，你也没法开车，到时候还要自己回来。"

"你们俩都喝了不少，我怎么放心在这儿玩？我看着你们安全回家了再打车回来。"陆嘉见心里是有那么点痒，但当时想的也确实是她们两个女孩大半夜的不安全，更别说秦昭要留宿在谭怡人那里，他就算有什么心思也得先歇歇。

打了辆车回谭怡人那里，后座两位女士显然累到不想讲话。

陆嘉见在静默之中也没了折回去继续玩的心思，低声问道："你家里有客房吧？给我安排张床睡。"

谭怡人还打趣他："那秦昭跟谁睡？"

秦昭本来在闭目养神，闻言憋笑对她寸拳出击。

陆嘉见故意阴阳怪气地说："那得看皇上翻谁的牌子，我看我是没戏了。"

三人笑作一团。

结果一进门，谭怡人打开玄关的照明灯，鞋柜旁边赫然立着个行李箱。秦昭随后进门，一眼就瞥到没开灯的客厅沙发上坐着个人，还是男人。

谭怡人愣住，和秦昭对视的眼神闪烁过惊讶，紧接着就是尴尬和为难。

秦昭脑袋转得很快，转身拦住了陆嘉见进门的举动，跟谭怡人说道："我去他那儿睡吧，你等明天再跟我说。"

虽然谭怡人从来没透露过有这么一号人的存在，但她显然和那个男人有些状况。

她并没有留秦昭，抱歉地说："我不知道他突然回来，等回学校跟你说。"

秦昭点头，带着满头疑惑的陆嘉见原路返回。

门关上后，谭怡人打开客厅的灯，满目橙黄。沙发上的人转身看过来，面色微愠。

通常跨年夜谢蕴照例应该在祖宅的，谭怡人完全没想到他会突然回来。

谢蕴是赶最后一趟航班从哈尔滨飞回大连，到家的时候就已经过了十二点。2016 年到来，当然是为了见她，以及陪她过几天后的生日。

谢蕴低沉地说道："家宴上我推不过喝了几杯，你倒是比我喝得还多。"

谭怡人低头换鞋，冷声呛他："我站在门口你也闻得到，狗鼻子。"

"那你知不知道我专程回来为了什么？"

谭怡人猜得到，但她此刻太累，疲于应付这个精明的男人，略微站直了些，说道："没喝多少。"

听出谭怡人明显顾左右而言他，但他也不戳穿她，抬手道："过来。"

秦昭和陆嘉见在楼下便利店买了点关东煮，立在马路边你一口我一口地吃。

晚风吹得人酒气散了不少，陆嘉见一双桃花眼笑得有些撩拨："吃完了？我的女朋友。"

秦昭白了他一眼，说道："吃完了，男朋友。"

"去我那儿？"

"不然我开间房，你自己回家？"她完全可以这么做，但这里离陆嘉见的公寓车程不过十来分钟，他们是男女朋友的关系，又都是成年人，可以为自己的行为负责，实在没必要在这件事上矫情。

陆嘉见嗤笑了一声，揽过她到路边打车。

将近凌晨四点，两人才爬上床——不同的床。

陆嘉见翻箱倒柜地给她找新牙刷和毛巾等一应洗漱用品，秦昭发现除了主卧之外还有间小卧室，洗漱后果断钻了进去。

陆嘉见又气又笑道："合着你在这儿半夜使唤我还不给好处？"

秦昭盖好被子，闷声说道："困死了，你别再烦我。"

陆嘉见也累，纯粹是逗她，在门口笑笑就回了房间。

元旦过后没多久就是考试周，孟梁像是从高中养成的良好习惯还没松懈，认真学习每一门课程，想想这离不开当年秦昭少年老成地催促他认真学习。

考试后，他多在大连留了一周，就为了和秦昭坐同一班高铁回小城。从大一那年开始，秦昭就是宿舍里最晚回家的那位，但当时只有她自己。其实考虑到孟梁，她本来打算今年早些回家的，不想就在这半个月期间发生了点插曲。

考试周的最后一天恰好赶上谭怡人的农历生日，年轻人聚在一起都是过阳历生日，当时他们就一起庆祝过了。那天两人从考场出来正要回宿舍，教学楼旁边的停车位有男人探出车窗，直觉告诉秦昭这就是那晚坐在沙发上没看清的男人。

过生日适合吵架后的冰释前嫌。

谢蕴备好鲜花礼物，订了餐厅为谭怡人庆祝生日，二人谁也不提跨年那天的不愉快。

他说："小丫头，生日快乐。"

同样的话他已经说了三年。

本来一切都好，秦昭还在深夜刷到了谭怡人发的微信朋友圈，显然是在分享再度庆祝生日的喜悦。

没想到两天后就接到谭怡人的电话，她以为秦昭还像去年一样会晚回家，邀请秦昭到家里小住——不仅是聊天，秦昭顺便还要担任苦力帮她收拾突然离开了个人的家。

1月的大连风很大，两人入夜时开了瓶酒，坐在落地窗前看着夜景，享受室内的地暖。

谭怡人说道："我和那个人的事情，说起来有点长，从哪儿说起呢，好像认识两辈子那么久了……"

秦昭在谭怡人家里一待就是一周，两人生活习惯相近，都喜静，两人都拿着一本书各自占据客厅一角也可以打发半天时间，丝毫不会尴尬。

这也意味着秦昭冷落了孟梁一周，陆嘉见这个正牌男友同样。

莫斯卡托

回家的那天，陆嘉见开车送他们俩到高铁站，孟梁摆着一张黑脸，独自坐在后排，戴上耳机，把音量调高，陆嘉见车里放的音乐他不想听，于是耳朵里便上演了粤语歌和英文歌的大战，炸到他头都晕乎乎的。

这叫自作孽不可活。

陆嘉见特地下车帮秦昭拿行李，为了方便，停在了进站口。秦昭笑着催他快点上车开走，陆嘉见则宠溺地要她别忘记给自己打电话。

孟梁见状冷哼，脸更臭了。

他一下子变成睚眦必报的幼稚少年。

两人坐上高铁，秦昭行李箱虽然没装太多东西，但还是有些重量，她还以为孟梁一定会帮自己放行李，没想到他放完自己的就靠窗坐下了。

秦昭又气又笑，先让别人过去，很快高铁开动，她对着孟梁说："你就非要等我跟你开口才帮忙吗？"

"哼。"他冷脸扮酷，语气酸溜溜的，"让陆嘉见来帮你放啊。"

"你怎么总针对他？"

坐在后排的一个男孩看样子也是大学生，见秦昭吃力地放行李箱，主动起身帮她放上去。秦昭含笑跟人说谢谢，孟梁耳根有点红，在心里暗暗骂自己神经病。

"孟梁。"秦昭叹气说道，"你怎么还这么幼稚，咱们当初说好，你没读大学之前我不能偷偷谈恋爱，是朋友就要一起脱单。我这也等到你上大学了不是，怎么还针对起陆嘉见了，连我也一起遭殃。"

她说的是孟梁高考前的那个寒假，忘记那天一起吃火锅还是烤肉，孟梁给秦昭夹了块肉放在碗里后说："你不能趁着我这半年忙偷偷谈恋爱。"

秦昭笑得勾人，凑近问道："为什么呀？"

他嘴巴张合好几次，最后憋出来句："是好朋友就得一起脱单，自己谈恋爱太不够意思了。"

两人都想起了当时的情景，时隔近一年，变化显著。

孟梁情绪低落，各种感觉混杂，有不甘心，也有自怨，还有嫉妒，唯独没有对秦昭的苛责。诚然他们没有成为恋人，但他们做了太久的朋友，他永远疼惜她，虽然他希望和她共坠爱河的是自己。

"我没有。"孟梁下意识地否定，低声说，"我就是觉得他不正经，配不上你。"

秦昭跟他一样靠在放斜的椅背上，问道："什么呀，他哪里不正经。我们学院的女生说我配不上他呢，他条件太好了。"

孟梁爆了句粗口，把耳机摘下来，粗暴地塞进口袋，说道："我看他那个手没事就放在你肩膀上，还碰你耳朵，他就是不正经。你别听别人瞎说，他一点儿也不好。"

秦昭哭笑不得，用手肘顶了他一下，说："可他是我男朋友啊。我知道你对我最好了，等你谈恋爱，可能我也会觉得那个女生配不上你，到时候就能理解你现在的心情了。但是我可不会针对她，我比你成熟多了。"

如果心灵也有一双眼睛，孟梁的心一定已经泪流不止了。

可他表面上还要依旧维持欠揍讨骂的风格，说："你瞧好吧，我找个比你漂亮的。"

"外国语学院比我漂亮的多了去了，你这要求也不高。"

他心想的是学校里没有人比秦昭好看，他有私人滤镜，确实不够公正，但开口又是反话："你和陆嘉见在一起后变丑了。"

"你怎么又提陆嘉见？"

"大年初一我就去寺庙上香。"

"干吗？"

"让佛祖保佑你们两个赶快分手。"

"闭嘴吧，孟梁。"

孟梁确实想那么做，但他还是生生忍住，只是在心里默念着。

回家的路有些长，过程中两人有一段时间的沉默，孟梁频繁地偷瞄她，发现秦昭静静地坐在那儿出神。他下意识认为她在想陆嘉见，于是扭头看向了车窗外。

殊不知秦昭想的是谭怡人，还有谭怡人和谢蕴的故事。

那个坐在黑暗里的男人，成熟又有风度，和学生时代的谭怡人好像来自不同的世界，却命运般地交织在了一起。

1.

谭怡人初见谢蕴时，觉得他们距离很近又很远。

那天是她父亲谭耀祖的头七，谢蕴姗姗来迟，成了她的监护人。她穿了条纯白色的连衣裙，手臂戴着黑色孝布，齐刘海长直发，整个人素净冷淡得犹如壁画，拓印在谢蕴的记忆里。

家里的阿姨引他进门，谭怡人正抱着谭耀祖的骨灰坐在第三级楼梯上，十分不情愿地抬头对上他的目光，两人同时僵住。

谭怡人为那一见如故的熟悉感而惊讶，脑海里涌上了杜牧的那句诗：与君初相识，犹如故人归。

谢蕴则为谭怡人周身散发的与同龄女孩完全不同的沉静气场错愕。

那年谭怡人十七岁，尚未成年，稚嫩的年纪，前路未可知的人生写满新奇刺激；而谢蕴年近三十，将到而立之年，所见所行不胜枚举，久居冰城。

父亲是谭怡人唯一的亲人，因病去世后留下一笔可观的遗产，她满心迷茫与惧怕。

谭耀祖把一切都托付给了谢蕴。

谭怡人经历了无望的等待，终于等到救世主一样的谢蕴，她不想承认心里是欢喜的，又记恨他到得这样晚。

谢蕴看着眼前这个仿佛从画里走出来的小丫头，那些年最流行空气刘海，街上的女孩们额头前都顶着几撮稀稀拉拉的毛发，她却剪得齐而厚，衬得神色更冷漠，满脸写着生人勿近。

"你就是他女儿？"

"你是谁？"

语气果真和面相一致，似冬日里的冰碴儿，在夏日里竟也不融化分毫，天然降温，效果显著。

谭怡人眉眼里有淡淡的哀愁笼罩着，散不掉，谢蕴和谭耀祖虽然年龄相差得有点大，但关系比较好，突然摊上了这么个拖油瓶也不知道是好事坏事——他自己都还没成家。

谢蕴保持着绅士风度，甚至带着些长辈的姿态，娓娓道来："你父亲的病也不是一天两天的事了，他知道自己指不定哪天就撒手人寰，最放心不下的就是你。论年龄，我做你长辈有点不够，但至少要做你一年的监护人，你叫我一声小叔就行。"

谭怡人冷眼审视他，看着他一本正经装长辈的样子，明明看上去好年轻，怎么也和自己的长辈不搭边。但谢蕴简短的几句话莫名让她卸下心防，就像多年后她和秦昭说的那样，她觉得好像和他认识了好久，不仅仅是时隔多年抒发的感想，而是初次见他时的真实心境。

好比孤舟靠岸，谭怡人没由来地相信谢蕴，虽然表面上还是冷漠地抱着怀里的骨灰盒转身上了楼，把不礼貌贯彻到底。

谢蕴在她身后说道："今后一切的事情都交给我。"

谢蕴效率极高，一周之内安排好了眼前的诸多事宜，包括转接谭耀祖留下的遗产，成为谭怡人成年之前的法定监护人，以及举办正式的葬礼。

谭怡人冷漠的面庞上有掩盖不住的哀伤，不大娴熟地回应父亲的友人的抚慰。

谢蕴静静地看着她的一举一动，私心觉得谭怡人像一种花，白色野慈姑，多沼生，茎直且洁，有遗世独立不染尘埃之美，总之看着不像谭耀祖生出来的女儿。客观地说，谭耀祖其人实在是有些平庸，毫无特色，人不如其名，要不是当年和父亲曾远赴香港捞金，完全不会有今天的财富。

葬礼第二天，谢蕴在谭家客厅里等到天黑，餐桌上的饭菜已经凉透，他承诺会把碗筷放进洗碗机，便先让阿姨回了家。

还记得刚办理完法律手续之后，谭怡人从头到尾仔仔细细把文件看了一遍，还很小心地看过他的身份证。谢蕴似笑非笑，就差直白地说出来"你当我愿意捡你这个烫手山芋"，但觉得有些伤人，还是没说。

眼下闲着无事，他就细细研究起谭耀祖置办的这处房产，装潢倒还好，应该请了人设计的，可惜架子上那个金镶玉的摆件暴露了屋主的气质，谢蕴无声地摇摇头。

谢蕴踱步到窗前，在夏夜里点一支烟，客厅里挂着坠子的华丽吊灯没开，谢蕴周围只有星星点点一抹烟火。

层数不算高，他一低头就清楚地看到行至楼下晚归的谭怡人，她今日穿黑色短裙套装，盛夏时节穿十孔高的马丁靴，酷到极致。

同行的还有个高她许多的男孩，谢蕴在思考是异性好友还是同学时，男孩主动搂了过去。

谢蕴就立在那里静静看着，怒火没起来，指尖倒先起火了，烟烧到头烫到手指，惊得他赶紧松开，抿了抿唇后再望向楼下，那男孩已经走了。

谢蕴就这么盯着她，小丫头嚼起了口香糖，动作娴熟。谭怡人似乎感觉到了楼上的注视，抬头看过去，但什么都没看到，用包装纸包上口香糖丢进垃圾桶，平静地上楼。

而谢蕴知道她看不到自己，也没躲，审视着那个因为仰头刘海被风吹开的人，面色冷淡。他想：她额头很漂亮，没必要留齐刘海。

谭怡人开门后，半靠在鞋柜上脱费事的马丁靴，鞋带系得烦琐，她摸着墙壁开了吊灯，当时左脚正半卡在鞋里，短裙蹭上去露出一小截安全裤，屁股还有些撅着，模样实在是狼狈。

一片明亮之中和不远处窗前的谢蕴对视，她心里一沉：刚才肯定是他在看我。

谢蕴这才瞧清楚谭怡人的脸颊有些红，不是女孩们涂的腮红，而是饮酒后的绯红。他等她了那么久，打算和她商议今后的事，她却跑出去跟狐朋狗友鬼混，自己晚饭还没吃，她却在楼下打发小男生，真会气人。

谭怡人先开口叫人，带着迟疑道："小……叔？"

谢蕴头回听她这么叫，忍不住嗤笑："你还知道回来？"

像极了父母对待晚归的孩子说的话。

谭怡人把裙子向下扯了扯，再坐下快速脱了鞋，说："才八点多。"

她朋友还埋怨她回来早了。

谢蕴被这句"才八点多"噎得一时不知道说什么反驳，其实他也觉得这个时间还好，不算晚。但是她年纪小，应该还是有点晚吧？

他憋了半天，才沉声说出一句："过来吃饭。"

谭怡人趿拉着拖鞋走到餐桌前，掀开盖子看了看，菜确实没动，没凉得彻底，可也没了热气，再加上有两盘菜放久了味道有些重，她不禁皱眉摇头道：

"你自己吃吧，我晚上吃过了。"

谢蕴气不打一处来，扯住了要走的人。她的手臂纤细，确实有些瘦过头，这点也不像谭耀祖。

"你知不知道我一直在等你？"

说出口就后悔了。

谭怡人扭头，回给他一声冷笑，说道："你也知道等人的滋味不好受，哈尔滨到大连每天多少班飞机，你直到头七才来，让我好等。"

她是怪他的，谢蕴知道，但他不想解释自己当时在国外，要不是律师联系他，他也不知道谭耀祖走得那么突然。

谢蕴放她上了楼，深吸一口气，转身给自己盛了一小碗饭。他食欲大减，几乎要被谭怡人气饱，无声地告诫自己：继母难当，便宜小叔更难当。

碗筷收拾进洗碗机时才九点，谢蕴换了身运动装，出门去了小区里的健身房。他还是有些窝火，又没法跟小丫头撒气，不如运动解压靠谱。

他又觉得不太对，好像时刻刻在生气的边缘，一直觉得憋闷，只能归咎为吃饭太晚。歇歇练练，从健身房出来后他又去酒吧喝了两杯，用手机回了几封邮件，到家里已经将近深夜两点，捕获了伤感的谭怡人。

她依旧坐在楼梯上，旁边放着一瓶果酒，整个人窝在膝头，眼神哀戚。谢蕴只开了门口照明的壁灯，光线柔和，忽然惊觉她到底不过是个刚刚丧父的小女孩，且从小缺失母爱。

那愁丝萦绕的画面让谢蕴想起王家卫的一部电影，张曼玉手里攥着株紫荆花，同样姿态、同等哀伤，多数人铭记的那句"在我最好的时候，我中意的人不在身边"也出于此。他还记得另一句，欧阳锋说："当你不能够再拥有的时候，唯一可以做的，就是让自己不要忘记。"

她好像很喜欢坐在楼梯上，谢蕴不喜欢复式楼，同样不喜欢在家里看到楼梯。他心境本来还算浪漫，但走近在看清酒标上的标签后碎裂，猜得到她肯定连酒都没醒，是最幼稚冲动的对瓶吹，借酒浇愁。

于是他怎么想的就怎么说了。

"放了假的高中生这么闲？"

她抬头，又很快低头，埋在臂弯里，久久不出声。

谢蕴把酒瓶拎起来，才发现已经几乎见底，他又推了推坐在那儿的人，显然是醉了，瘫软着靠在楼梯扶手上。

他感慨当监护人不易，更后悔应承谭耀祖，此时只能把人打横抱起来送

莫斯卡托

回卧室。

她真的醉了，身体碰到床的那一刻钩着谢蕴的脖子不放。幸亏谢蕴常年保持健身，撑住了自己才没栽在她身上。

因为两人离得太近，他听到她带着哭腔满是怨念的一句："你怎么才来啊……"

不知道她说的是谢蕴在谭耀祖头七才到，还是别的，谢蕴那瞬间居然感觉到熟悉的心碎。

谢蕴冲了个澡之后回到客房，临睡前看了下电脑，冷清的桌面上有个名为"绥化兰青山"的文件夹，里面有多张清晰照片，拍摄的却都是一片荒芜，没什么观赏性。

第二天，谭怡人顶着头痛睁眼，已经是中午十二点多，下楼的时候发现谢蕴坐在沙发前，好像在跟人视频。

他听到了楼梯上传来的脚步声，扭头跟她说："过来打个招呼。"

对面是谢蕴的母亲谢嫣华。

谭怡人渴得要死，一心倒水喝，闻言不置可否，径直从他身边掠过，便听到谢蕴又说："你有没有点礼貌，是我母亲。"

他省略了一句：我要带你回去和她一起生活。

谭怡人冷淡又清晰地说："又不是我母亲，关我什么事？"

谢蕴挑眉，赶紧回头，便看到视频里谢嫣华的脸肉眼可见地沉了下去，他还得从中斡旋，说："小丫头年纪不大，有点叛逆。"

谢嫣华冷哼，对谭怡人没什么好语气，问谢蕴归期，他含混地说快了。

谭怡人自顾自做了午餐，当然没有谢蕴的份，也不问他吃没吃。谢蕴上赶着坐到她对面，摆出一副叔叔姿态，要和她洽谈。

"这边的事情都办完了，你爸留给你的遗产我只是代为保管，等你年满十八周岁就会转到你名下，咱俩到时候也就没关系了。我的想法是带你回哈尔滨，毕竟那里是我定居的地方，转学的事情都交给我，反正只有一年，你读大学后……"

"停。"谭怡人打断，"我没说要跟你走。"

"什么意思？"谢蕴耐心不太够，更像是在跟人谈判，你来我往地拉扯，不够平和，满是刀光剑影。

"你要回去别带我，等我二十岁时你再来把我爸的东西还我就行。"

"谭怡人，我不是在跟你商量，我是在通知你。"

"我不接受这个通知。"

谢蕴脸色冷得彻底，那一刹想的是谭耀祖怎么养的不是个儿子，他好立马就把人按在桌上打一顿，好好教育一番。

看着眼前这个臭脸的小丫头还在优哉游哉地吃着碗里的面，谢蕴沉默许久才继续开口："那你想怎样？把你一个人扔在这儿，昨天那个男孩是不是就被你带回家了？"

话音落下，两人都愣住了。

谭怡人摔了筷子，手臂叠在一起，身子微微向前，盯着他，骂道："你可真是为老不尊，要不要脸？"

谢蕴被她呛得眼皮都在跳，反问："你这会儿当我是长辈？你今年多大？谭耀祖就这么教你的？"

气氛剑拔弩张，两人好像随时就要对上开火，她冷漠地起身上楼。

谢蕴把人喊住："你给我回来。"

谭怡人站在楼梯上，是一个可以俯视他的高度，心里更加有了底气："你别想带我回哈尔滨，我也不想见到你妈。你要留下就留下，否则你就走，我也不是想见你。"

那一刻谢蕴听到这些话心里是什么感觉？

大概就是一只长久孤独缺少关怀的小兽，在受伤之时也要故作威风，高傲地跟你说：我不需要你。

可传达的信号无不是在哀求：请留下来吧。

谢蕴独自在楼下和谢嫣华打了好久的电话，为自己无奈心软的让步和母亲斡旋。

"她几岁？小孩子不懂事你也跟着犯浑？反正绥化那块地她也不懂，你直接把人带回来……"

谢蕴按着眉头打断："妈，你这说的什么话，文件上白纸黑字写着，我就知法犯法欺负人小家丫头什么都不懂，把兰青山给你抢过来？"

对面沉默，还听得到叹息声。

争吵之后是让步，最后决定自然是谢蕴留下，他工作性质特殊，且家产仍旧是母亲大权在握，换个城市生活一年也并非难事。

谭怡人站在最上面的一级楼梯，蹲着听完了全程。谢蕴背对着楼上，看不到那一双光溜溜的脚丫和半截脚踝，中央空调微不可见的风撩着黑长发丝

莫斯卡托

飘动。

挂断了电话他又打给助理，让她订好往返的机票，决定再明显不过。

那是 2012 年的夏天，谭怡人的父亲因病去世，她恣意浪费青春，临时监护人谢蕴安顿好老家的事情后再回大连，开始陪她一起生活。

他买下了同楼层的另一套房子，地理位置不错，以后一定会升值，当作投资也完全不亏。谭怡人十七岁那年，孤独地守着空荡荡的家，除去每天来做饭的阿姨短暂停留，大部分时间里仍是她一个人。

2.

谢蕴带她出来吃东西，他看起来像是带着自家妹妹出来换换口味，谭怡人更不可能发自内心地把他当叔叔看待，她自诩二人是合作关系。中式餐厅人声鼎沸，满目烟火气之中两人闲话起来，倒有了些亲近的味道。

"我知道他身体有点问题，他一直瞒着我，人走得也挺突然的。"

"你倒是看得开，这才一个月，不衰个脸了？"

她嘴里的虾仁新鲜又入味，心情还算不错，闻言冷笑道："没错，我就是看得开。你要是死了我第二天就去跟朋友蹦迪玩。"

"今后别去那种地方，你还小。"

"我哪儿小了？要不是你非要管我，我自己也可以过得很好。"

"哪儿都小。"

话音落下两个人都在嚼嘴里的菜，短暂沉默，然后在低低的吵吵嚷嚷中，谭怡人感觉双颊红了起来，不自觉地垂头。谢蕴也干咳了声，端起杯子喝了口水。

他们俩显然同时回味出了刚才话里的歧义。

他瞥她，低声说："你满脑子都装的什么。"

谭怡人直接递了个白眼回去。

吃完晚饭才不到六点半，谢蕴带着她去取车，谭怡人却说："我朋友在中山医院等我，你先回去吧。"

"你朋友怎么了？"

"就是顺便在那里等我，不是医院里面。"

谢蕴盯着她，显然不好对付，问道："什么朋友，男的女的，干什么去？"

她不耐烦地反问："你干什么？"

"七点半之前到家，我准时去敲门。"

"我就算在家也不会理你。"

"谭怡人，我让你七点半之前进家门，不然我亲自来抓你。"

"知道了。"

他坐上车没着急启动，看着渐行渐远的那个身影，微微皱眉，拿出手机搜了下附近的娱乐项目，心下了然，沉着脸独自开车回家。

谭怡人像是掐着时间，大概七点二十九分，开始上楼。

谢蕴正看着手腕上的表推开自家家门，正好看到走出电梯的谭怡人，忍不住笑道："挺准时。"

谭怡人不理会，看他跟着自己就留了门给他。

谢蕴踩着拖鞋跟她前后脚进门，有些生涩地关切道："下星期开学了吧，你要买什么吗？"

印象中家里的小孩开学之前都要带着出去买文具的吧？谢蕴也不确定，还是问出了口。

"买什么？汉语拼音学习卡？你还真以为在养小孩？"

谭怡人在他看不到的背面翻白眼。

又想到刚刚在外面那会儿，上次打发掉的那个帅哥又在暗示她，谭怡人一板一眼地拒绝，原因是："上次我叔叔在楼上看到咱俩了，他现在严防死守我早恋。"

"叔叔"两个字说得格外艰难，毕竟她压根没觉得谢蕴是长辈。

谢蕴经常出差，每次走之前都会和谭怡人打招呼，并且详细告知她自己的往返时间。那几年他自己做的生意是古玩鉴赏，字面意思是这样，其实也就是个浑身散发铜臭味的商人，他眼光毒，不仅私家珍藏丰富，借此也赚了不少钱。

正因为此，他几次出差后谭怡人就明白了：他所谓的往返时间根本不具备参考性，每次都要多待几天，到了年尾临近元旦假期依旧如此。

久而久之就算谢蕴在家的时候，她也觉得家里是空落落的，她依然孤独。

年底时，他在浙江，回来的时候已经是 2012 年的最后一天。

谭怡人跟他助理要了航班号，查询到飞机准点起飞，估摸着谢蕴落地后打车回家的时间，特意给自己化了个妆，打扮娇俏出了门。

莫斯卡托

结果自然撞上迎面而来拖着行李箱的谢蕴，他拎着她的外套衣领一路把人"提"回了家。

缓过了室外的冷意，谢蕴又气又笑，问道："没想到我突然回来是吧？我每天忙得要死，阿姨还隔三岔五给我汇报你不吃饭、晚回家，或是周末又不去上补习班，你真拿我当叔叔折腾了？"

他没敢用力，看起来很生硬地扯了下她衣袖，说道："你这里面穿的什么？谭耀祖怎么教你的，我以前怎么不知道现在的高中生这么不让人省心呢。"

谭怡人坐在沙发里抱着膝盖，沉默许久才闷声说："不是忙吗？你忙你的，少管我。"

"你当我爱管你！万一你出点什么事，等监护期过了我跟谁要好处去？"

他故意说狠话，本以为以谭怡人的性格会回呛，没想到她居然没答话。差点以为戳中了她心事，谢蕴小心地看过去，可谁也没想到下一秒她抬起脚朝着他身侧就踹了过去。

谢蕴下意识后退两步道："踢人的毛病又跟谁学的？你今天发什么驴脾气？"

谭怡人扯过抱枕就丢过去，还是瞄准的他的头。

谢蕴越躲越远，最后站在玄关门口气得叉腰，对她喊话："差不多行了，再这样我还手了啊。"

谭怡人冷声啐他："你滚出我家！"

"行，我明天再跟你算账。"谢蕴拎起门口的行李箱，灰溜溜地离开。

后来过去了小半个月，谢蕴都不清楚谭怡人那晚为什么发疯。

他也没细想两人在楼下巧遇是她故意算准了时间要气自己。

直到高三上学期期末成绩公布，助理提醒谢蕴明天是谭怡人的生日，他们家都是过农历的，自然也是记得她的农历生日。

谢蕴带着鲜花、蛋糕回家，谭怡人勉强赏脸，在暖光灯下鲜有地露出些温和的表情。

"上次就因为我晚回来错过你阳历生日了，所以跟我闹脾气？"

她闻言低头看向盘子里的菜，淡淡地说："你自己不守信用，别说我无理取闹。"

谢蕴承认，当初答应了25号就回，机票都已经订好了，但临时跑了趟南京，才晚回了几天。

他随口说道："我不至于不要你。"

一针见血，道破谭怡人内心的担忧。

他们两个话都不多，谢蕴简简单单的一句话听在谭怡人的耳朵里仿佛就是：我不会不要你，你不用担惊受怕。

于是她冷冷瞪他一眼，说道："你想多了，我生日那天约了朋友出去玩，很开心……"

"小丫头，"谢蕴严肃打断，"看好自己。"

他擦了擦嘴，显然半是吃饱半是气饱，对着拿筷子低头乱点的谭怡人说道："我把手头的事情都安排在了年前，过年带你回老家，来年最重要的事就是高考，别让我白费心。"

她忍不住在心里说一句"天啊"，谭耀祖从没对她这么上心过，不是父亲不够爱她，只是他践行放养式教育，相比起来谢蕴是真的好烦。

她歪头淡笑着回道："你真好。"

谢蕴心里抖了抖道："正常点。"

她低声骂了句什么，谢蕴没听清。

当晚夜深后，谢蕴从浴室出来，脖子上挂着条毛巾，随意擦拭着弄湿了些许的头发，一推开卧室的门就看到正坐在他床上看他书的小丫头。

"起来。"

他早就把自己家的门锁密码告诉了她，饶是提前做好她指不定什么时候突然出现在家里的准备，此刻还是被吓了一跳。

谭怡人丝毫不怕他，拿起放在床头柜上的一只透明玻璃瓶，说道："我新买的香薰，送你一瓶。"

她已经把那瓶无火香薰打开，插好了扩香条，谢蕴一进门确实闻到了股淡淡的花香，还以为是她用的沐浴露或是洗发水的香味。

"我一个男人，卧室里放这个干什么。"

"送你你就收着。"

已经深夜十一点多，谢蕴催她回家睡觉，明天还要上课。

谭怡人让他送自己回去，谢蕴毫不留情地拒绝："从我家出门走两步就回你自己家，别告诉我你还害怕。"

"我不敢关楼下客厅的灯，你也说没几步路，你就帮我关灯带好门不行吗？"

谢蕴觉察到她不自觉流露出对自己的依赖，无奈地起身，用眼神示意她。谭怡人放下书，跟在后面。

谭怡人躺进自己的被窝，又近一步得寸进尺道："你等我睡着了再走，行吗？"

谢蕴就当送佛送到西，坐在她卧室的单人沙发上翻出一本书看，一片宁静。

"谢蕴。"久到以为她要睡着，谭怡人又轻声开口，直呼他大名。

"嗯。"谢蕴敷衍着答，如她所形容的，二人更像是合作关系，更别说他自认为还年轻，受她一声叔叔的称谓实在是把自己叫老了不少。

"你会一直在的，对不对？"

谭怡人刘海长长了，有些刺着睫毛，说话间眼神闪烁，又移开了和谢蕴对视的目光。今夜的谭怡人有些温柔，谢蕴归咎为是他准许她喝了点果酒的原因。

"我现在是你的监护人，遗弃你是要负法律责任的。"

察觉到她嘴角肉眼可见地扬了起来，谢蕴不禁觉得她真的只是个小丫头而已，故作冷漠的小丫头。

"那说好了。"她的声音幽幽的，像是魔咒，萦绕在谢蕴的耳边。

沉默片刻，谢蕴不知道该怎么回应，呼吸之间闻到刚才在自己房间的那股花香，一眼瞥到她床头柜上放着同样的一只玻璃瓶。他干咳了一声，开口转移话题："谭怡人，你期末考试考班级倒数第五的事情怎么解释？"

床上的人没再回应，谢蕴迟疑了半分钟才起身，看到人已经合眼睡着了。

室内只留了一盏橘黄色的小夜灯，肆意渲染着温情，无边蔓延。他不知道从哪里变出来了个古典雕花的首饰盒子，轻放在床头柜上，那是给她准备的生日礼物。

谢蕴本来打算转身就走，看到她刘海耷在眼皮上，还是伸手把那几绺头发分开，露出光洁的额头。

此情此景，人事两相安，寒风吹雪夜，燃灯暖屋中，任谁也觉得安然。男人修长的食指轻点了下她光洁的额头，送上真心诚意的祝福："生日快乐，小丫头。"

同时，挂钟的秒针、分针、时针齐聚到12，宣告新的一天到来。

灰姑娘在这一刻落荒而逃，谢蕴不慌不忙，心无杂念地带上门，回到他散发着栀子花香的床上。

3.

谭怡人十七周岁生日，收获一对圈口恰到好处宛如定制般的鸳鸯镯。她不懂水头，只知道十分清透，里面的飘花澄澈相称，即便外行看着也会觉得价值不菲。

她大清早急匆匆地跑到谢蕴家里，问道："你送我的？"

"嗯。"谢蕴语气太过轻飘，好像她手里拿的只是几十块钱的小玩意。

"是不是很贵重？"

"值点钱的，所以你戴上了就别出去胡闹了。"

她本来就不愿意和那些叛逆的同学朋友一起，只是有时故意气他彰显存在感而已。但她绝对不会和他说这些，只垂眸盯着盒子，把每一个雕花篆刻心头。

后来很长的一段时间里，她只在左手戴了其中的一只，纤细的手腕挂着抹清透翠绿。谢蕴想应该是她学习的时候右手戴首饰实在不方便吧。

那年临近除夕，谢蕴带着谭怡人坐上了回哈尔滨的飞机。

两人头半个月就在讲条件，她不愿意多待，肯答应回去已经是不易。谢蕴以高三要提早开始补课为由搪塞了谢嫣华，还借机帮谭怡人多报了几节家教课。

不过两小时的航程，谭怡人居然睡了全程。谢蕴把手里那本剩了个结尾的书看完，又自己译了几页英文资料，回过头发现她还在睡。他拿出手机对着那张脸拍了张照，再状若无意地归为原位，仿佛什么都没发生。

谢家上了年头的祖宅里，经过近一个世纪的变换更迭、修葺改造，如今以中式古典的风格为基调，还融合了些俄式设计在里面。

谭怡人毫不留情地在谢嫣华面前说"不伦不类"，连谢蕴眼神疯狂示意都不做理睬，一个是年少轻狂，一个是盛气凌人，谢蕴绝对不会浪费时间从中调和。

谢嫣华如今是谢家最具话语权的人，谢蕴随母姓，他父亲当年是入赘的，夫妻俩在他很小的时候就已经离婚，谢嫣华便独身至今，父亲早已经再婚，父子俩联系并不频繁。

年夜饭的时候，一大家子齐聚，谭怡人从没见过这么热闹的场合，有

莫斯卡托

一位太婆年纪最长，坐在轮椅上，那是谢蕴的太奶奶，说是已经有一百岁。谢蕴的舅母在太奶奶旁边吃力地听她讲话，再转述给大家："奶奶说小蕴上辈子有情债，得还完债才能结婚呢。"

一片哄堂大笑，就连向来冷脸的谭怡人都撑着下巴淡笑，除了谢嫣华。谢蕴很像她，模样能力皆是不凡，他也到了该成家的年纪，可惜命中桃花凋敝，这么大的人了谈过的女友屈指可数，每次都很短暂，从未有什么缠缠绵绵、藕断丝连，断得干脆。如今大过年的听到这种话，谢嫣华难免不快。

后来谭怡人高三下学期开学，不论家里还是学校，氛围都凝重起来，且这份凝重要维持数月。她成绩差得太多，早先谭耀祖对她放养又娇惯，从不严厉督促她学习，如今想要努力实在是有些晚，窟窿太多补不上。

她目前所读的这所高中是当年谭耀祖想办法将她送进去的，成绩优异的学生数不胜数，最后那个学期她课程堆得很满，家教也接连不断，成绩却还是在中下游徘徊。谢蕴总觉得她没彻底学进去，又忍不住反驳自己，也许她真的只是如谭耀祖一样呢。

他这一想，有些话就咽了回去，只让家里的阿姨常给她做些爱吃的东西，成绩这回事还是别过分在意。他不知道的是那个学期，每天晚上谭怡人房间的灯都是彻夜长亮的。日子越来越接近高考，满城的考生都处于紧张状态。

入夏前的一天，当时已经很晚了，谢蕴在书房的电脑前查阅资料，突然听到微弱的敲门声，这么晚能直入他家的只有一个人，还纳闷她今天抽什么风，居然开始敲门。

"进来。"

谭怡人捧着个本子和几页草稿纸，再加一支笔站在门口。谢蕴眼神瞟过去和她对上的瞬间，就看到她双颊滑过晶莹的泪水，人也在小声啜泣。

起初他还以为是幻觉，没想到小丫头越哭越激动，平时那张过度冷淡的臭脸终于崩塌，她要短暂做会儿正常少女。

谢蕴拉着她坐在沙发上，语气有些生硬道："怎么了？"

她埋头，语气无礼又蛮横："你凶什么？"

"我凶你了？"

"凶了。"

谭怡人又委屈巴巴地抽了下鼻子，谢蕴忍住了要收拾她的想法，大掌覆上她的头轻揉了两下。

"别哭了，跟我说说。"

她不理，他只能继续哄，说来说去还是句"别哭了"。

瞥到沙发旁边散开的草稿纸，谢蕴语气有些无奈："不就是题不会做了？这么大点事有什么好哭的。"

不说还好，这么一说，谭怡人哭得更凶，扑进他怀里，声音带着颤抖叫"谢蕴"。

谢蕴心软地把人搂住，无意识地轻拍她的背，耐心地安抚。空气中有温柔的因子在泛滥，两人一个沉默一个低哭，逐渐都归为沉默。

谭怡人哭够了，还有些抽泣，像打嗝似的一下又一下抽气，在谢蕴眼里像是上了奇怪发条的小兽，无力地用咯咯叫来发泄不痛快，可爱又可笑。

谭怡人彻底不哭了，闭着眼睛，假装自己睡着，就不用顾及别的。

谢蕴问道："想你爸了？"

谭怡人轻轻摇头，在他衣服上蹭脸上的泪水。

"我其实每天都想他。"

这种话她平时是绝对不会说出口的。

"那哭什么？"谢蕴长了教训，紧接着小心地加上句，"没凶你。"

她说出口后又有些卷土重来的哭意："数学太难了，我算不出来，那道题我做了一个小时，是不是答案写错了？"

谢蕴先是放下心来，没什么大事，又有些无语的诙谐感，竟然为了一道题钻牛角尖，最后感叹她骨子里仍旧是个小丫头，平常再故作高冷成熟也没用。

"你起来，我给你看看。"

谢蕴记得谭怡人学的是文科，文科数学应该不难。

怀里的人摇头，莫名其妙又开始哭，像是把谭耀祖去世后没在谢蕴面前哭过的份额在这晚一股脑儿补回来。谢蕴甚至没有去看现在几点，整个人慌忙又无奈。

谭怡人呜咽了好久，泪水一点点渗透进他的睡衣，一言不发直到眼眶泛红、呼吸急促。

"我想爸爸了……我真的很想他，谢蕴。"

谢蕴腰间被禁锢得发出细汗，胸前更是乱作一团，她腕间的玉镯隔着薄薄的衣料感知明显，好像自腰后生出一根肋骨。那一刻他是心疼她的，在情绪爆发缺口后仓皇崩塌的夜里。

高考倒计时进入个位数的那天，谭怡人房间里的台灯坏了。

谢蕴看着门口熟悉的身影，怀里捧着几本书和本子，手心攥着两支笔，问道："做什么？"

"台灯坏了。"人已经径自坐在他对面，像模像样地翻开了书。

"怎么不去你爸的书房？"

"我怕背后发凉。"

"自己亲爸还怕？"

她冷脸，抬头扫他一眼，说道："我要学习了，你安静点。"

谢蕴忍不住打趣道："别难为自己。"

"多谢，我知道。"

"明天给你买新台灯。"

她余光盯着他桌子上的那盏灯，低声应了句"嗯"。

谢蕴忘记买台灯了。

代价是自己的桌子被谭怡人分走半壁江山，上面堆了越来越多的高考模拟卷，盖住谢蕴的那些工具书。宽大的桌面上好像有一条无形又泾渭分明的楚河汉界，他们各占一端，互不打扰，却又觉得莫名安心。

直到他桌子上出现了个上了年代的物件，那是一本纸页泛黄的旧册子，用粗线装订好，如同一本书，可里面却是实实在在的墨迹随笔。

谢蕴说这叫手札，民国时北京造纸厂的用材，已经保存一个世纪之久。谭怡人伸手想拿过来看看，又不敢触碰，其中夹杂着的小心自己也不知从何而来。

"这算古董？一百年了。"

他回答得有些沉重："没什么价值，世家小姐的日记而已。"

她直言不讳道："你皱什么眉？"

许久，他叹了口气起身，耳边传来打火机刺啦一声，他点了支烟，很快便传来烟味。

"那是以前谢家小姐的，我从南京洋楼里带回来的。去年年底我临时去了趟南京，早年谢家的一栋洋楼要拆了，民国时也是座气派的小公馆，那位小姐住过一阵子。我回来总共带了两样东西，一个是这本手札，再就是鸳鸯镯。手札撕掉了好些页，你摸得出来，厚度都已经减半，不知道发生了什么。玉镯保存得好，像是从没打开过，但这两件东西都是老北京的做工……"

谭怡人静静问道："你看过了吗？"

谢蕴摇头道："还没有。"

她偷偷拿走了那本手札，再也没还给谢蕴，回到自己房间之后好像在无意窥探别人的秘密，慎重地打开看。

【皖南又打仗了……】

于谭怡人来说，关于夏天的回忆并不轻松。

谭耀祖在某年夏天查出癌症，又在去年夏天猝然去世。谢蕴出现的时候，她莫名生出了痴等很久的错觉。而今年夏天，高考匆忙结束，她要迎接难看的成绩，在太阳大得仿佛要吞噬融化人间的一天去南山陵园，祭奠谭耀祖。

朱淑真写"谢却海棠飞尽絮，困人天气日初长"，符合谭怡人眼中的夏。

那时候填报志愿的日期已经截止了，她瞒着谢蕴，在最后一天删掉了所有志愿信息，提交空白表格。而站在谭耀祖的墓碑前许久，她才收了遮阳伞，摘下墨镜，转身埋在谢蕴肩头，无声落泪。

那是谢蕴第二次见她哭，也是两人第二次拥抱，发乎情止乎礼。

谭耀祖去世一年整，他们相遇一年整。

因为是祭祀，两人都穿了一身黑，阳光照得人睁不开眼。

谢蕴伸手拍她的背，低声安抚："小丫头，你长大了。你很快会读大学，年底就满十八周岁成年了，我把房产转给你，你可以迁出去自己立户口……"

谭怡人觉得他在这种情况下讲这些话实在是煞风景，又忍不住感叹时间过得这样快，还有半年她年满十八周岁，就要和谢蕴道别。

下山的路上，谢蕴偷看了谭怡人好几次，却发现她似乎比他还平静，谁也不知道这一路沉默之中彼此的心里到底在想什么。

后来，谭怡人复读了一年。

谢嫣华自然希望谢蕴早点甩掉这个碍事的拖油瓶，即便谭怡人年底就已经成年，但高中生和大学生是完完全全两个概念，谢蕴不得不负责任地再留在大连一年，为此少不了做谢嫣华的工作。

当谢蕴确切地告诉谭怡人自己会继续留在大连的时候，谭怡人表面冷哼，说着"谁用你照顾了"，心里却忍不住松了一口气。

莫斯卡托

谭怡人农历生日当天，两人办理了交接手续，那天他们都分外沉默。明明刚认识的时候她声称二人为合作关系，巴不得今天立刻到来，此时心境却大不相同。

还是谢蕴沉得住气，主动提议请她吃饭庆祝，不想谭怡人喝了个大醉，十分失态。他扶着她回家，刚把人放在沙发上，手臂就被她扯住不放。

谢蕴故作轻松地说："我现在跟你可没关系了啊，别喝多了跟我耍酒疯。"

接下来谭怡人咕哝着说出的那句话让谢蕴整个人愣在原地。

"那我现在能说喜欢你了吗？"

他算得上落荒而逃，临走之前只克制地说了句："你还小，不懂这些。"

谢蕴认为她当时对自己的感情是依赖，是崇拜，总之绝对不是爱。

4.

后来的那半年里，谢蕴依旧频繁地出差，两人度过了关系最冷淡的一段时间。谭怡人把所有的精力放在学习上，似乎是想向他证明，她并不如父亲一样资质平庸。

两人都忙于自己的工作和学习，有时夜深人静，谭怡人在楼梯凝视自己空落落的家，一度怀疑一墙之隔的谢蕴已经偷偷回到了哈尔滨，就这样默默地丢下她。

那年盛夏，谭怡人顺利考上本地的一所知名学府，谢蕴闻讯提前返回大连，不想在她家门前扑了个空——谭怡人拿到录取通知书之后，连夜收拾行李说走就走，在周庄待了半个月。

谭耀祖忌日的两天前，谢蕴直接打过去电话，抑制着怒火跟消失了半个月的人说："你最迟后天晚上回来，否则没人会顶着大太阳上山给你亲爹扫墓。"

"知道了。"谭怡人声音冷漠，随即挂断电话，实际上心里却在为他的愠怒窃喜。

第二天下午，她飞回了大连，傍晚打开冷清的家门，独处了一会儿后，她决定去找谢蕴。

没想到轮到她扑空，他没在家里。谭怡人打给谢蕴的助理问他的动向，这才知道一周前谢嫣华突然晕倒进了医院，是因为操劳过度加上旧病复发，所以谢蕴最近并不清闲。

谢蕴给谭怡人打电话那天，刚接了谢嫣华出院，还在回家路上时，他惊觉快到谭耀祖的忌日了。最近事情多睡眠少，他脑袋快要转不过来。母子俩坐在后排座位，谢蕴放下手机，看窗外熟悉的街道，每一条他都走过无数次，内心惋惜谭怡人还从未踏足过。

谢嫣华眼神扫过来，冷冷地说："你现在和她没有任何关系，她给自己父亲扫不扫墓关你什么事。你赶快让律师把兰青山的手续办了，年初你答应我等她考完试学校定下来再办，现在也到时候了。"

谢蕴为了缓和气氛，握住了谢嫣华的手，那只手上爬满细细密密的皱纹，还有没消掉的针眼。

"谭耀祖白纸黑字跟我签的协议，你还怕兰青山跑了不成？她一个小丫头有那么多遗产生活不愁，还差你一块破山头？"

"你也说是破山头，那就赶快给我。我不想再跟他们谭家人扯上任何关系。"

谢蕴淡笑道："你们这辈人的事，几十年了还没完没了。我这次回去就跟她说，这不是你病得突然我才回来。"

兰青山的事情说来太久远，谢蕴并非故意拖延着不办，谭耀祖当年托孤给他的筹码就是谢嫣华很想要的兰青山的地皮。可谢蕴认为谢嫣华只是仍旧计较当年的往事不能释怀，心无法从回忆中抽离出来，外物实在是太无足轻重了。

谭怡人以为谢蕴耍她，险些认为父亲忌日当天她要独自去扫墓。

不想谢蕴清早准时按响门铃，虽然细看眉眼间有些疲态。他昨天深夜才飞回来，当时看时间太晚，就没打扰她。

两人全程没什么交流，关系看起来如履薄冰。从南山陵园出来，上车后，谢蕴打开空调，打算缓一缓身上的燥热，车子没动，车载音乐倒是响了起来。

谢蕴整个人靠在椅背上，乘晚班机返家，又起了个大早开这么远的路程，还在大太阳下晒了个把小时，他无声叹气，用手指揉了揉眉头，睁开眼就看到凑近的她。

明明不过两年的事情，他此刻突然惊觉谭怡人已经彻底是一个大人了，又因为身型高挑眉眼冷俏，刘海早已经留长分到两边，更显成熟。

谁也没说话，好像一切的一切都是被时间推动着发生，只感觉两个人的距离越来越近，谢蕴有那么一瞬间居然感觉呼吸骤停。

谭怡人开口说："你有没有想我？"

谢蕴喉结微动，不知该怎么回答。

她显然也并非要从他口中知道答案，好像他只要迟疑就可以算作答案，她微微偏头，在他脸颊印下一吻，谢蕴甚至错觉那个吻也是凉的。

她很快又退回副驾驶座位上，谢蕴木讷地启动车子回家，似乎刚刚什么都没发生。

当时车载音乐放的是他们都很喜欢的一首歌，Dana Winner 的《Sealed With A Kiss》。

应景的缄默与吻，应景的夏季，她一度担心要与他分离，幸好没有，幸好。

回想起来接下来那一周姑且可以算作和谢蕴度过的真正快乐的时光。

谢蕴短暂清闲，除了偶尔处理一些邮件，大多数时间里都是闲散的。他们会在白天把客厅的窗帘拉严，找上几部老电影一起看，谭怡人总有一些与年龄不符的老到见解，谢蕴和她交流起来只觉得有趣。

谢蕴回邮件的时候浑然不觉吃掉了碗里的最后一颗葡萄，谭怡人看着紧紧盯住电脑屏幕的男人起了坏心，正想伸腿过去，却被他抓住脚踝似笑非笑地问："你这什么臭毛病，说动手就动手，将来不是要家暴？"

谭怡人反驳："我又没跟你在一起，家暴不到你头上。"

换谢蕴一时语塞。

之后她弓着背认真给脚涂指甲油，很快喊累让谢蕴帮忙。他轻握着她的脚背小心涂抹，清澈的水红色，像烟盒上的那抹茶花花瓣。他们没有确定任何关系，也没有再进一步的举动，彼此却都有浅浅心动在心头萦绕，谁也不说。

指甲油涂完，谭怡人主动起身环住他的脖颈。

谢蕴克制着内心的波动一动不动，眼看两人的距离越来越近，谢蕴也闭上眼睛……

书房桌子上他的手机响起铃声，两人如同受惊的鸟，立刻分开。谢蕴起身去拿手机，一看是母亲谢嫣华，给谭怡人看了眼手机屏幕，说道："我出去接。"

谭怡人点头。

可似乎是骤起的疑心作祟，她不受控制地移动到桌子旁，谢蕴常用的笔记本电脑静静放在那里，谭怡人掀开，在密码栏下意识地输入自己的生日，解不开。正打算重新把电脑合上，她想到什么，重新输入了农历的日期。

主页面上，谭怡人看到了来自谢嫣华的消息，简短的一句话让她觉得心有些凉。

【兰青山的手续办好了没？早点回家，没必要再和她牵扯。】

谭怡人对"兰青山"三个字有印象，是谭耀祖留下的遗产之一，看样子居然是和谢蕴做交易的酬金，谢蕴从来没跟自己说过。

谭怡人很冷静理智，也许是这一周来两人相处很愉快的原因，谭怡人不认为他在已经不是她监护人之后还愿意陪伴自己只是为了这份酬谢。她只当不知道，默默扣上电脑。

谢嫣华的电话除了催促谢蕴以外还带来另一个消息，赵妍音回国了，要去大连探望长辈。谢蕴被谢嫣华烦得推不了，只好答应找时间请人吃顿饭。才换来谢嫣华满意地挂了电话。

那顿饭谢蕴带了谭怡人一起。赵妍音的父母和谢嫣华是多年的好友，谢蕴和赵妍音年龄差了六七岁。谢蕴记忆里除了很小的时候在赵叔叔家带赵妍音玩过两次，上初中之后就没了什么联系。

谢嫣华一定提前跟赵妍音说了谭怡人，她很礼貌地没有追问二人的关系，吃饭的过程不过一个多小时，三人聊了一些无关痒痛的话题。结束后谢蕴去买单，谭怡人和赵妍音先走了出去，在酒店门口等他。

等到谢蕴出门之后，只有谭怡人等在那里。

谭怡人听到脚步声扭头看向谢蕴，夏夜的晚风拂面，她脸上带着抹淡笑。

谢蕴心情莫名轻快，随口问道："妍音先走了？"

谭怡人微不可见地"嗯"了一声，接着在谢蕴猝不及防时靠近他。他来不及反应，她的吻落在他的唇上，蜻蜓点水一样，谢蕴心跳如雷。

他刚要开口问她怎么突然吻他，又觉得问出口有些艰难，正犹豫着，就看到从不远处折返回来的赵妍音。赵妍音走开接了个电话，回来看到惊人的画面。

见谭怡人还在笑，谢蕴暂时压下质问她的冲动，先应付赵妍音。

后来谭怡人自己先打车回家，无从知道谢蕴怎么跟赵妍音解释。她相信谢蕴回来后一定会找她算账，就静静坐在沙发上等着。

那时候她已经把她家的房门密码告诉谢蕴，意料之中在两个小时内，他输入密码进门，看到沙发上的人影，鞋子都没换就走进来。

"谭怡人，你没什么跟我解释的？"

平时他喜欢叫她小丫头，印象中那是他第一次严肃地叫她大名，她觉得

莫斯卡托

好冷漠，明明自己总是称呼他的全名。

"解释什么？"

场面却变成了谢蕴解释："我拿她当妹妹，她也拿我当哥哥，我们俩两三年不说一句话，她也是架不住她妈的要求才吃今天这顿饭。大家好聚好散就行，你在这儿惹什么祸？"

"你妈知道你拿她当妹妹、她拿你当哥哥吗？"谭怡人点出问题所在。

"她知不知道重要吗？我问心无愧。你们有没有问过我和赵妍音有没有这个兴趣？"

谭怡人又开始冷漠应对，抿唇一句话不讲。谢蕴觉得自己当时发火是其次，谢嫣华知道后的麻烦也是其次，更多的恼怒其实缘于被谭怡人戏弄。

最后他说："你还不明白什么是爱，你不明白可以，那你知不知道接吻是要有爱才发生的？"

男人匆匆赶回来，又匆匆地离开，谭怡人转身看着被大力关上的门，还有空无一人的客厅，冷静面色之下谁也不知道她同样心跳如雷。

她低声说道："是有爱的啊……"

后来的日子里，谭怡人迈入大学，开始新的生活。谢嫣华病情暂时稳定下来，继续强势管理公司。谢蕴经历过短暂地挣扎，选择遵循自己的心意留在大连。赵妍音没把那天的事情告诉谢嫣华，这大大减轻了谢蕴要面对的压力。

两人冷战的那一个多月里，谢蕴没办法向谭怡人开口提兰青山的事宜，只能搪塞谢嫣华。

开学那日，谢蕴送谭怡人去学校，她打开副驾驶车门就看到座位上放着一捧黄玫瑰，黄玫瑰的花语是"道歉"，可说实话她没觉得谢蕴有什么可道歉的。

两人都坐上车后，谢蕴尴尬地开口："我那天不应该凶你，跟你道歉。"

谭怡人把视线从花移向他，说道："你送我花我很喜欢，至于道歉就不用了。"

到了学校办理好入学手续，她把简单的行李先放在宿舍晚点再收拾，在宿舍楼下和谢蕴道别。

明明以前他经常出差，少则三五天，多则半个月，两人并不是朝夕相见，如今她读大学住宿舍却像是要诀别——其实每个周末都可以回家。

谢蕴内心感慨万千，张开手臂示意，轻轻抱住了她。

"照顾好自己，有任何事情都要跟我说。"

"等你赶来，我早就解决完了吧。"谭怡人以为谢蕴会立刻离开大连。

"我会很快开车过来。"谢蕴用这句回答暗示，接着装作自然地说，"周末见？"

谭怡人眨眨眼，消化其中的含义，随即露出了个笑容，问道："每个周末都能见吗？"

谢蕴的回答好像承诺："除去出差和处理家里的事，每周都能见。"

她抱他更紧，谢蕴同样。

5.

谭怡人一直以为那时候他们就算在一起了。可确实又谁也没说，算恋人，又不算。

有次谢蕴出差了半个月回来，不是周末的时间就开车来学校见她。谭怡人在凛冽的晚风中跑下楼，两人拥抱在一起，他情不自禁地吻了她的额头，她则低声表达情意，说很想他。

那两年聚少离多，但也算在感情的上升期，谁也不觉得疲累。

陆嘉见牵头一行人去看樱花野餐那次，谭怡人作为土生土长的本地人觉得龙王塘没什么看头，谢蕴同样这么认为。同行的也有情侣在，以及正在暧昧期的秦昭和陆嘉见，谭怡人被这种自在的氛围感染，那是她第一次思考，思考自己和谢蕴少了那么一点恋人该有的光明正大。再加上暑假一起去青岛玩那次，都是同龄人的聚会，她有时候忍不住想谢蕴这个时候在做什么，一定是工作吧？他总有回不完的邮件，还有那些看不完的古玩。

他们两个之间的距离太远了，好像银河的两端，总之不算一个世界的人。再考虑到他们一直默认回避的现实因素，谢嫣华不可能同意。

"他们都问我为什么不谈恋爱。"谭怡人试探性地对他说。

谢蕴愣住，半天不知道怎么回应，他知道她想要的是什么，但他需要考虑的因素太多，他如今给不了她需要的东西，只能说道："你想谈恋爱了？想谈就谈。"

其实他心里是怕的。

谭怡人觉得无趣，枕在他腿上找了个舒适的姿势，说道："有点困，午睡一会儿。"

谢蕴一口气松了一半，帮她拂掉脸上的头发。

谭怡人当然知道谢嫣华那关难过，甚至一度后悔曾经对谢嫣华那么不礼貌，可她从小缺失母爱，没有人教她这些，只能独自摸索。而她故意说这种话给谢蕴听，也是希望他能有向前迈一步的打算，毕竟目前看起来他们一直都只在原地打转。

殊不知谢嫣华那两年病情反复，事态并没有往好的方向发展。

跨年夜那天，两人确实闹得不愉快，气氛直降到冰点，谭怡人显然憋着股气，谢蕴奔波于两地也身心俱疲。

但他还是习惯性地为她准备礼物庆祝生日，再说一句每年都要说的最简单祝福："小丫头，生日快乐。"

生日第二天，谭怡人起得晚了些，还没走下楼梯，就发现谢蕴在厨房，她撑着楼梯扶手，立在那里看了他很久。男人穿着家居服系着围裙，手里攥着手机应该是在看菜谱，表面上云淡风轻地掌控一切，她猜他心里一定也有些慌乱。

谢蕴察觉到了目光，他把菜盖上盖子再焖几分钟，回头朝她淡笑道："舍得起来了？"

谭怡人有心事，要宣布重大决定，可此情此景太过温馨，仿佛是护着童话世界的水晶球，她甚至以为此刻在跟他过婚后的温馨生活。

她开口问道："怎么嗓子又哑了？"

他这一年常常赶晚班飞机飞来飞去，嗓子哑就是劳累的讯号。

谢蕴笑着应声："我没事。其实我也刚起没多久，想给你煮粥喝。"

果然还是她爱他更多，她好心疼他。

沉默许久，谢蕴开始盛锅里的粥。

谭怡人在他背后开口，语气笃定而冷静道："谢蕴，我们算了吧。"

谢蕴手里握着粥碗，碗底烫手，他隐隐觉得疼，但又不知道手更疼还是心更疼。

"你说什么？"

谭怡人重复："我说我们算了。算了就是分开，我不想这样继续下去了，你能明白吗？"

谢蕴眼神写着黯然，满腔苦涩难以言说，好奇她是否会有"伤敌一千，自损八百"的感觉。看起来是没有的，他只是严肃自持一些，可谭怡人是真的冷，且狠。

"你下来跟我说话。"

"我下不下来有什么关系？那不然我给你另一个解决办法，谢嫣华不是一直想要兰青山吗？我们现在去办手续，地皮给她，交换条件是让她接受我们在一起，怎么样？"

谢蕴不知道谭怡人从何而知兰青山的事，她似乎把兰青山看得太重要，尽管他从来没这么想。至于她说的办法实在不算什么好办法，他确定谢嫣华听到这些话能立马进 ICU。

"你现在还小，你想玩就玩，和同龄人交交朋友，我答应过你会一直陪着你，就会说到做到……"

他试图讲道理，被谭怡人无情打断："我不需要你陪了。以前不懂事，喜欢故意气你让你费心费神，你看我这两年还会这样吗？谢蕴，真的算了，别再互相折磨了。"

"那你知不知道我对你的感情？"

"不重要了，你说我不懂，那就当我爱过你吧。"

她最知道怎么让他心痛。

故事讲到最后，谢蕴如愿被她赶走。

谭怡人跟秦昭说："我觉得他好胆小，好懦弱，我已经迈出九十九步了，他迈一步都费劲。"

她们不知道谢蕴所面临的压力和苦衷。

秦昭笑着下结论："男人天生在力气上大过女人是不争的事实，但老天是公平的，让我们拥有了更强大的内心，是幸事，也是不幸。"

说不幸是因为她们为此要承受更多。

秦昭对此与谭怡人有些难以言说的共鸣，或许是想到了自己曾经试探孟梁的那几次，他胆小地退后，如今她已经和陆嘉见在一起，那今后就要一直和孟梁保持朋友的关系，难免有些唏嘘。

谭怡人有些伤感道："那天你帮我收拾家里，中途我去隔壁拿落在他那儿的几本书，他整整齐齐地摆在书架上，我找的时候发现书里夹着我故意塞的字条，上面是我写给他的悄悄话。"

明明当时她已经在他书房里心如刀绞地哭泣过，此时再说起来还是很难过，声音渐低："原来他都知道。"

莫斯卡托

知道她爱他，他们在以自己的方式爱着彼此。

时间是灵药，有些事情需要时间去验证，有些事情需要时间去解决。那时大家都还年轻毛躁，不懂其中的道理，只能在深夜买醉。

Part 5.

滨城·雾影重

1.

2016 年的春节于秦昭来说，除了秦志忠制造的熟悉的酒气，总体算得上平淡安稳。秦志忠喝多了喜欢吹牛，给秦昭讲大道理，末了问她有没有恋爱，秦昭摇头否定，再寻个合适的时机回到自己卧室。

秦昭归家晚，离家早，且是偷偷地离开。

因为知道孟梁一定想跟她一起走，年前在楼下遇到施舫，施舫还满脸无奈地数落孟梁贪玩，放假回来那么晚，显然他瞒着施舫为了等她的事实。

所以秦昭提前返校，定不能告诉孟梁。

早回学校的好处大概就是机票便宜许多，陆嘉见从公寓去机场也比到高铁站近。秦昭赶的早班机，见到陆嘉见时还没到九点。这次是彻彻底底地分别了一个月，他刚要拿行李箱，秦昭鲜有主动地抱上去，却闻到了股浓郁的香水味，但她和陆嘉见都不用香水，为此有些敏感。

秦昭上车后便沉默地看着手机，回复孟梁发来的微信"问候"。她登机前才发消息过去，现在人估计刚睡醒，气得恨不得拿刀追杀她。

即便她沉默，陆嘉见这个情场老手也看得出来，故意夸张地嗅了嗅自己身上，轻飘飘地说出解释的话："昨天跟小林子他们喝酒来着，在他那儿睡的，不知道是谁喷过香水，跟我衣服放一起了。"

秦昭表情有些松动，但还是绷着不理他。

陆嘉见伸手摸了摸她的脸，低声哄着："小没良心的，还不是怕接你迟到，不然我就回去换身衣服洗个澡了，哪能让你因为这个吃醋。"

热恋中的人从没有三两句话化解不了的矛盾，秦昭被他放低姿态哄着，还没到吃饭的地方就转为笑脸。

过了很久，在他们分手之后，秦昭才知道那是一款女人也喜欢用的男香——罗意威事后清晨。

那年 4 月初，秦彰玩游戏玩出了名堂，要签约俱乐部去打职业比赛。

张书和为此接连骚扰了秦昭好多天。秦昭对游戏一窍不通，只好把合约照片发给孟梁，孟梁这才知道自己当初刚认识秦昭的时候说带她弟弟打游戏是多么天真的邀请。

4 月下旬，秦昭考专四。

5 月假期刚过，秦彰独自去了上海，不知道是为了梦想，还是为了逃离。至此母子俩的战争可以暂时宣布告一段落，张书和又恢复了每个月只和秦昭交流一次的状态——打生活费。

同时，专四成绩公布，秦昭擦着及格线飘过。

那两年的日子里，秦昭和陆嘉见感情大体算得上稳定，偶有矛盾就是冷战。

即便孟梁毫不掩饰对陆嘉见的反感，秦昭还是觉得陆嘉见很好，大概是"同行"衬托的原因。学校里也有些像陆嘉见一样条件很好的同学，大多沉迷夜店，女朋友换得很勤。陆嘉见并非如此，唯一算得上痴迷的就是摄影，公寓里有一柜子的相机和镜头，可他无论是电脑手机还是 iPad，里面都装满了给秦昭拍的照片。他极少的情况会和朋友喝酒大醉，总体来说是一个不错的男朋友。

孟梁始终单身，同样单身的还有谭怡人，秦昭总笑说自己身边的两个朋友随时都可能出家，每次说完都会被他们俩合起伙来围攻。

秦昭大三的时候，话剧社换届选举，孟梁跟着秦昭一起离开了话剧社，转而去和几个新认识的朋友玩吉他。秦昭看他课外生活过得丰富滋润，乐得成全。同时，她暂时接手了外国语学院新成立的礼仪队，为自己被英文围绕的学习氛围增添了些新鲜气息。

之后便是年年不变的元旦晚会。

秦昭的大学生活算得上多姿多彩，成绩中等偏下但绝不会挂科，组织社团活动兴致勃勃，闲暇时间还会做家教或者平面模特赚些外快，也因此更加自信地面对自我。

她想法多，又爱浪漫，那年元旦晚会策划了个很符合外国语学院的节目——中英结合版本的《青花瓷》走秀，有华裙西装，也有旗袍长衫，还请了号称本院院草的方老师做钢琴伴奏，连孟梁都被迫沦为壮丁被抓了去，谭怡人也不能幸免。

他们的节目压轴，结束后一群人挤在化妆间里闲聊，打算等拍完大合照再换衣服。那间化妆间挤满了他们礼仪队的人，一时间还真有些错入民国的幻觉。

陆嘉见受秦昭所托在台下拍照，姗姗来迟，进门后看到孟梁还对他笑了笑。随后，他走到秦昭旁边说了几句话，秦昭笑了起来，说道："等会儿跨年活动，大家没事的都一起去呀。"

孟梁冷哼一声，嫌弃化妆间里太拥挤，打算出去透透气。谭怡人冷不丁地被脚下道具绊了下，和她搭档的是日语系的一个叫谈明的学弟，模样身材都不差，赶紧把人拉住扶了起来。

谈明看人没事就开门出去，听到别的同学打趣："咱们外国语学院'双谈（谭）'今天凑一起了哈，学姐，你什么时候答应谈明啊？"

"怎么现在流行学姐和学弟谈恋爱？我也想找个学姐。"

"谁说的，秦昭学姐谈的就是学长啊。"

谭怡人冷声回击，还用手里的折扇打那个贫嘴的学弟："混熟了嘴上没把门儿的了是吧？"

谈明也上前搂住那个男生的脖子钳制，一室轻松氛围，学生时代的嬉戏打闹细碎如梦般。可惜说者无心听者有意，孟梁眼神暗下来，果断地关上了门。

2017 年的秋天，秦昭大四，孟梁大三。

当时身边的人大多在准备考研，英语专业大四上学期仍旧有课程安排，还是很重要的高级英语。任课老师算得上翻译系资历最老的华教授，教学极其严苛，能够在她眼皮子底下逃课的都是专业 TOP3（前三），且除了病假，没有特殊原因不能请假，否则一律毫不留情地扣除平时分。

9 月中旬，陆嘉见要去西藏拍片子，叫秦昭一起。他骨子里是浪漫又文艺的，秦昭认识他这几年倒是每年都会抽空去一次。

去年她借口课太多没同意，如今课倒是不多，但每周华教授的课实在是逃不了，不想自己大四上学期还挂科，影响毕业。可惜陆嘉见一贯是定下了事情就非要做的任性脾气，大概也是活了二十多年没受过什么苦，直说这个时候去最好，国庆假期人太多，他不愿意，又是央求又是撒娇的一通下来，秦昭举白旗投降。

秦昭找辅导员请了一周病假，谭怡人听了之后都直摇头，怪她跟着陆嘉见一起任性。

可没办法，秦昭那时候爱他，总是会不顾一切地。

9月末，学校里上完最后一节课，宣布第二天开始放假，秦昭和陆嘉见先飞成都，再转机飞大连。

孟梁早先看在秦昭的面子上加了陆嘉见的微信，那天晚上跟几个朋友在"遗迹串吧"吃东西，想看看微信上秦昭有没有给他报告动态，就刷到了陆嘉见发的朋友圈。

九张照片都是秦昭，她穿藏服、披红巾，陆嘉见不拍别人拍腻了的八廓街，背景是荒芜的草原，天地相接，满目只有一个秦昭。

孟梁这两年不是没想过开始一段新的感情，可是此刻还是真实心动。

而陆嘉见配的文案只有四个字：【玛吉阿米。】

孟梁手指不听使唤一样把这些照片保存，然后打开网页搜索"玛吉阿米"的意思——藏语中的"圣洁少女"，仓央嘉措的挚爱情人，引申含义都是美好。仓央嘉措曾写"在那东方山顶，升起皎洁月亮，玛吉阿米的面容，渐渐浮现心上"。

陆嘉见是说秦昭是他的玛吉阿米，可真浪漫。

孟梁回味过来后满心苦涩。

大连的冬天到得有些迟，北方普遍雪落满地的时候，他们这里才算初冬降临。那是考研前最后一个月的冲刺阶段，秦昭除了完成作业和备考专八，偶尔会跑几个面试，但都不是很理想，所以并没着急，打算明年春招再找工作。

那几天孟梁在准备翻译材料，他读大学以来始终成绩优异，甚至秦昭有时候在作业上遇到难题问他都能得到解答。副院长要去国外做交流，顺便带了几个成绩优异的学生长长见识，孟梁被选中了。

他在人挤人的图书馆占到座位，秦昭和谭怡人时而也会跟他一起学习。

那天赶上周末谭怡人回家，只有孟梁和秦昭去图书馆，两人并排坐着各忙各的。

孟梁依旧习惯听歌学习，他听了许多年的粤语歌，倒是没有哪个最喜欢的，只是杨千嬅的歌始终都有。

原来用有线耳机，坏了再买新的，有时候看书翻资料容易刮到耳机线，比较麻烦。秦昭注意到，于是那年三月份孟梁生日时，她送的礼物是

AirPods。

图书馆的红木桌面上放着白色的充电盒，上面刻着"For Liang"，他知道是"致孟梁"的意思，而不是"为孟梁"。

他短暂地出神，被耳机里的音乐声拉回，当时放的歌是《炼金术》，里面有他很喜欢的一句歌词，第二遍唱到那句之前，他摘掉了一边耳机，音乐随之暂停。

孟梁还记得当年在客车上给秦昭听的是《小城大事》，且都是她在左他在右。

可今非昔比，那时候他们之间没有第三个人，秦昭也没有像现在一样低头浅笑着回复男朋友的消息。孟梁刚伸过去的手又缩回了，重新把耳机塞进自己的右耳，音乐恢复播放，是他想给她听又没听成的那句"顽石哪天变黄金，我可以等"。

少年时代的爱，会不会像寇静静说的那样是要爱一辈子的，孟梁不得而知。

可掩藏太久的少年之爱，是真的会让人变懦弱，孟梁确信。更不必说他们以友情开篇，他怕的不是向前一步做不成情人，而是再难做回朋友。

眼下还是要让自己重新投入学习，他在心里默诵："炼金术，A-L-C-H-E-M-Y，Alchemy。"

12 月中旬，孟梁跟随副院长赴美，十天后返校，恰好错过秦昭的生日。

细数他们俩相识这么多年，秦昭不是很在意生日礼物，但孟梁从来没落下过，不论是大的小的，便宜的贵的，他都当个宝贝似的给她，秦昭宿舍的架子上孟梁送的东西倒是比陆嘉见送的还多。

反而孟梁的生日，秦昭有些"休一送一"的意思，选得到合适的礼物就送，选不到就不送，但是送的都是合孟梁心意的。且她自己兼职赚钱后，为孟梁花多少钱都没心疼过。

心疼的只有孟梁。

那时秦昭的几门课都已经结课，就等着期末考试。孟梁一到学校就拿着礼物去找她，没想到秦昭已经不在学校了。

他打电话过去，秦昭吞吞吐吐的，不是要瞒着孟梁，只是有些不好意思。

"我在陆嘉见这儿……"

莫斯卡托

宿舍供暖不好，大连冬天的风刮得刺骨，孟梁刚走不久秦昭就结课了，陆嘉见便接她过去住。

孟梁说："我去找你。"

那天孟梁没有见到秦昭。

陆嘉见穿着件麂皮羊羔毛的外套，灰白色，孟梁心想他真的很爱穿浅色。当时他怀里还抱着只乖巧的布偶猫，说是叫 Kiki。

孟梁感觉嗓子有些干干的，忘记自己从机场回学校再到陆嘉见这里有多久没喝水，冷声问了句："你养的？"

秦昭明明更喜欢狗。

"嗯，刚养不久，我带它去宠物医院做驱虫，昭昭让我等你一起上去。"

陆嘉见总是那副笑脸，此时看着孟梁，一如当初校门口初见，没把他当回事，手指虚虚地点了下不远处的医院。

孟梁有些不想上去了。

他把黑色的手提袋递给陆嘉见，板着脸说："你给她带上去吧，生日礼物，我走了。"

陆嘉见接过，很真诚地挽留："上去坐会儿吧，让昭昭给你做点吃的。"

"不用了。"

"孟梁。"陆嘉见叫住孟梁，"趁着大学还有一年多，谈个恋爱吧。"

孟梁冷哼了声，沉默应对，再没回头。

那时候的陆嘉见极其自信秦昭爱他，不把孟梁当回事，因为他知道当时秦昭把所有的真情都倾注给了他。这个认知孟梁同样清楚，也因此才更伤神难过。

孟梁打车来，却选择坐公交车回去，来时有些急，回去就不急了。

车停靠了几站后，那边秦昭在房间里拆了礼物，看着并排放在袋子里的四瓶同一个牌子的香水有些头大，赶紧给孟梁发消息，依旧是用熟悉的语气打趣道：【你一下子买四瓶，我要用到地老天荒了。】

他回复得有些冷淡：【慢慢用。】

秦昭尚还没起疑，又发消息过去：【怎么不上来坐会儿，吃个饭再回去？】

孟梁心里更气了，他一想到自己舍不得让秦昭下厨，而秦昭又一定会为陆嘉见下厨，恨不得揪着她一通骂。

【你少给他做饭，那是个少爷。】

【你也是孟少爷呀。】

孟梁看着她这条消息，没忍住低声骂了句，戴上耳机，打开手机听歌，再不理她。

没想到1月上旬结束，秦昭已经回了小城，才发现华教授的高级英语课她挂了。

在教务系统查到成绩后，看着那个达不到补考线的分数，秦昭觉得天都要塌了。这意味着她只能跟下一届一起重修，且必须延期半年毕业，对找工作影响很大。

华教授把秦昭平时成绩压到个位数，显然是刻意的。秦昭私下托学委问了下，得到的答复是逃课，犯了华教授大忌。

秦昭一想就知道是跟陆嘉见去西藏那次，便马上穿上外套出门到楼下给陆嘉见打电话："我让你送请假条，你送哪儿去了？"

那天正赶上秦昭来月经，陆嘉见开车送了秦昭回宿舍，走的时候主动说帮她把请假条给华教授。

陆嘉见反应许久，心里一惊，说道："啊，我给忘了，请假条估计还在我车里的扶手箱里呢。"

"陆嘉见，你平时不愿意记事就算了，这事你怎么也能忘？我现在要延期毕业了你知道吗？"

"宝贝，你别生气，是我的错，我还没回上海，要不明天去找你们老师说说，送个礼……"

"你说什么胡话呢，那是华教授，你以为能随便糊弄的吗？"

两人说不到一起去，没说几句就开始吵架。陆嘉见一向不在意这种小事，说帮秦昭处理，秦昭不信任他，怕他越弄越糟。

"不就是影响你找工作，等你回来我给你找好工作行不行？别跟我气个没完。"陆嘉见很快就不耐烦了，还赌气地加一句，"大连不行给你找上海的。"

"你觉得我现在生气就是为了让你给我找工作？你什么时候能对别人的事情稍微上心一点？陆嘉见，你自己回上海吧。"

秦昭说完就挂断电话，宣告两人冷战开始。

秦昭手指冻得僵硬。此时孟梁站在自己房间的窗前向外看，却看不到秦昭。

孟梁后来独自去了趟当年两人一起去吃过的那家冷饮店，一碗红豆冰吃

莫斯卡托

到一半就吃不下去了，这才察觉好像也不是那么好吃，重要的其实是对面有没有坐着那个人。

过去了这么多年，当初刚开业时干干净净的墙上已经画满了涂鸦，贴满了便利贴，有数不尽的像他和秦昭当年那个年纪的高中生在上面许愿，孟梁想找他们两个写的已经找不到了。

回家的路上，他想到当时秦昭吃多了冰胃疼，清早给他发消息说"这辈子再也不跟你一起吃冰"，竟然一语成谶，毕竟如今只有他自己，不是吗？

陆嘉见说爱秦昭，说最爱秦昭，秦昭深信不疑，只不过他不会只爱她一个人罢了。

高级英语重修的事情最后还是不了了之，刚过完年还没到初五，秦昭就迫不及待地离家先走。这次孟梁淡然许多，两人这个假期见面次数也骤减。

陆嘉见到机场接秦昭，同行的还有谭怡人。秦昭知道他是找谭怡人来做调解，对此没什么表示。他提前买好食材，大少爷破天荒地挽袖子洗青菜，三个人在公寓里涮火锅。谭怡人狠狠说了陆嘉见几句，他都低眉顺眼地听着，还是秦昭心软，主动说翻篇。

反正事已成定局，跟他置气也无法更改。

秦昭没把延期毕业的事情告诉孟梁。

一半的原因是无从开口，另一半的原因则是并不想提这个事情。

非要细究的话，还有那么一丝原因是因为孟梁那阵子对她冷淡了许多。秦昭一向敏感，两人相识这么多年从未有过，她梗在心里，和所有不愿意回想的记忆一起封存。

那年孟梁大三，和当时给他们上实用翻译课的方观澄方老师私交甚好。

别的学院的院草都是二十岁左右的男同学，而孟梁刚读大一的时候，秦昭就说他们学院多年不变的院草是方老师，一个三十多岁的年轻男人，眉眼温润，气质淡泊。

孟梁没想到这样一个男人还会弹吉他，方观澄说是早年读书的时候跟室友学的，十年没碰有些手生，如今重拾是打算对喜欢的人表白。孟梁帮着改了个谱，内心有些自愧弗如。

好像自己青春正当的那么些年，还不及三十多岁的人敢想敢做，勇于面对。

毕业季，校园里到处都是在拍照的毕业生，不见秦昭，亦不见谭怡人和陆嘉见。孟梁的舍友"中分"不知道哪里看到的延期毕业名单上有秦昭，赶紧告诉了孟梁，孟梁便急匆匆地找到秦昭宿舍楼下。

当时周围都是离校的女生雇的车，还有两个收废品的阿姨。他还在打电话，就看到秦昭刚卖了一摞书，孟梁叫住她。

"延期毕业是怎么回事？"

两人好像有阵子没见了，秦昭在那一刻居然觉得有些生疏，笑了笑开口。

"大四上学期的高级英语挂了，还得跟你们重修半年。"

她一说高级英语，孟梁就能想到是怎么回事，说道："秦昭，你谈了个恋爱，怎么就跟脑子不正常了似的，分不清轻重吗？"

也许秦昭和陆嘉见在一起后的这两年，她和孟梁的关系即便再亲密，也仍有了那么一层隔膜。孟梁许久未像当年在小城时那样对秦昭无微不至，再加上对陆嘉见的厌恶，那天说的话也有些重。

"所以你今天是来指责我的吗？延期毕业的是我，能不能别再说了。"事已成定局，无法更改，秦昭不愿意多提。

孟梁又问了另一个关键点，问道："那你怎么不告诉我？这事都过去半年了，我还是从别人口中知道的。秦昭，你还拿不拿我当回事？"

"这种事情有什么好说的啊？"秦昭情绪也有些崩溃，"你以为是你跟院长出国做交流那种光彩的事情吗，我还要到处说，丢不丢脸？"

两人站在宿舍楼门口不远处，来往的人只当是小情侣吵架，和晚上门禁前相拥不舍的是同一拨人。

孟梁始终冷着脸道："朋友不就是应该互相分担痛苦的吗？你总是怕丢脸，要面子，宋安然为什么跟你断交你还没明白吗？"

"孟梁，你不用故意刺我。"

"阿昭，你跟陆嘉见分手好不好？"

孟梁忍了两年多，头一次这么勇敢地说出来。陆嘉见任性自私，更别说那副少爷脾气，孟梁并不为自己，只是觉得秦昭在这段感情中是吃亏的一方。

"你在说什么，莫名其妙。"秦昭为孟梁前言不搭后语而疑惑。

孟梁很认真地继续说："你跟他分手，我和他，只能有一个。"

他记得很清楚，最后秦昭说的是："孟梁，你别这么幼稚。"

在秦昭眼里，孟梁总是幼稚的，好像确实如此，但他又不甘心。不甘心她沦落平庸至此，不甘心她为那个人独尝后果。

那年盛夏伊始，方观澄给孟梁发了消息：【计划有变，提前圆满。】

孟梁回复：【恭喜。】

那边问他：【你有没有进展？】

孟梁敲了好几次又删除，最后还是发了过去：【倒退二十年。】

方观澄安慰他：【静待佳音。】

孟梁靠在宿舍的椅子上叹气，心道：哪里有佳音，佳音遥远，佳音不知在何处。

论文答辩结束的那天，秦昭和谭怡人出去放松，日头最毒的时候两人坐在一间咖啡店里。她看出谭怡人有心事，随口问道："你和那个人……没再联系过了？"

"生日的时候寄来了礼物，也说了生日快乐。"

"如果真的没可能了，就试试开始新感情吧。"

某种程度上，谭怡人和孟梁是可以互相理解的，他们都没办法开始新感情。可谭怡人此时想的是另一回事，一周前谢蕴曾打过电话给她，他人如今在美国陪谢嫣华养病。谭怡人也不能确定谢嫣华现在病情到底如何，谢蕴提的是兰青山的事。

其实本来那几年谢嫣华已经释怀很多，再加上她以为兰青山已经在谢蕴手里，临终了和谢蕴说想在山上种一片桃花和刺槐，三四月份桃花凋谢，刺槐盛开，一定很美。谢蕴想着满足她，又像是有了个由头联系谭怡人，就开口了。

谭怡人当时有些任性，许是期待他的联络太久，却是为了别的事情，让她内心十分失落。谭怡人直接拒绝，仗着的是自信谢蕴一定不会拿法律文件来压她。

此刻她出神许久，迟疑地跟秦昭说："我好像做错了一件事。"

秦昭不问什么事，放下手机，笑着对她说："人这一辈子做过的错事太多了，如果来得及就尽力弥补，不为别的，过自己心里那关就够了。"

好简单的道理。

秦昭的话奏效，谭怡人缺席了毕业典礼，带着一应文件飞往哈尔滨。那天下午她给谢蕴打了好多通电话，始终无法接通。

谭怡人直接去了谢家祖宅，一眼就看到大门口金色的壁灯变成了白色，隐约有些不祥的预感。

她问保安室的保安："有人去世了？"

"可不是，那位病了也有些年了，月初从国外回来，已经火化了……"

谭怡人先想到的是谢蕴的太奶奶，那年春节短暂的相处中总是对她露出慈爱笑容的老太太。

"您知道去世的人叫谢什么吗？谢兰何？"

"不是不是，老太太早上还被保姆推着遛弯儿呢，是叫谢嫣华。"

刚传出丧讯那两天，保安室代收了不少鲜花。其中一份上面写着悼词，保安才留意到了名字。

谭怡人一颗心刚放平，又落下巨石。

那天最后的记忆，是在广场的台阶上，背后是圣·索菲亚大教堂。

来来往往的人都穿得轻薄，还有女孩子花花绿绿的裙摆随风飘荡，谭怡人打扮保守，裹得严实，帽檐遮住大半张脸，一时间不知去往何处。

她想谢蕴一定很难过，难过极了，不接自己的电话是对的。他可能把她拉黑了，他们之间应该从她拒绝交出兰青山，谢嫣华去世算作彻底结束。

公交车是城市的巨大清理器，到了夜色渐深人流渐少之时，每一个过客像灰尘瓦砾般被带走。而生命逝去的道理同样，一群又一群，新人送旧人，失去至亲的哀痛只有自己能体会。

那天谭怡人直到入睡都握着手机，不是在等谢蕴，而是失去再打给他的勇气。

2018 年的夏天，秦昭毕业后直接搬进陆嘉见的公寓，在一家小公司上班，薪水不高，工作清闲。她大学几年攒了些钱，再加上闲暇时做一些翻译兼职，又没有租房子的大笔开销，手头还算宽裕。

好像终于得以逃离小城，她暗自决定新年都不回去，陆嘉见回上海的话她就自己在家。虽然她一开始没打算在这个城市待下去，如今因为延期毕业，因为陆嘉见，她留下了，也未尝不是个好结果。

短暂的顺遂，让秦昭深信上苍终于开始眷顾她了。

可命运的齿轮不知道何时被锯掉一块，转着转着就会状况百出。

莫斯卡托

2.

秦昭安稳的日子没过两个月，一切华美的面子因为撕破了个小口而彻底裂开。

起因是陆嘉见叫错了猫的名字。

秦昭从厨房拿着洗好的水果出来的时候，陆嘉见正弯腰逗着钻进电视柜隔层的 Kiki，张口却叫了句："七七。"

她没当回事，吃了个小番茄自顾自坐下，嘟囔着啐他："你自己起的名字还记不住。"

陆嘉见沉默了两秒，起身放弃逗猫，和秦昭挨着瘫在沙发里吃东西。当时电视正放了部综艺，秦昭忽然就走神了。

"七七"这个名字并不罕见，但秦昭听见的都是两个七连读一声，陆嘉见刚刚叫的第二个七却是轻声。再者就是，秦昭太敏感，总觉得这种叫法在哪里听过，应该次数很少，一时间想不起来。

没过几天就是七夕，陆嘉见特地布置了下家里，给下班回家的秦昭制造惊喜，礼物和氛围皆哄得她开心，她便短暂地放下了这件事。

一周后，秦昭和谭怡人约在外面吃东西，秦昭感冒了几天还没见好，谭怡人劝她去医院挂个点滴，不然上班也累。

说到医院，秦昭脑袋里忽然灵光一闪，就想到了有次她独自带 Kiki 去打疫苗，路口的那家小型宠物医院里有一只猫叫"七七"，叫它的段医生长得明艳漂亮，所以秦昭还算有印象。尤其是陆嘉见说段医生美得太俗气，没特点。

秦昭在微信通讯录里找到之前加的段医生微信，朋友圈都是一些宠物相关的，并没什么特别之处。昵称不是本名，也显然不是英文名，而是一串组合字母，秦昭当时没抱太大希望，就复制了下来到微博上搜。

没承想搜到的账号头像还真是印象中的那个人。

她当时有点不敢看，也有部分原因是谭怡人还在，不好意思看。

下午秦昭借口头晕，和谭怡人提早分开，陆嘉见在外有事，她一个人坐在客厅沙发里，不开灯，任阴天笼罩着整个屋子，昏沉沉的，Kiki 正在她身边睡得安心。秦昭再打开手机，开始浏览微博。

当时燥热的夏还没退场，房间里没有开空调，秦昭却浑身冷到滑动屏幕的手指都有些颤抖，心也要蹦出来。

几十条微博，时间跨度长达两年之久，正是秦昭和陆嘉见在一起的这两年多。段医生发过很多照片，从没有陆嘉见正脸，也没有他的大名，但几个侧面和背影，秦昭都认得出来，一定是陆嘉见。

段医生最新的一条微博发布于十天前，配图上陆嘉见怀里抱着只猫，被镜头记录下来，秦昭还看得到他手腕上戴着和自己手上戴的情侣款的手链。

"他与七七"是这条微博的文案，末了还加上爱心的表情。

秦昭意外地平静，就是脸绷得有点紧，胸口起伏有些快。

她放下手机光着脚到处找陆嘉见的 iPad，最后在卧室找到。她自己的指纹解得开，陆嘉见从不防她，大概也是因为知道秦昭信任他，或是拿准了秦昭从不查手机。

见微信没有登录，秦昭想了想，打开了支付宝，在消息列表中发现了一个未加好友的陌生人，昵称正与段医生微信名和微博名相同。里面都是一些转账记录和代付消息，看得秦昭都要帮陆嘉见想好借口：这个女人勒索他，他们没有别的关系。

最近一条转账正是七夕那天，秦昭看着不禁冷笑，点开详情可以看到昵称后面的括号里写着"＊薇"，至此可以确定她叫段薇。

那时候，秦昭头一次要感谢自己遗传了张书和的冷漠淡定，而不是秦志忠的那个火暴脾气。秦昭除了心痛与哀戚，外表看起来和正常人一般。她把iPad 清除掉后台放回床头柜上，发现自己咳得有些严重。她从衣柜里拿了顶帽子戴上，出门到最近的诊所，平静地打点滴。

药液滴得很慢，不知道要一个小时还是两个小时才能打完，秦昭一只右手空闲，打开了微信，给段薇发送过去一条消息：【我们两个谁是第三者？】

段薇的微博最早只有两年前的，虽然那时候秦昭和陆嘉见已经在一起半年了，但是段薇和陆嘉见明显不是从那个时候才开始，一定更早。

直到点滴打完，秦昭都没有收到回复，她拔了针准备回家，随手点开微博，一刷新，发现段薇把自己的微博都清空了。

那一刻秦昭确信自己不是第三者，心头竟还有些庆幸。

陆嘉见最近正打算开自己的摄影工作室，忙到很晚才回，今天倒是回来得早。进了门黑漆漆的一片，他还以为秦昭离家出走了，结果打开灯就看到

莫斯卡托

她素着一张有些苍白的小脸，坐在沙发上不吭声。

秦昭扭头看他，陆嘉见明显收到风声，和她对视时有些心虚。

一开始她语气还算温和，沉声问陆嘉见："我是第三者吗？"

"不是。"陆嘉见一贯怕热，此刻想打开空调，但顾虑秦昭感冒哑着嗓子，还是老实地坐下了。

"你们俩什么时候认识的？"

"记不清了。"陆嘉见看秦昭盯着他，还是加上了句，"大二那年吧。"

之后秦昭把想问的都问了，得到以下信息：段薇是陆嘉见同届的校友，学兽医专业，秦昭陪孟梁过生日赶回来那天，看到陆嘉见的车停在医学院门口就是送她；"事后清晨"的男香也是她用的，大概那天陆嘉见早起惊扰了佳人，对方和秦昭无声示威；两人短暂地在一起过，便是秦昭结识陆嘉见但又没确定关系的那一年，而陆嘉见在文化节闭幕式上向自己表白，则是因为在那之前他刚摆脱掉段薇。

他们之后怎么再搭上的，秦昭不用问也猜得出大概。当时她和陆嘉见一个在学校一个在市中心，他车上载过谁床上睡过谁，秦昭也不能得知。

明明白白的真相放在眼前，秦昭接受不了的是她自诩聪明，怎么能被陆嘉见骗了两年多。如今回想两个人在一起的时候，他表现出来的漫不经心，抑或是少有的前言不搭后语，不过是因为还有另一个女人在等着他应付罢了。

陆嘉见试图靠近僵着背坐得很直的秦昭，低声哄她："我的错，我这就跟她断了。昭昭，我是真的喜欢你。"

他总喜欢说自己有错，可那双桃花眼加上噙笑的嘴角一点也不是真的认错，而是明晃晃的敷衍。

"陆嘉见，你也配说喜欢我。"

"昭昭，我当初和她在一起总共也没两个月，现在跟你在一起都快三年了，我对你的心思你不知道吗？"陆嘉见试图吻秦昭，被秦昭扭头拒绝，"我从来没谈过这么久的恋爱，当初是我鬼迷心窍，我现在特别怕失去你。"

深情人佯装薄情，薄情人伪作深情。

"陆嘉见，你就是在欺负我傻。"秦昭从他的怀抱挣脱，把抱枕扔在他身上，语气也变得有些失控。

"你就是觉得我傻，我跟你在一起从没图过你什么，除了那年暑假你没和我说就帮我找了个公司实习。我没让你给我做过任何事，送礼物都要啰唆你无数次不要送贵的。

"结果你呢，你在外面养女人，给人当提款机，给女人花钱很有面子是吗？我做你喜欢吃的菜，帮你养猫，还为了你延期毕业。你妈妈每个月打来电话也要我帮你应付，你就这么对我？"秦昭说着，眼泪还是不争气地落下来。

陆嘉见双手撑住头，显然是被秦昭戳中痛处，有些逃避，又或者说是在心里做抉择，眼下到底是继续挽留还是就此和她分手。

秦昭拿了纸巾擦眼泪，心里想的是当初孟梁对陆嘉见始终不变的敌视，还有自己为了维护陆嘉见而和孟梁的感情淡了许多，久不联络，真是不值。

秦昭很理智，甚至不屑去找段薇，和陆嘉见对质时没忍住的大哭已经是秦昭最破格的表现，她才不要和第三者撕扯，难看。

那天的结果是秦昭把大部分的气都撒在陆嘉见身上，他发毒誓再不跟段薇来往，看起来像是秦昭"原谅"了陆嘉见。

陆嘉见小心地哄了秦昭几天后，以为事情翻篇，等秦昭病一好就又开始早出晚归，弄自己的工作室，还会定时给秦昭报告，仿佛要让她确信自己不会再犯。

但秦昭已经在背着他找房子，打算搬出去。谭怡人工作不忙，私下帮了秦昭不少。秦昭不说陆嘉见劈腿，只说要和他分手。谭怡人这两年看得出秦昭对陆嘉见是真心付出，虽然不知道他做了什么，但无条件支持好友决定。

9月中旬的一个晚上，陆嘉见和几个朋友在外面喝酒，还特地拍了视频发给秦昭，告诉她除了兄弟的女友再没其他女人，秦昭让他在朋友家睡，陆嘉见答应了。

结果陆嘉见第二天中午醒酒后回去，发现家里所有与秦昭有关的东西都不见了，剩下的物品依旧整齐摆放，一看就是秦昭的手笔。

手机响起，收到她的短信。

【陆嘉见，我们分手了，是我甩了你。】

就在他为自己重新拥有秦昭放下心来的时候，她不声不响甚至没有任何预兆就离开，墙根还放着给 Kiki 煮好的鸡胸肉。

纵然是陆嘉见也要短暂心碎，暗念一句秦昭是真的心狠。

当晚秦昭喝了个大醉，回到家里扒着马桶吐，嘴里嘟囔着："我怎么跟这么个人浪费了三年啊……"

莫斯卡托

谭怡人以为她只是在骂陆嘉见任性不成熟，把她扶到卧室床上躺着，说道："一般烂吧，教育一下应该有救。"

秦昭说："狗改不了吃屎，没用。"

谭怡人当她说胡话，笑着给她盖好被子就走了："睡觉吧，有事打电话给我。"

明天是周末，秦昭就算短暂放纵也要给自己选个好时间。听到关门声后，她攥着被角低声地哭，蓦地想到了孟梁大一那年，加上谭怡人，他们三个一起去看了部电影——贾樟柯的《山河故人》。

里面有句台词是"每个人只能陪你走一段路，迟早是要分开的"。

她哭累了，后半夜睡得很沉，一夜无梦。

3.

秦昭醒来时，眼罩不知道哪儿去了，推开卧室门，恍惚还以为回到了从陆嘉见公寓搬出去的那个烂醉如泥的夜晚。北方室内的冬天，常常让她在半梦半醒之中分不清今夕何夕。

茶几上放着两瓶喝了一半的矿泉水，秦昭无暇纠结哪瓶是自己的，哪瓶是孟梁的，嘴里太干，打开就喝了一大口。她余光瞥到昨天给孟梁拿的毯子叠好放在那儿，虽然叠得有些丑，她现在也懒得纠正。

开放式的小厨房里有烟火气飘来，还有人声，是孟梁在跟施舫视频通话。他看到秦昭醒了，也不管她头发乱蓬蓬的，就把人拽了过去。下手也是真的重，仿佛要一下子把她拍醒。

"妈，昭昭醒了，跟你打个招呼我们就吃饭了。"

那边施舫看到秦昭睡眼惺忪的样子发笑，说："不打扰你们年轻人。"

当时气氛和睦，伴着半开的锅盖飘出来的火腿蛋花粥的香气，秦昭差点以为自己穿越到和孟梁的婚后时光，太玄幻。

她这下倒是彻底清醒了，吓醒的。

"你盯着我做什么？"秦昭拿着勺子把粥吹凉，发现孟梁一直在看她。

"太久没见到你了，都快忘了你长什么样子了。"

秦昭在桌子下用脚踹他，孟梁躲闪，好像又回到了当初熟悉的样子。直到两人都推开了碗，秦昭穿的短裤，被孟梁轻易攥住小腿不能动。

指腹触碰的那块肉软软的、滑滑的，他握得更紧。

秦昭停止了挣扎，冷脸看他，说："放开，好好吃饭。"

不知道从什么时候开始，当年那个和她差不多高的小胖子变成如今的模样，个子比自己高半个头不说，力气也大得很。不像陆嘉见天生瘦骨架，孟梁是穿衣显瘦脱衣有肉的那种身材，她才不浪费体力和他作对。

"不跟我说说这半年的事情吗？分手了怎么不告诉我？"

秦昭捧起粥碗喝了两口，嘟囔着："你是我的'备胎'呀？我分手了告诉你。"

孟梁差点又要说"我是你好朋友"，硬生生塞了一口粥进嘴里，烫得舌头有些发麻，咽下去后才重新开口："要是昨天没在'遗迹串吧'遇到我，你是不是就真不打算跟我见面了？"

"我自己的生活还没安顿好，况且我们俩这也不算是断交，逢年过节的不是还发问候消息吗？"

"所以你祝我重阳节快乐？"

秦昭暗骂他小气，但还是主动放软了些语气："你这半年怎么样？有没有恋爱？"

孟梁立马回答："有。"然后紧紧盯着秦昭纹丝不动的面庞，大概过了三秒钟再说，"骗你的，咱们说好，今后谁也别谈恋爱了。"

气氛又变得轻松，秦昭伸手拍他，说道："去你的，你和怡人要出家，别捎带我。"

孟梁主动把碗洗了，秦昭靠在桌子旁边直夸他"孝顺"。

他擦干净最后一只碗的时候，背对着她，问道："你和陆嘉见什么时候分手的，因为什么？"

"9月的时候吧，你怎么又问起陆嘉见？你现在在身上穿的就是他的衣服。"

看着孟梁攥住身上的 T 恤就要脱下，已经露出了腹部的肌肉，秦昭赶紧上前按住了他的手。

"别……逗你的，我的衣服，买大了，买大了。"

孟梁到沙发前拿起秦昭喝了一半的矿泉水一口喝光，再拧好盖子扔到垃圾桶里，说："你想看就直说，我们这些年的关系，免费给你看，别找借口。"

"你喝我的水干什么？这一晚上就没拿自己当外人了。"

秦昭抱着抱枕坐在沙发另一头玩味地看着他，显然是两人相处时一贯的那种嬉皮笑脸。

孟梁却心里有事，沉默了许久，开口的语气也有些严肃："阿昭……"

"嗯？"

莫斯卡托

"我，我们……"看到面前的人还是带笑，满是熟稔的感觉，孟梁咬牙开口，"你要不要看？"

"啊？看什么？"秦昭一时没反应过来，皱了皱眉头。

没想到孟梁掀开 T 恤下摆站在她面前，生硬地说："腹肌。胸肌也有，要看吗？"

秦昭赶紧拿手捂住了眼睛，双颊红得有些烫，虽然捂的速度够快，脑海里还是留下了几道分明整齐的纹理，以及白嫩的皮肉。

"我不看不看不看，你快放下来。"

感受到孟梁在旁边坐下，她才缓缓挪开手，嘀咕了句："我去洗漱，你什么时候走？"

秦昭穿着拖鞋进了洗手间，心跳快得有些不正常，暗暗告诫自己一回生二回熟，下次一定不脸红。

"我不走了。"

"什么？"秦昭嘴里塞满了牙膏泡沫，探出头问他。

"你什么时候回家？今年 2 月初就过年了。"孟梁已经买好了回家的机票，但是他一点也不嫌麻烦，想和她一起。

"我今年不回去了，你不用等我。"

孟梁闻言起身，靠在洗手间门口发出疑问："为什么不回去了？你夏天就没回去吧。"

"好不容易工作了，有理由不回去，干吗要回去？而且你知道的，我不喜欢热闹。"

孟梁说了个可行性为零的建议："那你跟我回家，我妈肯定愿意。去年你家搬家了，不然还要给你压岁钱呢，今年正好补上。"

"孟梁，你是不是傻？我不回自己家过年，去你家，这叫什么事儿呀？"

"我知道我劝不动你，等我回来了你肯定把我锁在门外，不让我进来。"

秦昭笑眯了眼，他把自己的长睡裤穿成了八分裤，T 恤倒是宽松，穿着正合身，低眉顺眼地撒娇一如当年的大男孩，幼稚又无力。

"我锁你在外面干什么，大冬天的还能让你在外面冻着吗？"

"那我早点回来，你别借机另寻新欢，好不好？"

秦昭当孟梁在开玩笑，用湿淋淋的手摸他的脸，发现他脸上什么都没擦，有些干得起皮，说："好好好，没有新欢，少爷您都来了，哪还敢有新欢。"

然后她在架子上翻了翻，找到一瓶显然是闲置已久的保湿水递给他，说道："擦擦脸，这个便宜。"

孟梁一颗心跟坐过山车一样忽上忽下，老实接过，乖巧到有些不正常。

秦昭回房间坐在梳妆台前护肤，孟梁跟着进来坐在了床边，随口说道："你这床倒是挺大。"

"嗯，房东留下的双人床，怡人来跟我住过几次。"秦昭像是忽然想到什么，"不对呀，孟梁，你还没租房子吗，过完年还来我这儿干什么？"

"没有，本来打算考完试看的，现在想等过完年再说。"

秦昭点了点头，有些赞同。

孟梁在秦昭那儿赖了近一周。

明明宿舍有宽敞的床他不回去睡，偏要窝在秦昭的小沙发上，孟梁也不知道自己要干什么。白天秦昭上班，他有事就会回学校一趟，再去接她下班，无事的时候定然在厨房忙活，好比当代田螺少年。

吓得秦昭赶紧老老实实说个清楚："我就是这半年失眠太严重，没有酗酒，和陆嘉见分手很平和，没有为情所伤，你不用这么照顾我。"

秦昭以为孟梁是在关心她，殊不知他多次紧紧盯着她欲言又止。

可在孟梁看来，她昨夜说的那句"我这半年其实喝得不少"等同于"我这半年过得不好"。

孟梁回小城的前一晚，赶上周末，秦昭多喝了两杯，脑袋晕乎乎的。两个人坐在沙发上刚好一左一右，她租的这间房子客厅的灯是橘色的，还说可以调色调，当时无暇在意。

电视里的声音与秦昭无关，她一颗心飘得有些远，抬头就看到孟梁目光柔和地看着她淡笑，她也跟着笑了。

"以前总觉得凡事都要明明白白的才行，我不止要面子，也要里子。后来才知道那时自己多理想化，很多事情总还是要不了了之的。"

孟梁听秦昭讲这些云里雾里的话，语气幽幽的，他只觉她一定瞒了他许多事情，是诸如寒冬腊月里试卷满天飞的那种让她窘迫的、说不出口的回忆。

秦昭一喝酒就有哭意，怀疑是酒精刺激了情感。她揩掉眼角刚要流出的泪水，说道："我就是忽然矫情了一下，我这个人吧，有时候会这样子的。"

孟梁引秦昭往他这边靠。

"嗯，是，当初你瞒着我谈恋爱的事情就能看出来了。"

"那是因为对方对我造成了伤害好不好，其次才是因为你瞒我。"

莫斯卡托

秦昭依旧是两个人以前打闹的阵仗，彼此都凑得很近。孟梁骤然停下，钳制着她的胳膊，转了头同她面对面，距离有些暧昧。

那么纤瘦的人被他蛮力制住，只要低头就能吻上去。

这个不是十八岁的孟梁，是还有两个月就二十二周岁的孟梁，也是等秦昭分手等了两年多的孟梁。

孟梁怀疑离秦昭太近，她的酒气都过给他了，再低头，一个浅尝辄止的吻。他只轻轻覆上一下就挪开。

短暂，试探，又浪漫。

秦昭那时候完全愣住了。

孟梁给秦昭拿了瓶水过来。

"还不是你，刚刚压着我是什么意思？"秦昭试图把他无形中转移的重点带回去。

"什么叫那什么你？"

"你别装傻。"

孟梁靠在沙发里，抬起一只手臂遮住了眼睛，不和秦昭对视，说道："你说是什么意思，就是什么意思。"

他觉得自己做得足够明显了，可怎么也没想到，秦昭最后说了句："你想女人了是吧？"

孟梁那股少年独有的心动难抑霎时间就没了。

"走走走。"

他说完翻了个身，蜷缩着腿彻底埋到沙发靠背上。

秦昭心跳也仿佛擂鼓。

那时她想得有些悲观，有些自我怀疑觉得自己不是一个值得被爱的人，不论是亲情、友情，还是爱情，她的经历都写满糟糕；再者就是，孟梁旁观了她和陆嘉见的恋爱全过程，她如果再和孟梁生出男女之情，总觉得有点奇怪。

"怎么还生气了？明天中午怎么去机场，东西收拾好了没？"秦昭盘腿坐着，满脸无奈地回头看孟梁。

孟梁情绪有些低落，闷声回道："以前我们出去吃东西，是你说有来有往一人一次，这次我主动了，你的回应呢？"

她又无奈地笑道："你要这么算，那你欠我的多了。"

孟梁不懂她话中深意，他在她面前永远是那个不变的大男孩，闻声起身从外套里拿了钱包扔到她身边。

"钱都给你，卡也给你，补给你，你也给我补上。"

"补什么？"

"回应！"

秦昭微微低头用手撑住，眯着眼睛说："我感觉酒劲上来了，得去睡觉了。"

虽然孟梁知道秦昭在装，但还是任她回了卧室。

第二天，两人特地都起了个早，秦昭出来的时候孟梁正在地上做俯卧撑，她已经见怪不怪，仿佛多了个男室友互相道一声早安晚安。

不变的男室友每天都要说一次："沙发睡得我好不舒服。"

女室友则恪守本分地回应："那我也不能请你去我的床上睡。"

秦昭有驾驶证却没怎么碰过车，之前陆嘉见的车她开过的次数屈指可数，如今有些手生。孟梁打算自己开车到机场，再让秦昭开回来。秦昭问他回来的时候是不是还得去接。

"你想吗？我自己打车也行，其实没差多少，这不是想让你练练车，怕你不敢。"

秦昭当年考驾照的过程虽然艰辛，但都是一次过的，于是说道："我没什么不敢的，就是你车容易出问题。"

"有保险，我相信你的水平，不然也对不起我当年给教练塞的烟。"

提起当年的糗事，秦昭就气得想打孟梁，碍于他在开车，咬牙切齿地忍住了。

偏偏孟梁就喜欢惹她，跟当年一起上学时喜欢扯她发绳一样讨厌。他故意学着秦昭的语气说："孟梁你别管我，就让我在这雪地里冻死，让陆嘉见给我收尸……"

"你再说，再说回来就别找我了。"

她其实心里也有些羞，孟梁知道她在故作冷漠。

他伸出右手去抓她的，他们两个倒是还从来没这么正经地牵过手。

"阿昭，今后有事情都跟我说好不好？不管我们是什么关系，你别再瞒我了。"

看秦昭沉默，他加上一句："我会问你的，问到了，就别瞒我。"

许久，秦昭还是没说话，手任他握着。

莫斯卡托

孟梁眼睛盯着路况，无暇看她表情，只能再说一句："不说话就当你默认。"感到秦昭还是没动，他就笑了。

孟梁学秦昭的那句话，发生在大二的寒假，那时秦昭开始学车。

当时两人报的同一所驾校，科目二的练车时间也算集中，每天都是一起去的。不同的是孟梁上手快，他对那些角度掌握得特别好，而秦昭只能靠硬记，慌乱之中就会出错。北方的那些驾校教练大多操着浓重的口音，说话难免有些凶。

秦昭又好强，孟梁劝她平常心，别逼着自己非要寒假就学完。

因为秦昭暑假不想回小城，最后她在一个下过雪的清早爆发了。

冬日的天亮得很晚，他们踩着落了一夜的雪出门，收到了教练发来的消息，说练习时间改到下午。秦昭不知道是有起床气还是怎么了，回看着身后孤零零的脚印，大概也想到自己最近的表现，悲从中来。

孟梁忍不住贫了一句："怎么了？倒让你的陆嘉见来接你啊。"

他也记不清自己酸了几句，秦昭破天荒地没呛回去。她脚上的雪地靴都有些洇上雪水，气得想推孟梁。孟梁挣扎的时候，她自己没站稳，坐在了雪地里。

那时秦昭当然没有孟梁学得那么娇蛮，她冷着脸抬头看他，说道："你不喜欢陆嘉见跟我撒什么气，你怎么不狠狠心把我埋在这儿冻死，让陆嘉见给我收尸。"

孟梁当时觉得她只是在要小女孩的性子，冷脸生气的样子不过是那副淡漠的外壳在碎裂。

后来再练车的时候，教练本来说孟梁练得那么好，等考试前一天练几次有个印象就够，可孟梁还是每天都来，教练也没多说什么。

有所变化的是教练居然对秦昭柔和了许多。

秦昭直到拿证后才知道，孟梁给教练送过几次烟，他还非要贫嘴地说："我让教练帮我照顾一下远房表妹，她智力不是很跟得上，被凶容易病情加重。"

好像两个人都想到了那时候的事情，沉默许久，孟梁才沉声开口："你有时候还是有一点矫情的，不是说不好，你平时太压抑了，需要释放出来。谁都会有情绪的，阿昭。"

车子已经驶入机场的停车场，秦昭不置可否，淡淡地说："你是想说我有潜在的公主病吗？"

孟梁本想解释，瞬间又觉得她就算有这个病好像也没什么问题，于是说道："哪个公主没这个病。"

听到这句话，秦昭有一瞬间的心动，他准备停车，终于松开了她的手。

但不是所有的女孩子都想当公主，她还是理智更占据上风，他们俩认识这么多年再熟悉不过对方。

她象征性地送了孟梁几步，他把车钥匙交到了秦昭手里，两人就分开了。

分别前，孟梁好像铆足了劲才说出口："阿昭，好好想一下，给我个提示，我不是要你先开口说那句话，只是想让你给我一点回应，该有的我们都按顺序来。试探……只是不想让自己太难堪，让我们的关系太难堪。"

他太过认真，秦昭无法拒绝，点了点头。

最后孟梁叮嘱道："小心开车。"

这次分别竟有些缠绵的意味。

结果孟梁刚办好登机牌，就收到秦昭的微信。

【我一直没仔细看你买的车，才注意到车标，不便宜吧，撞坏了去修也得不少钱，考虑一下停在机场？】

他当时就笑了，心里突然有两种感觉：一种觉得有些挫败，挫败于他们之间短暂的情人般的缠绵是幻影；另一种则是否定，他们太熟悉彼此，她一定是故意逗自己搅乱气氛的。

【老实给我开回去，发现油没少我就挠你痒。】

直到他即将登机，都没有收到回复，孟梁想象得到秦昭开车认真的模样，不由得想发笑。

孟梁回家总是很忙，忙着跟施舫置办年货。他自从读了大学后，施舫使唤他起来倒是更得心应手了，美其名曰"可算摆脱高考名头，儿子养这么大就是要使唤的"。

幸好秦昭听不到，不然恨不得让施舫开班亲自教张书和。

往年他都是连哄带骗地和施舫打哈哈，今年却积极得很。那天孟梁抬了好多箱子上楼，小区环境不错，就是年头有些久，再加上没电梯，他坐在沙发上擦汗，注意到这回脸上没有蹭到纸屑，蓦地想起那年和施舫抱怨秦昭给的纸巾质量好，有些出神。

施舫把箱子挪好地方后，回头就看到孟梁靠在沙发上一动不动，以为他是累到，走过去坐在旁边抽了张纸巾给他擦汗，语气有些自责："可累坏我儿子了，这一买东西就买多了，真得有个人看着我点。"

孟梁回过神来，啧了一声："你暗示我吧？我听出来了。"

"我暗示什么了，听不懂你在说什么。"

"别急，你儿子也等信呢。"他平白无故地笑了声，总觉得想到秦昭就能笑得开心，尤其是想到秦昭可算和陆嘉见分手，他更加开心。

"学校的小姑娘吗？"施舫语气变得小心了些，"你也别那么傻等着昭昭了，我是喜欢她，可人家不喜欢你。你回来前我还跟你爸爸说，可以认她当干女儿，给你当干姐姐……"

"妈——"孟梁皱眉打断，"你在想什么，什么干姐姐，她要是进我们家门就是给你当儿媳妇的。"

他说完故意扮了个凶脸，把纸巾扔到施舫手里后起身。

施舫还在品味孟梁话里的意思，他却一边脱着毛衣，一边说道："你下次跟你姐出去玩能不能别给我买衣服了，我不喜欢穿浅色，还有那个纸巾换得不错。"

施舫品了品，还是没探查到什么线索，对着孟梁房间回他："什么我姐，那是你姨。还有，你高中时用的纸巾就是这个，我算是知道了，当初还说我买的质量不好，其实就喜欢人家给你的。"

孟梁刚脱了毛衣，头发年前还没来得及剪所以有些乱，他眯眼想了想，再摇摇头。

他像是以给施舫当跟班做借口，自从回家后和秦昭甚少交谈。

秦昭看着微信上安静的人忍不住挑眉，当时恍惚间觉得自己像春节过后子孙离开的孤寡老人，悲从中来。为了转移注意力，她特意从书架上翻出来几本还没读的书，窝在沙发前一看就是半天，手机开了勿扰模式。

孟梁的问候总是被回复很慢，但他确信的是她一定会回。

正月二十九那天，孟梁忽然想到个事，问道：【你回学校取证了吗？】
说的是秦昭延期的毕业证和学位证。
秦昭简单回复：【早取了。】
【自己开车去的？回学校有点远，没害怕吧？】
【没害怕，陆嘉见在副驾驶。】
孟梁回复过去一大串问号后，仿佛觉得自己这样不够稳重淡定，赶紧撤回，重新编辑消息发过去。

【你想得怎么样了？】这次足够稳重，足够淡定，甚至自觉有些霸道。

结果秦昭始终没再回复。

孟梁心痒了一晚上没等来回复，最后撑到半夜实在忍不住才睡着，手机屏幕直到自动锁屏，还停留在和秦昭的聊天界面。

他纠结于自己是保持着霸道不理她还是服软发消息，最终睡神帮他选了。

第二天大年三十，孟梁想着秦昭自己一个人在外面定然孤独，本来想挨到天黑给她发个红包，他们这边大多是那个时候开始拜年，借此机会打开话题，没想到自己根本等不了。

大清早八点钟不到，他就发了笔转账过去，转账说明上写着：【新年快乐，加油费。】

他用刚剪的寸头后脑勺发誓，万万没想到的后续是：秦昭立刻收款，回了个兔子和心的表情后消失一上午。

她彻彻底底地忽略了上一句问话。

且那个表情他点进去才知道是"谢谢"的意思。

莫斯卡托

1.

秦昭醒得有些早，脖子上还挂着耳机线，坐在床上发呆。不知道过了多久，她扯下耳机，再给手机充上电。她睡在谭怡人家里的客房，两人约好一起过年吃年夜饭。

她肚子饿得咕咕叫，刚要放下手机出去弄点吃的，就看到屏幕亮起，收到微信消息。她打开一看，是孟梁发来的转账。

秦昭仔细看了下确定是"5200.25"，最先想到的是他一个没毕业的学生哪来那么多的钱，又想到他家条件不错，施舫一直保养得很好，他看起来也确实比自己有钱，且大学这些年拿了不少奖学金，于是不客气地点了收款。

她刚要想这个有零有整的数字是什么意思，就感觉饿到开始胃痛，屏幕也没锁，丢下手机就跑出去找吃的。

那头孟梁刚转过去就有些后悔，自己备注的"加油费"三个字实在多余，看着像是很乐意她载陆嘉见一样。

哪能想到秦昭立马就收款，他气到发笑，此时也顾不上面子，指尖敲打键盘发送质问。

【秦昭，你没有心？整晚不理我，不回答我，红包倒是收得快。】

很久都等不到屏幕上显示"对方正在输入中"，孟梁才意识到秦昭暂时是真的不会回复他，心里又生气又委屈。

2019 年的春节，孟梁和父母在外公家过年，初三才离开去爷爷奶奶那里，今年也是他收压岁钱的最后一年，赚得钱包鼓囊囊的。

但他无心再多待，订了初五的机票飞大连。

那天秦昭和谭怡人吃过早饭，又简单准备了下食材，再看手机的时候已经过去了好几个小时。

她回过去：【我怎么没有心，还给你好吧。】

孟梁没一会儿就回复：【不要。】

秦昭问道：【生气了？】

至此聊天告一段落。

她初三才回到自己的住处，看着这几天安安静静的聊天框，才意识到孟梁是铁了心地沉默了。

秦昭也没想到，再见孟梁，是接到电话去领一只喝多了的"小狗"。

打电话的人她还恰巧认识，与孟梁同届的那个学弟——谈明。

初五晚上十点多，秦昭开门，谈明支撑着孟梁进来，打破室内维持已久的安静，好像每个分子都被注入生机跳动起来。

看孟梁彻底失去清明的样子，秦昭引着谈明进了卧室，男室友成功地躺在了女室友的床上，虽然他并不自知。

"学姐，我先走了。"他们几个朋友攒的局，谈明有事晚到，没想到酒还没喝上就要把孟梁送回来，现在还得回去。

"好，谢谢你，等他醒了你找他算账。"

"好。"

听到谈明离开后关门的声响，秦昭站在卧室门口看着那个脸红红的、睡相可爱的人，疑惑骤然涌上心头：他和朋友一起喝酒，喝多了来我这儿干吗？明明任何一个朋友家都是更好的选择。

看着不大的客厅里立着个黑漆漆的行李箱，上面的行李条还没撕下来，秦昭无奈地叹气。

幸好孟梁喝多了不闹不吐的，就是睡觉，倒像是误喝了酒的小孩，沉眠大半天。

秦昭把卧室门关上后，打开客厅的窗子散一散味道，然后拿了衣服去洗澡，内心有些忐忑孟梁会不会趁着这个时候吐，很快出来后回到卧室梳妆台前护肤。

幸好，除了房间里酒味有些大，床上的人是真的"烂醉如泥"。

擦完最后的护手霜，秦昭站在床边沉默许久，给自己做心理建设，然后把之前给孟梁盖的毯子拿进卧室，上了床，一人一床被子。

孟梁醒来的时候，不知道是凌晨几点，浑身由内到外地热，头也有些疼。床头的台灯散着橘色的光，让他看清楚旁边戴着眼罩、一张薄唇轻合的人是秦昭。

他本来还有些迷糊，看到她就精神大半。

孟梁下意识地扫了眼脖子以下，才发现自己盖着的是秦昭卧室那床浅色碎花的薄被，已经被揉成一团，而她身上盖着的则是自己之前在客厅用的毯子。

压抑着和她睡在同一张床上的惊喜，孟梁侧着身子看着她睡颜出神，虽然眼罩遮住了大半张脸，一张嘴也足够耐看。

孟梁不知道现在是凌晨五点多，身体有不安分的悸动在滋长，觉得更热了。

他身上穿的恰巧是施舫买的那件浅色毛衣，实在是保暖，他轻轻坐起身，一下就把毛衣脱了丢在脚底下，刚想再躺回去偷看她，却发现秦昭提了被子蒙住头，显然是浅眠的人被细微声响吵到的下意识动作。

孟梁觉得自己好像被嫌弃，虽然也不是头一次了。

他张口呼了口气自己闻闻，实在不是很清新，便蹑手蹑脚地下床，卧室门没关，他出去后将门带上虚掩着。

然后他打开行李箱、找衣服、洗澡、换衣服，忙完后看客厅里的钟，还差几分就到六点。

再推开卧室门回到床上自己原先睡的那半张床，孟梁如是分析：我只是短暂醒了后继续睡回笼觉，可以假设根本没出去过。

撑着头躺在秦昭旁边时，孟梁自顾自笑得有些憨傻，帮她把遮着脑袋的毯子轻轻拽下来，担心她喘不过气。秦昭眼罩蹭到额头，露出一半紧闭的眼睛，呼吸很浅。

孟梁觉得自己又热起来了。

最可怕的是心跳也在加速，脑袋里许许多多的邪恶想法往外钻，有让他这么做的，有让他那么做的，他要坚定住自己的心，哪个都不能妄动。

可蝴蝶效应就是，他的心也在说：好想吻她呀。

心里邪恶的小人便催促道：你去洗了澡，尤其认真地刷了牙，不就是为了做这种事吗？

另一个邪恶小人又说：她一定也喜欢你，不然你浑身酒气，臭烘烘的，怎么会愿意和你睡同一张床。

慢慢地，孟梁的脑袋越凑越近，近到彼此的呼吸都扑在脸上，秦昭的很轻，孟梁的很重，交汇后融合，变成专属于他们的。

孟梁心里觉得还是应该尊重秦昭的意见，如果她不愿意，这就是很无礼的事情。可脑袋里的邪恶小人又出来作祟，叫嚣着：她根本不会知道，这是属于你的晨间秘密，会随着光湮灭。

燃点达到，孟梁那一刻鬼迷心窍，唇瓣微张覆了上去，舌尖探出来点了下她的唇，满脑子都是那种软嫩的触感。

秦昭在被吻上的那一秒就惊醒睁眼，模糊看到孟梁。

"唔……你……"

她还没来得及说完，身上的男孩红着脸扯她眼罩，封住她的视线，灵巧的舌探进她的嘴。

两人都是心里一抖。

孟梁紧张，从未做过这种事情。秦昭蒙住眼睛扩大了感官，尤其心知肚明那个人是孟梁。

她一向理智，赶紧扭头躲开，说："别，没刷牙……"

孟梁埋在她右耳边，还嗅得到她发间的香气。秦昭刚睡醒也是软糯的语调，孟梁脑袋里轰隆隆的，又起了反应。

沉默不会是无边的，他开口，声音低落带着歉疚："对不起，阿昭。"

秦昭心跳得有些快，呼吸沉重，闻言扯掉了眼罩，但还是不知道怎么回应他。

孟梁就那么虚虚压着秦昭，埋在她耳边，呼吸扑在她脸上。

孟梁心里的那些理智正在一点一点被吞噬，下意识就说了出来："阿昭，我还想吻你，好不好？"

秦昭心头一紧，摇头拒绝道："不，我没刷牙。"

他无暇纠结没刷牙到底是不是借口，用脑袋蹭了蹭秦昭，声音更低，更像哀求："没关系的，求你了，让我再吻一次。"

秦昭霎时间就心软了，浑身上下脱了力，只有越跳越快的心脏告诉她，她还活着。

孟梁数了五个数，仿佛两个人之间约定好，不说话就等同于默认。这下她没再戴眼罩，一张小脸全部露出来，被孟梁捧住，贴近后都是闭目，再度相交。

说好了一次，只有一次，那他就把这次的时间无限地延长。他肺活量一向很好，恨不得把她吻到窒息，一切都是凭着感觉。

秦昭伸手触碰的是他剪很短的发碴，像是安抚，带着他静下来，慢下来……

莫斯卡托

情场上彻头彻尾的新手不懂为什么越吻越热，手不知何时伸到了毯子下，顺着缝隙再进一层。

孟梁定是酒劲还没过，做的事情都不受控制。

秦昭也不清醒，但脑袋里有一道声音在试图叫停。

趁着短暂分开，他想要进一步，秦昭制止："孟梁……你要干什么呀……"

语气玩味又撩人，孟梁确信她是故意的。

"我……"

秦昭用手指抵住他的唇，打断他："你乖一点，我抱着你，好不好？"

她学着他的语气，一字一句地在他耳边说的。

孟梁压下来，和她身子贴得更近，闷声说道："你今天得给我说清楚。"

"你要我说什么……"秦昭忽然看到孟梁裸露的肩颈上有一个文身，语气急转，"这是什么？"

孟梁也愣住了，手赶紧盖在左侧的脖根处，支支吾吾道："我……"

秦昭故作严肃道："别遮，给我看看。"

他像泄气的皮球，放弃了抵抗。秦昭这才看清，他的颈肩相接处有一个很小的文身。

黑色线条的月牙，印着射手座的星图。

位置和秦昭脖根处的那块疤没差多少。

卧室内有些燥热的气氛逐渐冷却，孟梁偏头埋在她发间，不好意思直面她。

而秦昭用指腹摩挲着那处，显然不是最近才文的，心跳诡异地加速，之所以诡异，因她实在难以形容这种感觉，复杂丛生，又对孟梁难抑怜惜。

还有一味情绪最难诉，她开口声音都有些干哑："孟梁，我的那道疤，去年夏天就洗掉了。"

"啊？"孟梁也有些愣怔，想了想后说，"没关系的，阿昭，是我自己愿意的。"

你不想记得的，我帮你记得，因为我是真的心疼。

秦昭蓦地想到了那句话：我爱你，关你什么事，千怪万怪，也怪不到你身上去。

此刻不论是孟梁还是秦昭，好像都很享受这种亲密的拥抱。秦昭翻了个身侧躺着，孟梁埋在她怀里，上半身光着的大男孩，此刻却像一只邀宠的狗狗，正在下意识地磨蹭她。

这种感觉太让人安心，秦昭自己也要忍不住溺毙。

孟梁闷声开口："去年8月末的时候，有个朋友在认识的人那儿文花臂，我加塞弄的，他们还笑我这指甲大的东西，不配身上的肌肉。我第一次看到你那条疤，就觉得像月牙。你知不知道你笑起来时眼睛也像月牙……所以就文了，反正平时穿衣服就遮得住，我妈都不知道。"突然话锋一转，"阿昭，我们试一试好不好？"

可秦昭依旧悲观，幽幽地说："试过了之后呢？如果不合适，一定也做不回朋友了。"

"你为什么不想如果合适呢？我之前就是怕这个，可这么多年过去，我发现怕没有用，当初如果不是因为怕，哪里会有陆嘉见。是我自己犹豫不决，我怪自己。"

她顺着说下去，乱糟糟的思绪需要一点点整理："你也说陆嘉见，我和他在一起两年多你可都是看着的，这样……"

"你别哄我，不管你是我朋友还是女朋友，有过前任都是正常的事情。"孟梁说到"女朋友"三个字，还是有些不好意思，"我看着什么了？我才不愿意看你们谈恋爱，你们现在分了，你提他干什么？"

秦昭被他噎了下，腹诽明明是他先提的，他在她怀里待了太久，她忍不住推开，说道："你起来一会儿，我有点热，房间门怎么关了？"

"没正经说两句又开始找借口，今天不说清楚，你别想下这个床。"

他就窝在她怀里，话音落下把手伸到她背后，把人抱得更紧。

秦昭哪里见过这样的阵仗，掩饰道："还说什么，我热到都要流汗了。"

"一会儿再洗澡，先说你喜不喜欢我。"

秦昭笑道："你也说说过喜欢我，怎么现在还让我先说了？高中那会儿我问过你几次，你当时把我按在雪地里我可还记着呢。"

孟梁有些头大，说："我那时候不懂事，不好意思，把你按在雪地里我也有小心护着你，真的。"

"我们太熟了，孟梁。"

"熟人好办事。"

"这句话是这么用的吗？"

"道理却是通的。"

"你比我小，我不想谈比我小的。"

"我比你小三个月，0.25 年，四舍五入是可以舍掉的，那我们就一样大。"

"还能这样？"秦昭哭笑不得，热得额间发了层细汗，身上盖着毯子，还要抱着个要赖的孩子。

孟梁把头深埋在她怀里，秦昭隔着一层单薄的衣料依旧清清楚楚感受得到那份炽热气息，有些脸红。

孟梁低声说："我真的好爱你，想把你紧紧搂着心疼的那种，你不讨厌我的对不对？我们就试试，我会好好表现。"

想到了刚刚秦昭说的"你乖一点"，他再加上了句："我会一直很乖，阿昭。"

秦昭燥热的心灵好像沐浴到了甘霖，天赐的凉爽和清甜给苦行者带来最渴求的宽慰。

回想自己对孟梁的情感，她对他最心动的一段时光，居然是在他最胖的那年。后来随着两人越来越熟，关系越来越亲近，她一方面克制着自己那份心思，一方面也是觉得孟梁值得拥有比自己更好的女孩子。

秦昭算名校毕业，简历算得上漂亮，校园活动经验丰富，长相身高都不差。只是如今，那个曾经说要把自己的日子过得明明白白的女孩，稀里糊涂地在一家小公司做谁都可以做的工作，领着微薄的工资，实在有些苟且度日。

秦昭是在走下坡路的那个，可孟梁不一样，他是越攀越高。明明高中时就已经为他有那样和睦的家庭、良好的家教艳羡，把他喻为天上不可及的星，现在岂不是遥距数万光年。

那天在床上最后拉扯的结果是，秦昭默认，也不知道是默认在一起，还是默认会考虑。孟梁看得出她眼中的犹豫，只能拿一支中签，并不算完败。

他们像是熟悉的室友，也像默契的情侣，秦昭拿了衣服进洗手间。拜孟梁所赐，她大清早得冲澡。孟梁则进了厨房做早餐，七点钟不到，刚刚好。

施舫如果看到也要惊掉下巴，在家从来不做饭的少爷，如今钻进厨房研究得兴致盎然。立在架子上的手机里播放着菜谱，孟梁看到冰箱里还剩了半包吐司，打算热两杯牛奶，再做个三明治。

秦昭穿着遮到大腿根的 T 恤，闻到煎火腿的香气就走了过去，那情景太温馨，开口时语气也不自觉柔和许多。

"你现在就开始好好表现了吗？"

孟梁没回头，一边把火腿放在盘子里，一边说道："我从年前就开始表现了，只不过那时候没跟你说而已。"

秦昭没再说话，坐在餐桌前静静地等。孟梁了解她的性格，最是喜欢用沉默面对一切。

又是面对面地吃早餐，孟梁先开了口："我这几天没理你，是在生陆嘉见的气。"

"我知道。"秦昭故意说陆嘉见，就自然知道孟梁会为此不悦。

"那你为什么要载他？"像是意识到自己的语气太生硬，孟梁放低了姿态补上一句，"我就是问问，你不愿意说就……"

秦昭笑着看他，眼神直勾勾地，说道："我回学校恰巧遇到他，他说自己没开车，让我捎他一段。"

陆嘉见毕业已久，回学校定是有事，怎么可能自己不开车。

"你信他没开车吗？"

"不信。"

怎么说她和陆嘉见也认识几年了，当然看得出他的想法，无外乎是碍于成年人的体面才没有戳破而已。

孟梁语塞，没想到秦昭回答得这么坦诚。

他转移了话题，问道："你在哪里过的年？"

本来想问她为什么现在连过年都不愿意回家，但是知道秦昭未必愿意说。

她笑着反问："你猜猜看？"

孟梁喉结一动，脑袋里下意识想到的是陆嘉见，赶紧把自己打醒。

"我不要猜。"

秦昭一眼就看得出来他想什么，喝光最后一口牛奶说："当然是怡人家里。"

他这才松了口气。

吃完饭后，秦昭不好意思再让孟梁洗碗，把头发别到耳后，主动洗起碗来。

孟梁走近，在秦昭身后停下，问了句："我抱着你好不好？"

秦昭哑然失笑，虽然心软，但还是忍不住吐槽："你怎么像个黏人的孩子，整天要抱。"

下一秒，一具高大的、热乎乎的身体贴上自己的背，他一点也不嫌桎梏，就那么搂着她的腰。

"想抱你。"

秦昭看着水流冲干净最后一个盘子，心头软了大半，那时候好像情感战胜了理智，脚下踩着的小小一居室从来没有这么温情过，全都是拜孟梁所赐。

"我和陆嘉见分手之后他找过我。"她再次开口却是解释。

"但是我没见，那天是分手后第一次遇到，旁边还有他们学院的院长，我不好拒绝得太生硬。他可能要回上海了，就算他不回上海，分手了就是分手了，我没想过回头。"

她把盘子和杯子都放在架子上，用手巾擦干了手。孟梁还是从背后搂着她，跟着细微挪动。

秦昭一点办法都没有，淡淡地说："以前，我是说高中的时候，可能也喜欢过你。现在我说不好，如果你非要试的话就试一试。不是说我对感情不够慎重，只是我自己不想结婚。因为婚姻是两个家庭的事情，我的家庭会让我在这段婚姻中处于劣势，我接受不了。"

她说得清楚明了，还不见孟梁回应，便用手肘碰了他一下："嗯？"

孟梁满脑子都是秦昭的那句"我高中时也喜欢你"，心碎了一小半，追悔莫及，但马上又心跳加快，因为她说"试一试"。

后面的话虽然不太中听，但可以短暂地抛之脑后，毕竟她现在答应了自己。

孟梁伸手把秦昭转身过来，变成了面对面拥抱的姿势，是第一次这么正式地拥抱，以新的身份。

不论是孟梁，还是秦昭，心里都有了些不寻常的因子，心与心相贴的刹那，仿佛世纪之交的钟声，太过响彻云霄。

"那我现在是不是可以吻你了？"

秦昭闷笑道："你好幼稚啊，总是想着亲亲抱抱。"

他伸头过去衔她软软的唇，生涩地乱吻，明明心里紧张得要死，还是要和她交换刚才的牛奶味道。

秦昭向后躲他："你手不要乱动……"

"我忍不住，它自己动的。"

至此，孟梁半小时前才拿到的中签不要了，得贵人馈赠，重获一支上上签。

当晚，秦昭从洗手间出来后，发现孟梁坐在餐桌前抱着杯酒，刚喝完，转头正对上她锋利的目光。

她这才想起来，一整天该说的事情都说了，就忘记追究他昨天喝酒的事。她走过去看了下酒瓶，是从她冰箱里拿的一瓶二十多度的果酒，他喝了一大杯，脸色暂且还没变。

"孟梁，你故意喝酒想进我房间是不是？"

孟梁闻声抱住她的腰，说道："阿昭，头晕……晕……"

"你给我滚。"

孟梁还是如愿进了卧室。

秦昭回想的话应该记起，孟梁年前回家之前，每天早上都要委屈地说沙发睡得好不舒服，还曾坐在她的床上说床很大。

"孟梁，你总跟我撒什么娇啊？你看看你衣服下的肌肉，怎么扮可怜那么得心应手？"

秦昭拽着自己的碎花薄被，坚持不让孟梁进来，而他那张毯子被孤零零地扔在床尾。

"房间里这么热，盖两床被子太碍事了，你就那么信不过我吗？"

"你热就别盖，扯我的做什么。"

好不容易让孟梁把毯子拿回来，秦昭打算戴上眼罩睡觉，她明天要开始上班了。

"你什么时候上班？不是说华教授介绍的工作。"秦昭把眼罩戴在额头上，问孟梁。

"3月初，我还能给你做一个月的'田螺姑娘'。"

秦昭笑眯了眼，拍他微烫的脸颊，说道："当我看不穿你的小心思，这是不打算自己租房子了，是吧？"

"我们合租吧，或者你把房子转给我，我无偿让你住。"

秦昭冷笑，拍在他脸颊的手微微用力，问："这是梦话还是醉话？"

结果她戴上眼罩不出五秒，孟梁一张脸凑过来就吻。秦昭又气又笑地摘了眼罩，声音有些不自觉的娇嗔："你干什么呀……"

他故意学她的语气，说："吻你呀……"

秦昭看着眼前人跟着傻笑，那股困意就有些淡了。

"孟梁，你别闹我了，明天我还得上班。"

"我没有闹你，我忍不住。"

"那你去沙发上睡。"

"我不去，你让我搂着，这样我就不敢乱动了。"

"不行，我不习惯。"

孟梁在秦昭面前总有一份孩子气的调皮，最喜欢做的事情就是在她生气的边缘招惹她，又能在要达到临界点的前一秒收手，都怪他们太了解彼此。

孟梁伸手做出要挠她痒的动作，秦昭裹紧了被子躲，两人在床上打闹起来，幼稚至极。

奈何力量悬殊，秦昭被他压制，有些脱力，喘气也重起来，说："很晚了，你再闹我生气了。"

孟梁借机把人揽到怀里，一副小孩子得到心爱玩具的侥幸神情，说："我今后每天都要搂着你睡。"

"滚。"

秦昭试图伸腿踹他，再次被孟梁压住，说："不滚，你快睡觉，我明天起来给你做早饭，白天我再出去买食材。"

她还要试图挣扎一下，说："这样搂着睡，我热。"

"那我把上衣脱了？你不是想看……"

"不用，没有，睡觉。"

孟梁抚了抚她的背，轻吻怀中戴着眼罩的人的额头："晚安。"

秦昭眼睛动了动，没再说话。

后半夜醒的却是孟梁。

他第一次抱着女孩子睡觉，还是喜欢了那么久的一个，骤然睁开眼后意识到身在何处。秦昭睡得还算安稳，孟梁回想了下，她今天没有喝酒，很好。

他再度闭上眼之前，还是把自己身上的毯子踹到脚下，扯了一点她的被子，嘴角微扬。

第二天，秦昭开始上班，孟梁白天在家里，接了些翻译的小活来做，累了便刷一套专八的试卷，他4月下旬就要考试。

下午秦昭有些犯困，拿了手机上天台，打算吹吹风。天气尚有些凉爽，秦昭穿了件大衣，两侧有宽松的口袋。

她伸手进去，什么都没摸到，空空如也。

她脑袋转得飞速，一阵狂风吹过，头发有些乱，她低头打电话给孟梁。

"你能不能别偷我烟了，大学时偷了多少，我的钱是大风刮来的吗？"

孟梁不知死活地笑，老实承认："对不起，戒了吧，我可以给你买零食。"

"买什么零食，看我晚上回去怎么跟你算账。"

电话那边的人笑意更深。

"好好好，任你打任你骂。谈明让我晚上请他吃饭，约到你下班之后好不好，阿昭？"

秦昭用鼻子哼了声算作答应："那你来接我，一会儿发地址给你。"

谈明长得有些秀气，但据说极能喝酒，与外在形象很是不符。大学期间他追谭怡人显然以失败告终，不知道如今两人还有没有联络。秦昭没想到的是，孟梁和谈明居然是舍友。

三个人坐在包间里。

孟梁给她解释："大二那年学校重新安排宿舍，我们寝室有两个一开始没报到的，谈明他们也是空了两个床位，就转到了我们那间，不然他们学日语的怎么可能跟我住一起。"

"那时候梁子刚开始学吉他，总算是学会了，天天在宿舍里唱。学姐你说他爱你在心口难开，就可劲儿祸害我们……"

"去你的。"孟梁拿着手巾擦嘴，啐他一声丢了过去。

秦昭笑道："他就是烦人烦惯了，我现在也愁甩不开呢。"

"你别想了，这辈子都缠上你了。"

……

一顿饭吃到很晚，孟梁是唯一没喝酒的，先送了谈明，再慢悠悠地往家里开。

秦昭仰着头看向窗外，有些出神。车里放着孟梁一贯听的粤语歌，她忽然想到什么，问道："你连的蓝牙？"

孟梁不疑有他，说："嗯，你不喜欢的话就连你的手机，随便放。"

"没有，我可以用你手机换歌吗？"

"当然，密码是你生日。"

秦昭打开听歌 App，歌单列表很简单，直男式的收歌方法。不像秦昭把各种类型的歌分开收藏，他所有的歌都放在一个歌单里，近千首，翻看都有些费劲。

晚上的路有点堵，他不疾不徐地开，秦昭也有耐心一点点向下翻。

翻到四分之一左右，才看到了一首熟悉的，她轻点，还没放完的歌就切成了她选的那首。

孟梁听着前奏挑了挑眉，笑着说："我还记得当年你说喜欢听华语歌，因为听得懂歌词在唱什么，到现在还是一点都没变。"

秦昭依旧看向窗外，不分给他任何目光，可只要用心去看，就知道她那

莫斯卡托

双眼里有他。

"怡人也喜欢听华语歌，尤其是老歌，后来和陆嘉见在一起，他喜欢听英文的，我又听了好多英文歌。还有我们第二外语不是日语吗，我因为这个听了不少日语歌，现在歌单里倒是什么都有，听得很杂。"

孟梁静静听着秦昭讲，只觉得此刻心安是吾乡，她口中的陆嘉见都成了普普通通的一个旧友，可以平心静气地面对。

孟梁伸手牵她，用大大的手掌包住秦昭的，说道："我这些年也有听别的歌，阿昭，我们都在变。"

秦昭任他牵着，淡笑开口："我大三那年接手礼仪队，做的第一个节目就是元旦晚会，这都是每年惯例了，你一定觉得很平常。"

"嗯？"他看着前面的路况，闷声询问。

"谈明做事很有条理，我喜欢这样的人，所以当时很多事情都是跟他沟通，他也会给我建议。"

"那时候我和他还不太熟，他可能都不知道我喜欢你，也就'中分'和我们班的几个男生知道。"

秦昭娓娓道来："我记得那天是 11 月的一个周末。"

那次陆嘉见找了个大连当地做旗袍的老师傅，按着秦昭的尺寸做了身旗袍，做好了他就带上秦昭，到个中式装修的房子拍了套照片，效果很好。

当晚在陆嘉见公寓，秦昭就想好了那年元旦晚会礼仪队出什么节目，于是便问了谈明是否空闲，和他开语音聊这个创意。

谈明提前有说，他舍友正在宿舍练吉他弹唱，如果太吵他可以让舍友先停下来。

秦昭和他连上语音之后听着那边唱得还算好听，就说没关系。

结果那天整个语音通话过程秦昭都在频频出神，十几分钟还没把节目沟通好，倒是记得住那个舍友唱的每一首歌。

但大多是老歌，巧就巧在，都是秦昭各类歌单里收藏的偏爱。

"你觉不觉得，这就很 soulmate（灵魂伴侣）。我以前一直理解不了那些说听歌 App 应该出一个把歌单完全重合的人匹配的功能的言论，但是那时那刻我感受到了，还是有些触动。"秦昭说完笑得有些坏，补上一句，"可惜我那个时候有正在交往的男朋友。"

孟梁显然知道那个弹唱的人是谁，喉结动了动，问道："你怎么连我声音都听不出来，小骗子。"

"我怎么能想得到你们两个会在一个宿舍，更别说手机开语音可能导致听到的声音有差异。"

"这么看我们确实很配，我们的星座也是最配的。"孟梁笑得有些得意，头微微仰着。

"你怎么还信星座，我以为男生都不会看这些。"秦昭对着窗子摇头。

"我本来是不信的，但它说我们相配，我就信到死。"

话音落下，两人都沉默了，但笑至眼底。

车载音乐正唱到那句"落叶的位置，谱出一首诗，我们的故事，才正要开始"。

她好像比想象中的，还要喜欢他那么一点。

那晚气氛实在太好，好到孟梁以为可以同她更进一步。

秦昭晚饭和谈明喝了酒，现在微醺着，反应有些迟钝，被他按在怀里毫无反抗之力。

眼见着孟梁上衣已经脱掉，气氛变得暧昧，秦昭最后一缕清明闪过脑海，闷声问他："寇静静是谁？"

孟梁大惊，止住动作。

她在孟梁手机上找歌的时候，花费了一些时间。

过程中有收到微信消息，孟梁并未把"通知显示详情"取消掉，秦昭便看到了来自寇静静的消息，发送的是语音。

她自然没点进去看，只是记住了那个名字，知道一定是个女生。

孟梁在秦昭的审视目光下老实交代："我暑假在同学聚会上看到她，才加了微信，之前毕业后都没联系过了。跨年那天她突然跟我说新年快乐，就聊了几句。"

"然后呢？"秦昭懒懒地问道。

"我跟她真的什么都没有，我那个时候确实有点想往前走，后来聊了几次天，也没聊什么。"

"讲重点。"

"可能她对我有意思吧，但是我绝对没说暧昧的话，9号那天考试就遇到你了，十天都不到。聊天记录应该没删，我可以给你看。"孟梁说完就要伸手去拿床头柜上的手机，被秦昭冷声制止。

莫斯卡托

"继续说。"

"当天晚上我就跟她说清楚了，真的。但是她三天两头的还是找我聊天，我都没有回复，我给你看我手机……"

秦昭自有那股傲气在，听他说清楚了，目光淡淡的，问道："我闲得没事干看别人的手机？"

她说完翻了个身，背对着孟梁戴上眼罩，低声加了句："我睡觉了。"

孟梁看着留给自己的背影，还有两人盖着的一张被子中间隔了条缝隙，脸绷得很紧。她明显在意，但是又装成一副不在意的样子，说一些冷漠的话，甚至把他算作"别人"，真是一点也不可爱。

"你先睡吧。"

听他话语简略，秦昭没再理会，借着酒劲昏沉着就要入睡。

迷糊中，背后贴上个暖暖的胸膛，一只手臂从她身后搂住她。

秦昭知道是谁，睡得更安心了。

秦昭怎么也没想到大清早六点钟会被孟梁弄醒。

秦昭好歹一米七的身高，奈何孟梁更高，被他制住毫无还手能力。

房间里还很昏暗，她闷声说道："你干什么啊？"

那个情智初开的大男孩，记仇得很，他收了手掌在她耳边沉着嗓子问："我是'别人'？"

他整夜睡不安稳，不知道醒了多少次，秦昭倒是睡得很沉，没心没肺的。

那天早晨虽然后来秦昭又睡了会儿，但上班出门前还是给了孟梁脸色，她最恨睡觉被吵醒。

"你下次睡不着就去和寇静静聊天，不要打扰我，烦人。"

孟梁气得在门口摔了围裙，放狠话说要翻身做主。

结果秦昭赌气一天没理他，且晚上下班很久了还没到家，最后他担心菜都要凉了，却等来了陆嘉见和她一起进门。

孟梁气得差点要喷火，本来冲到门口迎她，却看到了陆嘉见，只觉得腰间的围裙太过滑稽，恨不得再摔一次。

来客不只有陆嘉见，还有一只猫。

就是孟梁一年前在陆嘉见楼下看见他抱的那只布偶猫Kiki。

Kiki自顾自地在房间里逛起来，陆嘉见把抱着的电动猫砂盆放下，还有个袋子里装的是猫粮和一个碗。

秦昭闻到饭菜香气，再看着孟梁难看的脸色，在心里笑了。她故意转头对陆嘉见说："你要不要留下吃一口？"

陆嘉见看到孟梁的时候表情未变，可秦昭这一笑，他心里也沉了沉。他太过精明，看得出秦昭的小心思，于是摇了摇头，说道："我先走了，麻烦你了，回来请你吃饭。"

"好，开车注意安全。"

"嗯，别送了。"

送走了陆嘉见，回头对上孟梁的黑脸，秦昭好生解释："他最近总是要跑上海，过阵子估计就彻底回去了。Kiki有点感冒，才让我帮忙照顾一阵子。"

她一边脱了外套放下包，一边去洗Kiki的碗。

陆嘉见本想拿自动喂食器，秦昭觉得太大，想着反正也没多久，就让他拿了个普通的碗。

"你明天有空帮我去买袋猫砂吗？小区外面不远就有个宠物商店，要那种小颗粒的，不然猫砂盆可能会不识别。"

孟梁看她自己还没吃饭，却先给猫倒上了猫粮，再听到她说的话，心里更气，问道："感冒怎么不送去医院，送你这儿干什么？分手了还帮着养猫，秦昭你真是当代活雷锋。"

秦昭封好了猫粮袋的密封条，闻言转头看他，目光沉静："你这是在和我置气吗，不用冷嘲热讽。"

到底是初谈恋爱的人，容易意气上头。

当天两人的关系并未好转，秦昭拿着孟梁的车钥匙下楼，取回了被他藏起来的烟在阳台抽，孟梁看她这副样子气得独自坐在餐桌前。

屋子里始终寂静，偶尔传来Kiki打喷嚏或是叫声。

秦昭还是比他理智一点，没有把他关在门外，她知道客厅的沙发小，孟梁一米八五的个子，睡着一定不舒服。即便闹矛盾，也不至于在这方面让他委屈。

她心里清楚自己的理性，就更加觉得孟梁不懂事，Kiki不只是陆嘉见的猫，更是她用心养过大半年的，现在陆嘉见没时间照顾它，自己怎么舍得让他把猫送到宠物医院寄养。且如果她跟陆嘉见真要有什么，也不至于分手后到现在才联络上，她现在一句话都不想跟孟梁解释。

孟梁当然看得出秦昭心疼他，上了床犹豫许久，在秦昭关了床头灯室内一片漆黑的时候，他还是蹭了过去想要搂她。

可秦昭毫不留情地挣脱，还仿佛嫌弃般地往自己那边挪了挪。孟梁心头更堵，也往自己那边挪，只盖一个被角，心想大不了各睡各的。

他怪她不知道自己看到陆嘉见有多吃醋，陆嘉见是真真正正让他嫉妒过的存在。他如今确实还不能用平常心去对待。

第二天晚上，孟梁又做了几道秦昭爱吃的菜，想着等她回来给她服个软。可秦昭压根没给他这个机会，下班约了谭怡人出去吃，还很会自我调节地去购物解压。

孟梁左等右等也等不回来人，他中饭吃得有些早，这会儿饿得不行，好不容易听到了开门声。他望过去的那一刻，恍然觉得自己是独守空闺的怨妇，而秦昭手里拎着好几个袋子，满面得意。孟梁离近了闻到她身上染的烤肉味，看样子还喝了酒，眼睛微微眯着，好不快活。

像是没拿孟梁当回事一样，她把袋子放到地上，很清醒地单腿站立脱鞋，还拿出手机发语音给谭怡人："我到家了哦。"

孟梁在旁边傻站着也没得到理会，状若无意地又回到沙发前，抿嘴盯着秦昭不语。

看她脱外套，看她去摸 Kiki，看她关注碗里的水和粮是否足够，再看她拎着购物袋进了卧室，最后钻进洗手间把新衣物过水，端着个盆到阳台去晾。

总归就是没理过他。

孟梁这下彻底吃瘪了，靠在沙发上思忖着怎么跟她开口，没想到秦昭蓦地在阳台开口叫他，声音有些惊恐："孟梁！"

2.

孟梁赶紧过去，问道："怎么了？"

秦昭看到他什么也不顾了，赶紧拽孟梁的胳膊，手指着晾衣竿，喊道："有虫子，在我衣服上，你快点。"

他忍不住笑了，往她的衣服上看，却什么也没看到，问道："哪儿呢，没看到啊。"

"绿色的那个……"

孟梁又扫了一眼，才意识到秦昭说的"绿色的那个"是一条蕾丝内裤。她应该是晚上买了内衣，还有几条新内裤都过了水，现在晾成一排。

他看到附在上面的一只指甲盖大小的飞虫，却不急着弄下来，而是意有所指地问道："你怎么这么喜欢绿色？"

孟梁记得高中毕业典礼那天，秦昭就是穿着一条墨绿色的长裙从他班级门口走过，很亮眼，成了孟梁之后许多年都会回味的一幕。

秦昭急得不行，生怕那飞虫跑了找不到，说："你还问什么，快点弄下来！"

孟梁玩心骤起，扫了扫衣服，然后指了条白色带蝴蝶结的内裤，笑着回头看秦昭："明天穿这条好不好？"

秦昭反应过来他在说什么，气得想打他。

"你烦不烦，赶紧的，我还得重新洗。"

孟梁伸手一抓，把虫子抓到了手里，还故意往秦昭面前递，笑得有些恶劣："不许忘了啊，不然再看到虫子就不帮你了。"

"你给我滚！"

秦昭把那条被虫子"染指"过的内裤洗过之后再度挂起来，又看了眼旁边那条刚被孟梁指定的白色内裤，忍不住脸红，暗骂他是直男式审美。

从阳台回来后，孟梁在餐桌前叫她吃饭，好像两人已经解除了矛盾，恢复如常。

因为秦昭跟谭怡人吃过了，便没盛饭，只吃了几口菜，尝了尝孟梁的手艺。他吃得倒有些快，看样子像是饿极了。

秦昭这下心里有些愧疚，先开口说："明天等我回来给你做饭吧。"

"嗯？"孟梁闻言抬头看她，"没事，反正我现在也闲着，正好学学做菜。"

秦昭心软了大半，说道："Kiki是从陆嘉见带回来我就有养的，我对他本人毫无留恋，但是Kiki生病我还是会心疼，可能没考虑到你的心情，对不起。"

孟梁眨了眨眼睛，没作声。

秦昭便继续说："大家都是成年人了，跟前任和平相处也很正常，总是剑拔弩张的并不是生活，太过戏剧冲突的关系也不现实。"

孟梁没看秦昭，夹了口菜放到碗里，问道："是吗，那你和你爸妈也和平相处了吗？"

秦昭一口气梗住，脸色冷了下来，问："你提他们干什么？"

"阿昭，我不是在惹你生气，只是你说到这些了，我就提了一下。"

"这不是什么值得提的事情。"秦昭手里的筷子动得慢下来，显然心情降温得很快。

孟梁换了个角度问道："你过年没回家，他们有没有说什么？"

除了骂她还能说什么，秦昭实在是不知道怎么开口："孟梁，别问这些，真的别问，我现在过得好就够了。"

他本来还想问秦昭，是不是已经有一年多没回过家，眼下只能暂时忍住，说："嗯，我不说了。晚上帮我看个文件好不好，我译得有些头晕。"

"好。"

孟梁想得简单，只觉得秦昭跟父母之间横着的那些事需要解决，否则秦昭时而沉默，眉目间总有股哀愁，散不掉，抛不开。

那些郁结的种种，需要在一个灿烂无风的日子里拿出来晒晒，然后秦昭是新的秦昭，她可以笑着和过去和解。

3月初，孟梁开始上班。

临近毕业季，系里的老师和教授们都有帮学生留意工作。孟梁这种始终成绩不错的却没有考研或出国，华教授有些惋惜，本想把他介绍到北京的一家公司，发展前景定然比他在大连好，可孟梁拒绝得干脆，华教授也毫无办法。

孟梁下班比秦昭晚个把小时，本以为上次两人讲和后管住了秦昭的烟，没想到她那几天都喝酒喝得厉害。孟梁每天下班后到家，都看得出她已经喝了不少，只是没醉而已，所以和他说话时一切如常。

他看得出，那如常的表面下，她的表情太过伪装，笑意都未到达眼底，明显有心事。

那是孟梁上班第一周的周五晚上，两人在沙发上搂在一起，秦昭用手机投屏到电视上，又开始看不知道看过多少遍的《哈利·波特》，现在正放到第三部。

孟梁低头吻她的耳畔和脖颈，低声问道："有心事？"

秦昭迟了两秒才应声："嗯？怎么了？"

他斟酌着开口："我到家那会儿，你在接电话？"

当时秦昭表情烦躁得很，是孟梁从没见过的冷淡，眉眼里甚至有些愠怒，看到孟梁进了门，她就转身去了阳台继续打电话。

"我妈，没什么事。"

孟梁见她没瞒自己，又放下心来，想着她家里的事只能一点一点来，想要一口气解决是不可能的。

"我上次回家曾路过你家新搬的小区，杨舟帆还说那是这几年小城最好的楼盘了。我妈也说想换套房子，二中那边小区太老，都没有电梯，太不方便。"

孟梁低声说着，像是在话家常，虽然秦昭的注意力在电视屏幕上。

她大三那年寒假之前，家里又搬了次家，孟梁当时问施筋，说是12月中旬的事情了，搬得很快。

"嗯，我爸这两年赚了不少钱，这回倒是不用再搬了，挺好的。"秦昭语气很冷，好像不是在说自己家里的事情。

"就是离我家太远了。"孟梁叹息。

秦昭淡淡地笑道："怎么搬都会离你家远，哪有和你住对门离得近。"

"今后要跟你住得比对门还近，我们同床。"

秦昭笑他，又把注意力投向了电影。

她心里有一潭深渊，孟梁望不到底，又因为她藏得太好，他一切的关怀担忧都被挡回，甚至想指责一句：我发现我从来不了解你，你什么都不跟我说。

没过几天，孟梁正愁如何让她打开心结，秦昭又变正常了。

谭怡人来家里吃过饭，三个人一片融洽，秦昭好像又笑至眼底，让孟梁更不知如何应对。他一度担心秦昭是不是得了什么心理疾病，私下问了谭怡人，谭怡人显然比他清楚，对此并未有多大反应。

谭怡人劝说孟梁："你不用太杞人忧天，谁还没有点烦心事了，她比你想象的要坚强。这种事情还是得当事人来解决，你帮不了，只是白操心。"

那一刻孟梁理解了秦昭怎么能跟谭怡人做这么多年的朋友，且他相信她俩会一直好下去。

孟梁还是太紧张秦昭，做不到那么放心，总想着能帮她做点什么，虽然好像什么都做不了。

那时孟梁没意识到，能让秦昭变得不正常的，只有来自张书和或者秦志忠的电话。

Kiki来秦昭这里一个月，做了第一件大事——咬坏了秦昭的耳机线。

她笑说养宠物是个润物细无声的过程，发现耳机不能用的时候，耳机线已经被Kiki咬得千疮百孔了。两人一起把Kiki按住"教育"，最后看它毫不在意地走掉，有些冷场。

孟梁悄悄在官网订了蓝牙耳机，还刻了字。结果没几天快递员上门，一起送了两个快递，还是两个一模一样的盒子。秦昭心里觉得有些不妙，还是挨个拆开，果然是一模一样的耳机，她自己买了一副，孟梁也买了一副。

莫斯卡托

款式都是一样的，唯一的不同是秦昭买的上面的刻字是"The Deathly Hallows（死亡圣器）"，孟梁买的刻字是"Babe Nunu"。

他吐槽她："死亡圣器要是就这么个玩意，伏地魔早就不知道死哪儿去了。"

秦昭反击："你刻得也没多好，还有你怎么知道我英文名是 Nunu？"

她大一那年上外教的口语课，第一节课就要每个人报英文名，秦昭没提前准备，在手机上搜了好多都觉得不满意，最后问到她的时候她就用了"Nunu"。

那个外教大概觉得有些耳熟，不知道是不是也玩过那款游戏，于是问秦昭："A boy's name（男孩的名字）？"

秦昭摇头道："Both boys and girls can use it（男孩和女孩都可以用）."

那个老外笑着说了句："You are the boss（你说了算）."

孟梁问秦昭："你们的外教老师是不是那个 Jack？"

"Jack 是哪个？喜欢聊麻将的长头发的吗？"

"你怎么连老师名字都记不住？就是他，他大二的时候带我们的口语课。"

"不好意思，我就记得住方老师。"

"呵。"孟梁听到方老师就冷笑，"秦昭，我的英文名是 Whillump。"

秦昭愣住，随即笑出了声。

"他第一次上课跟我说话，就问我 Do you know a girl named Nunu, are you a couple（你知道有个叫 Nunu 的女生吗，你们是一对儿）？"

"你怎么回答的？"

孟梁把秦昭压在沙发上，冷笑道："我能怎么回答？我说'No, Nunu already has a boyfriend, I'm just a yeti（不是，Nunu 已经有男朋友了，我只是个雪人）'。后来那一年他看我的眼神像是看个'备胎'，时不时还会拍我肩膀让我 be strong（坚强点）。"

秦昭想起来那时候自己已经跟陆嘉见在一起一年了，笑得停不下来："外国人怎么也这么八卦啊。"

"我不管，我现在已经成功上位了。"

"我说你的微信昵称怎么是 W，还以为是 Meng 的 M 反过来。"

"呵呵，那你真有想象力，下次我见到 Jack 一定要告诉他我现在不是 Yeti 了，我是 Boyfriend（男朋友）。"

秦昭看他依旧欠揍，毫不留情地说道："别了，他只会觉得你是'备胎'转正，说不定什么时候正主回来了，你还得被换下来……"

孟梁立马炸毛，一边吻她，一边低声威胁道："你现在怎么这么猖狂，还敢想着换，你等晚上……"

"你科目四怎么考的，'备胎'是不可以长期使用的。"

"你才是'备胎'，你全家都是'备胎'！"

2019年的4月，陆嘉见彻底回了上海，把Kiki也一起带走了。

临走前，他想请秦昭和谭怡人吃饭，秦昭犹豫许久，还是拒绝。上大学的那几年，他们三个不知道在一起吃过多少次饭，有过多少欢笑，如今却真的是一顿都不想再吃。更别说她选择和陆嘉见和平相处，帮他照顾猫，并不等于就能继续与他做朋友。且她现在也要顾虑孟梁的想法，过去的感情就应当彻底挥手作别。

人生里有太多的雪泥鸿爪，就让所有回忆的都留在那里，未来事、今后事总要写下去。

孟梁知道秦昭拒绝了陆嘉见的邀约，心情好得不像话，嘴里却还是要臭屁地说几句："吃顿饭而已，我还不至于小气到那种程度。现在我们感情都稳定了，还怕他撬我墙脚不成。"

被秦昭一个眼神扫过去他直接收了声。

那年五一假期，秦昭本来没有把回家写进计划，但后来还是不得不回小城，因为张书和腰疼的毛病犯了，直接进了医院。

秦昭整个2019年心情最差的时候，就是那几天。

孟梁也买了机票，决定陪她回去，她拒绝未果，只能冷脸答应。

整个路程中，秦昭表情都不太好，写满直白的愠恼。孟梁几次想要开口询问，最终还是沉默。他跟她一起出神，想到了秦昭卧室梳妆台前椅子上的那张花坐垫，洗得有些掉色。孟梁总觉得秦昭心里有张书和，不论时隔多少年，她依旧是渴望被父母爱的小女孩。

此时秦彰在俱乐部的基地训练，断然不可能回家，秦志忠也在外地监工，他们两个都是没有正常假期的人，算来算去最有空闲的居然是秦昭。

秦昭语气有些冷漠，言语间带着自嘲："她老公只知道赚钱，没空管她这多年的老毛病，最宝贝的儿子也没办法在眼前尽孝，合着就我是个便宜女儿。我回去有什么用，我能给她按摩不成？"

莫斯卡托

孟梁牵了秦昭的手放到嘴边吻。

她叹了口气继续说："秦彰去了上海，倒像是前途无量的样子，至少看着比我在大连做个普通文员强多了。我爸说现在就得开始给他攒老婆本，干得更卖力了，你说好笑不好笑。"

秦昭对家里的一切动向悉数知晓，表面上又要装作一副毫不在意的样子，孟梁更加心疼。

他笑着回应："你是心疼你爸爸年纪不小了还要奔波劳碌吧？阿昭，我懂你的。"

秦昭冷笑道："我心疼什么，一分钱分不到我口袋，我现在要是跟他说我要结婚，让他出嫁妆，他可能会给我两巴掌让我滚。"

"你这么急着嫁给我？不要嫁妆也可以。"孟梁附在秦昭耳根低声开口。

秦昭一个白眼递过去："做梦。"

孟梁没回自己家，而是跟秦昭一起去了她家放好行李，两人又打车到了市中心医院。

病房里坐着个张书和的朋友，秦昭没见过几次，只有点印象，礼貌地开口叫了声"阿姨"。

对方歉疚地开口："都是我的错，书和腰疼的毛病也不是一天两天了，看我最近搬家给忙了，她说帮我，我就没拦着，不承想差点倒在楼道里……"

秦昭赔了个敷衍的笑，心想就知道张书和闲出了病，在家实在没事干非要帮人抬东西，这下可好，直接进了医院。

"阿姨，您别这么说，我妈她就是闲不住，哪是您拦得了的，她腰疼这毛病一年到头总得犯几次。"

"昭昭从小就会说话，这是你男朋友吗？长得又高又帅。"

张书和的视线被秦昭挡着，闻言赶紧扯脖子看，还问秦昭："是那个小陆吗？"

秦昭冷声答道："不是，换了。"

显然她这个回答会让张书和误认为她是个风流做派，秦昭过去最在意张书和的想法，过得并不宽心，如今看得通透，倒是彻底不在意了。

那个忙着搬家的阿姨见状主动开口告辞，秦昭将她送到门口，回来正看到孟梁坐在床边笑着和张书和聊天，主动介绍了自己。

张书和总觉得孟梁眼熟，可又一时间想不起来，曾经虽然做过邻居却也没见过几次。

秦昭打断两个人的聊天，生硬地问道："你这什么时候能出院，我爸多久没回来了，怎么不让他回来？"

张书和有些责怪秦昭不顾场合，不大情愿地开口："医生说再观察两天，没什么事就能走了，他们怕我没人照顾。你爸说最近忙着赶工，怕手底下的人偷懒，走不开。"

"我也不能久待，不行就找个看护吧。"

"你是不是开始嫌我累赘了？就你那工作能赚几个钱，还找看护，我也不用别人照顾，过两天出院就能自己动了。"

她怨怪秦昭自从读了大学后对她越来越冷漠，像是这个家里唯一的外人。张书和这几年日子过得顺遂，更加有余钱保养自己，大概发现唯独缺失了女儿的爱，便想与秦昭"握手言和"，共同上演母女情深。

秦昭愣了两秒，刻薄嘲讽的话到了嘴边，还是咽了回去。

孟梁拉着她的手安抚，眼神写满了柔情。

"我去问问医生。"秦昭说完拎着包就出了门。

孟梁知道她是去抽烟，没做阻拦。

张书和腰疼的毛病来得快，去得也快，在医院躺了两天就能动了，医生叮嘱不要做力气活。

秦昭想说张书和就是闲不住，话到了嘴边，还是老老实实地答了个"嗯"。

出院那天晚上回到家，张书和说要把秦彰的卧室收拾出来让孟梁住。

秦昭忍不住开口："他昨天晚上都跟我睡一起了，你现在还收拾什么？"

张书和听秦昭语气不善，回过去的话也有点数落："你知不知道廉耻，要不要脸，没结婚带回家就住在一起了。"

看到孟梁走进来，她立刻收声，瞪了秦昭一眼。

秦昭把张书和手里的床单被罩拽走，道："我回家了还得给你们装样？"

孟梁见状赶紧邀张书和到客厅看电视，还贴心地给她倒了杯水，张书和笑得很开心。秦昭却不想在她面前多待一秒，拿着洗漱用品进了洗手间。

孟梁过了会儿再回到秦昭房间时，她正捧着本书靠在床头静静地看。他用故作轻松的语气说："你们家新买的房子太大了，阿姨平时自己在家可能也孤独，跟我聊了不少。我记得你一开始对我特别冷漠，话都没说几句，还以为随了你妈呢。"

秦昭翻了页书，漫不经心地回答："她跟我奶奶一样，都喜欢男孩，

莫斯卡托

估计巴不得你是她儿子。更别说你这么优秀，我这样的想当她儿媳妇她都觉得不够格。"

"阿昭，我还记得高中的时候，那年冬天你妈妈犯腰疼，第二天我陪你去超市买坐垫。我没记错的话，现在你梳妆台前椅子上的那个，就是当时买的吧。"

秦昭闻言愣住，回忆了下，低声说道："大三那年寒假我回家，当时已经搬到这里了，旧坐垫跟我的东西放在一起，她收拾着就要扔掉，我就拿出来留下了。"

没等孟梁插话，她继续说道："我有时候觉得，自己得到的太少，所以什么都想留着。那坐垫洗得都掉色了，等下我就把它扔了。"

孟梁坐到床边，拿走了她手里的书，笑着说："你这是在暗示我给你的还不够。"

"我没有。"

孟梁澡也没洗，躺在床边搂住秦昭，秦昭无奈地抱住他的头，摸着他那剪得很短的发碴。

"阿昭，你没想过找个机会和你爸妈谈一谈吗？"

"谈什么？"秦昭的声音平静得像一口古井，"孟梁，你生活在那种家庭氛围，是不会理解我的。我现在已经二十四岁了，害怕谈及往事的不是我，是他们。"

像是为了印证什么一样。

他们在小城的最后一个晚上，张书和从自己的房间里拿出来两本册子，放在了茶几上，示意秦昭。

秦昭看着那用透明胶粘着的册脊，抬手换个电视节目，漫不经心地说："你还贴好有什么用，扔了吧。"

孟梁对那册子很感兴趣，伸手拿过去看，发现是陆嘉见给秦昭拍的写真，一套是日系少女的风格，她穿着吊带背心和短裤，清纯得不像话；另一套穿的旗袍，光线有些朦胧，截然相反的风格。

他不自觉地想，回头应该跟秦昭要来这些照片看一看，她一定存有备份。虽然他不喜欢陆嘉见，但是只要拍出来的照片上没有那个人，他也愿意私藏她的美好。

"你爸爸知道当时对你太狠了，所以才让我给你贴好。他当时也是怕你被骗，做出什么不道德的事情。"张书和低声解释，看起来还是有些责怪秦昭。

孟梁听着张书和说的话，抚摸相册外面的胶布，礼貌地没有出声。

秦昭笑着开口："妈，你到底知不知道，这么多年我在这个家里有多委屈……"

"都是一家人，什么委屈不委屈的。现在日子好了，你缺钱或是少什么都能给你买……"张书和打断秦昭。

秦昭起身拿了烟盒去阳台，谁的话都没能如愿说完。

孟梁向张书投过去视线，看她坐在那儿低头有些回避，他起身跟着去了阳台，打算安慰秦昭。

听到孟梁过来的声响，她开口说道："我跟你说什么来着，她不想听我说这些的，他们害怕。"

孟梁从背后抱住秦昭，心疼地吻她颈间和耳后，道："这几天把你闷坏了，等回去我们找时间出去玩？我快毕业了，等毕业典礼后，学校的事情也都结束了。"

"回头我帮你看看论文，虽然你并不一定需要。你去客厅陪她吧，我抽完这支就做饭了。"秦昭的语气听起来很平静。

"我帮你打下手？"

"不用，反正你跟她有得聊，我和她说两句话就觉得喘不过气。"

厨房里响起切菜声时，张书和叹气，和同坐在沙发上的孟梁开口说话。

"她这是恨我和她爸呢。"

孟梁不好作答，讪笑着说："哪能有恨那么严重，阿姨您别多想。"

"你不知道，我们这代做家长的，大多是默许打孩子要趁着小时候打。懂事了再打，孩子就记仇了，会恨父母的。她爸爸上次也是被气到了，主要是秦昭这孩子犟，非要顶嘴，那肯定是要打她的。"

孟梁听明白了她话里的意思，有些心惊，脸色也沉了下来。

张书和眼神中有些不确定，但话里话外还是维护秦志忠的意思。

"我们家搬到这里的时候，她表妹帮她收拾东西，她的东西一直放在她房间里我也没有动的，后来放假她就回来了，我赶紧去帮着收拾，就翻到了这两本相册。再加上她表妹说，姐姐的包要几万块，我跟她爸也是担心。她爸那个人性子急，一关心就说错了话，父女俩从小到大就吵过那么一次，相册摔得把墙纸都砸出了个缺儿。幸亏彰彰那时候还没回来，不然也得吓坏了。

莫斯卡托

"你有空劝劝她，爸妈从没跟她红过脸，家里日子这两年好不容易好过了，一家人还能有什么深仇大恨。她大四那年还知道回家，现在可算工作了，找借口不回来过年。要我说工作谁都能做，公司没她还不能运转了？她随她爸，好强，总想做出来点成就。可人也得信命，她高中时学习是不错，读大学之后却不行了，我和她爸都没指望她有什么出息，平平常常的，别做不道德的事情就行。她弟弟现在有能耐的……"

孟梁越听心越沉，沉到深不见底后仿佛出现一只五指尖锐的手，捏紧了他的心。

他好像能理解秦昭那么一点了，现在特别想抱抱她。

张书和有些伤感，但她更想倾诉，孟梁便成了绝佳对象。

两个人若是成了，她多了一个帮自己说话的人，提前拉拢了女婿；若是不成，和秦昭分手告别，这段家庭往事也能就此掩埋，进退都是绝好。

"我和志忠年轻的时候是吵着过日子的，或许给秦昭做了不好的示范，她大概也不知道怎么好好恋爱，你多担待。她是受苦了的，我们第一次做父母，一定有很多不好的地方，对彰彰就好多了。秦昭现在这么大，我像她这个年纪都生孩子了，她很快就会知道做父母有多难。"

张书和好像有太多年没说过这么多的话。

曾经秦彰叛逆，让她满腔埋怨，输送所有的坏情绪给秦昭。如今生活富足，她衣食无忧，唯一美中不足的是秦昭这个女儿，为此她头一次费了这么多的口舌，为的也不过是弥补个心安。

她还在说，孟梁脸绷得越来越紧，他有太多的反驳无从开口，甚至觉得张书和嘴里的秦昭根本不是真正的秦昭。

没有人知道，当孟梁发现秦昭做着那样一份普通的工作时，内心是多么惋惜。她怎么可能碌碌无为至此，那可是一个大学四年就算没有很用心读书，也能保证专四专八稳过的人。

张书和也不知道，秦昭有多么真挚地爱一个人。诚然也许如同张书和所说，秦昭不懂得如何去爱，但她认真对待感情，懂得换位思考，爱人的时候总是拼尽全力，生怕自己付出得不够多。

孟梁一直不知道秦昭何以至此，如今好像有了答案，他又不忍心去问了。

秦昭在餐厅喊了声"可以吃饭了"，然后钻进厨房盛饭。

孟梁扶着张书和到餐桌前坐下，也闪身进了厨房，从背后给了秦昭一个拥抱。

秦昭被他呼吸打得脖颈有些痒，缩着脖子躲，低声说道："你乖一点，不要闹。"

"我好想你，没有闹。"孟梁低声说着情话。

"这才多大一会儿，就想我。"她忍不住笑意，责怪他油嘴滑舌，实际上心里也是一震，觉得孤独的灵魂在被拥抱，她有了归宿。

"我想娶你。"

"走开，想娶我给你做饭吧。"

两人轻声低语，最后孟梁被秦昭推着出去，到餐桌前又变为安静。

整顿晚饭都有些沉默。

张书和看了几次孟梁，孟梁无奈地扯了个笑回过去。秦昭则未多看身边的人，更没多看对面的张书和。

饭后张书和出去散步消食了，秦昭端着杯水看孟梁洗碗，随后说道："你怎么也不说话了？我做饭的时候你们不是在客厅说了很多。"

孟梁干笑道："可能我也要喘不过气了。"

秦昭挑眉道："我还以为你们很投缘，大概相见恨晚。"

"我只和你相爱恨晚。"

秦昭笑着骂他，转身回了房间。

孟梁收拾完厨房后，张书和散步回来，坐在客厅看电视，他打了声招呼就进了房间，秦昭正在桌子前回谭怡人的消息。

房间里有一面墙被书架挡住，上面的书不知道是原本就没有几本，还是被秦昭带走太多。孟梁偏向于后者，因为知道秦昭喜欢看书。

孟梁走近了看，发现最下面一排靠里的墙上有个缺口，一定就是张书和说的那本相册造成的，不细看倒是看不出来。

他试着打开话题："给我讲讲相册的事情吗？"

实话说，他一点也不相信张书和所述。

"有什么好讲的。"秦昭敲击手机屏幕的频率显然变缓。

孟梁把相册放到她面前，说道："阿昭，说出来就会好受很多。你妈妈很聪明，你不要亏待自己。"

秦昭终于肯放下手机，轻轻翻开了一本相册，看着照片好像可以立刻重回到当年心怀希望、自觉前途一片大好的心境。

"有时候我会觉得是不是自己太苛刻，明明是陆嘉见害我延期毕业，之前拿到的公司 offer（录取通知书）也泡汤，我却把矛头对准了我父母。可我只是想，但凡在我和陆嘉见的这段感情中，他们能稍微给我一点追求爱的自信，我也不至于选择用最纵容的方式和陆嘉见一起胡闹任性。"

"最差的时候已经过去了。"孟梁摸她的头，低声安抚。

"我讨厌我所有的弟弟妹妹，搬家那年我大三，我都二十多岁了，家里算得上是藏有最后隐私的地方，却被我表妹翻了个遍。哦，连搬家了我都是最后一个知道的。那个包包是陆嘉见送我的最贵的一个礼物，我和他在一起的第一年我生日时送的，我退不掉，也不敢背，就放在了家里，被我表妹看到，在他们面前嚼舌根。

"相册里夹着陆嘉见写的卡片，被我爸撕掉了。其实写的不过就是想给我拍一辈子的照片之类的热恋承诺，可我爸就觉得我在做什么下流的勾当，他总是这样。以前是不让我解释，我也不敢解释。初中时被小混混强抱，他看到了也是骂我不知羞耻，根本不知道我那阵子有多难过，多年后还是这样。

"越是没文化的人，越怕被否定、怕犯错，更拒绝认错。我不过是惹怒了他侵犯到了他的父权，他就骂我、摔东西。其实我觉得他打我也没那么难过，小时候他最喜欢骂我，说一些很伤人的话，我那个时候就想，他怎么不打我呢，用言语抽打我的灵魂，比扇痛我的脸还难受。"

孟梁的一颗心扭成团，把她紧紧抱住，尽量控制着自己颤抖的声音，说道："我们不原谅他们了。"

他本来踌躇满志，想要用自己的真心带着秦昭去原谅、去释然，最终没有想到的是，更气的是他。

"孟梁，我听到了。"

"嗯？"

"第一次做父母，难免的。这些借口我很早就帮他们找过，最后发现不具有说服力，说服不了我自己。"

孟梁蓦地想到了曾经看过的一句话：懂得换位思考是一件很痛苦的事。

张书和夫妻俩但凡换位思考那么一下，秦昭定然比现在好过得多。

"我爸上次打了我，我们两个有一年没说过话。大四那年寒假，我不得不回家，回家后每天早晨被他榨豆浆的声音吵醒。不论我几点起床，他都固执地要给我留一杯黑豆浆，滤得很干净。大半个月过去，我真的不想喝了，我忍不住告诉他不要再给我留，他就粗着嗓子吼我，说我小时候最爱喝黑豆榨的豆浆，怎么现在不爱了。我真的不记得我爱喝过，可那个时候看着他两鬓开始冒银丝，语气无力地问我为什么不爱喝了，我还是有些难过，忍不住回到房间开始哭。他可能是爱我的，也许他们都是爱我的，我感觉得到那么一点，虽然不太真切。"

她眼眶红红的，忍着那股哭意，继续说道："好像谁都没有做错，只是我被忽略了。"

孟梁满腔的心疼泛滥成灾。

短暂的小城之行，秦昭带着郁结来，又丝毫没有消除地走。冥冥之中好像什么都没有改变，又好像变了一点什么。

孟梁记起那次秦昭心情不好，看《哈利·波特与阿兹卡班的囚徒》，那是她最喜欢的一部，也是黑暗来临前的最后欢愉。魔法世界暗藏汹涌，小天狼星出狱重获自由，哈利曾经在月光下希冀将来在一个能看得到天空的乡下和教父隐居。

可谁都知道结果，带着先知去回看曾经的憧憬，总是有些伤人。

希望容易破灭，这是生活的常态。

上班日的前一晚，孟梁也找了部电影看，是一部文艺片——《海边的曼彻斯特》，讲的是不和解的故事。

秦昭洗了水果端过来，她显然早就看过，纳闷孟梁怎么找出来这部几年前的片子。

最后随着电影落幕，她幽幽地说了句："她善写月亮，但并不圆满。"

孟梁正要问是谁说的，她抛出了个决定，孟梁惊讶不已。

"我打算辞职了。"

3.

孟梁回道："你早该辞职了。"

"我只是觉得延期毕业再找工作有些麻烦。"

"要不要试试我们公司？你该考的证都考到手了，没问题的。"

"我不想做英文翻译的，孟梁。"时至今日，秦昭仍然不喜欢英文。也正是因为从小到大没做过真正喜欢的事情，她不想再委屈自己了。

孟梁和她截然不同。

"我从小到大就没什么想做的事情，对我来说做什么都一样，只是因为有你，才不一样。"他时不时地真情流露已是日常。

秦昭淡笑着说："怡人也想做点什么，回头我再跟她聊一聊，翻译是不会做的了。"

孟梁眼神中有些微不可见的黯淡，秦昭并未注意到。

他说道："我为了金钱屈服，你去追求梦想。"

秦昭收拾了桌子上的水果残骸，到厨房里去洗碗，随口答了句："哪有什么梦想那么高尚，不过你有没有想过做口译？"

"暂时没有。"

华教授倒是给过他这个选择，但是被孟梁拒绝了。

两人洗漱后上了床，秦昭平躺着，拿着本口袋书看，孟梁则在旁边对着平板看一份英文文献，有些默契地互不干涉。

可秦昭总觉得孟梁有点不对劲，她一向敏感。

书看不进去了，她转头盯着孟梁看。

他感受到她的视线，问道："怎么了？"

"你怎么了？"

短暂的沉默过后，孟梁停住了手指，把平板放在床头柜上，转而看向秦昭。

"阿昭，你觉不觉得，我们之间缺少了点什么。"

她心底莫名地有些恐惧，缓慢地问："少了什么？"

"少了一点爱，你从来没说过喜欢我或是爱我之类的话，可我却一直在说。"

氛围好像又变得有些轻松，秦昭笑道："这些你看不出来吗？"

"只靠看的话，还不够确切。"

秦昭试着开口说爱孟梁，可到了嘴边好像总是吐不出来那些字眼。

"上次在我家我说的那些话和那些事情，我从来没和陆嘉见讲过，或者说，我从没跟任何人讲过。"

她想表达这很亲密，她只对孟梁做得到。

"那也可能是朋友的情分。"孟梁叹了口气，像是有些放弃，"算了，我没有和你闹脾气的意思，就是随便说说。"

随后关灯，室内变为黑暗，他还不忘记把秦昭揽入怀中，是热恋中的情人的亲昵。

秦昭头枕在孟梁胸前，低声问道："你日语学得怎么样？"

那是他们的第二外语。

"去年年底考了个 N2，之后就没看过了。"孟梁语气平静，没什么反应。

秦昭有些丧气道："我大三考过一次，算是陪跑了，后来心思没放在学习上，日语也荒废了许多。"

"工作了也用不到，睡觉吧。"

她还靠在他胸前，鼻尖嗅到的都是孟梁身上的味道，有家里常用的洗衣液味道，还有他特有的。

"有几句我记得很清楚，比如说……"秦昭耳朵正压在他心脏的位置，听着那正常频率的心脏跳动，她说日语的时候声音软糯许多，柔生生的，感觉和平时大相径庭，尤其是现下室内昏暗，地热暖得不像话的时候，"好きですよ（喜欢你哦）。"

霎时间孟梁心跳加速，她听得真切，忍不住扬起了嘴角。

脸红的男孩把秦昭拽了起来，转为压着她，黑暗中有些看不清彼此的脸，他低声在她耳边说："ずっと一緒にいたい（一直在一起吧）。"

秦昭凭借几个词就能读出大意，笑得更灿烂，显然他消气了。

孟梁感觉得到她那副得意的嘴脸，狠声威胁："下次再不回应我，我就弄死你。"

她自然知道他说的弄死是怎么弄死、在哪里弄死，又并非真死，轻哼着应答，嗔怪他小气。

短暂闹脾气又很快和好，趁着长夜做点情人间该做的事情。

没过几天，孟梁回了趟学校。

那天秦昭去谭怡人家里吃饭，本来想让孟梁就在宿舍住下，因为从学校开车回到她那儿要一个小时的车程，更别说晚上的时候堵车堵得厉害，可他非要回来，言语中有些少年气性。

他还让秦昭就在谭怡人家待着，等他去接。

谭怡人听了直说秦昭在哪儿找的这么个知道疼人的活宝，秦昭做头疼状。

"我没想到跟他会那么合拍，只是确实说不好未来的事。"

谭怡人喝光杯子里最后一口酒，淡淡地说："珍惜在一起的日子就好了。"

"孟梁那天晚上在我耳边用日语说想和我一直在一起，我从来没觉得他的声音那么好听过，那瞬间好像灵魂都在颤动，觉得他那个样子很可怜。"

"那完了，你怜爱他。"

"我和他不只是恋人，我们做了太久的朋友，要是分开了不知道还能不能做回朋友。"

谭怡人摇头道："你不要这么悲观，和陆嘉见在一起的时候也是这样，他们都是真的爱你，或是爱过你。昭昭，人要向前看。"

秦昭品味着她这句话，又想到怡人这两年在感情方面也一直原地踏步，不禁调侃："最后这句你自己也品品。"

谭怡人一笑置之。

回去的路上，见秦昭的脸在路灯和霓虹的照耀下有些泛红，孟梁无奈地问道："今天和怡人喝酒了？"

"嗯，我没喝多少。"

"真乖。"

"你不要像哄小孩一样对我好不好，我比你大。"

"我比你高。"

"《志明与春娇》我看过很多次。"秦昭无情地戳穿孟梁借来的梗。

"气死了，知道你比我看过的书和电影多。"

到家后，秦昭一边换衣服，一边和孟梁说："我辞职了。"

孟梁从车上下来时就拿着个盒子神秘兮兮的，闻言激动地说："那我正好送你个辞职礼物。"

秦昭饶有兴致地走过去，看他打开长盒，里面是一幅质地不凡的卷轴。孟梁那么高，充当人肉架子，给她展开来看。

秦昭不懂软笔书法，只觉得字写得漂亮，是大气的正楷，虽然是繁体，也认得出来。

【远离颠倒梦想，究竟涅槃。】

落款没有署名，只盖了个红色见方的印。

"我之前跟方老师求的，前几天他让我得空去取，我今天下班早，就特意回了趟学校。"孟梁笑着解释。

秦昭心头有些触动，缓缓问道："方老师写的？这是什么意思？"

"不是方老师写的，是他女朋友，一个特别有佛性的人。我去年冬天在方老师家吃饭见过她一次，后来就想着幅字送你。她说这个颠倒梦想，可以指生活中的一切挫折与烦恼，人要懂得自消，才能快活。"

"我还以为是让我不要做白日梦。"秦昭靠近轻轻抚摸那纸张，转而看向孟梁，目光复杂。

“那她送的这句话蕴藏的意思还挺深，字写得漂亮吧，我就知道你会喜欢。下次要是有机会见面，你还可以和她侃侃诗句，方老师说她熟读唐诗。”他好像很了解秦昭，随意说出的话，却让她心软。

秦昭对着墙比量着挂在哪儿，随口问道：“你怎么和方老师那么熟？之前有人传他……”

“瞎说什么呢，他之前和女朋友告白，我帮他改了个谱子，那之后才熟起来的。去年冬天我有点消极，他还安慰过我。”

最后那幅字没有挂起来，重新放回了盒子里。

孟梁提议要不要换个住处，找个大一点的公寓，秦昭知道他想出钱，心里对眼下的住处有留恋，也有些怠倦，一时间犹豫不决，便说改日再议。

当晚睡梦中，秦昭久违地梦到了过去的事。

大三那年筹备礼仪队的元旦节目，演出当天的视频在校园里流传很广，外国语学院礼仪队一夜出名。更难得的是，礼堂荒废已久的那架钢琴被推上了舞台，方老师正装落座，亲自伴奏。

秦昭的梦境很混乱，结束后如雷的掌声中，她又回到了排练节目时找方老师邀约的情景，给他仔细地讲节目创意。再回到最初和谈明聊点子，这次仿佛亲眼看到孟梁在傻傻地练习弹唱……

半夜梦醒，她有些错愕，心道早知道孟梁和方老师这么熟，应该让他出面邀请，而不是自己跑了无数次嘴皮子都要磨烂。

那是离她渐行渐远的校园生活，短暂恍惚，那时候太欢乐，这半年她过得未免有些疲惫。

5 月下旬，秦昭和谭怡人开始商议创业的事情，孟梁也即将毕业。

那天秦昭拿了孟梁的平板电脑查资料，一打开浏览器，发现页面正停在一个网站。她大致扫了眼，发现是北京的一家翻译公司。

像是预料到了什么，她表面上却没说什么，正如孟梁什么也没跟她说一样。

毕业典礼的前一晚，秦昭选好明天要穿的衣服，她现在算是无业游民，答应了陪孟梁一同回学校。

卧室里摆了谭怡人送的香薰，味道有些暖融，两人搂在一起腻着，孟梁柔声开口，叫了句：“宝宝。”

秦昭心一颤，正如他当年改口叫她阿昭一样震惊，喊道："啊啊啊，你叫我什么？"

他闷笑，窝在她长长了些许的发间，低声说道："我现在好圆满，从没觉得自己对未来这么向往，只是因为有了你，一切都变得不一样了。阿昭，我好像有些信了，年少时的心动，是要爱一辈子的。"

"一辈子很长，我们现在都还年轻。"秦昭有些不解风情地讲道理。

孟梁习以为常，捂住她的嘴道："我以前对感情有点懦弱，现在只想拼尽一切地爱你，我叫你宝宝，是想把你父母亏欠的爱都给你补回来，你不知道我对你的一切有多上心。"

"你什么时候喜欢我的？"

"高中的时候目光短浅，没见过多少女孩，再加上那时候很胖，你住进了我的心里，等我瘦了之后你就出不来了，好可惜。"

她笑出声音："好吧，我现在也就是跟你一起凑合过过。"

孟梁很快炸毛，说道："你少说不中听的话。"

"当年，你为什么叫我阿昭？"

"因为 A 永远在列表的前面。"

你是我独一无二的 A，也是我的 Top1。

第二天，两人起了个大早，孟梁他们早晨八点钟集合拍毕业照，也就意味着两人六点多就要出门。

那天秦昭穿一条黑色 v 领长裙，短发红唇，孟梁在教学楼附近停了车，牵着秦昭的手去找班上同学，引发男生们起哄。

其中几个秦昭有印象，正是上次一起吃烧烤的。"中分"叫得最欢，像是比孟梁还开心。

旁边不远处还有等着拍学院大合照的日语、俄语等专业班级，秦昭随意地望过去，还看得到谈明有些高挑的身形，正举手和她打招呼。

过去了个有些臭脸的男生，秦昭总觉得像是见过，眯眼问孟梁。

他满不在意地回答："路人，不用把他当回事。"

孟梁打死也不会告诉秦昭，自己从小到大只打过两次架：一次是那个骚扰秦昭的宋安然的小混混男朋友，一次就是这个短暂加入过礼仪队又退出的男生。

当初那个男生刚进礼仪队就想追秦昭，看孟梁和秦昭是好朋友，就让孟梁帮忙牵线。孟梁拒绝后又赶上陆嘉见开车来学校接秦昭，他就说了些不中听的下流话，被孟梁找上宿舍锁了门按在那里打。

穿上学士服之后，孟梁扯着粉色的领边，无奈地笑道："我头一次后悔学这个专业，怎么是粉色的啊？"

那天周围都是青春的气氛，秦昭笑弯了腰，帮他整理好后出声安抚："你穿什么颜色不靓？粉色怎么了？"

孟梁直点头道："你说得对。"

等到集体照拍完，秦昭帮他们几个关系不错的男生拍了合照。最后，"中分"主动拿过手机，男孩们都躲到一边，就剩了孟梁和秦昭。

孟梁笑得露出牙齿，把秦昭搂紧，天气很热，秦昭脸红心跳，两人都是一身黑色，相衬相宜，再定格在那一刹那。

上次两人单独拍合照，竟可以追溯到高中那年冬天的圣诞树下。不同的是那时候他们中间隔着半个人的距离，现在却是情人相拥。

他低声在她耳边说："我想过好多次，也没想到现在真的能抱住你。"

他们俩瞬间都有些惘然，一年前的这个时候，秦昭穿同款学士服，身边只有陆嘉见。一载之变，离开的是陆嘉见，孟梁又同她换了身份。

人最怕与过去做对比，不说吉恶蹁跹，只是难免慨叹。

秦昭淡笑着回应："我居然已经毕业一年了，好快。"

孟梁满目认真道："你可以当自己现在跟我同时毕业。"

假设她才毕业，假设一切恢复出厂设置，重新开始。

那年的毕业典礼上，孟梁作为学生代表上台讲话，不知道有多少组织部的学妹为之倾心。

秦昭在下面不自觉地举起手机录像，演讲过半才有些恍然。当年他们高考誓师大会，孟梁让他表哥顾宸帮忙录下她演讲的视频，原来是如此心境。

变的是秦昭跌下山巅，而孟梁攀登不息，她对他的复杂情感中，还有一味是欣赏。

那个初见时忙着去网吧的幼稚小胖子，已经变成了如今这般成熟、优秀、自律的人，还在无数个夜里在她耳边说"我变成如今这样，一切都是为了你"，也太梦幻了。

典礼结束后，孟梁在礼堂门口被学院的几个老师叫住。彼时他身上黑色吸热的学士服穿了太久，额间都冒了层细细的汗，手却拽着秦昭始终不

莫斯卡托

愿分开。

副院长大半辈子都是搞翻译的，对孟梁青睐有加，问他如今在哪里高就，还以为他会去北京。

看到了旁边的秦昭，副院长笑得有些了然，问道："这是女朋友？音乐学院的吧？"

秦昭一时间不知道该叹息还是偷笑，自己曾经上过副院长一年的课，居然让他毫无印象。

孟梁憋笑："院长，这也是你教出来的学生。"

方观澄在旁边也忍不住扬起嘴角，接收到副院长的询问目光，轻轻点头。

几个人站在一起等着好脾气的副院长开口之际，从远处走来了个不苟言笑的人。秦昭看清楚后转开了头，却没想到那人奔着孟梁走了过来。

"孟梁。"来人开口叫他。

孟梁闻声看过去，礼貌地打招呼："华教授，我还以为您早就走了。"

老师们互相点了点头。

华教授看向孟梁，问道："我不是建议你做英文演讲吗，怎么没准备？"

孟梁笑着回应："华教授，都毕业典礼了咱们就轻松点。"

华教授爱才，看得出来孟梁满眼都是旁边的秦昭，她教过那么多学生，一眼就猜出来孟梁为什么拒绝了她更好的提议。

见华教授严肃地瞥了自己一眼，秦昭心思敏感，猜测华教授是不是认出了自己是上一届唯一一个大四挂了高级英语的人。

可华教授没再给秦昭目光。

副院长和方老师等人已经先走一步回办公楼，华教授语气关切地对孟梁低声说："你也不小了，不要太过感情用事，前途是一辈子的，当初说要考研也不考了，真是没见过你这样的。"话点到即止。

秦昭背过身礼貌地不听，她也不想听。

孟梁笑着点头道："您就别操心我了，放心吧！我在大连多好，没事还能回来看看您。"

男生宿舍的东西没有女生那么多，孟梁断舍离做得干脆，不要的通通扔掉，最后总共也没有多少行李，一起带回了秦昭那里。

孟梁整个人都有些激动，像是为自己终于和秦昭一样成为社会人士而兴奋，回到家里也是这里看看那里问问，反倒衬得秦昭有些沉默。

他站在客厅的一个小书架前，眼神好使，看到了两本一样的书，拿出来问秦昭："你这怎么买了两本？好像版本不同。"

秦昭看了眼，说道："硬皮的是我初中时买的，还有一本在怡人那儿，后来她送了我一套新版的张爱玲全集，我不是很喜欢，到现在还没看完。"

孟梁发现书里夹了个东西，展开来看是一个已经有些褪色的红包，里面塞着几张钞票始终未动。

"这不是那年我妈给你的压岁钱？"

秦昭愣住，迟疑地答道："好像是。"

孟梁随口问道："你喜欢这个版本？再买一套就是了。"

秦昭钻进卧室换了衣服，声音有些远："现在买不到了，出版社发了新版，我当年只买了两本短篇集。"

孟梁不懂张爱玲，也不知道手里拿的是短篇还是长篇，只默默记下了出版社名字和出版年份，没再多说。

孟梁说秦昭矫情，一点也没说错，他还知道她好面子，有极强的自尊心，藏着的事情咬碎了牙也要咽下去。华教授"惹"她不快，她不明地发泄，非要拐着弯给孟梁气受。

接连几天，她脸色都不那么自然。

孟梁也问过，得不到答案，就只能自己回想，只觉得翻译文件都没这么耗费脑细胞，叹一句谈恋爱真不容易。

最后他没招了，抢走她手里的书，然后把她按在沙发上，说道："你怎么着了能不能跟我说清楚，闷着像头驴似的，我受不了你这样子。"

秦昭在上一段恋爱学会了欲擒故纵，说："我很正常，你不要乱猜测我。"

说着扯回了书，随意翻看。

孟梁气得不行，觉得秦昭现在的行径就跟她哭着说她一点也不难过一样，说道："我算是知道了，我跟你在一起，猜得到你心思是我走运，猜不到你就让我死，你是真狠啊，秦昭。"

"几天前还是 Top1，今天就变成秦昭了，我们彼此彼此。"她冷淡开口。

沉默几分钟后，孟梁说道："姑奶奶，不管什么，千错万错都是我的错，您别生气，犯不着。"

秦昭冷笑着问道："错哪儿了？"

这下把他问住，张口许久才蹦出句："哪儿都错了，我现在呼吸就是错误，大错特错，罪无可赦。"

秦昭闻言忍住笑，翻了个白眼，说道："你别把我当成那种任性的女孩，我有错我会承认，不至于都让你背。"

最后孟梁连连告饶，就差跪在地上问秦昭到底哪路神仙惹了她。

秦昭这才慢悠悠地开口："你想去北京？"

他皱眉问道："谁想去北京啊？"

"你在看的公司官网我看到了，华教授恨死我了吧，自己的得意门生像是着魔，被个延期毕业不务正业的人勾得丢了魂。"

"你说什么呢，我拒绝她的提议是我自己的选择，怎么能怪到你头上？"

"你知道她看我的眼神吗？我差点觉得自己犯了罪。"

"我迟早被你气死，你跟她生气欺负我干吗？"

秦昭短暂顿住两秒钟，随后音量有些变大："你觉得我特别无理取闹是不是？"

"你小点声，隔壁会听到。"

秦昭丢了手里的书，转而进了卧室，表情凝重。

孟梁在客厅待了一阵子，大概是在思考人生，秦昭以为又要开始曾经和陆嘉见在一起时习惯的冷战。

不出半个小时，孟梁推开门立在那儿："你骂我吧，我想了下，你确实没办法跟华教授撒脾气，只能跟我说了。但你迁怒归迁怒，别瞎给我扣帽子，我要是想去北京，我这辈子都不上你的床了。北京有什么好去的，你到乡下去我都跟着，你别想甩掉我。"

秦昭心头颤动，抬头回应道："孟梁，我知道你为了我做了很多，可也许这并不是什么好事。我们现在热恋，你能包容我一切。可热情总会过去，到时候你就会说'我曾为了你放弃那么多，你怎么还这样'，想想就觉得害怕。"

"我迟早被你气死。"孟梁今日第二次说这句话，"我那么说，是想证明我真的很爱你，今后不说了，你看我怎么做好不好。我讨厌死你的悲观主义，你在我心里就是你自己，一个比我大一岁还要成天惹我生气不承认的幼稚鬼。"

秦昭皱眉道："你求我跟你在一起的时候可不是这么说的，什么我比你大三个月，四舍五入就是……"

"你最好现在过来抱抱我，我委屈死了。"

她一颗心软得彻底，僵持了许久，还是起身光脚踩在地面上，三两步上前抱住他，有些害臊。

孟梁看到她没穿拖鞋，轻易把人抱了起来。她搂紧他的腰，搂得更亲密。

趁着秦昭无法反抗，孟梁伸手朝着她的臀拍了两下，恨不得用手去掐，咬牙道："你给我乖点，下次有话说明白，别让我猜。"

那一刻秦昭觉得，成熟这回事好像和年龄没什么关系。

她曾经有些执拗地要找比自己年纪大的，譬如陆嘉见，但恋爱过程中并不轻松，甚至有时觉得像是在养孩子。

可和孟梁在一起，他有些事处理得比陆嘉见好很多，也让秦昭很暖心，恨不得把他的脸捧住乱亲一通。想着想着，她就那么做了。

孟梁又迅速脸红，刚掌控的场面就易了主，他低声说道："干什么啊，蹭得我脸上都是口红……"

她埋头回答："疼爱你。"

莫斯卡托

1.

2019 年盛夏时节，秦昭和孟梁一起去了北京，离小城近了许多，仿佛又是梦幻的一个抉择。谭怡人不出一周也去了，随后两人准备开工作室。

秦昭不是头脑发热，而是早有打算。

她觉得孟梁为自己付出太多，也牺牲了太多。

做决定的那天，孟梁下班回家拎了个纸袋子，秦昭看着眼熟，记得是个他常穿的衣服牌子。

孟梁走到厨房吻了秦昭，递过去一个袋子，说道："喏，给你的。"

秦昭忍不住挑眉，看着锅里的菜收汁收得差不多，便关了火，接过袋子坐在餐桌前。

"不过年不过节的，这是补去年的生日礼物？"

除了去年，孟梁从没少送过她一次生日礼物。

"不是，那个下次再补，也不能说补，反正就是想给你。"

孟梁从架子上拿了筷子，尝一口秦昭新做的菜。

秦昭小心翼翼地翻开袋子，发现他送的是书，很多本，整齐地装在袋子里。她拿出第一本就觉得眼熟，是他毕业典礼那天她说买不到的旧版张爱玲全集。

十月文艺出版社出版，都是十年前印刷的版本。

白色的书腰泛着岁月的黄，但里面的硬质外皮都干净如新，更没有一本脱胶。

秦昭全部拿出来摆开，发现正好少了两本自己当年买的，问道："你从哪儿弄来的？"

她语气中有抑制不住的惊喜，再宝贝地把书摞起来。

"我在网上和书店都看过，发现确实没有这种了，后来问朋友，他给我推荐了几个出二手的平台，我就搜罗了下。"

秦昭老实地坐在那儿，微微歪着头看他，眼神中有些不自知的柔情在四溢。孟梁贪恋地又喝一口锅里的番茄汤底，咕哝着继续说："你说你有两本短篇集，我就对照着书腰上的列表找的，然后就弄来这么些。你能想到这种书还有盗版吗，我办公室还有几本，感觉可以用来压桌角了……"

他低声碎碎念着，解了馋后拿碗，轻易拎起秦昭拿着有些费劲的锅，把菜盛出来，那情景太过温暖，暖到秦昭想和他过一生。

她笑着回应，傻呆呆地道："你怎么这么厉害呀。"

"谁让你挑剔，怡人送你的那版不喜欢，所以看不下去吧？"孟梁嘴里数落着秦昭，可她仍觉得甜蜜。

秦昭上前从背后把他搂住，搭上了孟梁的手，低声说道："我好开心。"

他回握她一双细得见骨的手，说："那我也开心。"

"你手上蹭的什么？"秦昭摸到他手上有些异样，拉着人转过身来看，发现他左手几根手指蹭上了些胶水。

"我今天收到最后一本的快递，想着快点粘好书脊给你带回来，没想到胶水挤多了，洒了我一手。"

秦昭噘了噘嘴，攥了他那只手带到嘴边亲了亲，却被他躲开，问："万一胶水有毒呢？"

她气得发笑道："亲一下怎么了，哪有那么容易中毒。"

孟梁把左手缩回去，伸出右手凑到她嘴边，说道："这只手给你亲，你当晚饭吃都行。"

"人肉什么味儿啊？"

"我哪儿知道！"

后来吃饭的时候，秦昭吃得很慢，抬头忽然说道："孟梁，我们搬家吧。"

孟梁一口饭塞到嘴里没咽下去，闻言瞪大了眼睛："啊？"

"你不是一直想换个大点的公寓吗，不过我们不在大连了，这个城市我待了快五年，说不上讨厌，也说不上多么喜欢。我们要不换个地方，重新开始。"

那时秦昭前所未有地对未来重燃希望，好像明白了一些意义：正常的恋爱应该带给对方一些积极的影响，而不是无止境地纵容或是赌气冷战。

"去北京？"孟梁有些不确定地问道。

秦昭笑着点头道："你觉得呢，或者你想去哪里，我们可以商量。"

孟梁愣住，说道："阿昭，华教授的话你不要太放在心上，我现在赚得不少的。"

莫斯卡托

"虽然我不喜欢华教授，但是她确实比我对你的前途上心多了。而且我搬家之前遇到你妈妈，她也和我说过，当初你报大学志愿的时候，他们就想让你去北京，离家也近许多。"

最后让孟梁点头的，还是秦昭说的，她打算和谭怡人一起做自媒体拍短剧，做些原创内容，去一线城市是最好的选择。

他似乎还是全然为她，只是这次秦昭也想做些付出，她不能因为孟梁爱得更主动，就全然被动。

到北京后的第一个节日是七夕。

孟梁乘踏着月色归家，怀里小心翼翼地抱着个礼物盒子，第一句话却是跟秦昭要礼物："我的礼物呢？"

秦昭白了他一眼，反问："搬家的时候不是给你了？"

"那个就是？你这么敷衍我，我会跟别人跑的。"

秦昭说的是搬家的时候在衣柜最里面找到的一个袋子，是孟梁帮她打虫子那天买的，秦昭虽然有些赌气，但还是给他买了件毛衣，只是塞在了衣柜最里面，被遗忘到现在。盛夏时节，孟梁套上毛衣对着镜子比了比，还算合身，只不过是件浅白色的，他觉得是陆嘉见喜欢的颜色。

秦昭说孟梁深色的衣服居多，应该换换风格，穿浅色一样好看，和陆嘉见无关。

她三两句话就能让孟梁飘飘然，他被秦昭吃得死死的。

"你先给我看看我的礼物，拿都拿来了。"

孟梁笑得有些得意，神秘兮兮地递过来，还拿了手机开启录像。

秦昭瞪他，说："录什么呀。"

他回答："录你一会儿笑的样子。"

秦昭骂他："你滚。"

她怎么也没想到，礼物是一只娇小玲珑的马尔济斯犬。

她控制不住地激动尖叫，小狗狗低声叫着，被她抱了个满怀，孟梁站在旁边记录。

秦昭真的太惊喜了，问道："你怎么送我这个啊？"

他躲在手机屏幕后面，一边笑，一边回答："不是你说想要一只？里面还有我写的卡片，你能不能别只看狗？"

秦昭这才腾出一只手，拿出盒子下压着的卡片。

上面写着：【Twinkle for Nunu.】

落款却是：【孟·草莓蛋糕·梁】

秦昭有些脸红，抬头带着薄怒嗔他，问道："你怎么知道我微博小号的？"

"不能生气的啊，你快说喜不喜欢。"

秦昭依旧激动，那小狗在她怀里微微蹭着，她觉得脑袋里都要炸开花，闷声蛮横地说："当然喜欢啊！"

所谓的微博小号，是秦昭目前唯一在用的账号，粉丝数为零，只关注了一些感兴趣的博主。

忘记是大几的时候，她在学校外面看到有人在遛狗，养的就是一只马尔济斯。她一向爱狗，只是陆嘉见更喜欢猫。她忍不住上前征得主人同意后摸了几下，那小狗眨巴着眼睛的萌样她始终难忘，回去就在微博上记了下来——

【将来一定要养只马尔济斯，名字就叫 Twinkle。】

而草莓蛋糕则是她曾在小说里看过的一个梗，伊纹就算到了草莓季节也不买草莓蛋糕，而是固执地买柠檬蛋糕。伊纹说：因为草莓有季节，我会患得患失，柠檬蛋糕永远都在，我喜欢永永远远的事情。

秦昭看到那里的时候在微博写过随笔，所以孟梁才会那么落款。

"那段明明讲的是草莓蛋糕不会永存，永永远远的是柠檬蛋糕。"秦昭按下了孟梁的手机，指着他卡片上写的名字说。

孟梁不为所动，说道："可我就想做你永永远远的草莓蛋糕啊，我以为她爱的是草莓蛋糕，你也是。"

秦昭对那段故事的记忆也不够清晰了，闻言还仔细想了想，好像并没有这么说过。

"我还特意下了个读书软件，买了那本书来看，以为主角就是伊纹，结果竟然那么压抑。你今后少看这种小说。"

她看着孟梁出神，那一瞬间想的是，孟梁和陆嘉见最大的区别在于，如果陆嘉见看到这些，会问她伊纹和草莓蛋糕是什么故事，并且缠着她给自己讲；孟梁则不然，他只会默默地去看完书。

"你发什么呆？我一会儿去车库拿狗粮和尿布，为了给你惊喜只能先放在下面。"

秦昭目光沉沉，声音也安宁得不像话："孟梁，我最近总有些错觉，想一辈子都和你在一起。"

莫斯卡托

"那不叫错觉，是梦想，我也一直都是。"

秦昭送给孟梁的七夕礼物，是一把吉他。

他大学时用过最久的那把后来带到了秦昭大连的小房子里，因为地方太小，放在客厅角落里摔过不少次，搬家的时候他就给扔了。秦昭还责怪他心狠，他却不甚在意地说："身外之物都是可以扔的，我知道人不能扔就行了。"

秦昭做了一些功课，跑过几个乐器行，最后选了一把送给孟梁。

孟梁拿在手里把玩着，说音不准，还说秦昭是外貌协会，只注重样子好看。她看他爱不释手的，权当这些话是在贫嘴。两人盘腿坐在客厅的地毯上，秦昭催他给自己弹唱。

他选的是一首很温柔的歌，徐秉龙的《千禧》，她竟然是头回听。

Twinkle仰着肚皮在旁边睡觉，孟梁低声唱着，秦昭感觉眼下的幸福好不真切，想要流出开心的泪水。

"明天生动而具体，有且只有一个你；一念你，心就分崩离析。"

电视旁边的墙上还挂着方老师送的那幅字，她满心想和孟梁就这样走完一辈子，恨不得明日就白头。

很久以前，秦昭看过一个博主发的微博，写的是和男朋友的故事。

博主洗脸找不到发箍，让男朋友帮忙固定着刘海，对方笑着说："就是突然觉得你好像真的决定这辈子都要跟我在一起了。"

如今与孟梁，有许多个这种瞬间，她要倾倒在他的柔情之下了。

随后惊觉，她好久没喝酒，今夜却觉得醉得彻底。

谭怡人毕业一年间始终在上导演课，她家境比秦昭殷实得多，做任何事情都自在。秦昭大学期间随笔写过一些未成型的本子，选出了一个改了改，就定下了第一个短片，8月下旬开始启动。

大学时秦昭做社团会长、礼仪队队长，谭怡人给她做助理，帮衬了她许多。如今两人倒有些角色置换，秦昭做编剧之余给谭怡人"打杂"，张口闭口都是"谭导"，惹谭怡人憋不住笑骂她。

拍摄日期定下的前一晚，谭怡人找的摄影师抵达北京，她亲自开车带了秦昭一起去机场接人。

路上秦昭总觉得不对，频频看向谭怡人，还是忍不住问道："你一直瞒着我，还带我去接人家，是不是认识的？"

谭怡人只知陆嘉见在恋爱中不成熟，和秦昭三年情断于此，后来见秦昭还帮他照顾过 Kiki，大概觉得两人还算过得去。她不知陆嘉见劈腿，且秦昭并没有阻止她和陆嘉见继续做朋友。

秦昭相信谭怡人要是知道，定不会做出这些事。平心而论，陆嘉见对朋友实在不错，谭怡人现在也需要一定的人脉，秦昭就更不打算说了。

果然，接机口人群熙攘，陆嘉见依旧一身浅色装束，留着长度恰好的刘海，满面春风地走向秦昭和谭怡人。

饶是秦昭做好了心理准备，那刻还是在心里把谭怡人骂了个遍。

谭怡人说道："不用我介绍了吧，我想着这是要拍的第一个短片，摄影师一定要懂我想要的那种感觉。我发了朋友圈让行内的人联系我，没想到嘉见就找我了。"

秦昭没什么表情，说不上冷脸，但也不算温和，说道："他大学学的金融，业余也是拍照片的，谭怡人你怎么这么有冒险精神啊？"

"昭昭，一年没见了，士别三日还当刮目相看，你过去很相信我的。"陆嘉见声音淡淡的，脸上挂着常带的笑，竟一点都没变。

"陆少爷，您说话可注意点，我请你来不是给你机会弥补过去的，而且昭昭已经有新欢，你死了心，老老实实地给我拍片子。"谭怡人冷声陈述现状。

陆嘉见笑容有些凝固，问："这样吗？"

显然他上次去秦昭那里，也没觉得孟梁能和秦昭有什么进展。

即便眼下，他也想着秦昭的男朋友另有其人，未必是孟梁。

在去酒店的路上，陆嘉见看着窗外比大连热闹许多的霓虹千盏，内心难免觉得世事百变，还忍不住和秦昭攀谈："昭昭，我当年就知道，你总有一天会离开大连，那里困不住你，不管是北京还是上海，你会去闯一闯的。你看你和怡人，现在和一年前又大不相同了。"他声音有些沉寂，听得秦昭心情复杂。

秦昭平静地回答："陆嘉见，那我当初也没听过你给过我什么正面的鼓励，现在说这些马后炮有什么用。"

陆嘉见在大连的那些年，像是任性叛逃的富家少爷，只知道散漫度日，自己过得舒坦了才会分神给女友。

"怡人你看，昭昭这是还对我有气呢。"陆嘉见笑了笑。

莫斯卡托

谭怡人看着旁边的秦昭面色不悦，出口制止陆嘉见："人家不爱理你，你就别讨嫌了。眼前的事儿可是公事，不是跟你闹着玩的，你认真点。"

陆嘉见摊了摊手，连连点头没再多说。

秦昭反驳的话咽了回去，她想说的是自己对陆嘉见已经没有气了。

她现在事事顺意，即便创业不知未来结果，但一切都是欣欣向荣的，连张书和与秦志忠她都能不再纠结，陆嘉见又算得了什么。

那晚许是陆嘉见对秦昭的试探碰了钉子，到了酒店他直说太累要补觉，并未留秦昭和谭怡人一起吃晚饭。

秦昭乐得自在，故意冷脸催促谭怡人送她。她在微信回复孟梁在回家路上，拒绝了他问她在哪儿要来接的请求。

谭怡人没当回事道："你们俩相处怎么这么尴尬？我有点后悔做出这个决定，他那少爷脾气别把我的片子搞砸了。"

"他少和我攀旧情，我会对他温和许多。等我和他说清楚让他少惦记我，反正你拍的也是个悲剧短片，有利于摄影师发挥。"

谭怡人忍不住笑了，打开了车窗点烟，冷气中冲进了缕热气。

在夏日的8月，秦昭觉得眼前都是大好，谭怡人眯眼开口："你谈恋爱是真爽快。"

秦昭白了谭怡人一眼道："那你倒是学着点。家里还有个孟公主，拜谭导所赐，我刚见了前男友，回去不知道怎么跟他解释。"

"怎么还惧内了？你赶紧闻闻，身上没有陆嘉见身上的香水味吧。"

"去你的，我又没碰他。"秦昭手指不自觉地摩挲，想了想转而扭头看向窗外转移注意力。

伴随着电子门锁"嘀"的一声，秦昭踩在玄关地毯上脱鞋，看到的是穿着基础款T恤的孟梁在客厅拿着球和Twinkle一起玩，明明枯燥的事情，在他眼里却趣味十足。那一刹那，她想到了刚刚谭怡人说的：孟梁这个人，你是真的捡到宝。

孟梁和秦昭一样，在家里一年四季都喜欢穿T恤，每次洗衣服都要晾晒一排。看到秦昭进门，他扭头有些戏精地斜她。

秦昭忍俊不禁，抿嘴笑道："你干吗那个眼神，明明刚刚看狗狗的时候那么温柔。"

她光脚走近，弯腰吻了下他的额头。

孟梁故意被她亲完再躲开，语气有些埋怨："怎么这么晚才回来，还不告诉我去了哪里，你这是要做坏事，小宝贝？"

下一秒，秦昭被他背在肩头，起身走了两步一齐摔在沙发上。

"你少恶心我，还小宝贝……"

话还没说完，他也不管她口红还没擦掉，就缠绵着吻。

待到两人呼吸都有些喘，更多的是秦昭单方面被孟梁压制着时，他说道："故意不穿拖鞋在我面前晃，是不是？"

秦昭会打扮，天还没暖起来就喜欢穿单鞋，在家更爱光脚，结果就是指不定什么时候痛经得厉害，孟梁啰唆过好多次也没用。眼下他伸手朝着她臀部轻打，虚张声势："你就是欠打。"

她捧着他的脸撒娇："我今天累死了呀，明天就要更忙了，现在好饿。"

孟梁埋在她锁骨间，狠声开口："不是让我晚饭自己解决？还以为你在外面吃饱喝足回来，我晚上吃的拌面，给你也煮点面条拌个酱汁？"

秦昭低头吻他："你没出去吃呀？我还以为你会约你哥他们吃个饭聚一聚。我吃什么都行。"

顾宸现下也在北京，秦昭刚来的时候还和他吃过饭，一起的还有孟梁另一个表哥，两个表哥都是施舫姐姐的孩子。

孟梁伸手捏她挤出来的双下巴，说道："你就是我祖宗。"

秦昭双腿双手勾住孟梁不让他起身，他把人抱着站起来，无奈地说道："你要让我负重做面？"

她低声咬耳朵跟他讲："孟梁哥哥对我真好呀。"

没有男人能抗拒得了被叫"哥哥"，孟梁这种在爱情方面的初学者尤其。

他抱着她的手明显有些紧，带着她到门口鞋柜拿了拖鞋给她套上，说："放心，孟梁哥哥晚上更疼你。"

秦昭从他身上滑下来，老实地穿了拖鞋，低声骂他不正经，又跟着孟梁进了厨房，然后坐在不远处的餐桌上等待投食。

拌面很容易做，锅里煮着面条的时候孟梁就调好了酱汁，然后加上葱花拌起来，送到了秦昭面前。

秦昭有些饿，赶紧吃了一口，鼓着嘴跟孟梁说："你是不是忘记放醋，给我加点。"

莫斯卡托

孟梁拿着醋瓶子过来给她倒了点，然后抱着瓶子坐下看她吃。

秦昭解了饿开始放慢速度，习惯性地和他聊天："我跟你说个事，你可不能生气。"

孟梁对着醋瓶子上的字瞎看，闻言哼了声示意她继续说。

秦昭缓缓开口："我今天被怡人拉着去机场，接她找的摄影师，然后这个摄影师吧，是陆嘉见……"

孟梁投过来的眼神明显有些冷，问："她找的？"

"嗯，我真的不知道，这不是立马就告诉你了，我可什么都没做啊。"

孟梁冷哼："你想做什么？"

"我哪想了，我都不想理他。怡人觉得是认识的，而且陆嘉见取的景合她心意，跟我什么关系都没有。你不要吃醋，我什么都没瞒你，只是确实接下来一周我都要见他。"

孟梁越发觉得自己手里拿着的醋瓶子太合时宜，故意放到餐桌的另一头，靠在椅背上说："气死了。"

看着他孩子气的反应，秦昭忍不住笑道："下一步是不是该撒泼打滚了？"

"是，你最好赶紧过来哄我。"

她看着碗里还剩两口的面，脸色犹豫，拿着筷子点了点，无奈地说道："你真的是孟公主啊。"

第二天，秦昭起得比孟梁还早，窝在被子里随便看了会儿手机，刚准备起身就被他从身后抱住。

知道孟梁黏人，秦昭轻抚他的头，鼻音有些重："嗯？"

孟梁小声地说："虽然我讨厌陆嘉见，但我不是那种小气的人。你放心去做你想做的事情，回到家记得多吻我一次就好了。"

秦昭的灵魂霎时间举双手投降，那一刻觉得孟梁娇软得不像话，明明他在人前最喜欢搂着她扮成熟。

"好，你哪天下班早的话就去找我，拍摄表我发过给你的。"

"不管怎样都不许坐他的车，我不怕远，可以去接你。"

"他坐飞机来的，没开车。"像是想到年初的事，秦昭加了句，"真的没车。"

半个小时后，秦昭搭谭怡人的顺风车行驶在路上，看着穿梭的街景，想到早晨的孟梁，忍不住浅笑。

高中每天和你一起上学等公交车的时候，从未相信会有今天。

2.

陆嘉见留京十日左右，庆幸他保有一丝骨子里的骄傲，在频频向秦昭发送暧昧信号碰壁后收敛许多，时而还看得到他站在摄像机旁略带神伤。

组里演女主角的是个仍在读书又小有名气的网络红人，长相清纯。她兴趣不在男主演身上，大概是女人天性略带母爱，被陆嘉见那副样子感染，对着镜头做悲伤的表情都生动很多。秦昭在幕后旁观一切，笑而不语。

谭怡人咂嘴戏说："这钱花得值。"

后续剪辑再加上营销的工作不少，谭怡人还是腾出了半天空闲，说是要在陆少爷临走前带他逛逛北京。

于是大下午的，三个人进了故宫，表情都有些疲乏。

陆嘉见的朋友圈子都在南方，这边只有少数几个朋友。秦昭直说不如让谭怡人订个位，晚上忙完叫几个朋友让陆嘉见嗨一嗨。

他连声拒绝："昭昭，你明明知道我没那么喜欢泡吧，回上海后我也……"

他想证明自己稳重许多，不再是二十岁出头好玩的男孩。

秦昭开口打断："你跟我说这些干什么？"

三个人兴致缺缺，刚进了太和殿就决定出去，还不如找个地方坐下吃点东西喝喝茶。

那天是个阴天，但气温不低，燥夏总是要热到凉爽秋意抵达的前一秒。

陆嘉见当着谭怡人的面，同秦昭说："昭昭，晚上一起吃个饭吧，就我们俩。"

自午门进，从午门出，一如曾经在彼此的青春里游园般地留下一笔。

谭怡人礼貌地不作声。

秦昭想了想，点头答应："好。"

陆嘉见订了个西餐厅，秦昭听闻过，新开的一家，环境口碑皆是不错。

没想到气氛灯光也是暧昧那一挂，红酒斜放在酒架上。

秦昭如坐针毡，不着痕迹地拿了手机，给孟梁发微信：【我在和陆嘉见一起吃饭，怡人在工作室忙事情。】

那边回复得很快：【气死了，你迟早把我气死。】

她抿嘴偷笑，发送了定位过去：【来接我？想吃哥哥拌的沙拉。】

【这会儿东三环得堵死，陆嘉见是不是傻瓜，我一会儿得跟他打起来。】

【他快走了，安心，你好好开车，我等你。】她顺便故意发送了个艳俗

莫斯卡托

的红唇表情过去。

秦昭一抬头，就是目光殷切的陆嘉见，他淡笑着。

和与孟梁说话的语气全然不同，秦昭冷漠开口："你想和我说什么？我们今天说清楚。"

陆嘉见从口袋里拿出名片夹，送到秦昭手里。她接过低头看，每一张卡片都做工精细，透露着主人罗曼蒂克的情怀。她摩挲着上面的字和压花，抬头表示不解。

"昭昭，我以为我能放下你，事实并不是。怡人发了找摄影师的朋友圈，我知道你们俩一起在做这个项目，就什么也没想地来了。她和我商议的酬劳我没当真，我这次来是为了你，钱一分都不会要。我只是觉得，昭昭的第一个作品，应该由我来掌镜。"

他名片上的"昭慕"是当初在大连开摄影工作室就用的名字，没想到他回到上海还在沿用。

可这并不能打动秦昭。

"陆嘉见，你拍得很好，我从来不否定你的才华，以前也没少鼓励你。现在你知道的，你到北京的第一天怡人就跟你说过，我有男朋友。你是觉得自己对于道德的标准比较模糊，想给我做第三者？"

秦昭下意识说出嘲讽的话，陆嘉见却前所未有的认真。

"我这一年来都是单身，我可以等你，我也有检讨自己当初犯的错。你没有和怡人说，甚至没有和除了我们两个以外的人说我做了那种事，不是潜意识对我的留恋吗？"

秦昭心里冷笑，脸色有些凝重，说道："我不和别人说，是因为我这个人心气高、要面子，和我当初非要等事情过去再提出分手一样。今天答应你一起吃这顿饭，是我对你仅有的善心，觉得当初分开太潦草。跟你我是第一次谈恋爱，我这个人还有点矫情，觉得应该和你正式告别。"

她说的"心气高、好面子、矫情"，都是孟梁说过的，她觉得孟梁说得没错。

陆嘉见表情有些挫败，秦昭回想到第一次见他的情景，竟然已经过去四年，变化斐然。

孟梁来得很是时候，身上隐隐还带着秦昭那天早晨给他喷的两滴香水——秦昭喜欢中性的木质香，男生喷着也不算违和。孟梁在陆嘉见错愕的神情中坐下，他扮成熟最有一手，看得秦昭想偷偷掐他腰间的软肉引他破功。

"好久没见了。"

闻言，陆嘉见点头，他知道孟梁有多优秀，只觉得自己原本就已经洒上污点的情史经历更加不堪，无法与之抗衡。

"阿昭吃不惯西餐，因为吃肉喜欢全熟，我做炒牛柳都要炒老一些，她才吃得多。"孟梁看着盘子里泛红的牛排，是陆嘉见中意的五分熟，淡淡开口，"她现在烟酒也不怎么碰了，红酒更是不常喝。但你大老远地来，应该敬朋友一杯，我替她跟你喝。"

说话间，孟梁举起了秦昭手边干净的酒杯，杯子上口红印都没有，显然一口未碰。

见陆嘉见慢慢地抬起杯子，孟梁喝得豪爽，晃了晃空杯放下，转而就要带秦昭走。

秦昭对陆嘉见说："怡人的酬劳你还是收下，走明面上的账，我们现在也没什么交情。至于你工作室的名字，我建议还是考虑改名吧。明天怡人送你，我就不去了。"

那个天生贵气的桃花眼少年，秦昭真心爱过，如今也是真心厌弃。

此番告别，便是永恒。

秦昭和孟梁上了车，孟梁习惯性地坐在驾驶位，秦昭坐在副驾驶，两人对视后双双笑出了声。

"你怎么这么冲动，我跟他坐了半个小时一口酒没碰，你倒好，刚坐下就干了一杯，这下还得我来开车。"秦昭眉目温柔地数落他。

孟梁听得认真，不气不躁："我这不是慰问一下失败者，也得让他知道，你正牌男友在这儿呢，没他什么事了，省得他惦记你。那句话怎么说来着，不怕贼偷，就怕贼惦记。"

秦昭打了一下他肩膀，说道："赶紧下车，换位置了。"

孟梁却开了后座的门，拿了捧花递给了她。

秦昭眼前一亮，问道："月末了呀？这都还没开利索，能多养几天了。"

上个月孟梁公司楼下新开了家花店，他路过就买了束带给秦昭，还顺便办了张年卡，每个月都能拿一束花。他把时间选在月末，说是鲜花可以宽慰他的阿昭整月工作的疲累。

孟梁哼着，故意阴阳怪气地说："你去跟前男友吃饭，你的苦命现男友还给你买花，他怎么这么惨啊？"

车外空气是热的，秦昭的心也是热的，单手抱着花扑进孟梁怀里，再仰头给了他一个甜蜜的吻，说道："惨什么惨，我男朋友是全天下独一无二、踏实可爱到令人发指的，我还要永远爱他呢。"

孟梁憋不住笑，脸上得意，嘴里还是臭屁地说："你做编剧的就这文化水平，成语乱用，赶紧下岗吧。开车去，开车去。"

车子启动，秦昭笑意抵达眼底，想到了刚刚。

陆嘉见的名片上用金线绘制着绣球花的线条，烦琐而精致。秦昭分手后看过一本讲花的著作，也涉及一些花语。

她跟陆嘉见说："我原以为绣球花语都是美好的含义，一开始也想爱一个人就是一生，后来看的书多了，发现绣球在英国人眼里代表无情和残忍。还挺贴切的，你觉得呢？"

英国对于陆嘉见来说并不陌生，闻言有些语塞道："我不知道这些。"

他看起来太过伤情，秦昭后面的话留在口中，大概因为天性善良，做不出伤口撒盐的事。

她想说的是，她现在的男朋友送花只会送红玫瑰，选开得最娇艳的那种，好像但凡花色暗淡分毫，就象征不了他对她满腔的情意。

是稚嫩又执着的少年之爱，秦昭全然感觉得到。

绣球花确实很美，可她是浪漫俗人，更喜欢玫瑰。

孟梁酒劲上来有点头晕，靠在椅背歪头看秦昭，笑眯眯的。

"今后不用再见陆嘉见了，对不对？"

秦昭哄着他，连连点头，眼睛盯着路况不敢分神，说："不见了，天天见你。"

"你会不会看我看腻啊？"孟梁脑回路清奇。

"不会呀，除非你不继续运动保持身材了。"

孟梁神色认真，低头仔细想了想："我一直有去健身房的，不然你摸摸肌肉有没有变少。"

秦昭为他那副傻傻的样子发笑，说道："我每天都有摸，等今天晚上再给你仔细检查一下，好不好？"

"好！"

秦昭当年科目二险些没过，倒车入库更是不擅长。过年那阵她开孟梁的车，每每停车的时候都要倒个好几回，还得小心着别剐擦到别人的车，压力很大。

今天大概是心头轻松，尤其是送走了陆嘉见这尊大佛，她停得有些随意，还自觉停得很正，让孟梁下车帮她看。

孟梁下去一看，道："正，真正。"

因为秦昭直接占了旁边的车位，停在两个车位中间，跨着标线，有些霸道。

孟梁非要她下车，语气有些捉弄："你是不是觉得我这车不够大，恨不得横过来占三个车位？"

"我自己能调整回来，你别挤对我。"秦昭刚要走过去，旁边就来了辆要停的车，孟梁拉着她给人让了地方。

等对方停在了对面后，下来的是个东北老哥，语气亲切，还有些自来熟。

他以为秦昭和孟梁是别的住户，也为这辆奇葩停法的车无语，笑着说了句："这车停得可真傻，没占你家车位吧？"

孟梁笑得整个人都有些抖动，憋着笑撒谎："没有没有，我们路过的。"

秦昭憋红了脸，等人走远了，双手并用拍打孟梁。

孟梁一边压制着她，一边躲着道："怎么还恼羞成怒啊，你这人？"

最后还是孟梁重新倒好了车，再牵着佯装生气的秦昭上了楼。

晚上，秦昭显然有事，孟梁给了她个眼神等她说，秦昭才慢慢开口："我告诉你个秘密，就是觉得不想瞒着你，我现在几乎什么事情都想和你说。"

"嗯？说说看。"

她放慢了语气，一字一句地说："我和陆嘉见分手，是因为他劈腿，怡人都不知道。"

孟梁扭头眯着眼睛看她，沉默许久，随后翻身把她搂住，说道："后悔今天没打他一顿了，这事我都想多少年了。"

秦昭笑着回应："你也是读过书的人，怎么这么爱动手？"

"那轮到你动手，就现在，给我检查检查。"

"我来检查一下……"

"你还有没有秘密了？嗯？"孟梁咬着耳朵追问。

"应该没有……了吧……"

后来他说："我还想再爱你一点。"

莫斯卡托

谭怡人和秦昭的第一个短片上线，热度比预想中要高出很多，算是开了个好头。片尾的幕后人员署名上，陆嘉见原本要署"昭慕工作室"，最后还是用了他的本名。

是秦昭让谭怡人和他沟通过，因为怕被人注意到他与编剧秦昭有什么联系，而且家里的"孟公主"定又要闹，还是减少麻烦的好。

而陆嘉见到最后也没收谭怡人的钱，她试过多种渠道转账，陆嘉见要么不收，要么原路打回。还是秦昭看得淡然，让谭怡人就此作罢，陆嘉见也不在乎那些钱。

北京街道两旁的元宝枫开始飘落叶子的时候，是个阴天的十一国庆节。

假期前最后一个工作日，秦昭正在谭怡人的办公室里，两人一起看打印出来的文稿。秦昭拿笔在上面画了些修改的符号，谭怡人扭头瞟向窗外。那枫叶红得彻底了就飘飘然落下，她还记得它枝叶通绿的样子。

本来是寻常的一天，前台的小吴带着访客入内，办公室里的两个人俱是一愣。

是谢蕴。

秦昭很有眼力见儿地拉着小吴一起出去，顺便带走了文稿。

谭怡人钟爱北方，北方气候干燥，冷时凛冽，热时直冲，像一棵沉默不言的树，正如她心中的谢蕴。

她同样钟爱谢蕴。

明明杯里的水喝到见底，她感觉嗓子却前所未有的干。

谢蕴先走到窗前打开窗户，虽然在楼下就已经看到，还是要感叹她办公室才是看枫最漂亮的观景位。

谭怡人先开口："你怎么知道我在这里？"

"我要找你还不容易？"谢蕴淡笑。

谭怡人总觉得谢蕴一点也没变，可眉眼里又增加了新的情绪在，或许离不开母亲去世的缘故。

"我还想你的办公楼怎么选在这里，位置偏了些，下面的元宝枫倒是真漂亮。"

谭怡人不想跟他赏枫，准备提前给自己放假，把电脑放进包里，再拎起外套。

"走吧，别在这儿聊了。"

她自己的车就丢在了工作室楼下，坐上谢蕴的车后，两人又是一阵沉默。

谢蕴低声问她去哪儿，谭怡人看向他没说话。

四目相对，下一秒两人居然都没忍住，遵从内心深处的渴望靠近彼此，开始久违又漫长的亲吻。

孟梁的休息时间比秦昭长，实际上秦昭的工作和假期算得并不那么明显，她手头事一多，忙起来就顾不上给自己放假了。孟梁原本计划着出去玩，秦昭兴致缺缺，她喜静，直说现在到哪儿都是人挤人，不愿意。

再者说，也没提前约上别的朋友，只他们两个还不如留京放松一下。孟梁便也作罢，像一只无法出门的巨型犬，整个人都有些闷。

秦昭任他躺在自己腿上，手里拿着碗小番茄，和孟梁你一个我一个地吃着。Twinkle 也想尝尝，跳上沙发在旁边摇尾巴。

明明是中午，室内没开灯就黑漆漆的，电视屏幕切换场景闪烁。

她用脚指了指窗外，说道："你看看外面的天气，还想着出去呢。回头等过年假期长，我们再去旅游，周末了也可以去公园野餐，秋天最适合了。"

孟梁提议道："那你晚上陪我去健身，或者我带你去打网球。"

"我网球打得很烂的，有一个学期选了高老师的网球课，他脾气多好啊，居然期末告诉我不要再选他的课。我那阵子练到肌肉拉伤，浑身都疼，他可能被感动了，虽然我只发出去两个球，还是给了我一个 C。"

秦昭一边吃一边说，她已经很久没有做模特，和陆嘉见分手后有以前合作过的工作室找她，她都拒绝了。最近大概是压力有些大，她没少吃甜食，像是要养出来些小肚子。

"你是真笨啊。"孟梁伸手给秦昭擦了擦嘴角。

Twinkle 趴在他胸前撒娇，一室静谧安宁。

"你总想着带我去运动，是不是嫌我胖了？我最近吃得是多了点，等工作室招到人不那么忙了我就去健身。"

明明下班回家给她带蛋糕最殷勤的就是他，孟梁满脸玩味道："宝宝，我就是想动一动，不然我们上床动也行。"

说着，他就要把胸前的 Twinkle 抱下去，秦昭赶紧放下了玻璃碗，伸手按住他，说道："别别别，我忽然想起来，我羽毛球打得还行……"

几个小时后的室内羽毛球馆，秦昭额间出了层细细的汗，她累得不行，却被孟梁一再拖着再打一会儿，只能就地坐下直摆手。

"我怀疑你要谋杀我，真没力气了。"

孟梁也出了汗，笑着跑了过来："你别刚运动完立马坐着，站起来。"

莫斯卡托

"不行不行,我动不了了,天塌了我都不起来。"

此情此景让两人都想到了高中那年他拖着她绕小区外面跑步,她同样累到哀叫。

"多少年了,一点出息都没长。"

秦昭走到休息的长椅上坐下,拿出手机随意翻看,嘟囔着回答:"你倒是长进了,长进不少呢。"

秦昭躺在孟梁腿上,孟梁摸她草草绑住的凌乱的头发,低声说道:"我那个时候就想亲你,尤其是看你累得呼哧呼哧的样子。"

秦昭皱眉:"你怎么连满身汗味的人都不放过啊,变态。"

孟梁低头刚要吻她,以现在两人名正言顺的情侣关系为名义,却被秦昭反过来的手机屏幕挡住了视线。

秦昭目光沉沉的,示意他看手机屏幕。

孟梁看过去,发现是一个微信昵称叫"书和"的人不久前发的朋友圈,定位在三亚,打开图片是她和秦志忠以及秦彰一起的合照,笑得很灿烂。

显然秦昭没有给张书设置备注,显示的是最原始的昵称,而秦昭这番神色,显然是事先不知他们一家三口出去旅游。

孟梁还是推开手机,轻轻吻秦昭的唇。

她眼眶有些红,声音也有些委屈,还是挤出个假笑说:"气死了。"

这是他撒娇时最爱说的一句话,现在轮到孟梁嗔怪:"什么死不死的,不许说死。"

"还不是你经常说。"秦昭退出朋友圈界面,锁了手机,屏幕变为黑暗。

孟梁柔声开口:"阿昭不生气,你现在有孟梁哥哥,想去哪儿他都陪你去。"

秦昭真心笑着,说他肉麻恶心,随后坐起来靠在他肩头,徐徐陈述:"看她那么高兴,应该是秦彰出的钱,和他同龄的人都还在读大学,肯定没有几个有他赚得多。"

孟梁点头:"我好久没玩游戏了,比赛更没看,回头多关注一下你弟的队。"

秦昭眼神看得很远,声音也有些悠长:"算了,我觉得现在这样各过各的也挺好,我也不是很想和他们一起出去玩。"

他满脸赞同:"不论怎样,我一直都在的。"

孟梁没说假话,秦昭细品,他确实一直都在。

谭怡人身为老板也没给自己多放假,三号那天晚上,秦昭跟她打电话聊工作上的事情，听到那边有男人的声音叫她吃饭，猜到是谢蕴。

"谢蕴在你家呢？"秦昭没忍住八卦起来。

"这两天你都跟他在一起。"

"那我不打扰了。"接着秦昭先一步挂了电话。

电话另一头，谢蕴见叫谭怡人吃饭后人还没过来，走到落地窗前从背后抱住了她。

谭怡人心头微动，其实这几天他们在两人的关系问题上只字不提。

谢蕴在她耳边说道："和好了，好不好？"

"和好是什么意思？我们好过？"

"当初是我做得不够好。"谢蕴艰难地开口，"我没有办法，你还在读书，我妈病情一直不见好转，你想的事情我何尝不想……"

"现在她去世了，你就敢跟我在一起了？我就这么见不得人？"

"不是见不得人，不管你信不信，她去世前我跟她说了你，说了我们的事，她也接受了，只不过手术还是没成功。"

说到母亲，谢蕴的语气还是有些哀伤，谭怡人被他搂在怀里，回首这些年的事情，总觉得说不清楚到底哪是对哪方是错了。

谭怡人开口解释："那年我去了哈尔滨的，想把兰青山给她，但已经晚了。我以为你不会再见我了，你恨我。"

"我恨你干什么？"谢蕴像是听到天大的笑话。

"那你不接我电话，我打了很多次。"

"什么时候打的？我完全不知道。"

"6月20号。"因为是毕业季，谭怡人记得很清楚。

"那阵子我在选墓地，山上信号不好，应该根本没打进来。"

发现是一场乌龙而已，她最后的一点气也烟消云散，尴尬地沉默。

那天晚上睡觉之前，谢蕴给谭怡人讲了个很久远的故事。

谢嫣华当年在绥化与一个姓谭的男人相遇，四十多年前的兰青山，漫山都是刺槐和桃树。

年轻时的谢嫣华对爱恨感知浓烈，他们热烈地爱，又猝然分开。对方先结婚，谢嫣华便紧跟其后，区别是一对相伴到老，而谢嫣华又很快离婚，独自养育一子，终身没有再嫁。

谢蕴看得出谢嫣华介怀了大半生，只希望她在生命走到尽头之前释怀，庆幸如愿。

那年 10 月末，孟梁到上海出差。

他正和秦昭语音说到打算订回程机票，她那边打入电话，语音断线。

是有数月没讲过话的张书和。

每逢换季最易爆发流感，秦彰年纪小火力旺盛，上海已经开始降温他还穿着短袖到处晃，难免头疼脑热。他应该也是无意让张书和知道，毕竟张书和疼儿子像掌中宝，现在找秦昭帮忙买机票，非要去上海照顾秦彰。

秦昭好说歹说劝了许久，最后不得不搬出孟梁，说他人在上海可以帮她去看看。

张书和好像更相信孟梁一样，至此才算作罢。

秦昭挂断电话后站在窗前，看着外面夜色斑驳，耳边好像还回响着张书和焦急的语气，忍不住低声骂了句脏话。

等到那股烦闷消解了些，她才给孟梁回过去语音，那时候她又有些骤然释怀：既然每次和张书对话都那么疲累，各过各的未尝不是好结果。正如初恋并不代表就能永远在一起，亲人也从来不是非要保持虚假亲密。唯一叹惋的就是，张书和并不那么想，在张书和看来，有事找秦昭还是划算又靠谱的。

孟梁问秦昭刚刚怎么了，秦昭开口有些为难："你能不能再留在上海几天？秦彰感冒了，我妈说挺严重的，你去看看他就行。"

他松了口气，还以为是多大的事情，说道："好，现在就去吗？那我等他病好了再回北京，你也放心。"

秦昭心里升起一阵暖意，孟梁总是这么让她心安，轻声问道："你没有买机票吧？现在太晚了，明天再去，我心疼你呀。"

张书和打电话前，孟梁和秦昭都已经定好了日期和航班，电话来得急，秦昭怕他买了机票。

那边孟梁看着手边 iPad 停留的界面，面不改色地答道："没买，你不发话我哪敢买啊，万一姑奶奶不准我回去怎么办，没想到还真不让我回去了。"

他贫嘴间点了退票，耳边传来秦昭闷笑的声音。

她小女孩脾性那样啐他："你怎么总想让我当你长辈啊，姑奶奶、祖宗地叫，以前还叫过阿姨。"

"我这不是敬爱你吗？"

"呸，我又不会敬爱你。"

临挂断之前，孟梁低声说："我好想你，我已经一周没有搂着你睡觉了，我下次能不能把你装进口袋带着一起出差啊？"

秦昭有些脸红，嘴上还是要说："你刚跟我在一起就和我睡一张床了，我觉得我们有必要偶尔小别一下，省得你太早对我变冷淡。"

"你都哪里来的歪理，上次跟我说什么男人彻底懂了一个女人之后就不会爱她，我都喜欢你多少年了，成天担惊受怕一觉醒来你不爱我了。"

"孟公主，不要装怨妇。"秦昭敛笑扮严肃，"快睡觉，你今天也好辛苦吧，我以前上口译课都觉得压力大。"

孟梁靠在沙发间闭目养神，哼哼着回答："一会儿就去洗澡，明天还得刮个胡子去看我生病的小舅子，我要不要穿正装？"

知道他故意这么说，秦昭回过去："谁管你。"

后来孟梁在上海多留了五天，秦彰年纪小身体也好，吃了药见效很快。孟梁每天都去看他，很有先见之明地带着书和平板，因为秦彰并不健谈，也不会多搭理他。

他们基地别的选手听说了孟梁是秦彰的"姐夫"，反而对孟梁比秦彰还要热情几分，虽然一群二十岁不到的男孩大多把注意力投放在电脑屏幕上。

孟梁想起自己刚读高中的时候，最爱玩游戏，现在看着秦彰他们，只觉得自己离少年时代也有些久远，明明刚毕业不过半年，竟有些恍如隔世。

离沪的前一晚，看着夜幕初临，孟梁收了书起身准备告别。

秦彰沉默着拽下耳机放在键盘上，屏幕正停留在蓝焰金字的"胜利"界面，他无声地跟着孟梁出去，头一次送人。

临出门，秦彰还是拿了件不知道谁的队服外套穿在身上，拉链拉到最上面。他的侧脸更像秦昭，那一刻孟梁看着，就想到了高中时怕被别人看到脖子根部细小疤痕而穿立领校服的秦昭。

出了门，秦彰突然问了句："你能爱她一辈子吗？"

两人都停住脚步，立在有些凉意的秋风中，上海还是比北京暖上许多的。孟梁当时正在想，自己已经出来半个月，也不知道北京有没有降温，应该提醒秦昭注意添衣，尤其是不要再穿露大片脚背的高跟鞋。

孟梁看向那个与秦昭有六七分相像的男孩，青葱年纪，近一米八的身高，比自己矮了点，又摆出少年故作老成的气势。

孟梁忍不住笑了，在那阵风停下后开口："不一定啊。"

莫斯卡托

·240·

其实孟梁曾经对那句话嗤之以鼻，也曾和秦昭在缠绵时分提起过，人生走过二十余年，听过太多的"爱你一生一世"的允诺誓愿，他心里也不知自己能不能笃定地爱她一辈子。

只是这么一爱，八年过去，丝毫不见消减。

秦彰情感经历尚且空白，他最钟情且永恒的爱是游戏，也可能是鼠标，或者是用得最顺手的那副银灰色键盘。他因为还没经历过、挫败过、伤情过，一辈子脱口而出是那样轻易，所以对孟梁的回答也有些不悦。

秦彰白了他一眼，在门口有些昏暗的灯光下蹲着，低头说道："我相信你。你对她好点，她受了太多的苦，我也对不起她。"

孟梁听着秦彰那低落的声音，一时间不知该做出何种反应，只能安慰道："你还小，有什么对不起她的。再说你现在都能赚钱孝敬父母了，阿昭也觉得你有出息。"

秦彰掩面，声音悲怆，又染上些微不可见的窃喜："她真的这么说吗？"

孟梁走近拍了拍秦彰的肩膀，说道："当然了，你们是亲姐弟，她怎么可能不关心你。"

后来秦彰说了很多，在上海秋夜的凉风中，不是张书和那样的推卸逃避，二十岁的男孩看起来比年近半百的人还更勇敢、诚实。

"她表面上的坚强都是装的，你不知道，她最自卑了，还悲观。从我记事开始，我爸就总喜欢骂她，说一些很伤人的话。那时候我小，不敢帮她说话。我还很害怕，觉得姐姐长得漂亮成绩也好还要挨骂，等我上学了岂不是更可怕。

"但他们都不骂我，实在生气了也是说几句就完事，我想帮她分担一点，但没有办法。后来才知道，因为我是男孩，所以我永远不会承受那些，也正因为这个，她一直都不喜欢我。我们做姐弟越久，她对我越冷漠。"

两人一个由蹲着变为坐着，一个靠着边上的墙壁；一个说着，一个听着。

"我也很后悔，他们为什么要把我生出来，我后来就开始打游戏，戴上耳机就听不到爸妈骂她的声音了。我想帮她分担，又不想帮她分担，那些话听着真的太难受了。算了，我也不知道自己在说什么，反正在这个家里，没有人真心对她好、为她着想，我也是。可能唯一一点爱就是血缘里带着的，算不了什么。你会对她好的，是吗？"

那声"是吗"带着谨小慎微的试探和乞求般的希冀。

孟梁闻言愣了几秒，缓缓点头道："我会。"

他觉得秦昭还是爱父母和弟弟的，只是曾经受伤太深，如今选择"分道扬镳"。他还是安慰了秦彰几句："你好好打职业赛，给自己赚个前程，孝顺父母，别让你姐做这些了。"

秦彰喉咙发涩，点了点头，头又低了几分，语气哀戚："嗯。"

"你回北京吧，她只喜欢吃牛肉，讨厌海鲜。"

孟梁看着那个转身走远的背影，明知他听不到，还是轻轻应了一声。

她好像曾经是抗争过的。

秦昭大三那年本来打算考研，上次五一回小城听过了她和张书和说的那年春节发生的事情，孟梁大概想得到，她还是为了早点工作独立，而放弃了一些东西。

孟梁同样默默为她把自己的前路打算做出改变。

他在回酒店的路上对着夜色遐想：我的阿昭现在过得如愿吗？

应该是如愿的吧，即便偏差了些。他如今也有能力承担她的梦想，秦昭只要做自己喜欢的事情就好，不论怎样，都有他做最后一道防线，所有的一切都只为了让她得偿所愿。

孟梁回北京那天，刚一落地就开始下毛毛雨，天阴沉起来，气温更低了，只觉得身上薄薄一层的外套不够御寒。

看到秦昭站在接机口的围栏旁边，孟梁高兴到好像瞬间就驱散了寒意，低头看她的脚，确实没穿清凉的浅口高跟鞋，却也是露了大半脚面的小皮鞋，这种天气最容易受凉。

"昨天不是跟你说了不许这样穿，这下了雨更冷，你脚凉可别想着我给你焐。"

秦昭解释道："我在工作室呢，哪能穿运动鞋啊。这请了半天假来接你，就不回去了。"

"穿运动鞋没法工作？你一个做幕后的，又不是去演女主角，打扮那么好看干什么？"

孟梁就是担心秦昭所以瞎操心。

秦昭把臂弯挂着的一件厚外套给他穿上，再搂住那个啰唆的人的腰肢，说道："明天就穿运动鞋，穿长筒袜，行了吧。一回来就说我，你还是别回来了。"

他按住秦昭的脑袋，在她脸上狠狠一吻："穿不穿还不是看你心情，我

莫斯卡托

说话从来都不管用，小没良心的。"

当晚两人一前一后洗完澡上了床，孟梁坐起来伸手摸她的脚，凉得冰人，明明下午到家后就穿了地板袜，却是半点用都没有。

他冷脸下了床，从柜子里找出热水袋装上热水，放在了被子下，还用自己温热的手给她揉着，依稀看得到常年穿高跟鞋留下的痕迹，红红褐褐的，好不可怜。

见他不说话，秦昭缩了一只脚蹭在他胸前，已经暖了许多。她放低了语气道："孟梁哥哥，你真好，真好。"

孟梁动了动眼皮，冷哼回应。

秦昭便上赶着找话："你看没看过《色戒》，里面易先生也脚寒，易太太娇羞着说晚上要给他焐脚。"

孟梁回答："你在暗示我你外面有王佳芝了吗？还给人送鸽子蛋？"

"没有，没有。"她连连否定，叫他躺上来，"我肚子疼，再给我揉揉肚子好不好？"

孟梁板着脸，松开了她一双瘦脚，把热水袋放在了个合适的位置，侧着身子躺下去，手伸进衣服里给她揉肚子，不厌其烦，一圈又一圈。

秦昭合眼享受着，不知过了多久，开始有些困意。孟梁一只手始终没换过，她肚子那股寒意缓解了许多，脚也暖融融的，翻身一只腿搭在他身上，抱得很紧，一副黏人的样子。

"孟梁，我发现你有时候特别傻。"

"我怎么傻了？"

秦昭心想：让他给我揉肚子，我不喊停他就不停，丝毫也不见偷懒懈怠，可不是最傻的那个？

"你只能对我这么好……"

"对你我已经挖空心思了。"

她动容，超级小声地在他耳边呼气，说道："我好爱你，孟梁。"

孟梁也有些累，闭眼嘟囔着回应："我也爱你，乖乖穿鞋更爱你。"

秦昭低声应承下来，伸手拍打着孟梁的背，一起昏昏入睡。

秋末，办公室窗外的元宝枫彻底落成枯枝之时，给所有人来了个始料不及——谢蕴向谭怡人求婚。

谢蕴趁谭怡人睡觉时偷偷量了她手指尺寸，那天谭怡人还纳闷耳机线上怎么多了个黑色的记号。晚上接她下班时，就在工作室楼下门口，男人单膝下跪。谭怡人立刻红了眼，心脏仿佛要跳出来。

来接女友下班的还有孟梁，他姗姗来迟，只看到谢蕴为谭怡人戴上戒指抱得美人归的结尾，然后凑近人群揽住秦昭。

见孟梁看着谢蕴的背影半天没回过头，秦昭挽住他手臂，问道："你发什么呆？走呀。"

孟梁这才跟她往路边的停车位走，坐上驾驶位后，他怔怔地说："那个就是谭怡人的男朋友？"

秦昭哼了声表示肯定。

孟梁接着说："我见过他……你记不记得那年元旦晚会，方老师伴奏那次，下台后咱们在化妆间闲聊，我先出去了。"

秦昭这才当回事，呆呆地接下去："他来了？"

"对啊。当时你们都在那儿开玩笑，我出去正好看到人家走了。"孟梁本来想说当时大家在开谭怡人和谈明的玩笑，想到也开了秦昭和陆嘉见的，还是只说了开玩笑。

秦昭一直没讲话，孟梁忍不住戳她，问道："怎么了？"

"没事。"她淡笑着说，"就是忽然想到《一代宗师》里说的那句，念念不忘必有回响。"

说的是谢蕴和谭怡人，也是孟梁和她。

那晚谭怡人和谢蕴坐在沙发上，裹着同一张毯子，看了部黑白老电影，英格丽·褒曼美到令人心碎，结束后放着片尾曲，她劳累一天在他怀里昏昏欲睡。

谢蕴吻她额头，打破安静："我以前总觉得你小，怕你不懂爱，就这样草草选择了我将来保不准会后悔，所以当时我不敢给你承诺，我错太多了。"

谭怡人没言语，听他自顾自地说下去："从以前到现在，我一直确定的一件事就是，我会一直陪着你。分开之前那阵子我甚至想，你想和同龄人谈恋爱就去谈，但我永远会在的，永远都会。"

"可我不想和除你以外的人谈恋爱，你明知道我只想要你。"

"后来才知道，我太迟钝了。分开第二年，我陪妈妈去养病，妈妈去世前那阵子她应该过得还算开心吧。你毕业那年回国，事情太多，一稳定下来我就飞北京了。"

沉稳成熟的男人羞于开口说那句：其实当时很怕你身边另有他人。

谭怡人抱紧了谢蕴，整个人缩进他的怀里，半天才喃喃地说："说不清楚，就觉得认识你好久好久了啊，想一辈子和你在一起。"

谢蕴想到谭怡人曾经买过的茶花烟："初相识，如故人归吗？"

后来他们商量着明年春节回绥化过年，那里有谢嫣华留下的一处房产，推开窗便是一片湖，想必快要结冰了，而对面就是兰青山，风景和空气都特别好。

此间也是一片静好。

2019年的12月下旬，秦昭生日，北方室内的供暖火热。孟梁请了许多人来，像是一个迟到半年的暖房派对，也是前所未有正式地为秦昭庆贺生日。

下午两个人就开始准备食材，从超市回来的路上还特地多买了几束花，插在客厅和卧室的花瓶里，给 Twinkle 换了件丁香紫带蝴蝶结的衣服，任它满客厅跑。

来的除了谭怡人和谢蕴，还有顾宸两口子，他们俩的孩子送到了爷爷奶奶那里。来的人都带了礼物，让秦昭有些红脸，害羞地收下。

秦昭好像还从未同时被这么多人关注过，满心暖意。

看着客厅里热闹的场面，秦昭在厨房做最后一道菜，见孟梁进来忍不住说道："不是说好就请他们来吃饭吗，平常一点，怎么都知道我过生日，怪不好意思的。"

孟梁显然没放在心上，拿了双筷子嘴馋地尝菜，说道："你跟他们客气什么。顾宸小时候没少抢我东西，这是当爹了才稳重了点。"

他嘴里说个不停，吃也堵不住："怎么能平常呢，一年 365 天，属于你的特殊的日子才占几天？你不喜欢仪式感吗？"

秦昭一边听着，一边笑，手上比量着选个合适的碗："喜欢，这不是怕麻烦嘛。"

孟梁自然知道秦昭是中意浪漫的人，故意扮凶道："那不就结了，话多。"

当晚宾客尽欢，吃完饭还一起坐在沙发前你一言我一语地闲聊。顾宸直说好不容易摆脱了家里的小魔王，只恨孟梁这里没有麻将机，不然还能搓上几圈。

实际上如今的悠闲也已经足够。

手中有酒，前路有望，情人有伴，再好不过了。

送走了客人后，客厅里摆着的复古蓝牙音箱还在唱着，正放到一首老歌，是林志美的《初恋》。

歌词唱初恋，孟梁怀抱初恋。两人靠在沙发上，在暖黄色金灿灿的吊灯下，无声温存。

他刚刚好像说准备的礼物藏在了卧室，要带自己去看，秦昭搂住他的脖子，呼吸间都是孟梁的味道，还有唇齿残留的香味，是秦昭专门为他买的低度数小甜水——莫斯卡托。

孟梁如同拥着自己的整个世界，一颗心软得不像话，柔声说道："阿昭，有时候回想我们之间走过的弯路，后悔让你在恋情中受伤害，觉得自己当初太懦弱了，应该早点说出口。我又想可能一切都是命运的安排，现在也未尝不是最好，爱真复杂啊！"

秦昭倒出最后一杯酒，晃荡着浅色的液体，你一口我一口，再互相交换味道，情人缠绵。

秦昭笑着说："我今天好开心，再告诉你一个秘密。"

孟梁皱眉问："上次不是说没有秘密了？"

"要不要听？那我不说了。"

"你说，我要听。"

她附在他耳边，心跳有些异常，幽幽地开口："你十八周岁的第一天，我吻过你。"

那年孟梁生日，秦昭站了十几个小时回小城见他，在他生日当天最后一分钟道了句"生日快乐"。

凌晨过后，孟梁十八周岁的第一天，秦昭做完周末要交的翻译作业，回头看着孟梁。

她倒是第一次见到他睡觉的样子，依旧是她心里纯粹和煦的大男孩，睫毛生得很长很翘，还看得到双眼皮那条淡淡的褶，鼻梁很高，顺着滑下去就是一张不薄不厚的嘴唇，正微微张着。

靠着睡太容易张嘴了，而张嘴睡觉会影响嘴型。

秦昭伸手想帮他合上，指腹不小心摸到唇瓣，很软很嫩。

接着，她虔诚闭目，蜻蜓点水一般，吻了上去。

莫斯卡托

那是秦昭的初吻，当时她心想：这也是孟梁的初吻吧。

孟梁从头到尾愣着神，把头埋在她发丝间，眼睛有些红，半天不知道说什么。

小小的音响还在唱着"轻快的感觉飘上面，可爱的一个初恋"，秦昭想起大概一年前的这个时候，自己买了名气很大的莫斯卡托小甜水。对于入睡困难的她来说，度数太低像饮料，并不喜欢，开瓶后陈放许久，直到跑味。

如今却觉得甜度刚好。

因为孟梁于她，就是莫斯卡托小甜水。

秦昭也不知道，那种拨云见日的感觉，算不算客厅里挂着的那幅字上写的"究竟涅槃"。

她忍不住想起曾经喜欢过的一首诗：春有百花秋有月，夏有凉风冬有雪。若无闲事挂心头，便是人间好时节。

而把孟梁挂心头，便是她的人间好时节。

爱不是时间的玩偶，虽然红颜到头来总不被时间的镰刀遗漏；爱绝对不跟随短促的韶光改变，就到灭亡的边缘，也绝不低头。

——《莎士比亚十四行诗》

番外一

MOSIKATUO

团圆

1.

秦昭和谭怡人创业后，也算得上是半个老板，孟梁已经开始放年假，她还在早出晚归。

那天秦昭回到家就栽在沙发里，孟梁捧着碗沙拉过来，喂她几口，问道："你们什么时候放假？谭老板怎么回事？"

"就这几天了，得把片子后续的事安排好，省得到时候出差错，再这样下去，我也挺不住了，几周没休息了？"

孟梁把秦昭的脑袋放在自己腿上枕着，说道："两周了吧。"

两人默契地谁也不提过年的事情，好像打算在北京一起过，冷清，且没有置办任何年货。而孟梁长这么大，还从未离家过过除夕。

孟梁先忍不住，柔声提出："阿昭，跟我回家过年吧。"

见秦昭沉默，孟梁没敢继续说，彼此都有些紧张。

许久，秦昭吞吞吐吐地说："孟梁，我还是不想结婚。我们当初说好的，如果你想的话……"

生怕她说出不中听的话，孟梁马上打断："你又要说什么瞎话，谁催你结婚了？"

秦昭总觉得见家长和结婚挂钩，虽然施舫和孟兆国她曾经见过许多次，如今再见，自己的身份却是不同了。

"那你什么意思？"

"我这不是想着就咱俩在北京过年，多冷清，你又不想回自己家，我哥他们都回家里老爷子那边去了，怡人肯定也不在北京吧？"

秦昭若有所思，觉得有道理，内心也有些松动。

于是农历二十八那天，孟梁开车，带上穿着新衣的 Twinkle 和一应年货，

莫斯卡托

开车回到小城。

副驾驶上坐着的当然是秦昭。

秦昭重回小城，奔向的是自己高中时住过的小区，可回的不是秦家，而是孟家。她心情说不上好与坏，但有些奇怪的情愫。

最高兴的莫过于施舫，孟兆国其次。

孟梁只说了带女朋友回来，却没说女朋友是何方神圣。孟梁开门的时候，施舫正在厨房做午饭，闻声赶紧迎了过去，看到穿着水红色大衣、眉目明艳的秦昭，愣在了原地。孟兆国也举着遥控器愣住，太过震惊。

秦昭先开口，笑着叫了声："叔叔，阿姨。"

孟兆国带着审视的眼神看向孟梁，父子俩默契地交换目光。

施舫反应过来，上前打了孟梁两下，语气有些激动又凶狠："你这个小兔崽子，学会唬我了是不是？"

她以为孟梁说带女朋友回来是骗她的，秦昭才不可能成为儿子的女朋友。

孟梁满脸委屈，躲着施舫的攻击，搂住秦昭，用她来挡住施舫，软了语调说："谁唬你了？我去年跟没跟你说，昭昭进咱们家门就是给你做儿媳妇的。这带回来了你又不信，我俩都在一起快一年了，谁唬你？"

施舫听明白了更气，说道："在一起一年了都不告诉我？我跟你视频也没有看到过昭昭，夏天的时候你去了北京，我还以为你彻底开窍不做白日梦了！"

孟梁放弃，把秦昭推到施舫面前，对秦昭说道："你跟她说，她不信我的，我去厨房做菜。"

施舫又表示怀疑，问道："你还会做菜？本事长了不少。"

秦昭心里暖融融的，脱了大衣挂在衣架上，带着施舫坐下，说道："阿姨，他真没骗你。我跟他回来陪你们一起过年。"

"你真的和他处朋友了？"

"嗯……我们在北京住一起的，是男女朋友，他还经常给我做饭呢。"

施舫搂住秦昭，把头搭在她肩膀上，笑得有些不真实，说道："老孟你快帮我看看，这真是昭昭吗？之前住我们家对门的昭昭？儿子出息大了，把喜欢那么多年的姑娘带回家了。"

孟兆国淡笑，看秦昭在安抚施舫就没凑过去，点头应答："是昭昭，高中时来过我们家的那个。"

施舫笑眯了眼道："真好，真好。"

那年还是秦昭的本命年，拜孟梁和施舫所赐，自己毫无准备也凑齐了一应红色物件。还有回小城之前最后一次跟谭怡人逛街，她非要送的一套红内衣。

晚上秦昭穿着红色的睡衣，胸前口袋上还刺了朵金色的绣花，看着越发福气满满。她坐在孟梁的书桌前，好像上次坐在这里，还是高三那年，一晃过去五年了。如今她手里正拿着施舫晚饭后给她拍的照片，这本小小的相册里还有十几张照片，都是秦昭十六周岁生日那天她和孟梁玩雪的画面。

秦昭想着：施舫是真好啊。

相册翻到最后，是画质不太清晰的一张合照，就是那年两人一起去看《泰囧》后在圣诞树下的合照，时光如飞。

除夕夜当天，热闹温情，秦昭人生行过二十余年才知道，自己讨厌的不是热闹本身，而是眼见的虚伪温情。

往年孟家大多回老人那边和堂表亲一起过年，今年顾虑秦昭定然不好意思，便在自己家过。施舫仍旧记得秦昭不喜欢吃南瓜，厨房的地上放着个都要烂掉，也绝不做好送上桌。被孟梁看到嚷嚷着"浪费"，还要说她"矫情"，秦昭一个眼神扫过去，他又歇了气。

孟梁不收红包了，现在变成了他孝敬父母红包。而秦昭莫名地收了个鼓囊囊的红包，被孟梁笑着按下收进口袋，她还是有些不好意思。

她没想到当天还会收到快递，寄的是北京住处，只能等回去再取。

同时，一场突如其来的疫情开始大范围爆发。

因为担心封城或是管制，初三两人就回了北京，忽略了根本难以复工的现实。

孟梁想得长远，在尚且不是很严重的时候就做了准备。他和秦昭一起全副武装，去超市买了好多食材，到楼下搬了两趟才搬完。

那几天赶上秦昭经期，孟梁便让她在车里等着，不让她出力。秦昭心里装了个事，短暂犹豫后还是打开微信，找的是秦彰。

【出门戴口罩，回家洗手，让他别出去跟人喝酒了。】

她想了想还是再问了句：【买到口罩了吗？没有跟我说。】

秦昭做不到全然不顾家里的人。

莫斯卡托

她发完消息就在车里拆了快递，包装得很严，她没细看快递单上有没有保价，打开后还是有些惊讶，第一想法是别人寄错了。

这是一条项链，秦昭认识这个牌子，价格不菲，因此自己从没想过买。

她转而又想可能是孟梁偷偷准备的，可大年三十寄到了北京家里，不像他做出来的事。

看孟梁回来拿最后几袋东西，她下车问他："你买的？"

"不是我。"

秦昭实在想不出来会是谁，甚至都要怀疑到陆嘉见头上了，正打算拿出手机给快递员打电话问问，就看到了秦彰的回复，也是两条信息。

【我托朋友买到了，已经告诉爸别出门聚会了，最近我都会在家。】

【快递收到没？】

她恍然，是秦彰送的。

庚子年的正月是个暖春，两人进了电梯间，秦昭却鼻头眼睛都有些红，攥着项链盒子表情深沉。

孟梁嫌热解开了大衣扣子，里面穿了件轻薄的、领子有些低的针织衫，隐约可见胸肌。这件针织衫是秦昭挑的。

他双手都拎了东西，只能用胳膊肘顶她。

秦昭回过神来，觉得他是真的傻，说："你不会放在地上？一直拎着不嫌累，就你力气大。"

"想什么呢，怎么了？"

秦昭觉得眼角有泪，怕弄花妆，小心地用指头擦掉。她低声说道："初中的时候，秦彰弄坏过我的一条项链，那时候零花钱少，我攒了好久买的。他还说是地摊货，我就把他打了。那时候他打不过我，哭得满脸通红，我妈在旁边哄。回到房间我也哭了，一个是心疼他，我从小到大就跟他动过那么一次手，打重了；另一方面就是，我妈又忽略了我。"

她抽了抽鼻子，像没事人一样转移话题："我不懂电竞，他们队好像今年成绩还不错，也不知道他送我项链和这件事有没有关系，应该有的吧？"

电梯抵达楼层，孟梁带着她走出去，笑得有些悠远绵长，说道："我觉得有的。"

秦昭说："那我回头又要给他选个礼物了。"

"你再送他个键盘吧。"

"他刚打职业的时候我送过。"

"那都多少年了，他经常用键盘的，再送一个。"

"有道理，晚上帮我看看。你怎么不玩游戏了，不然给你也买个。"

"游戏哪有你好。"

秦昭从不看游戏比赛，最多关注一下结果，不知道她那个内向的弟弟每次打比赛用的都是同一个键盘，几年前的款式，过时了。

后来延迟复工的大半个月里，秦昭后悔过早回北京。因为同一个屋檐下只有他们俩，孟梁宛如橡皮糖成精，甭管她做什么都要黏在旁边。

她看电影，他一起坐在地毯上贴得很近；她做饭，他也跟着非要帮忙打下手。

"孟梁，你们什么时候上班？我要烦死你了。"

"这才一年，你就烦我了？"

"不是那个意思，你离我远点。"

"不行，过来陪我洗碗。"

"自己洗。"

有天秦昭打开冰箱发现酸奶没了，穿上外套拿了口罩就打算下楼。

果不其然，除了跟着凑热闹想下楼的 Twinkle，还有在沙发上投来可怜巴巴目光的孟梁，那股殷切比 Twinkle 还胜几分。

"你去哪儿？"

"买酸奶，冰箱里没有了。"

孟梁起身跟着，说："我也去。"

秦昭哭笑不得，把口罩放回玄关的柜子上，直接说道："那你去买，就我爱喝的那个。"

孟梁摇头道："我们一起。"

"你害怕一个人下楼？"

"不怕。"

秦昭径自牵着 Twinkle 出门，果然孟梁跟着进了电梯，还凑过来低头吻她的脸颊，很是缠人。

"我想上班。"秦昭说道。

"你想着吧。"孟梁回答。

莫斯卡托

下午，孟梁终于做了点正事，打开电脑翻译个文书，说是顾宸托他帮忙。

秦昭看他在电脑前专注的样子，眉眼中可算有了些成熟稳重的气息，不再是这些天黏在自己身边撒娇耍赖的男孩。她在旁边戴着耳机看电影，是孟梁要求的作陪。

趁他不注意，秦昭放下耳机钻进卧室，可算得了几分清闲，倒头就睡午觉。

结果她被轻敲键盘的声音吵醒，睁开眼就看到孟梁靠在床头的身影。

秦昭哀叫，故意发狠地说："你离我远点，再这样我离家出走了。"

他眯了眯眼睛看她，起了坏心思，扣上电脑放在床头，开始脱衣服上床。

下午，天气晴朗，窗帘只拉了一层薄纱，朦朦胧胧的。

他用另一种方式发狠地问："离你远点是不是？"

秦昭连连否定："不是……不是……"

"烦我了？每天看我看腻了？"

"没……"

秦昭还要被孟梁要求着一遍遍说爱他，真是纠缠至极。

平静后，秦昭说："孟梁，我以为我们已经过了热恋期。"

"没有过，就像我怎么喜欢你都不够。"

"嘴抹了蜜？"

"你尝尝看，我也不知道。"

孟梁从背后搂着秦昭短暂午睡，秦昭胳膊从被子里伸出来，拿了手机，刚好看到谭怡人发来消息。

秦昭问道：【急，男朋友太黏人怎么办？】

谭怡人：【惹你烦了？那就甩了。】

秦昭：【不行，他非我不可，没我不行。】

谭怡人：【……】

秦昭：【其实还挺可爱的，你想象一下那么高大的男人像 Twinkle 一样跟你撒娇，天！】

身后孟梁的呼吸沉静而安稳，他总是下意识地凑她很近，她忽然就又有些困意，跟着入睡。

梦里回到那年生日，雪下了一下午，小区里遍地积雪，秦昭直勾勾地盯着孟梁问了一句"你是不是喜欢我"，然后被他按在雪地里，看不见背后那个人羞红的脸。

秦昭当时觉得天降祥瑞是老天爷最大的祝祷，怎么也没想到还有孟梁这么个恩赐。

属于秦昭的好时节到来了。

2.

12月下旬，谭怡人在阳历生日当天和谢蕴领证了。

他们只在工作室发了喜糖，两人都不算清闲，暂时没打算把婚礼提上日程。年关将近，她手头排了几个片子要拍，谢蕴也有公事，那阵子常往绥化跑。兰青山开始动工了，山顶修建禅寺，沿山植树修路，荒废已久的地界终于在冬日里有了人气儿。

期间除了谭怡人农历生日时，谢蕴多在北京留了几天，绥化很多事情要他亲自去谈，新婚夫妻聚少离多。

秦昭忍不住打趣："咱们下班出去喝几杯？"

"喂？孟梁吗？"谭怡人假装举起电话，引得秦昭卷着拍摄表轻打过来，随后老神在在地说道，"二十多岁的男孩呢，是醋瓶子，刺生生地戳人；三十多岁的男人是醋坛子，闷酸闷酸的，啧……"

谢蕴不在北京，谭怡人开车送秦昭回家，顺便蹭个晚饭。

绥化是吉祥安康，大连是远方，北京是太平永定。

1月中旬，谭怡人开始放假，先飞绥化，大年三十再回祖宅。

谭怡人在谢女士留下的那幢中式别墅门口下车，司机推开仿古的将军门，利落地拿下行李箱放在玄关处。谭怡人不见谢蕴，带着迟疑走到了院子里，看到青灰色的石桥假山，池塘已经结冰，景致很美。

她拿手机准备打电话给谢蕴，问他搞什么名堂，人却出现在上方二楼的阳台上。

谢蕴撑着栏杆微微欠身，低头朝她一笑，声音低沉，好像百年不变："谢太太到了？"

大年三十那天，谢蕴驱车，带着谭怡人从绥化回到哈尔滨。

祖宅里，太奶奶更加老迈了，看到谭怡人依旧是那副笑容，她皮包骨头一般的手指抬起又放下，一时说不出来她是谁。

谭怡人温顺地叫了声"太奶奶"，然后亲自推着轮椅，带人上楼吃药。

谢蕴的小姨见状忍不住背过身偷偷擦眼泪，说道："最近几个月老太太话少了好多，精神头也大不如以前了，我生怕她一觉睡过去后就再也起不来。"

晚上吃年夜饭的时候，家里人太多，还有小孩子到处打闹。谭怡人陪着太奶奶到了偏厅，电视上放着春晚。

老太太听个热闹而已，看谢蕴坐在旁边，扭头朝着谢蕴笑："情债还完了……娶老婆了……"

谢蕴失笑，喂给她一口切好的香蕉，说："小姨还说你最近糊涂了，我看她是被你骗了。"

太奶奶咯咯笑着，也不知道听懂没有。

谭怡人拿了条毯子回来，打算给太奶奶盖上，进了偏厅就看到眼前的温馨情景，也跟着笑了。

2月份赶上疫情，他们在绥化多留了半个月，兰青山的一应事宜也向后拖延。

谭怡人站在别墅的阳台上，看得到远处山上多了些东西，晨雾之中未修好的山路像仙人抹去的模糊足迹，禅寺轮廓若隐若现，隐秘而幽静。

谢蕴端着杯茶过来，问她喝不喝，她摇头拒绝。

他喜欢喝浓茶醇酒，戒烟之后倒是拾起了茶。

"兰青山风水不错，等禅寺建完，我打算把她的骨灰迁到往生堂。"

谭怡人自然知道谢蕴说的是谁，点了点头，又去闻他杯子里的茶，不自觉地皱眉嘟了下嘴，还是没喝。

谢蕴看在眼里，只觉得她可爱，冬日天寒，揽着人进了屋子里。

回北京后，谭怡人或是在家里审审片子，或是跟秦昭一起磨剧本，疫情期间的日子过得散漫又枯燥。

那天她翻出来套崭新的文房四宝，来了兴致，在窗前的书桌上开始写软笔。谢蕴本来在书房擦拭几个摆件，闻声过来，坐在她对面的椅子上看着。

谭怡人显然不是常写的，笔力有些欠缺，但风格很明显，他看到那字迹淡淡一笑。

她写的是：【谢却青山，雪中春信无缘。香消散，惊声尽，前世断。寒塘千山一江水，生生月仍在。九重峦，双飞燕，今生还。】

期间谢蕴回了趟书房，再过来时，手里拿着枚有些熟悉的玉石印章，说道："你这字摹得倒是妙。"

前些日子，谢蕴在书房里挂了一幅民国时期谢家有个叫谢寒生的先人的字，写的正是这首《酒泉子》。

谭怡人便猜到了谢蕴拿的那个印章是谁的，跟他要了过去盖在上面。

谢蕴笑着说："你临摹人家的字就算了，还盖人家的章，我是正经人，从来不售假的。"

"谁让你售假了？收藏起来，一百年后也成了古董，让他们分不清真假。"

那一刻，窗外午间阳光正浓，迟迟春日初露头角，人间四月天。

谢蕴拿起了那张宣纸细细品她凌厉的笔风，满眼认真。谭怡人痴痴望着他留下了一些岁月痕迹的面庞，幸福感满溢到不真实。

被那束目光注视太久，谢蕴略微放下手，低低"嗯"了一声表示询问。

"我怀孕了。"谭怡人忽然觉得，这一生再好不过。

莫斯卡托

番外二

MOSIKATUO

征途漫漫

1.

工作室从年前就在筹备城市故事的系列企划，秦昭借着居家办公期间连脚本都已经写完，复工后便和谭怡人紧锣密鼓地推进拍摄计划。这个系列势必要一直做下去，秦昭先选择熟悉的城市下手，春天里拍完了北京，又就近拍了天津，入夏的时候决定回大连。

孟梁到北京之后开始做口译，工作时间没那么固定，听秦昭说要去大连拍摄，他请了假也跟着去散散心。

谭怡人在大连的那套房子空置已久，为了节约经费，把同行的拍摄人员安顿在酒店之后，他们三个在谭怡人家里住。

抵达当天，秦昭觉得还是要提前跟孟梁讲好："你跟着我来肯定是要做苦力的，怡人现在怀着孕，你多看着点她，我就不用你操心了。"

孟梁活生生一个黏人精附体，恨不得一天有二十五小时和秦昭在一起，语气夸张地撒娇："你男朋友是那么不懂事的人吗？只要能和我们昭昭在一起就是最大的幸福啦……"

谭怡人来客房送空气净化器，恰好听到了后面这句，冷笑着说："恶心。"

秦昭点头赞同："恶心。"

孟梁耳根子红得彻底，撑着厚脸皮说谭怡人："你这肚子都显怀了，你家那位都不陪着，你在这儿羡慕吧？"

"我和他这叫各奔前程，高处见。"谭怡人仿佛听到天大的笑话，转而跟秦昭打趣，"辛苦你了，工作够忙了还要带个儿子。"

秦昭憋着笑说："没办法，能力越大责任越大。"

谭怡人走了之后，孟梁才反应过来两人在拐着弯吐槽他呢。

秦昭摇头说："不是拐着弯吐槽你，是明着骂你。"

三个人在同一屋檐下，虽然每天早出晚归很少在家，但总觉得仿佛回到

·257·

了读大学的时光片段。毕竟整个大学阶段，孟梁和秦昭都是以朋友的关系相处，谭怡人同样是朋友，三人一起吃过很多顿饭，逛校外的小吃街，周末约个电影或是一起参加活动，孟梁选择性地记住那些没有陆嘉见的部分。

那时秦昭还总打趣孟梁和谭怡人，说他们两个始终不谈恋爱，恐怕随时要出家。如今孟梁已经和她稳定恋爱一年多，谭怡人速度更快，火速进入婚姻并且怀孕，年底就要生产，变化斐然。

秦昭和谭怡人嘴上打趣孟梁，喜欢拿他年纪小做文章。

孟梁私底下爱和秦昭撒撒娇，但在外人面前还是很克制的。秦昭为此评价他是在外人面前还知道要面子，私底下就是一点都不要了。谭怡人孕期做很多事情都不方便，孟梁便在旁边帮她打打下手，再小心着点孕妇的脚下，免得她被各种线缆道具绊倒。

当时负责掌镜的摄影师是谭怡人从大连当地找的，还以为孟梁是谭怡人的丈夫。

吓得孟梁一通摆手，指着远处和工作人员交涉的秦昭说："我是她男朋友，来跟班的，顺便照顾孕妇。"

晚上开车回去的路上，谭怡人笑着跟秦昭说起这个插曲，秦昭没当回事地笑笑。

孟梁一边专注地开车，一边说道："人家都误会我是她老公了，你还笑得出来？"

他神经大条，私底下说话不过脑子，谭怡人抓住了就要打击他几句："怎么，误会你是我老公很丢脸？"

"谁乐意当你老公？凶死了。"

谭怡人冷笑道："明儿个我给你做个牌子挂脖子上，上面写着'秦昭专养人型宠物'怎么样？省得再把咱们孟大公主气到。"

"不要吧……"秦昭出声拒绝，她觉得这种事孟梁还真有可能答应。

孟梁显然跟谭怡人杠上了，说道："怎么不要？要！你让她赶紧去做，做完我就挂脖子上。"

秦昭无奈地回头看坐在后座的谭怡人，见谭怡人憋着笑，挑了挑眉。秦昭总觉得那挑眉的含义是：看看你家的傻公主。

秦昭心想：是挺傻的，这股傻劲儿又挺可爱的。

拍摄结束的那天中午，一行人聚了个餐庆祝，随后谭怡人先回家休息，

莫斯卡托

她最近太过操劳，明天还要一起赶早班机飞回北京。

秦昭和孟梁自诩没怀孕的人就是精力充沛，驱车回了趟学校，结果因为封校的原因没能进去，就连校外那条有名的小吃街也无人出摊。

傍晚的时候，天空是暖融融的橘色，秦昭和孟梁坐在学校对面路边的台阶上，手里拿着一支巧乐滋。同样的时间点、同样的两个人、同样的雪糕，上次还是高中那年，秦昭准高三，孟梁开学就要文理分班。

秦昭偷偷用余光看孟梁，两个人短暂地谁也没说话，她想的是现在的自己和一年前的自己心境大不相同。不可否认，陆嘉见在她刚读大学很艰难的那两年里带给了她很多的快乐，并且让她自信起来，可后来延期毕业半年也离不开他的原因，所以秦昭在刚毕业的那一年里是迷茫的，好像一直以来维系构建的世界骤然归为黑暗。她无法避免地颓丧了一阵子，幸好孟梁来得及时。

孟梁转头就对上秦昭偷笑的表情，把手臂伸过去将人揽到怀里，问道："傻乐什么呢？"

"开心还不许乐？"

"学校也没能进去，小吃街也没吃到，'遗迹串吧'还没开门呢。咱俩但凡穿得破点，在这路边一坐，前面放个碗，肯定有人往里扔钱。"

她嘴角始终扬着，说道："就是想到了一些以前的事。"

"前男友就别想了啊。"

"你别说，还真想了下，就一下。"

闻言，孟梁咧个嘴对她假笑加冷笑。

说着说着就说到了她毕业那两人吵架那次，秦昭小声解释道："不跟你说真的只是我不想说，我觉得不光彩。其实本应该如此吧，我这大学四年在学业上是挺荒废的，华教授让我高级英语挂科也算是报应了。"

孟梁淡笑道："你开心就好了，办活动什么的你不是也积累了经验嘛，不算白过。我后来也想清楚了，当时是有点冲动，我应该一直陪着你的。"

"哪能让你一直陪着我，那你还真成'备胎'了。"

"我这叫深情，什么'备胎'。"

有些事情孟梁也不想再多说，那天和秦昭吵完架之后，他去办公室找方老师拿他们班那门课的最后一次作业的批改结果。教师办公室的空调开着，不比室外燥热，他整个人也冷静了不少。

孟梁和方老师私交不错，当时办公室里就他们两个，孟梁坐在沙发上就和方老师聊了几句。

孟梁说道："我就是为秦昭不值，她对人死心塌地、掏心掏肺的，人家对她是这样吗？搞得自己延期毕业，延期毕业是什么光彩的事儿吗？真不值得。"

方老师比孟梁成熟太多，对此淡笑置之："就因为不光彩才不想到处说。至于值不值得，你现在为她这么生气着急，我也可以替你不值得，那你是这样觉得的吗？感情上的事情不问值不值得。"

"不问值不值得，那问什么？"

"什么都不问。"

孟梁觉得方老师像是在跟自己打禅机，拿着作业离开了办公室。他在回去的路上一直在想那句"什么都不问"，似乎没懂，又似乎懂了。

太阳已经彻底要落下了，橘黄色的天变成深蓝色。孟梁盯着校门口呆呆地问一句："怎么没有学生出来呢，他们在上学吗？这学校里像没人似的。"

秦昭忍不住敲他脑袋，说："封校封校，外面的人进不去，里面的人也出不来啊。"

他"哦"了一声，然后两人对着校门口硕大的匾额沉默，心境大同小异。

后来秦昭轻声问道："其实我很好奇。"

"好奇什么？"

"你闷不吭声地报了和我同一所大学的同一个专业，你当时怎么想的？毕竟我从来没说过喜欢你，大一那年认识了新朋友也不怎么理你，而且陪你回去过生日那次，我吻你你也不知情……"

孟梁愣了半天才说："我不知道，我没有想过这些。"

他是直到那瞬间才发现，要不是秦昭今天问自己，他好像永远也不会想这个问题，更不要说问题的答案。

秦昭靠在他肩头，等待最后一抹残阳消逝，才问道："后悔过吗？"

"没有啊。"感情上的事不问值不值得。

他哼了一声，故意抖动肩膀顶她的头。秦昭便不再说话了，藏在他身侧，嘴角泛起笑容。

傍晚的天空很美，周围都是学生时代共同呼吸过的空气和熟悉的场景，孟梁心事沉沉，满腔的爱意泛滥。

他想：如果非要形容一下自己当时的心境，秦昭独自离开小城要去学习

莫斯卡托

不喜欢的专业，正如一句歌词"我毅然踏上征途漫漫"，那么我追随她的意义就是要告诉她并非是一人踏上征途漫漫。

2.

2020 年下过雨后的秋天，谭怡人和谢蕴在北京举行婚礼。

筹备婚礼的时候，谭怡人就没想大办，请的嘉宾也很少，就是一个小型的仪式。起初她还打算安排伴娘伴郎，瞄准的对象自然是秦昭和孟梁。

秦昭兴致缺缺地说："倒也不用专程给我安排角色，你跟你老公在那儿煽情盟誓，我俩站在两边只能跟着傻乐，还不如在下面看着。"

这正合谭怡人的意。

当天的天气很好，但仪式并没有在白天举行，而是在金灿灿的傍晚。谭怡人肚子已经显怀，好在那张平时冷漠的脸因为孕期圆润了些许，也染上些温柔的神色。一切形式化的东西都化繁为简，秦昭一直觉得自己和谭怡人在性情上很像，多数人办婚礼喜欢极致浪漫和华丽，倒不是她们两个不喜欢浪漫，她们只是喜欢简单的浪漫。

秦昭和孟梁坐在嘉宾席中间的一排，孟梁看到秦昭面色平静地看向谭怡人和谢蕴，不知道她那副平静之下掩藏着怎样的情感。他们在一起还不算久，一般情侣可能还没考虑到谈婚论嫁，而他们两个则是有些避谈婚姻，因为他知道秦昭内心的抗拒。

此时好像一切都刚好，适合开口，孟梁凑近她耳边低声问了句："怎么样，你有没有什么想法？"

秦昭瞟了他一眼，露出个淡淡的笑，答非所问："我已经两年没回过家了。"

孟梁心下一沉，没想到秦昭会想起家里的事情，他本意并不想在今天把两个人的心情都变沉重，殊不知秦昭在这种温情浪漫的场景中不可避免地想到家人。她的手被孟梁紧紧握住，他无声地给她安抚。

秦昭怕他担心，语气放轻松地跟他诉说心伤："你问我有没有什么想法，其实是有的，但我还是迈不出去那步。他们没有教给我一点点柔软的东西，可能我的心是硬的。"

他们相恋之初，秦昭就明确地说过是不以结婚为目的的交往，孟梁答应过就算是承诺。他说道："硬的就硬的呗，我的心还是花边形的呢。"

"花边形的？"

"不对不对，陆嘉见那样的是花边形的。"孟梁现在已经能平静地提及陆嘉见了，虽然偶尔还是想要用脚踩几下这个名字，"我的心是三角形的，三角形具有稳定性。"

秦昭失笑。

当天还有个朋友从天津赶来，叫梁以霜。她业余给秦昭和谭怡人工作室微信公众号供稿，三人年纪相仿，私交自然不错。秦昭和孟梁没继续说下去，这种场合本来也不是适合聊深刻话题的地方，他们被梁以霜叫去一起拍照，话题暂时就这么打断。

夜色降临，秦昭被孟梁下意识揽住，和谭怡人他们一起对着镜头合影的时候，她笑得含蓄内敛，他则笑得灿烂张扬。秦昭以前自认为对于家里的事情始终有些逃避，那瞬间却觉得自己又不算逃避了，她只是眼下过得很好，很好很好，且深深地享受着这份美好，经营着这份美好。

梁以霜擅长写软文，熟知各种影视和文学作品，再加上她本科的第二外语也是日语，曾经给秦昭推荐过一部日剧叫《为了N》，是女主角花费一生去治愈自己，又或者说是女主角和男主角相互救赎的故事。当时梁以霜截了一张图，用微信发给秦昭，截图下方是一句台词，同样把这句箴言送给秦昭。

台词这样写着：【那些受过的苦，最好的方法就是忘掉。】

谭怡人婚礼的地点在北京的城郊，户外空气极好，秦昭和孟梁看晚宴快要结束就先走了。孟梁开车来的，顺便也带了 Twinkle，两人回到酒店牵着 Twinkle 出门散步。这一年秦昭大多时间忙于工作，很久没有像今天这么正式地打扮过，又考虑到婚礼的场合，秦昭穿了条紫藤色的、剪裁贴身的吊带裙。眼下入了夜，两人出门之前她套了件休闲西装外套，但脚下踩的还是露了大片脚背的高跟鞋，靓丽又清凉，孟梁不由得多看了好几眼。

他一只手牵着 Twinkle，随时要停下任这只顽皮的小狗嗅嗅路边的草坪，另一只手牵着秦昭。两人时而靠近肩并肩，时而伸长手臂，任她小心踩着高跟鞋在路基边缘漫步。当时的情境柔软得不像话，孟梁随意举起手，带着她的手臂伸过头顶。秦昭笑着在原地转了一圈，裙摆和心房一起泛着阵阵涟漪。

秦昭散漫地说道："我其实偶尔也渴望安定，但是又厌烦家长里短。"

见她好像成了年纪小爱纠结的那个，孟梁宽慰道："阿昭，不要急，我们还有很长很长的时间。"

秦昭在路灯下抬头看他，总觉得他始终是这副模样没有变过，从某种意义上来说，其实是他治愈了自己。

莫斯卡托

"嗯。"她只应了一个字，却觉得心就这么安定下来了。

孟梁牵着牵引绳的手贴近了裤子口袋，他今天参加婚礼必然要穿正装，没脱掉的西装外套刚好遮住西裤的口袋，那里正鼓起了一块，里面塞着个丝绒戒盒。

他在心里默默重复那句话：我们还有很长很长的时间，不急。

秋意尚且未深，两人一狗漫步往回走的时候，秦昭觉得迎面而来的风还有些暖，但她已经开始在心里偷偷地期待冬天了。

北方冬日里有冷冽的空气、满目的白雪、温热的房间，还有孟梁。

番外三

谢却青山

MOSIKATUO

1.

皖南又打仗了。

父亲戴上他那顶大檐帽，肩章上挂着络子，一走就是数月，再带着复发的旧疾回来。赶上梅雨季，他腿疼得半夜哀叫不断，我在房间里都听得到。

姆妈要父亲小声些，说别吓到我，随后他们终于做了决定——送我到北平避乱。因直、皖两系交恶许久，北边主事的大人物只命令我们南派的这些军队打啊打，北平却好一通安生着。

初次见寒生就是那时。

江南的雨渐渐沥沥地下，兵卒们的靴子里都灌进泥沙，相比起来，我更偏爱北平燥热适宜的天气。走进寒生空荡荡的大宅子里，一股冷风扑面吹来，短襟领子上附着的汗水就这么干了。我那天穿了件雪青色的长裙，一抬头就看到楼梯上的寒生。他长我许多岁，面庞英俊又冷冽，还有让人无法忽视的意气风发，倒更像是我的同龄人。

寒生带着审视的目光，有些冷淡地问道："贞吉到了？"

他竟然叫我的乳名，家人都是叫我"秋兰"更多，因为我叫谢秋兰。

许是他那张脸诓骗了我，我即便手里攥紧了想要拭汗的帕子，还是咬牙说道："怎能初次见面就叫乳名，那我岂不是得叫你的小字？"

寒生好像被我唬住，又或许从未有人敢呛他，一时间有些错愕，却也不计较。他对着门外的副官领首示意，军靴踩在木制楼梯上咚咚作响。

路过我的时候，他顿了顿，手在腰间理了理配枪的位置，淡淡说道："寒生，你怎么叫都行。"

那时他只当我是个丫头片子。

"我还有军务，尽量晚上回来同你用饭。你去房间梳洗吧，脸都热红了。"

我赶紧扭头跟着下人上了楼，很少丢了礼节地没回他。我心跳快得像揣着只兔子，尤其明知道自己脸上的红晕是为他生，当然不是晒的。

在寒生彻底消失在大门前的那一刻，我转身看了眼，险些栽倒在楼梯上。满目都是那军装挺拔的身影，肩是直的，腰是紧的，举手投足都有气势，勾得我一步步丢了心再丢了魂。

许久后回想，我和他的那段湮没人烟的情，就是从那天的一抬头、一转身开始的，从此万劫不复。

——贞吉 民国五年六月十六日

谢家底蕴悠久，曾久居东北，战乱爆发后才迁到北平、天津两地。而贞吉家里从祖父那辈就和东北谢氏交好，贞吉的祖父还救过谢蕴祖父的命，从此两家看似化作一家，实际上谢蕴的一些叔伯仍旧把贞吉父亲当作外人，心还是交不到一块去。贞吉的父亲统领的军队受谢蕴管辖，驻扎在江南一带，因离皖地近上许多，割据对抗的时代自然频繁爆发战火。

北平的谢蕴谢三少，字寒生，年纪轻轻就已经承袭了兵权，惹得不少人眼红。奈何他文武皆是不凡，老一辈的人夸他是"将相之才"，且直系势力日渐强大，下面的人便无话可说，更别提惹事作乱。

贞吉的父母许是觉得"大树底下好乘凉"，南方太乱，她哥哥都不知道活不活得过这个夏天，贞吉的父母疼爱幺女，特地把她送到北平避乱，学问更不能落下。谢蕴曾在皖北待过两年，那时候她哥哥含章做谢蕴的副官，有这样一层关系，再者谢蕴军务繁忙不常归家，权当顺手卖了这个人情。

当晚贞吉紧张地等在厅里，担心餐桌的菜会不会凉了，肚子也在发出饥饿的讯号。客厅里硕大的钟摆响了七下后，门口终于传来汽车驶入的声音，她尽量自然地望过去，看到的仍旧是那身靛蓝色的军装，尚不太熟悉的身影，姿态桀骜。

谢蕴第一眼没认出远处的贞吉，脱了帽子挂起来后才意识到换了身倒大袖旗袍的人是她，于是笑着开口："换了身衣裳？我还没记清你长什么样儿。"

贞吉祖上也是北方人，可她生养在江南，早没了北方的口音。谢蕴说话粗犷，最爱带她说不出的儿化音，好像又多了一点火苗的尾巴，勾着她，缠着她。

她当时对他真是没什么非分之想，甚至自己在心里打量，远在异地，寄居在他人屋檐下，难免对谢蕴生出些想要讨好的亲近，人之常情。

用餐期间两人话语不断，贞吉打小就读书，不像寻常闺秀只会女工，和谢蕴也能侃上几句，只是见解尚浅。谢蕴倒也不说深的，很是随便，若是她提出好奇，他才会低声多讲几句。

说到她的名字，谢蕴道："秋兰俗了些，不如贞吉好听，当年你父亲写信到东北，让我堂叔给你选个乳名，我恰好在场。可惜名字已经定了，堂叔说你父亲这个人学识见地差了些，是个勇大于谋的……"

像是意识到同贞吉有些交浅言深，说的还是她的父亲，谢蕴觉得自己失言，顿住了。

贞吉却看他真诚直率，言语中并不见鄙夷，只是在客观评说，便挂着下巴，目光殷切，说道："但说无妨，父亲在家里也是时常自嘲的，不然不至于从小就为我这个女娃娃请先生教书。"

谢蕴却没再多讲，说了旁的："谁知朵止七花，开竟百日。晚景后凋，含章贞吉。你哥哥名谢含章，你却不叫谢贞吉。"

贞吉在心里回味着他刚刚说的那两句赋，柔声开口："可有出处？"

"袁子才的《秋兰赋》，未读过？"

贞吉咬着牙，摇了摇头。

"等我到书房找找，拿给你看，认得字吗？"

这下贞吉愈加觉得羞怯，脸有些热，回道："当然认得。"

谢蕴笑了笑，俨然一副逗弄她的姿态，又在无形间拉近了两人的距离。

他们饭后一起上了楼，她要回卧房，他到书房。临分开前她还是问出了口，是刚刚一直想说又压制住的话："所以你叫我贞吉，只是因为比秋兰好听？"

明知故问，亦不问不休。

谢蕴回来得晚，那会儿在楼下看着小丫头有些急切的眼神，就穿着军装同她吃了顿饭，聊多了便坐了许久，现在觉得浑身束缚着不爽利，只想快点回去换身衣裳。他闻言回头，眼神中的淡漠尚没消散，反问："不然？"

她赔着小心，挤出来个笑："那就叫贞吉，我回去歇了。"

小姑娘的心思百转千回的，就像江南不定何时就来的短促的雨，谢蕴没放在心上，转身进了书房。

寒生大抵一开始并未打算对我多做理睬，他在北平根基深厚，宅子里寄养了个锦瑟年华的小丫头算不了什么。

起初我整日独自在家，早饭就已经见不到他，晚饭也大多等不着人。问过了王妈才知道，他在城郊九岭镇忙于练兵，自然无暇顾家。

上次寒生找给我的《秋兰赋》我已经翻了几十遍，其中夹着几张应是他临摹的纸，我本想照着学，奈何从习字伊始我写的就是簪花小楷，学不到他那番凌厉的风骨，只好作罢。

直至7月中旬，我离家已有月余，额前的头发都长得有些刺眼睛，于是同王妈要了把剪子打算自己动手，又因为担心手法笨拙，弄得不能见人，对镜犹豫许久。

却不想鼻子里一阵清凉，有股红色液体流下来，我赶忙拿帕子堵住，白色绣花的绢子上又新添了大片"梅花"。我那时心惊不已，因为我从小到大几乎未流过血，顾不得时辰有些晚，赶紧出去找王妈，想让她帮忙叫大夫。

我才到楼梯，就看到寒生停在离我几尺远的下面，他抬头疑惑地望过来。后来他才告诉我，当时我红着一张脸，急得眼睛汪着泪水，好不可怜。

"出什么事了，好端端的捂着嘴？"

怪我当时太惊慌，他的声音柔得不像话，我也更加想要亲近，像浮萍着陆一样，太着急便多踩了级台阶，幸好他大步迈上来把我扶住。

我攥着他的衣袖，他穿的是新式夏季军服，指间布料柔软许多，不像父亲的为了防雨，总是那么厚而硬。

"鼻子在流血，止不住……"我又有些难堪，忍不住低下头，留了个脑勺给他。

上过战场的人自然比我镇定得多，寒生扶着我回到楼上，还有些哑然失笑的意味，说道："你把头向后仰，别再低着了。"

他一直搀扶着我，我拖着他，小步小步地磨蹭，奔书房而去。

后来我仰头靠在他书桌的椅子上，他站着给我换干净的帕子，大夫都不用请，只说道："北平气候太干了，你刚来难免不适应，回头让王妈勤掸掸水擦地，再养些花放着。"

额前的发刺眼，我下意识眨眼不断，当时他靠在桌案旁，军装依旧端正地束缚着他整个人，眉目间放松又紧绷，纠结得很。

寒生伸手，指尖划过我的额头，拨开那扇头发，成了个中分的样子，我后来回房间才知道自己看起来有多傻。

来不及羞报，他敲了敲我露出来的脑门，说道："江南的女儿都喜欢剪成这样，我没记错的话，你母亲是苏州人。谢家祖籍在东北，那边的丫头数九寒天都是露着额头，野得很。"

我有些不解，直觉他像是不喜欢，便说道："我还没出过门，没见过东北的小姐们。"

心里想着：那我便不再留了。

寒生若有所思，把手按在腰带上，沉默了片刻，又伸过来覆上我的手，拿下了捂住鼻子的帕子。他手上的茧很厚，一定是把我碰痛了，不然心怎么会跟着颤动？

可惜血不再流了，意味着我也要走。

"好了，等我得空带你出去转转，最近实在没有闲工夫。很晚了，小丫头，歇息吧。"

明显的逐客令。

我顶着中分的头发，最后看一眼装饰古旧的书房，都是他的气息，我留不下，也带不走，只能应声后出了门，再小心翼翼地轻轻关上。

——贞吉 民国五年七月十八日

第二天一早，窗外天刚泛青，谢蕴已经整理好军装准备坐车出门，自然是去九岭镇操持练兵事宜。不出意外，他这个夏天都会耗在上面。

车子启动之前，谢蕴像是想起什么，叫住了司机，转头对门口的王妈说道："叫孙师傅来家里，给贞吉理个发。"

王妈有些纳罕谢蕴竟会关注这些事，赶紧接道："您看我这老糊涂，都没注意六小姐头发长了。"

谢家人丁兴旺，忘记哪位好事的长者闲着无事，便排了个号，还算上了贞吉。

而王妈对家里的事门儿清，谢蕴知道，这人精尚且没拿贞吉当回事。他闻言品味着那声"六小姐"，含糊着应了声，敲敲前座的靠背，示意可以走了。

王妈办事快，中午还没到，廊房四条最出名的理发馆、最难请的孙师傅进了谢宅，他恭敬地道了一句"六小姐，您中午好"。

贞吉看孙师傅小箱子里一应的剪刀，才意识到这是位理发师傅，怪不得身上带着股发膏味儿。

她摇头拒绝，说要把头发留起来，不剪了，然后让王妈送孙师傅出去。

王妈摸不准这位面软又内敛的小姐到底是怎样的脾气，但还是听从她的话送了孙师傅，临走前不忘记塞些赏钱。

贞吉这次来北平走得急，家里妆奁匣子的首饰珠宝没带几样，姆妈只给她装个小盒子，翻遍了也没有能把额前头发髮过去的发饰，只能顶着扎眼

莫斯卡托

的发丝，勤用手拨弄两下。

她又有几天没见到谢蕴，仿佛那夜在染血气味中他答应得空带她出去逛只是戏言。

大抵过了三五天，贞吉中午绣好了方帕子，鸦青色的棉料，边角绣了"谢氏寒生"，再没旁的。

而那天带回去的他的那方脏帕子，贞吉洗干净私藏，谁也不知。

谢蕴将近晚上十点钟走上最后一级楼梯，看到书房门口立着个低头打盹儿的丫头，穿倒大袖旗袍，今日还搭了条鹅黄色的云肩，看起来越发鲜嫩。

军靴踩在地板上的声响惊动了贞吉，她眉目有些迷茫，怀里还紧紧地抱着几本旧书和一方帕子。

"等我？"谢蕴皱眉问道，许是并不想和她有过多牵扯。

贞吉点头，跟着他进了书房，把那几本咏物志放下。谢蕴自然注意到那方帕子，捡起来抖开，两指摩挲着那绣字。

"上次弄脏了你的帕子，补给你新的。"

"你绣的？倒是精细。"他之前那条素得很，更别提绣花，他随口又问，"之前那条扔了？"

贞吉偷咬唇腔的软肉，点了点头，不知是回答哪个问题。

见谢蕴拿着散开的帕子就打算塞进军服裤子的侧袋里，贞吉有些急，上前拽住他的手，说道："不要这样。"

谢蕴看眼前的小丫头力量有限，一双细嫩的手也软绵绵的，他想要推开再容易不过，此刻却什么都没有做。

贞吉被烫到一样缩回手，想拿帕子，说道："我给你叠好，再放进去。"

谢蕴哼了声，把帕子放到她手里，自顾自地靠在座椅上，微微闭目放松。

贞吉站在那儿，一边叠帕子，一边偷偷瞟他。他腰带勒得很紧，双眉一定没少蹙，那一刻她忽然又觉得，他凌厉的字迹显得有些孤冷的苍凉。

把帕子叠成方块状后推到他面前，贞吉小声开口，生怕吵到他分毫："叠好了，收起来吧。"

谢蕴立刻睁开了眼，双目清明道："多谢，我会妥善收藏。"

贞吉微微抿嘴笑了，她很少笑得这么灿烂。谢蕴看到了也有些被感染，又不明白这有什么可开心的，说了句："我还是头回收到别人送的帕子，不想是你送的。"

"怎么会，你母亲不会给你绣帕子吗？"

谢蕴微微动了动眉毛，说："我母亲去世很早，父亲第二年续弦了。"

男人起身背对着她，从架子上找了几本觉得适合她读的书，回头递过去，说道："没事可以出去逛逛，一门心思栽在书里，好端端的人也读傻了。"

说教在她听来却似关切，贞吉低声回答，化身今夜北平城最固执的少女说道："可我在等你。"

"你来北平算是做客，没有我不在家就不能出门的道理。"

谢蕴看起来浑然不觉她话里的情意，也不想给她讲军队里的事情。九岭镇现在压了几个团的兵，主帅不坐镇，下面的人办事便投机取巧，上战场人命关天的最忌讳这些事情，所以必须得他亲自提着刀监督，尚且不知道何时能结束。

贞吉不知道怎么诉说自己心里对他的依赖，还是摇头道："父亲说外面已经开始乱天了，我害怕。"

那瞬间谢蕴才意识到她年纪尚小，有小女儿家的执拗、畏缩，比不得他这种当家的男人，便随意念了句："胆子小得像根针。"

后半句话没说，他想着要是带她去东北的雪岭猎熊，岂不是要吓晕过去。

他开口却换了个话题："你头发就打算这样乱糟糟的？王妈没唤孙师傅来家里？"

贞吉如实答道："孙师傅来过了，是我让他走的，打算把头发留起来。"

"成。"他两指把她的头发分开，又成了她觉得极丑的中分，"拿个东西夹上，等头发再长些让王妈给你梳个髻，她人是贼了点，但做事还麻利。"

"我没有……"

谢蕴终于忍不住失笑，只觉得怎么每次看她都有些可怜巴巴的样子，倒像在他的宅子里受了欺负。

明明人前也是大家闺秀的模样，在他面前就分外娇气，他总觉得自己大她那么些岁数，看她就像看个小丫头。

第二天晚间，谢蕴赶在贞吉下筷的前几秒进了门，跟着的除了副官谢钦，还有几个穿军装的士兵，怀里抱着好些个木盒子。

贞吉闻声放下筷子过去，和他对上视线。

谢蕴有些放松地说："去看看给你买的首饰，那边的盒子是……我忘记了，谢钦，你告诉她。"

谢钦拿了最左边那堆的一个盒子打开，里面放着点翠的密齿发梳，刚好可以把她的碎发篦到脑后……

大概是被关爱的感觉太好，贞吉扫过那摆了三排的物件，转头看谢蕴，收敛着内心的欣喜，但还是有抑制不住的嗔怪："你去逛铺子，怎么不带我一起？"

谢蕴有些语塞，和谢钦扯了个笑，摇头把军服腰带解开，谢钦接过又递给下人。

"小丫头的脾气就是怪，眼睛里开心着，嘴上还要不饶人。"

他说完，再叫谢钦留下一起用饭。

贞吉收了声，藏着那股劲，又变回平淡模样。

谢蕴不愿说是天暗后下了场小雨，往日里严苛到不知惹多少人背地咒骂的三少大发慈悲，命令提前散了训，回家路上去了趟首饰行。

谢蕴当时想的不过是那个叫贞吉的小丫头说"我没有"的时候一副可怜相，想着怎么说她也姓谢，怎么能在用处上短缺，便把最新的样式买了个遍。

况且，这亦是对她送他帕子的礼尚往来。

眼下这理由足够可以说服自己。

2.

回想我和寒生住在同一个屋檐下的那段日子，他鲜有答应我什么事情。许是因为时局动荡，人人过的都是朝不保夕的日子，从他答应得空带我出去被我较真后，口头上谨慎了许多。

但我还是如愿，是我修来的运气。

军中每月的休憩日，他本来大多还是要去忙的。那月许是他太累，我照旧拉开窗帘后扫一眼院门口，却意外看到他用的那辆别克轿车，问了王妈才知道，等下要同他一起吃早饭。

那时候我已经与寒生亲近许多，他也常对我笑，和我说说琐事。敲了敲他卧房的门，无人应声，我便去了书房。

那亦是我第一次见他穿便装，同穿军装是两种不同的模样，只是都沉敛得让我想要靠近。黑色长衫，袖口有深浅不一的刺绣，显得人老了好几岁。

他笑道："你起得倒也早。"

人却一反常态地靠在沙发里，好像尚且未从睡梦中彻底清醒。

我凑近了问他："寒生，你怎的整个人病恹恹的，要不要叫大夫？"

我只叫他的小字，整个北平城里敢这么叫他的恐怕也只有我一个，起初寒生没和我计较。

"不必，头疼的老毛病了，成日里折磨人。"

我那时还不到二十岁，算不上软弱，但最不喜欢争取强求。唯独在寒生身上，我总是抑制不住，想要明知不可为而为之。

"我给你按一按？"我幽幽地说出口，像是找补，又多加上句，"在家里我也常给父亲和哥哥按的。"

我扯了谎，只是想让他相信，我的举动再单纯不过，寒生果然没多想就同意了。

我指腹碰上他头部两侧，姑且算作第一次触碰他的脸，内心紧张，因而并未注意到他短暂睁开了眼，神情清醒，再欲盖弥彰地合上。

后来寒生同我说，我的力气小得仿佛在给他抓痒，一听就知道她说的是唬人话。还有没讲的我也猜得到，他那时敏感地觉察有一丝不对，只是尚且不算放肆，便没深究。

王妈叩门的时候，书房内已经沉默许久。我和他安然体会这份沉默，丝毫不觉得尴尬冷清，这一定是我与他的相合之处，为此难免羞喜。

他的书房是禁地，王妈不敢擅自进来，只在门外唤道："三爷，可以用饭了。"

寒生伸手轻轻拍了我两下，那种感觉太惊颤，其中无情或是有情我都无暇思索。

用过饭，寒生带了我出去，后座只有我们两个，我像个没见过世面的孩子，扒在车窗前不断地向外望。寒生在旁边不置可否，任我百般好奇。

北平的铺子大多看起来老旧，有前清留下的古质氛围在，不像南边，临海的城市早已开埠，融入了新文化气息，带着周围都时兴洋人的玩意。

看着前面坐在司机旁边的家仆，我问寒生："怎么不见谢钦哥？"

他淡淡地答道："谢钦是我的副官，陪小丫头闲逛的差事，叫他做甚。"

我细细琢磨那个"陪"字，只觉得很是心热，又想到他总喜欢叫我小丫头，不自觉地认为其中有宠溺在，越发喜笑颜开，便买了不少东西。

那天我印象最深的是在城东买的豆面糕，用油纸装了好大一包，我在车上打开，还在寒生身上洒了些黄豆面，被他蹙眉用我送的帕子擦掉。我嘴里甜甜的，寒生虽然皱眉却不见愠色，那是我到北平以来最愉悦的一日。

只是夕阳最怕近黄昏，下午的天越发阴沉起来，指不定何时就要下雨，

莫斯卡托

·272·

这半个月北平竟三天两头地下雨。

寒生低声问我："今日先回了？你若是非要我陪你才出来，便等下次得空的时候。"

他又在哄我，我被带得分不清东南西北，只觉得那声音无限温柔，恍若傍着高山，然是安心。

因是谢家的车，一路畅通无阻，很快驶入宅子前院，我远远见着门口好些个下人，起了莫名的阵仗。

我刚下车，脸上还挂着散不掉的笑，王妈迎了出来同寒生说了句话。

我的笑就这么跟着散了。

——贞吉 民国五年七月三十一日

王妈说："三爷，赵小姐来了。"

天津赵家大小姐赵巧容，谢蕴生母临死前为他定下的亲事，那几年已经有文人开始提倡婚姻自主，谢蕴不愿意声张，赵家少不了依附于谢家，自然不敢太高调。贞吉竟然才知道，整个人定在那儿，心里哀戚地感叹：我来北平之前竟像是完完全全和他处在两个世界，她从来不了解他。

贞吉那天穿的大抵是短襟长裙，记不清具体样式，只是看着从厅里出来的赵巧容身姿婀娜，水滴领正色旗袍，浓郁艳丽，相比起来她还是青涩了些，气势上输了不少。

赵巧容娇气，嫌北平进的兵太多，空气也不新鲜，热得直呛人，夏初就去了承德避暑。赵家祖籍在山东一带，赶上家中一位不算远的大伯病逝，奔丧再跟着祭祖扫墓，到现在才回来，不然早就得谢宅。

贞吉看到赵巧容后的心理是羞耻又妒忌的，个中情绪复杂，只有她自己品味得到。

赵巧容柔声叫谢蕴"三哥"，贞吉扭头回避，好像看不到人就听不到话语声。

谢蕴表情没什么变化，三人进了厅里，赵巧容同谢蕴寒暄几句后盯上了贞吉。再加上下人陆陆续续地搬进来买的东西，赵巧容眼睛发亮，开口道："嚯，小六也是个会买东西的主儿呀，这下我可有伴儿了。三哥从来不陪我，下人们逛了一天也丧着个脸，倒胃口。"

细品还有些天津语调。

而贞吉在心里说：我同你不一样。

谢蕴开口道："谁比得了你会花钱，别教坏贞吉。"

赵巧容正要驳上几句，被谢蕴一个眼神压没了声音。他揉了揉太阳穴，隐隐有些乏累，声音也显得深沉不少："每次来都弄得兴师动众。"

他话音落下便兀自上楼，贞吉低着头，却在偷看赵巧容的脸色，看她微微愠怒又强迫自己排解掉。

赵巧容对着楼梯上谢蕴的背影抛了个媚态的白眼，转而同贞吉说："你甭理他，在外人面前最喜欢装样子，行军打仗的男人，还是结了婚才知道疼人，脸皮薄着呢。"

贞吉一颗心又沉了几分，如坐针毡，赶忙寻了个由头上楼回房。

尚且没到用晚饭的时辰，因为阴天，整个宅子都有些阴森森的。她并未点灯，却焚了个塔形奇楠香，好像这样才能让闷堵的胸畅快些许。

明明今日早晨还算是个艳阳天，她在谢蕴的书房里同他那般亲近，他问她今日熏的什么香，还说到让她配个安神的，谢蕴最近睡得不算踏实。

半天的工夫，什么都变了。

贞吉开始回避谢蕴。

谢蕴觉察到了，只是并未过多放在心上，当她年纪小善变，风一阵雨一阵的。

赵巧容刚回来那几天，每天都往谢宅跑，谢蕴又整天不着家，几次扑空后她便来得没那么频繁了。偌大的宅子里又并没有什么变化，依旧只有贞吉看书、玩香。

没两日，王妈给贞吉买回了她要的熏笼，不知道是从北平哪家铺子淘来的金猊，装上她调好的安神香，贞吉便偷溜进了谢蕴的书房。

接连几日，谢蕴明显觉察到书房里的香气越发重起来，问过下人显然也是不知情的样子。王妈还提议把书房上锁，他摇头没当回事。

直到那日下午，谢蕴午间刚在开元饭店宴请了个东北来的谢家族叔，因推辞不得，多饮了几杯酒，便让司机开回了家。

从上次谢蕴带贞吉出去开始，北平接连阴雨已有三五天，军营里也休息得多，大抵整个夏天的雨水都要在这几日降完，宅子亦有冷风过境之感。

他带着一身寒冽的酒气，精神尚且算清明，在骤然拍打着窗棂的风雨中上楼，脚步声与雨滴声杂糅在一起，听不真切。

进书房的那一刻，他看到窗帘飘荡，明明室内无风。

莫斯卡托

谢蕴解了配袋，勃朗宁手枪清脆一声上膛，下一秒掀开了那不安分的帘子，枪口便对准了贞吉大方露出来的额头。

显然她今日的发型是王妈梳的，少了往日的随意，还多插了两支簪子，越发像个世家闺秀，还是南边温婉的那一挂。

谢蕴没急着收枪，他在外面的名声并不算和善，再加上早年做过的事情，大抵不少人觉得他阴鸷狠辣。

譬如现在，他就好整以暇地盯着贞吉瞪大了眼的紧张模样，手里还拿着熏香笼子，倒像是天上落下的侍香仙子，被谢蕴无情的枪口惊到了那颗玲珑心。

那眼神压得贞吉越发紧张，男人显然对她这几日的行为了然于心，也不担忧她存了坏心在书房翻上一翻。

谢蕴伸手拽出了那小丫头，低声说道："有什么见不得人的事情，要做就光明正大地做。"

他出口无心，贞吉却入耳有意。

贞吉本在心里退缩，自认做的就是世上顶天见不得人的事情，毋庸置疑。

上下牙齿打架了好久，那是江南谢家小姐最笃定的一搏，或许又应当感念老天爷降下惊雷，让她有了由头钻进谢蕴怀里。

雕花精美的金貌掉在地板上，砸出了好大一声，但又大不过那雷。贞吉声音颤抖着说道："我心里有你。"

至此，心也像那金貌似的，彻底掉到了底，不知该说此间安心，还是置之死地。

她做了谢蕴枪口下最有恃无恐的人。

当晚夜已经深了，雨才彻底停下，谢宅前院另开进了一辆别克轿车，是赵巧容新添置的。

她的高跟鞋踩在大厅的瓷砖上，然后又到了木制的楼梯上。

那时贞吉正在厨房，和一个特地陪着她伺候的下人做糖水，年纪轻总是嘴馋，更别说她心里有记挂的事情。

雪梨还没炖烂，听到楼上传来了争吵声，贞吉顾不得锅里的东西，赶到客厅楼梯旁边，正好听到谢蕴带怒的呵斥："见天的没个消停，成心惹我把你们赵家办了是不是？"

旁边那个下人赶紧扯着贞吉回了厨房，耳边恍惚还听得到赵巧容夸张的

·275·

哭声。回想谢蕴那声吼，贞吉也有些胆战心惊。

贞吉平日和家里年纪不大的那些丫头下人处得好，虽然面上总是要端着小姐做派，可到底是个好相与的，下人们看得出来。

下人低声提醒："又吵了，六小姐吃完再上楼吧，三爷这会儿在气头上，睡不安生。"

贞吉闻到赵巧容走过时留下的酒气，忍不住皱眉问："赵小姐在外面吃酒？"

"赵家家风豪放，尤其就这么一个小姐，自然是纵容着。赵小姐大概两三个月就要闹一次，催三爷呢，三爷不睬她，不知道是不是外面谣言的原因。"

"谣言？"

"有谣言说，赵小姐碰那个……"下人说着用手在嘴边比了个姿势。

"她居然……"

"嘘，六小姐，梨子糯了，我帮您盛出来。"

贞吉立在原地出神，忘记是怎样接过了托盘和碗。她回味过来时，赵家已经来人接走了赵巧容，她人也已经站在了谢蕴的卧室门外。

下午在书房见他的时候，贞吉就听着谢蕴的声音有些哑，明明最近因为天气不好的原因清闲许多，也不知他的火从何而来。

贞吉并未敲门，只低声问道："可睡下了？"

谢蕴正立在窗前对着月光出神，帘子扯开了一半，室内唯一的光亮就那么一寸，男人周身烟雾缭绕，灰屑随手掸在地板上，不甚在意。

他在暗自体会孤独，二十几年来都是一样。

听到门外尖细的气音，思及下午书房里的事，谢蕴许久没做出回应。直到一支烟烧到底，扔在地板上又被他踩灭，才慢吞吞地去开门，并未抱希望她还在。

却不想一打开门，他就看到贞吉立在那儿，抱着个托盘打盹儿，正如送他帕子那晚的模样。

"有事？"谢蕴看到了冰糖炖雪梨，还是问了一句。

"下午见你嗓子不大舒服，想着给你做了这个。"

他有些无奈，明知她的心思，但还是装作不在意地说："现在已经十点钟，只有码头讨生活的人才会吃夜宵。"

而北平没有码头。

"那我去倒了，你歇着吧。"

到底是富家养出来的小姐，受不了一点挖苦，这份难堪不比下午头脑发热后面对的羞赧少上分毫。

谢蕴拉住了她的手臂，面色有些沉重，说："下午同你说的话上没上心？"

贞吉赶忙点头，却回避他的视线。

见她点头，谢蕴两口就喝光了那巴掌大的一碗冰糖雪梨，再放回贞吉端着的托盘上。他转身要回卧房，贞吉在门口也闻得到厚重的烟味，呛鼻子。

"端下去让下人明天洗，很晚了，小丫头。"

他嘴里甜滋滋的，说话声也放轻许多。

贞吉眼观鼻鼻观心，淡淡应答了声，随后又是面对不留情的关门。

听到那关门声响我便觉得有些荒凉之感。

下午我同他说："我心里有你。"

寒生没握枪的那只手钳制住我搂他腰的手腕，我不敢抬头，闭着眼睛也想得到他在皱眉，且神色严肃。

"谢贞吉，别告诉我你不知道赵巧容为什么三天两头往家里跑。"

他就算生气，带着姓氏也还是叫贞吉，真会抓我的心思。

我死死纠缠道："没成婚就不作数，我一个姑娘家都知道，现下讲婚姻自主。"

寒生深吸了几口气，大抵整个人扑在他怀里太柔软，并未对我动粗，说道："你还小，安生过了这半年，等那边的战事歇了，就立马送你回南京。"

他话音落下便发了狠把我扯开，手枪放回配袋，只留了个背影。

可这人已经被我放在了心里，嵌得严丝合缝，我但凡想要把他拿出去，便血肉淋漓、如同刀割。

——贞吉 民国五年八月五日

那晚过后，贞吉依旧每天花上个把时辰，不仅给自己的衣服熏香，还顺便带到他的书房。

谢蕴默许她的关切行径，只要贞吉不再说那些放肆过火的话，他就可以把这些当作兄妹间的情分笑纳，就连贞吉做的点心也会赏脸多吃几口。

没两日，北平放晴，短暂的降雨至此结束，又是满目燥热，秋老虎要来了。

本以为谢蕴会晚归，却不想中午就和谢钦一起回来，径直进了书房，连坐在客厅沙发上看书的贞吉都没理会，还是她后知后觉地闻到血腥味，赶忙跟着上了楼。

她推开书房门的那一刻，见谢蕴已经褪了军装外套，白色的衬衣敞着，因角度的问题，贞吉看不到他胸前，只看见有点点红色的血从白中透出来，谢钦正在给他处理伤口。

看到贞吉不请自来，谢蕴扫了眼谢钦，转而皱眉地训斥了句："叩门的礼数都丢了？"

贞吉静静望过去，说："下次不会了。"

谢蕴没再吭声，她不忘带好门，凑近了默默等着。谢钦收好了药箱，问谢蕴还回不回九岭镇的驻军点。谢蕴像是想到了什么，略显烦躁地摇了摇头，谢钦便自己回去了。

外人都不知道，看见的谢蕴都是他冷酷决策的样子，只贞吉心细，她看到的是他的脆弱情绪。

谢钦走后，谢蕴的衬衣仍旧敞着，贞吉忍不住问道："怎的好端端就伤了？父亲打仗回来也没见流你这么多血。"

谢蕴有些避讳着用前胸对着贞吉，还是背对着她扣上扣子，随口说道："军营里的事情，少打听。"

实际上不过是同几个下属练了练拳脚，鲜有地用了匕首，那些人比他伤得还厉害。

"今日有烦心事？我见你眉头一直皱着。"贞吉巴望着做谢蕴的解语花，奈何他不领情。

"谢贞吉，我说的话你都当耳旁风过了？"自从上次之后，他不再叫她贞吉，总是连名带姓的。

贞吉执拗，表情淡淡地望过去，眸子里写着克制的殷切，说道："寒生，你受了伤，我紧张你。"

她总是那副冷淡模样，做的却是全天下最不矜持的事。

王妈上楼听到了哭声，停在谢蕴书房门口没敢再动。

她在外面听得真切，六小姐正在低声地哭，三爷动了怒，隐约还听得到抽打的声音。下人们闻声赶来，没一个敢敲门，只在心里祈求这位六小姐快些服软，三爷也能早点发慈悲。

书房里，贞吉立在那儿，却并未垂头，仰着脸倔强地看他，虽然双颊已经挂满泪痕。

谢蕴不知道第多少次问："叫我什么？"

莫斯卡托

门外的人听不到贞吉低声叫"寒生"，任他戒尺不断落下，掌心见了大片的红，抽着疼，也绝不改口。

我生平未见高山，不拜佛庙，动心的年纪遇上那样一个不凡的人，倾付彻底，念念不忘。

北平谢三名声做派再横又如何，绕指柔变作百炼钢，同样叫他折不断。

那天到了最后，眼泪许是都要流干，我也不肯改口。我有自己的执拗，称呼改了，情分就变了。

谢蕴许是也没见过这般倔强的丫头，虽然愤怒于自己的败迹，但也不是那般冲昏头脑的人，否则她双手怕是都要落下毛病。

寒生先师留下的戒尺又被放回柜子上，他开了门把我推出去，宛如对待不服管教的顽徒，再不理睬。

我前脚回到自己的卧房，王妈后脚便拿着药跟进来，还苦口婆心地劝我。我们两个之间的事情寒生定然不能同外人说道，王妈只当我年纪轻忤逆了他，说一些万能效用的话。

——贞吉 民国五年八月七日

第二天，贞吉两只手掌红肿不堪，好像时时都热得发烫，吃饭也慢上许多。

贞吉权当谢蕴愧对自己，故而早饭晚饭时都不见人，晚上特地在客厅里等了许久，寻常时候他八点钟定然回了，今日却不见人。

她想了想，还是到书房等他。

八点过半，车泊好停在楼下，谢蕴进了书房，身后跟着谢钦，谢蕴正跟他讲些私事，语气还算放松。

谢蕴松了腰带配枪挂在衣架上，走到办公的桌子前，就看到脚边靠着桌子抱膝而坐的贞吉，双眸淡淡，模样安静。

谢钦站在对面看不到，优哉游哉地点了支烟，嘴里话语不断："钱家大少爷最近爱上了养鸟儿，倒不像以前那么爱去南巷招暗门子了……"

谢蕴余光瞟了眼贞吉，同她短暂对上视线就移开，抬头看谢钦。两人聊的是钱家贪污军费的事，随口说到了同辈的那位少爷，谢蕴兴趣不大，说道："那也盯着他点，这位保不准闯出什么祸来。"

谢蕴桌子上放了两本书，谢钦凑近想拿起来看。他不想被谢钦发现桌子旁边的贞吉，寻了个话头转移谢钦的注意力："你看看王妈怎么还没送茶上来？"

谢钦走到门口看了下，王妈刚上楼，快走几步把茶放在茶几上，谢钦就到沙发旁坐下了。

"你什么时候开始熏香了？这书房里味道怪沉的。"谢钦问道。

谢蕴低头见桌上放着不知道何时摆的茶，尚还温热。他掀起盖拂上面漂着的叶，随口答道："最近事情多，睡不安生，便熏了安神的。"

一盏茶的工夫，贞吉盯上了他军服裤子不知哪里溅的泥点，大腿小腿都有几处。贞吉掌心红着，手指却还灵活，抠上了那一小块试图刮掉……

谢蕴猛然看过去，只见她低头认真的模样，睫毛卷翘，鼻梁也玲珑地挺着，额头皎洁。

谢钦在不远处说："我最近睡得也不踏实，秋老虎可真是闹人。"

谢蕴有些厌烦，一只手伸下去拽贞吉，她已经刮上大腿一处，挠痒痒似的惹人难挨。

他漫不经心地回应谢钦："还得热上个把月，急不得，你心思放静，这么些年了还浮躁……"

他说话声尽量克制着不那么生硬，全因为桌子下的手骤然被贞吉的主动交握，十指穿插，感受炽热，好像有子弹破膛的声音在耳边穿过。

谢蕴心跳加速，想把那归结为紧张，可他又不惧怕谢钦，似乎有些说不通。

3.

那是我第一次同寒生执手，只因光线昏暗下看他手心手背斑驳粗粝的厚茧疤痕有些心疼又心动。

门被带上后，我扑在他腿上，成了个跪在地面的姿势，留住他要抽离的手掌，再对着手背印上一吻。

寒生恼火，我抬头倒没什么表情，淡淡地对他说道："今日眉头皱得没那么狠了。"

结果自然又被他丢到门外，还不如自己顺当着走出去。

此后，我同他玩起了捉迷藏的把戏，不同寻常的是：我是捉的那个，他是藏的那个。

——贞吉 民国五年八月八日

秋初，谢蕴的奶娘邱妈妈病重，她本来住在帽儿胡同，还是被硬接到家里，

莫斯卡托

配了个大夫整日看着，谢蕴做的决定，谁都得听从。

而他亲自领兵到城外巡边，接连几天不回。贞吉平日里陪着邱妈妈消遣打发时间，邱妈妈夸赞她娴静。其实她只是喜静，不擅长与人打交道。

邱妈妈去的那天，等了他好久。

城外军营的电话打过来，说三爷已经在回去的路上了，但谢蕴还是没赶上见邱妈妈最后一面。

贞吉不禁想到邱妈妈刚来的那日，神志尚且清明，意外猝然到来，回想有些叹惋。

谢蕴鲜有地哀伤外露，王妈送了陈酿的酒到书房，想是他独饮。

赵巧容打上次酒后惹恼了谢蕴之后，又赶上谢蕴奶娘去世，有阵子没敢上门，家里静悄悄的，针落地的声音都听得到。

贞吉在窗前发呆许久，还是决定去找谢蕴。

那会儿谢蕴本来就心事郁结，他自小丧母，邱妈妈对他来说的意义大不相同，偏偏年纪轻的小姑娘不懂得审时度势，一门心思感情外露非要上赶着惹他。

之后便发展成贞吉被谢蕴扯着按在书房的沙发里，她的手腕也被他抓红。男人身上带着酒气，眼神冷冽，实在不知道该怎么对她。

贞吉的心扑通扑通直跳，好像又隐约害怕谢蕴放开自己，忍不住伸手钩了他脖子，颤颤巍巍地送上一吻，草率又混乱。

两唇相触碰的那一刻，彼此都有些心颤，谢蕴比贞吉的异样情感更胜，他铆着劲儿地拧自己，呼吸都开始变得不顺。

男人带着茧的手指碰上她短襟和长裙间露出的那一段细嫩腰肉时，好像北方冬日里最常见的静电，神经无形中放大了那股暗流，刺啦刺啦的。

贞吉认为是谢蕴给自己下了蛊，与她无关，她只是个鬼迷心窍的傀儡。"傀儡"想要同他更亲近，扑闪着一双纯情双眼，又带着期盼。谢蕴骤然停手，起身到桌子的抽屉里拿了烟。

他没吓到她，倒是惊了自己。

贞吉愣在沙发前，不懂突然的变化为何。

"我觉得我是爱你的。"她倔强地试图讲道理。

谢蕴没正眼看她，冷声道："你还小，爱不是这样的，刚刚是我气急了。"

贞吉不懂，问："那爱是什么样的？你告诉我。"

他轻叹气，吸了好大一口烟，熏得眼睛都轻微眯起来，他心中的答复是：爱应当是灵魂上的战栗与相吸，明知不可却又心泛涟漪。

可他说出这种话实在是要让人笑掉大牙，连自己那关都过不去。

她再问："你爱赵小姐吗？"

谢蕴答道："我不爱任何人。"

他一点也不想在这样一个不愉快的夜里给贞吉讲"爱"的课题，毕竟连他自己也没爱过。

后来他只能说："贞吉，你来北平是为避乱，你对我……也只是依赖，或许类似于你对含章的敬爱，不是男女之爱。"

他趁热打铁还要做了决定："我想你该提前回南京，今年北平的雪不必看了。"

贞吉不从，说道："我不回，父亲每每回家都带着血腥味，哥哥肩膀里还有子弹取不出来，我不回，你别想把我送走。"

这时，贞吉恍然觉察自己对他有多依赖，因那是北平军中的主帅，是整个军僚的决策者，他一切的能耐在她眼里都放大无数。

谢蕴甩不掉烫手的山芋，又不可否认眼前人泪眼婆娑的样子真实不做作，让他愈加无法冷硬分毫。

可心知肚明有些事情绝不可以发生。

"你能不能放过我？"谢蕴有些崩溃。

北平的谢三少，自小熟读兵书军法，十岁上马，十二岁碰枪，十八岁上战场，二十岁随父出东北、掌兵权，此后种种暂且不述。

如今风风雨雨经历，还需同个小丫头说"放过"一词。

贞吉答道："是你拽着我，我一颗心都被你牵着走了，我有什么法子？你收起了邱妈妈的扣子，我看到了。"

邱妈妈下葬后，谢蕴在她曾经住过的房子里沉默了个把时辰，地上落了颗老人家廉价衣服上的纽扣，被他捡起来仔细用手擦拭干净揣进了口袋。

贞吉说这话仿佛在暗示：你是有情的。

她总是那副淡然面相。

见谢蕴看过来的眼神复杂，贞吉不敢再放肆，担心眼前人是否在想哪天送自己走，她只能沉沉地看一眼，随后主动出了书房，心里暗自打算短时间内不再招惹他。

可没走多久，谢蕴新点的一支烟还没抽到头，她又折返回来，还老实地

莫斯卡托

敲了门——进他的书房，她一贯是不敲门的。

谢蕴冷眼望过去，她把一本金线装订的旧书放在桌案上，又是那副含义深厚的眼神，还的应该是从他架子上拿的书，转身就走。

"书房里的书任你拿，只要别碰旁的东西就成。"谢蕴对着那背影说道。

贞吉当他要说什么，想来他也说不出个花来，重重一声关上了门，留下谢蕴不明所以。

邱妈妈不过是个穷苦人家出身的乳娘，谢蕴虽看重她，但也不可能给她戴孝。

贞吉寻了个多云的下午，鲜有主动地出了门，上次陪着贞吉炖冰糖雪梨的那个下人跟着，名唤敏雯，两人各叫了辆黄包车，去的是邱妈妈生前住的帽儿胡同。

邱妈妈早年死了男人，一生无儿无女，故而对谢蕴如同亲生，在帽儿胡同与唯一的外甥女同住。这处院落是谢蕴掏钱置办的，位置和格局都是顶好。邱妈妈死了，院子自然落在外甥女手里。

那外甥女早就嫁了个餐馆的账房先生，日子过得并不富裕，如今飞来横财，见到打扮低调的贞吉，还是操着口京片子很是世故地同贞吉暗示。

贞吉从头上随便拿了支翡翠簪子送她，那外甥女不懂看水头泽，笑着收下，才答了贞吉的问话。

邱妈妈临死前那天有些回光返照的迹象，大夫已经摇头，转而去收拾箱子，只待老妈子一断气，同谢三少辞别后便离去。贞吉捧着本《四时幽赏》坐在床边，给邱妈妈翻译成白话讲江南风光。

直到贞吉说累了，邱妈妈捂着腰侧，看向天花板，呆呆地说道："三哥儿自小受那么多委屈，现在也还……放心不下啊……枪子儿我是挨过的，三哥儿在战场上更疼……"

眼下贞吉问邱妈妈的外甥女的，便是邱妈妈为何受过枪伤，东北当年太平，为何轮到她一个奶娘挨了枪。

"不就是你们谢家那个浑不懔的偏房少爷打的。"外甥女自觉失言，又赶紧找补，"陈芝麻烂谷子的事儿，你甭乱记这不中听的话，就是往外说了，我也不认。"

贞吉皱眉问道："偏房的少爷为何要拿枪打邱妈妈？"

这事都已经过去二十年了，那时候枪支尚且紧俏，便是谢家也要慎重对待，怎的还能打到邱妈妈身上，贞吉不解。

那外甥女不愿再多说，在旁边料理着螃蟹，语气有些不耐烦道："你可甭问了，谢家的事儿我又上哪儿知道去，姨妈死了，过去的事就都跟着埋黄土里，乡野的浑话你这些大小姐听了，保不准啥时候就出事儿。"

再不多言，贞吉只能告辞，临出院门恍惚还听得到后面的嘀咕声，说的是："完了，这下说多了。"

回去的路上，贞吉未叫黄包车。

刚好天气清凉，好似秋意有些席卷，敏雯还说谢蕴都换下了夏服，改穿轻磨毛的军装。北平城的旧马路上，车子没有江沪那边繁杂，大多是人流，敏雯挽着贞吉的手臂，看她目光深沉若有所思。

大抵在院门外听到了些皮毛，眼下敏雯忍不住劝说贞吉："六小姐甭好奇这些有的没的，三爷见了，又要不高兴。"

下人们显然忌惮上次贞吉被打的事，只贞吉知道个中缘由，回想起来觉得手掌心仍旧火辣辣地疼，忍不住抿嘴，仿佛那是她同谢蕴的秘密。

当夜贞吉在桌案前写家书，一反常态地提到了谢蕴，搁平日里一贯是绝口不提的。

她眼下同哥哥含章讲起谢家死的邱妈妈，暗暗点到老妈子受过枪伤的事情，不外乎是闺中女儿好奇之感，谢含章性情粗放，定不会放在心上。

后又赶上谢蕴休憩，早饭送到了楼上不见人，贞吉佯装对他不关心的样子。实际上她心里忍不住，所谓关心则乱，忽视了自己来北平之前他一直是这么过来的。

临近中午饭点，她捧着本从谢蕴书房拿的书，坐在厅里等着。沙发旁敏雯正帮她用毛刷清洗香炉子，鼻间萦绕着股沉沉的味道，她忘记昨儿个熏的是桂香还是崖柏，不禁出神。

贞吉回过神后翻了页书，敏雯早年学过几个字，这么些年也快忘得差不多了，贞吉这几日时常念书给敏雯听，眼下又柔声读赋，敏雯乐得愿意，只说还得讲解些许，否则不懂其中深意。

"予心讶焉，是乃芳兰，开非其时，宁不知寒？"

谢蕴刚下了半截楼梯，因穿着拖鞋，再加上行军打仗的人脚步轻，没人注意到他在远处。听着贞吉冷生生的嗓音，他便停在原地，仔细品了品。

竟还是袁子才的《秋兰赋》，当初不是已经读得滚瓜烂熟，怎的又捡起

莫
斯
卡
托

·284·

来看？谢蕴不理解，也不愿去问。

不知道站了多久，厨房里忙哄哄的，客厅倒是一片宁静，只听得到贞吉的声音。到最后她读完，又笼统地给敏雯理了理其中的隐喻和意象，敏雯手里的香炉子也擦干净了。

这下厅里彻底消声，谢蕴才故意踏重了些脚步下去。敏雯先看到，还提点贞吉："六小姐，三爷下来了。"

谢蕴轻轻地哼了声，贞吉看过去时，他再低了低头，便算作打招呼。

北方的秋来得早，贞吉旗袍外面套了件米色的开衫，不知是否是颜色的问题，总觉得有些旧了。谢蕴觉得她最近老实恪礼得很，两人大抵也有半个月没说过话，便顺带着关切了句："今年秋天来得早，趁着这几日还暖着，裁几身新衣裳。"

他转头对王妈吩咐，让王妈明日把人叫到家里来量衣。

贞吉却婉拒了："我正好带敏雯出去逛逛，不必叫来家里了。"

谢蕴闻言挑了挑眉，坐在沙发里随便翻了翻她放下的书，说道："王妈说你前些日子也出去了，最近倒是往外面跑得勤。"

他本无其他意思，听到贞吉耳朵里倒是变了味，本来就爱敛着笑的人这下冷冷地看他，说道："哪有你往外面跑得勤。"

谢蕴语塞，也冷下脸来，正赶上厨房里来了人叫开饭，谢蕴便没再说话，率先上了桌吃饭，惊得厅里候着的下人们半点声音都不敢吱。

午饭吃得很是沉闷。

次日，贞吉本打算和敏雯叫黄包车出门，没想到起身后照例掀开了窗帘，便见谢蕴的车停在下面——他今日又在家休息了。

连休两日可是从来没有的事，有些奇怪。

谢钦大清早就来家里了，然后进了谢蕴的书房。王妈端着茶送进去，出来时，门没关严，贞吉拿着手袋慢吞吞地下楼，就听到谢蕴有些发怒的声音顺着门缝传出来，很快被王妈关好门挡了过去。

贞吉不知在客厅里坐了多久，一本书翻来翻去也没看进几个字，直到敏雯第三次催促："六小姐，今儿个还出不出去了？"

楼梯上传来军靴踱步的声音，谢钦待了不过半个小时就走了。

贞吉心不在焉地望了楼上好几次，直到和敏雯上了车还在朝着窗子看，最后到底没说出口，任由司机稳当当地开出了大门。

贞吉想叫谢蕴一起，可女孩子的脾气隐隐作祟，总觉得和他还处在"战争状态"，不愿再做缠他陪她出去的事，亦没注意到远处楼上窗前谢蕴的身影。

路过帽儿胡同时，却见着个熟悉的人有些落魄地提着大包小包，贞吉唤停了车，摇下窗户叫住那人，正是邱妈妈的外甥女。

可明明上次说过话的人，对贞吉却有些避如蛇蝎，直摇头装作不认识她的样子，很快便淹没在人群中。

贞吉心中疑惑，敏雯倒是没当回事。她回头瞟了两眼敏雯，又看了看前面谢蕴的司机，暂时没说话。

裁缝铺里，除了那老裁缝，便只有贞吉和敏雯二人，贞吉尽量状若无意地问敏雯："你可常见邱妈妈？"

贞吉总觉得这里面有事，不知道敏雯是否略知一二。

敏雯摇头道："她是三爷儿时的乳娘，那时谢家还在东北，我们如何见得。"

她们回到家刚进了房门还没坐下，王妈送来了南京的家书。贞吉纳罕这回怎么回得这么快，面上欢喜着接过拆开，里面是谢含章的笔迹。

先说的消息必是最震慑的：他们同皖南的战事停了。

父亲和哥哥俱已经归家，一个梅雨季折磨得父亲风湿愈严重，眼下有勤快的下人伺候着，调理着就能挨过去这阵，贞吉便放心许多。

后又说到她先前提到过的邱妈妈，含章大抵是拿着信问过父亲，父亲的原话是不让她打听过去的事情。含章不同，他细细说了些自己知道的秘闻，想着也是怕贞吉独自在北平有个什么行差踏错，再惹谢蕴不快。

殊不知他这个一贯内向寡言的妹妹到了谢蕴这儿没两个月，就做出那种惊人的事情，倒是把谢蕴弄得不敢惹，更别提他是否不快。

含章年长贞吉五岁，兄妹俩年幼时还去过几次东北谢家，也是近些年才疏远了的，亲近更体现在军事上。不知是含章当年记事，还是听长辈们杂说。

他说的是那时谢蕴堂亲家有个同年纪的叫谢务，算谢蕴不远不近的堂哥，早早地摸了枪上了马，文韬武略也算有些行事，模样生得也不错，只出身偏差了点，因此耐不住背后记恨谢蕴。

那年正月十五元宵节，外面飘着鹅毛大雪，谢老爷在祖宅办堂会，请了北平唱京戏的名角段青山。只惜那天并不全然是愉悦，还算得上是谢家百年难得一遇的丑闻。

后院里都是少爷小姐们一块儿玩雪，不知怎么的，角落里谢务少爷先开了枪，恰赶上来送披氅的邱妈妈挡住了谢蕴，她腰侧的血不要钱一样流，本来欢声笑语的院子里乱成一团……

当晚，谢务也挨了枪，却是直接死了。

段青山赚够了钱置办田产，转而到了江南一带修身养性，再不开嗓了。他闲暇时总喜欢小酌几杯，这一喝就容易喝多，喝多了便管不住嘴，说起当年惊心动魄的事。那时东北还太平着，寻常百姓哪里听得到那么脆的枪响，仿佛近在耳边。

他说自己当夜在别院听到动静，一开门就看到了谢蕴的身影，手里还提着杆曼利夏步枪，说得跟真的似的，讲那枪杆子还热乎着。至于是谁杀的谢务，他煞有介事地再不多言。

后来祖宅的下人们都换了个彻底，填了拨新的，再没几年，谢家迁出了东北，进了北平，便更没人说起当年的事了。

讲起陈年往事，信也多出了几页，贞吉沉默着看完，含章末尾问她何时回南京，又说战事不定停多久，还是等时局彻底稳住再定。

贞吉把这封多次提到谢蕴名讳的信放在了匣子最底下，生怕被人见着，转而拿了笔墨想回信。她却发现自己心里总想着那个人，宣纸上滴了好几个墨点子，便放下不再强迫自己。

我本想着立马去找谢蕴，父亲那边停战，定和谢蕴的决策脱不了干系，同时又忍不住多心其中是否和我有关，难道他也想让我早回南京？

这般想着便没那么迫切非要立马去见他不可了。

我强迫着自己午休了会儿，睡得并不踏实，倦倦地拿了本书下楼，和敏雯一同坐在沙发上。

她刚选了个合适的竹弓钉了帕子，大抵打算绣花，我便在旁边给她念书。这次不是《秋兰赋》了，是高深甫的《四时幽赏》，讲的是江南那边的风光。这本不知是谁亲誊的，还用金线穿紧了放在书架一侧。

敏雯说三爷喜欢的书都会让下人特地用金线穿一遍。我略一思忖，好像架子上是有那么几本，也确定《秋兰赋》没有这般待遇。是了，他并不倾心于我，大抵也不中意袁子才的这篇小赋，实属寻常。

记得那时我朗声读着，想着寒生在家，但凡走到楼上的廊子里，也听得到。他能听一听我的声音就是好的，能记住更好。

片刻后，茶已经喝了整盏入喉，隐隐听到了脚步声，那声音太轻，我也不确定是不是真的，走神间便读错了。

"一望上下，碧云蔽空，寂寂撩人，绿侵衣袂。落花在地，步躞栈红，恍入香霞堆里，不知身外更有人世。"

"步躞残红，哪儿来的栈？"寒生的语气有些沉，自背后传来惊到了我。却也算是他主动搭腔。

我略微红脸，蓦地回首朝他笑笑，那刻的感觉，便是天地万物都值得。

——贞吉 民国五年八月三十一日

4.

贞吉不大爱笑，平日里大多是收敛着的端正模样，刚刚那一刹那平添了好些心思，想到了敏雯曾说她笑起来好看，叫她多笑笑才是。因为开心，她便笑得自然不造作，谢蕴也忍不住一愣，为那份入目的灵气触动。

谢蕴顿了顿，移开目光说道："还未出嫁，别笑得这么不加遮掩。"

他手里提着茶壶，显然是懒得使唤人，就自己下来添水。贞吉把书捧在怀里跟上，在身后问他："敏雯说我笑起来好看，难道她诓我的？"

谢蕴有些不想回答，她那样子岂止是好看，任个男人看了也觉得心动。

贞吉跟在他身后上了楼梯，敏雯还在沙发坐着，仔细绣她那张帕子。

"是诓你的。"谢蕴回答。

贞吉的表情又收了回去，静静地跟着他直到书房门口。

他今日穿了件长衫，样子很是素净儒雅，问道："你跟着我做甚？"

她微微仰头看他，回："皖南的战事停了。"

"我自然知道。"就是他调的军令。

"哥哥问我何时回南京，你想我回去吗？"

谢蕴避而不答，只说道："指不定随时又要打仗，你再等等，我同叔父兄弟们还得再议。"

他刚习惯了家里多出来这么一个人，虽惹他生气过，总体还算得上安生。再者他说的也并非假话，军中的事情并非他一人独大，早些年谢家搞军阀，决策上他难免会被一些老顽固掣肘，他们如今主战，不战不休，谢蕴却主和。

当晚谢蕴正靠在椅子上小憩，贞吉在房间里调香，她前几日翻书看到了《苏东坡记》的方子，随手调了个"二苏旧局"，灵机一动想到了个找谢蕴的绝佳由头，去柜子里拿了之前给他熏香用的金猊，装好后提着去敲书房的门。

莫斯卡托

·288·

谢蕴应答："进来。"

看着她拿的东西，桌案前的人面色没多大变化，他这书房里眼下可是半点熏香的味道都没有了。

因那之前冷脸的小丫头没给他熏过安神香。

"你又来做什么？"谢蕴故作严肃。

"新制的香，给你熏一下。"

"安神的？"

"寻常的。"

"那我不用，姑娘家的东西。"

"明日补给你安神香。"

谢蕴便没再说话，手里不知拿着本什么书，翻看得仔细。

贞吉俨然成了他的侍香童子，夜深露重的初秋，她认真地把他书房里熏了个遍。渐渐地，谢蕴只觉得自己满脑子都是那种香味，又冷脸催她回去歇息。她杵在桌对面，憋了半天才问出口："今日怎的大清早就不快？我听到你声音了。"

她是真的关心他，谢蕴明知，内心却还是围墙高筑，说道："军中的事情，你不要打听。"

"那你现在可好些了？"

"都夜里了，哪来那么大的气。"

最后贞吉执着金猊出门，红木门刚刚合上，谢蕴早移开了目光，她又探出个头，神叨叨地小声说："我明日来给你熏安神香。"

他眼神专注在书上，微不可察地"嗯"了声。

贞吉又说道："后日也来，你别锁门。"

明知他不会锁门还要提，谢蕴没来得及再敷衍着"嗯"一句，她倒是彻底没影了。

留了一室的香，渲染着沉香和檀香味更浓，眼前的书停留在空页，久久未翻。

第二日谢蕴起早，他被那股香浸得睡不安生，眼下倒不是去军营，前些日子来北平的族叔现下要启程回东北，他理应送送。

与寒生真正相互交心，是那年北平的秋日初雨。

我一直以为，万事万物都随着红尘翻涌千篇一律地重复着，唯有同"初"

字有关，在不论前途为何的日子里都会寂然生辉，是苦涩长河中的一抹赤金残阳，其中承载着的记忆时时提醒着我：你应当为了这些好好活着。

那时皖南已经又开始打仗了，安生不过半个月，北平的街上也时时戒严。寒生忙了起来，他大抵同军阀的那些族叔兄弟意见不同，每每回来大多冷着个脸。

北平降下秋雨，冷得不同于南京，亦早于南京。

七点钟，我被窗外呼啸的风惊醒，看着司机在清洗车子，我赶忙梳洗下楼，还是没赶上跟寒生说句话，车子开过水门汀，他出去了。

沙发上搭着的一抹蓝，幽幽冷清的靛蓝，是他防雨的军装大衣忘在了家里。外面的天阴沉沉的，显然是要下雨，我没时间细想，便拿上大衣叫了辆黄包车紧跟着前往军营。

寒生去了九岭镇那处驻扎点，我慢他许久才到，当时已经落了雨点，越下越大。他听人报过信，谢钦撑着伞迎了出来，周围皆是穿军装的士兵。

我冒着雨，抱着他的大衣跑了过去。

寒生脸色很冷，质问我："你来这里做什么？"

谢钦使眼色给手下，很快我头顶不再落雨了，虽然已经浑身湿得彻底。

"你忘记带这个，我瞧着定要下雨，给你送来。"

那瞬间，谢蕴看我的神色复杂，凑近了几步，脸绷得很紧。他无声接过大衣时，天上降下脆生的雷，我只穿了件单层的褙子，再加一件开衫，忍不住瑟缩了下。

他沉沉开口，问："为什么要来？为什么？"

我知道，他前一句是问我，后一句是问他自己。

——贞吉 民国五年九月二十日

那天，贞吉在谢蕴单独的洗漱间冲了个澡，而初秋刚至的时节，他生了个炉子，亲手给她烘干一身的湿衣。

姑娘家的浅色衣料柔软芳香，被他抓在手里。贞吉洗完了，裹着他的大衣坐在旁边等，一言不发。

谢蕴怔怔出神，想到从未有人对他这么挂心。算起来与他最亲近的是谢钦，却因为都是男人，也没有这么细致；父亲严苛，继母年纪轻只会享乐；至于赵巧容，他们之间很冷淡，她仗着他生母定下的婚约，有些有恃无恐，偶尔的好也成了刻意讨好。

贞吉不同，她总是关注他是否皱了眉，语气是否不悦，军务是否顺利。他最近睡不好，她便给他熏安神香；他嗓子哑了，她便深夜给他炖雪梨；王妈说他忙起来忘记吃饭，她便给他做点心放在书房……

她刚刚乱着头发满身湿漉漉地送来大衣，他不可否认心窝子也跟着软上一软。

唤回谢蕴神志的是裙子上的系带被烧着的煳味，谢蕴赶紧抓了起来，直接用手掐灭，倒也不怕烫。他坐在矮凳上，要转过去抬头看她，贞吉自己整理了头发，正静静地盯着他，还是那副淡漠的样子，双眸却潜藏着殷切的情意。

"冷不冷？"谢蕴关切道，实际上他的语气也很冷。

见贞吉没作声，他接着说："冷就坐过来烤火。"

看他从后面又扯了个矮凳放在自己旁边，贞吉起身凑过去。她穿谢蕴的大衣，担心拖地弄脏便伸手提着。

"脏就脏吧，坐下。"

"嗯。"

衣服烘干得很慢，他的大衣很厚，不多会儿，贞吉双颊就变得红扑扑的。屋子里挂着个比谢宅那个小许多的西洋钟，钟摆响了八下，外面风雨交加，天色昏暗，这才是上午八点。

她今日破天荒地沉默，谢蕴又问一次："为什么要来？"

她低声回答："没想那么多，亲自送来总是放心。"

她的裙子被他随手搭在腿上，谢蕴伸手抚她温热的脸，把一绺碎发掖到耳后。谢蕴碰到贞吉的那一刻，她睫毛抖动得很快，垂眸避开他的视线。

谢蕴紧紧盯着贞吉，手按在她的后颈处，两人凑得更近，贞吉总觉得自己在出汗，一定是火炉太烫，刚刚的澡也白洗了。

谢蕴问道："你在害我，知道吗？"

贞吉双手绞在一起，她在想自己怎么害了他。

"你怕不怕？"

"不怕。"她这句倒是答得快。私心里认为，有他在就总是不怕的。

下一刻，他逐渐靠近她淡色的唇，离得越近越感受到她紧张得瑟瑟发抖，覆上的前一秒，谢蕴说了最后一句话，言语间好像唇瓣都在轻点她的。

他说："不是亲过了，怎么还紧张？"

贞吉立刻抬眸望他，四目相对，俱是冷静之中暗涌着情愫，他们是这么像。

谢蕴率先闭眼，含住了她的唇瓣。贞吉跟着合上眼，由他主导着交融，又被他的舌探入城池，掠夺心意。

回想那个真正的吻，她是疼的，狠狠揪着自己的手指，颈后亦被攥得牢靠——他怕她逃。

谢钦有紧急军务，敲了两下门后就直接推开，正好撞破了火炉前的缠绵一幕。贞吉扭头避开，谢蕴镇定自若，主动起身到了门口和谢钦说话。

三两句后谢钦就颔首出去了，贞吉转身想换衣服，谢蕴便看到她脖颈后浅浅的指印。

后来，她被他搂在怀里，炉子的火熄灭了，男人一遍一遍地亲吻那块泛红的肌肤。贞吉颤抖频生，煎熬沉溺。

这处军营因整个夏天都在练兵的缘故，越扩越大。不知道谢蕴带贞吉从东南门还是东北门出去，就见着一片还没变黄的枫树林——北平郊外最不罕见的品种，元宝枫。

它们都倔强地守着最后的绿，有些等不及了，已经三三两两结伴下坠。贞吉同他各走各的，她裙子上的系带被他打了个结，耷在身侧，随着雨后的秋风飘荡着，正如贞吉此刻的心情。

她伸手生涩地碰他，面上不见笑，而是含在眼睛里，问道："你不忙军务？"

谢蕴从地上捡起一片形状最像元宝的枫叶，绿得很深、很沉，递到她手里，说道："陪你逛逛，司机在洗车，洗好了送你回谢宅。"

贞吉点头应答，盯着手里的叶片，试图看出形状。

谢蕴继续说道："这场雨后，秋天就到了，再要不了半个月林子就红了。"

她淡淡应答："那时候我可以再来一次吗？"

"当然。"谢蕴把她头顶的落叶摘掉，动作小心温柔，"你来之前我就想，十月中的满地枫叶，腊月末的皑皑白雪，你都应当看看。"

贞吉品味那句"你来之前我就想"，歪头看他的目光有些促狭。明明两人的距离不算近，也不算远，有些撩着谢蕴心痒痒的意味在蔓延。

这么感受着，他便把她扯近到身前，手揽住腰肢，低头在她鬓边落下一吻。

"说过的话转头就忘，不许这样笑。"

她暗地里啐他冷面模样做这等让人脸红的事情，开口却是问另一个问题："可回来用晚饭？"

谢蕴答道："回。"

"好。"

如出一辙的冷淡，却反作用地激起彼此掩藏的暖流。

那天我坐在回谢宅的车子上，手里攥着的是刚同谢蕴争论过到底像不像元宝的元宝枫叶，满腔都是不可告人的情愫在散发。

那种人生至幸的体验，让我想起小时候在东北谢家时失而复得的半盘炸春卷，又想到换牙期多得哥哥分的一块松子核桃糖，不论是脆酥酥的，还是甜滋滋的，都让人回味，一生难忘。

自那以后，寒生回家早了许多，我同他在这座偌大的宅子里保有共同的秘密。那秘密绝不可以告人，连敏雯我都防范许多，她还嗔怪我犯懒，再不给她念书。

我依旧喜欢去谢蕴的书房，却不再只是为了拿书，而是坐在他对面。他皱眉看他的军报，我低头读赋，遇到不解的地方还可以问他。彼时我才知道，他曾经有些许空余的时间，只是没有回家而已。

他嘲笑我字写得小气，起先我并不多理睬，他非要自讨没趣，为的是惹我眉眼带着怒瞪他，他却意外放松地笑着说："小丫头动怒了。"

又说那叫逗闷子，拿我逗闷子。

我给他写《长命女·春日宴》，淡然的面容藏着不知道多少无法言喻的羞赧。我正要拿起一张薄薄的宣纸时，他从背后揽我的腰，凑得很近很近，呼吸都打在我的脸颊上。

他问道："寓意为何？"

我紧张心动，开口嗔他："明知故问……"

"问"字还没全然吐出口，后半个音节被他急切地含进嘴里，他吻得总是那样凶狠，仿佛带着雷雨天的乌云要把我吞灭。他的手紧紧环着我的腰，那一刻眼前一片漆黑，隐约总觉得他好像缺失许多，不尽完整。

末了他还要一本正经地说："冯延嗣结党贪墨、跋扈妄为，不是什么好人。"

我想起上次给他熏过的二苏旧居，丝毫不让地说："野史还说苏东坡喜好幼女，那你书房怕也早被玷污了。"

他略带疑惑，回头对着书架子皱眉道："我这书房里还有野史？"

我沉默地看他的大半个背影，贪恋着试图握住这一刻转瞬即逝的静好。

那年生辰，秋风散漫的夜里，我同寒生挤在书房的沙发上。他用手指摩挲我旗袍上的绣花，说到了下辈子。

借着生辰发愿，我说道："如果有下辈子，我不想姓谢了。"

祖辈上的交好传到我们这一辈早就没剩什么了，倒还不如别用同一个姓。他显然知道我说这话的意思，揣着明白装糊涂地问："和我同姓倒委屈你了？"

十指交叉握住，我感觉到他掌心的茧，淡淡地说："总之你姓你的，我不姓这个了。"

父亲有个关系交好的同僚，姓谭，谭伯伯常带着谭伯母来家里，他们待我如半个亲女儿。谭家还有个和我同龄的少爷，我和他关系处得极好，父亲也曾有意撮合，但我知道谭少爷在学堂心有所属，是含章看到告知我的。

我同他讲，自然略去了谭家少爷，只说自己下辈子说不准就姓谭了。

他却说姓谭哪有姓谢有威望，我说那是你的威望，不是我们南京谢家的。

一片细碎，支离不成梦。

寒生还教我说儿化音，南方是不兴这些的。有个词叫"跌份儿"，是北平人口中丢面子的意思，他说起来容易，"份儿"两个字却只发出一个音，舌头卷着的感觉像是他的手指在挑弄我的下巴。

到我嘴里却变了味，成了"跌——粪——儿"，粪是粪，儿是儿。他忍俊不禁，把头埋在我肩头，呼吸浸透织锦缎料子印在皮肉上，烙在骨髓里。

那年九岭镇的枫叶红得张扬，最后的风光里，我手里留着雪中春信的香方：沉檀为末各半钱，丁皮梅肉减其半，拣丁五粒木一字，半两朴硝柏麝拌。

差最后一味梅花蕊心的雪做合香之水，与寒生共等北平的冬日到来。

——贞吉 民国五年十月十五日

门被敲了三下，王妈带着赵巧容进来。贞吉腰板挺直坐着，手里攥着支小狼毫，娴静习字。

"三哥……小六也在啊，你们俩真闷，便是带着她去天桥逛逛也算有点人气儿。"

谢蕴喝了口茶，看着贞吉眉眼未动，主动回应赵巧容，岔过去这段话："找我有事？"

赵巧容走近，说道："你可知道钱家大少爷，爱拿个鼻烟壶逗鸟儿那个？"

"知道，前些日子进了局子。"谢蕴用余光扫向贞吉，她始终低着头，像是醉心于纸笔之间。

"对呀，就这事儿，我想着也不过芝麻绿豆大小的差错，你帮我个忙，言语一声把人捞出来。"

谢蕴一丝笑模样都没给赵巧容，说："我听谢钦说，他是私贩烟土才进去的，别告诉我跟你也有关系，钱大少爷指不定何时把你攀扯出来。"

赵巧容夸张地反驳："哪儿的话，还不是我局器，他说给咱们拿这个数，你动动嘴……"她说着给谢蕴比画了个数字。

谢蕴冷漠地说："出去，烦得我头疼。"

拒绝的意思很是明显，赵巧容看贞吉在这儿，脸面有些挂不住，甩手往外走，声音不大不小地叨叨着："还给我端那官架子，概不论他钱大少没做甚丧良心事儿，人还是前清的旗人，搁几年前……"

谢蕴最厌赵巧容这股劲没完没了，闻言提高了音量打断她："你也说是前清，前清亡了几年了？掂量着你做的那些腌臜事，早有人跟我掉过底。哪天屋顶子漏了，我就让赵显荣把你送回天津你爹妈那儿去。"

赵显荣是赵家的大公子，赵巧容的亲哥哥。

赵巧容立在门口，咬牙切齿地说："是，满北平城就你谢三不做龌龊事，你甭有个差错落在我手里，否则到时候咱们都别想好。"

谢蕴脸色越发阴沉，说道："出去。"说着拎着手边的青釉茶碗摔了过去。

他常年练兵手劲很大，扔到了赵巧容脚边。赵巧容本是来求他办事的，碰了一鼻子灰难免恼怒，门也没关就走了。

王妈连忙赶过来，见怪不怪的样子，很快拾掇好门口的狼藉。地板恢复干净，只有隐约可见的一片暗色才知道刚刚发生过什么。

很快，书房里转闹为静，谢蕴松了颗领间的纽扣，吐了口气，转而盯着对面依旧低头冷淡的人。也不管她看不看得到，他轻敲桌面，说道："过来。"

贞吉把狼毫搭在笔搁上，无声听从。

她刚一走近就被谢蕴扯到了怀里，他问："吓到了？"

他今日回到家后脱了军服外衣，配枪被顺势放在了桌面上，正明晃晃地立在贞吉眼前，他一手放在她腰间，一手去拿枪。

"没有，你别把对她的阵仗用在我身上。"贞吉冷声说着，心里有一丝微不可见的惧怕。

"没有"二字刚说出口，谢蕴就已经把枪放到了抽屉里，她腰间的手骤然向上，下一秒，掌心覆盖住怀中人急促跳动的心口，谢蕴窝在她颈间闷笑。

"贞吉女菩萨怕了。"谢蕴是真的作恶,成心拿她逗趣。

她心跳加速的原因有许多,无暇一一细说。她弯着手肘向后顶他,试图挣脱他的桎梏,喊:"放开我。"

动来动去之间,谢蕴在她耳边低声说:"不必怕我,我做你的护身符。"

5.

那天再没发生旁的。

谢蕴就把贞吉搂在怀里,贞吉坐在男人的双腿上,不敢多动,又担心没有落锁的书房门万一被折返回来的赵巧容直接推开,那该怎么办?

谢蕴倒是泰然,扯过她刚写过的宣纸,上面并没有如他预料的那般题满簪花小楷,反而是几滴刺眼的墨点子,深刻而触目。

他在她心头扑通乱跳时发问:"你这写的都是什么?"

"是你扔茶碗吓到我了。"

谢蕴闷笑:"那我下次不扔了,胆子本来就没多大,越发小了。"

忘记那是几天后的夜里,谢蕴并未和她一起吃晚饭,贞吉等了许久也等不到,只能不安地入睡。却不想有人推门入内,带着淡淡的酒气,是已经换洗过残存的一点。

谢蕴反应有些迟钝,分不清她屋子里今日熏了什么香,他吻上了她。

贞吉也不知自己是否在梦中,含混不清地问道:"你……你怎么来了?"

黑暗之中,贞吉看不清谢蕴的神色,他今夜显然有些烦心。他把头久埋在她颈间闻那淡淡的香气,半晌才沉声说道:"给我指点一下迷津。"

她睡前熏了安神香,困得不行,也没等到谢蕴开口讲到底发生了什么。

等怀里的人睡熟之后,谢蕴又短暂地沉默了一会儿,随后静静出了门。

次日清早,贞吉起得晚了些,总觉得浑身仍旧发烫,是被他搂过后的烫,掀开窗户却发现车子已经不在了。她应该猜得到,这个时辰他定然出去了。

没想到这次一走就是几日。

这几日里赵巧容倒是来了一次,不比上次有求于谢蕴时的急切。贞吉看得出来事情已经解决,赵巧容满身轻松,还跟贞吉打听谢蕴几时回来,贞吉只说不知道。说到谢蕴,赵巧容讥诮的笑容里带着些意味深长,不知怎的,让贞吉心里一惊,总觉得赵巧容在动歪脑筋。

临走的时候,赵巧容还斥责了几句王妈。贞吉耳朵灵,听到王妈等人走之后小声念叨了句"真当明儿个就进门做太太了"。贞吉面无表情,只当没听到。

莫斯卡托

赵巧容落下的手袋在沙发上，贞吉扫了一眼周围，似乎还无人发现……赵巧容很快又折返回来，面色闪过紧张，迅速找回手袋，忽视了贞吉的脸上也划过紧张。

谢蕴回来的时候，是一个阴天的下午，身后没有跟着谢钦——这证明谢蕴今天不用再回军营。

路过客厅时，他冷淡开口，叫上看书的贞吉一同上楼。她无声听从，不用回头都想象得到敏雯投过来单纯又关切的目光。

一进了书房，谢蕴就把贞吉按住，吻得用力，也搂得用力，门里门外是两个世界，生生隔开。

她问道："你这些日子去哪儿了？"

谢蕴一手握她的腰，一手落了锁，书房里有些昏暗，只刚好能看得清彼此的神色。

"城郊货路上闹土匪，走得急了些，前一晚本想跟你说，是你不清醒……"

实际上那是他和赵显荣谈的解除婚约的条件，也是帮赵巧容做的见不得台面的事儿补窟窿做出的交易。

贞吉反驳："那么晚了，你哪里是来找我正经说话？"

她想了想又说："倒是也说话了，你说的都是胡话。"

大半夜叫她开解他，看起来倒是有些像发癔症，不大正常。

书房里始终没点灯，贞吉坐在里间的床边，谢蕴枕在她腿上，放松着身子，任她给自己揉太阳穴。

他嫌她挠痒痒似的力气，道："重一点。"

贞吉用力，他还是觉得轻，又道："再重一点。"

后来怎么变成的她在他怀里，衣服被扯开，已经说不清，一切都是顺其自然，只记得外面的天阴沉得更厉害，秋末了。

那满怀期冀的深秋午后，漫长又磨人的过程，北平鲜有伴着阴天而来的阴冷潮湿感，让我恍惚觉得自己身在梅雨季的南京。

人总是在极度不安的时刻想到与家有关的事物。

不知叫了多少次寒生，爱一个人连念他的名字都是百转柔肠。

他在最后开口："贞吉，我不能放你回南京了。"

——贞吉 民国五年十月二十二日

那天结束后谢蕴给她梳头，他不如王妈手巧，只算能看。而贞吉原先头上插的簪子不知甩在了哪里，他从抽屉里另拿出一支给她戴上。

"哪个女人的？"

"本就是你的。"

她晚上回了房间拆卸掉才意识到他那句"本就是你的"是什么意思。

可不正是她为了问话送给邱妈妈的外甥女那支，虽然钗头的翡翠换了，原来的那支水头不大好，但她常年弄香，时不时便抽下来搅弄香灰，故而簪头上都带着股香气，细看颜色也有点差异，绝对错不了。

她其实想去问他从哪儿得来的这支簪子，可她一向聪明，动动脑子就猜到了，最后一次见邱妈妈的那个外甥女行色匆匆还装没见过自己的样子，想必谢蕴早已经知道她去帽儿胡同打听陈年旧事的行径。

贞吉想到往事，便想到那个据说被谢蕴所杀的谢务，哥哥含章曾提过谢务一家如今定居绥化，其实最初谢氏都是从那里发源起来的。

赵巧容那天短暂遗落的手袋贞吉瞥到露出了黄色的信封一角，贞吉趁着无人，打开了赵巧容的包。毕竟是大家闺秀，第一次做这种见不得人的事情不仅脸红心跳，手也跟着抖。她本来只打算看一眼，不承想看到信封上的落款来自绥化，赵家发家自山东，怎么也跟东北扯不上关系，又随时担心赵巧容折返回来或是下人到客厅来。贞吉于是私藏了那封信，再把手袋的扣子扣回原样，装作什么都没发生过。

思及此，贞吉去匣里翻出那封信，直接打开看了个完全。

她不敢想赵巧容调查这些做什么，总归不是安好心，看样子是想借此威胁谢蕴。那几页纸写是一个伺候过谢务的老人的口述，那人已经离开谢家许多年，讲起尘封已久无人敢提的往事。

与谢蕴同龄的男儿都是在东北长大，加之谢家那时候刚开始屯兵，难免野了些，做事狠绝。谢蕴又自幼丧母，继母年轻，总想着自己再生一个，定也不会拿他当亲生的对待，谢蕴小时候的生活并不算温情和睦。

谢蕴虽然排行第三，但上面的两个亲哥哥一个没能长大，一个战死，其实他也算独子，名正言顺要继承家业。谢务其人眼高于顶，满心不忿，又是个碎嘴，在外面传瞎话，拿谢蕴的出身做文章大肆渲染，甚至辱骂谢蕴的亡母。

那年过年，谢务的父亲送了他一把勃朗宁手枪，在枪支紧俏的年代，谢蕴也没能拥有一把。谢务少不了在谢蕴面前逞威风，还擦枪走火，要不是邱妈妈恰好来给谢蕴送披氅，中枪的就不知道是谁了。

风雪夜里，段老板尚未唱完的一出《定军山》还余音绕耳，谢家祖宅大院满是闹剧过后诡异的寂静。谢蕴听着隔壁奶妈忍不住疼痛的哀叫声，桌子上半盘炸春卷凉得彻底，他提着杆曼利夏步枪破了谢务的门。

那夜实则有两声枪响，懂枪的人知晓，其中一声是手枪声，一声是步枪声。谢蕴开枪前曾给了谢务一次机会，谢务似是掌握主动权，实则被动。第一发子弹被谢蕴躲开，谢务刚要再放第二枪，脑袋正中就破了个窟窿，人也倒了。

知道点当年事的人后来面对谢蕴的时候多少都有点发怵，心想他当年才多大，做事是真狠，对他人狠，对自己也狠，这样的人最可怕。

谢蕴凡事不喜欢说，赵巧容和钱家大少爷合伙惹出来的祸他帮着遮掩了，赵显荣还算个说话算话的，没过多久就打算送赵巧容回天津，婚约自然也就作罢了。赵巧容那天离开谢宅之后就发现包里少了东西，如今不得不离开北平，临走之前还到谢宅闹了一通。

当时敏雯在谢蕴书房打扫，正擦到床边的柜子，赵巧容悄悄进了书房打算找找有没有什么见不得人的东西。赵巧容总以谢蕴的准太太自居，又因为书读得不多，知道谢蕴习惯睡在书房就直奔书房的床，正好和敏雯对上视线。

敏雯一只手拿着个鸡毛掸子，另一只手不知道攥着个什么东西，看到赵巧容后下意识背到身后。

赵巧容厉声说道："拿的什么？给我交出来，手脚不干净的东西。"

"赵小姐，您怎么来了……"

那天谢蕴带贞吉出去逛了逛，天气冷下来她总是犯困，谢蕴便说趁时间还不晚，回去就当午睡小憩一会儿。

贞吉顾及在外面，克制着和他撒娇："那你下次不带我出来了怎么办？"

谢蕴拿她没办法，说道："我哪儿敢，还不是都听你的。"

结果两人一进家门就看到厅里好大的阵仗，似是赵巧容认为敏雯偷了家里的东西，正在代替谢蕴管教下人。

谢蕴最看不得颐指气使的人，冷声对赵巧容说："临回天津还要来我这里闹上一通，真不知道赵显荣怎么管教的你。"

他没说解除婚约的事，但贞吉听到回天津还是明白了点什么，在旁边默不作声地看着。

谢蕴给王妈使了个眼色，让她致电赵家来领人。

赵巧容把敏雯先放在一边，咬牙跟谢蕴放狠话："我不会回天津的！"

"由不得你。"谢蕴不想和她多说，转身就要上楼。

贞吉跟在他身后，却猛地被赵巧容扯住了手臂。赵巧容像是抓住了最后一根稻草，指甲把贞吉的胳膊抓红，火辣辣地疼。

谢蕴转身回护贞吉，眉头微皱道："你疯了？"

赵巧容轻蔑地看了一眼敏雯，盯着贞吉，却是和谢蕴说道："你这屋子里的丫头手脚都不干净。"

她再跟贞吉说："是不是你拿了我包里的东西？"

贞吉不会撒谎，半天说不出一句话，双颊烫了起来。

谢蕴却无条件相信她，盯着赵巧容不让她靠近："我看你是得了癔症。王妈，再让赵显荣给她请个大夫。"

那天最后的回忆之于贞吉，是她始终不愿意回想的画面。赵巧容显然拿那封信当把柄想要威胁谢蕴和她成婚，否则就要公之于众，可贞吉偷拿了信断掉了她最后的念想，她只能狼狈地回天津。

赵家的人来领走赵巧容的时候，赵巧容还瞪着眼睛伸手要抓贞吉。贞吉看得到她眼眶下有些淡淡的青，眼珠子泛着血丝，表情狰狞。

贞吉心跳异常，满心都是羞愧，羞愧于谢蕴那么相信她。可她确实做了偷人东西的事，即便为了谢蕴也还是不道德的。再者赵巧容走得那么狼狈不堪，她一直避讳的那份有愧于赵巧容的心思在此刻淹到了她的脖子，令她呼吸困难。

晚间吃过饭后，谢蕴到书房接电话，是赵显荣打过来致歉的。谢家和赵家的关系盘根错节，不是取消了和赵巧容的婚事就能断得了的，他们两个主持大局的人，还是要保持表面的平和。

贞吉没在书房，顾虑谢蕴讲话不方便，也因为她始终心事重重。

"咚咚"的敲门声吓得她整个人一惊，平静下来去开门，发现是敏雯。

敏雯手里攥着个什么，看向贞吉的眼神很深沉。

贞吉任人进来，没注意到敏雯的异样。

"六小姐，您的簪子。"

贞吉只觉得脑袋里轰隆隆的，扭头看过去，敏雯递过来的那支珐琅蝴蝶簪，可不正是丢在谢蕴书房找不到的。

两人俱是僵持，敏雯不再走近，贞吉也不敢伸手去接，脑子里快速而纷乱地运转着：该不该承认是自己的？

还是敏雯先动身，放在了贞吉桌旁，说道："今儿个我收拾三爷书房，擦床头柜的时候在缝儿里看到的，想着是不小心踢到那儿了。"

骤跳的心尚未停下，又起一拨，贞吉觉得喉咙似乎被什么东西堵住，胸口起伏明显，只愣愣盯着敏雯不吭声。

那种不可告人的秘密、不能声张的情事被人窥探了一个角的感觉涌上来，仿佛潮湿的泥土里在滋生蚯蚓，尤其是下午赵巧容这个未婚妻才刚闹过，她觉得从敏雯的眼神里看到了惊诧、嫌恶、鄙夷。

敏雯沉默着转身要出门，贞吉追了上去，拽着敏雯的袖子，语气急切道："不要说出去……求求你，敏雯。"

她低着语气恳求，指尖轻轻颤抖。

敏雯决然地推开："六小姐，我把簪子还给您了，就断不会往外说。"

说完人就出去了，像是再不想和她在同一间屋子里多待一秒一样。

那支簪子被贞吉放在了最不常打开的匣子里，贞吉觉得胸闷，开着窗子吹了许久的风，心还是静不下来。

没过两日，敏雯离开了。

敏雯走得低调，回了绍兴老家，不多日就会嫁给早就和她定了亲事的表哥，谢蕴给敏雯出了丰厚的嫁妆。

贞吉被谢蕴揽着立在书房窗前，隔着层遮挡的窗纱，面色忧郁，听他低声安抚："不要担心，万事有我。"

她有些崩溃，隐忍许久的情绪倾泻，靠在他肩头低声哭泣。她在心里怨怪自己，没办法和谢蕴说，就算和他说了又有什么用，她自己也无法原谅自己，甚至闭上眼睛好像就看得到赵巧容愤恨的眼神。她更不敢想赵巧容一旦知道自己和谢蕴私下定情，眼神中又要有多重的恨。

当晚，贞吉发了场高烧，整夜不退。

她这一病便小半个月过去，院子里栽的两棵玉兰已彻底凋成枯枝，北平的冬日越发近了。

她昨夜哑着嗓子同谢蕴说："南方的玉兰来年初尚能开一次花，谭伯伯曾邀请我们去他家观赏，再小酌两盅梅花酒，滋味独具。"

谢蕴埋头在她耳畔，嗅淡得几不可闻的香气，说道："你把病养好才是正事，想看玉兰，到时候带你回南方。"

大夫说贞吉有心病，恰逢遇上个头疼脑热，多少服药下去见效都慢上许多。

"那等北平的梅花开后，制好雪中春信的香方，我们再回南京赏玉兰。"

"都听你的。"

"也不知那时皖南还打不打仗。"

"你不必担心这些，他们打得久，只是不想彼此损耗太深，拉扯着故而才久了些。莫要再多想，等皖南战事彻底结束了，我陪你一起回南京。"

她听着他给的承诺，淡笑着叫了句："寒生。"

"嗯？"谢蕴把她身上的披肩揽了揽，用最柔的声音应答着。

"寒生。"她觉得这两个字仿佛是世上最好听的名字。

"嗯。"

再过两日，贞吉才好了个利索，下午她正坐在客厅里，腿上盖着条毯子。她仔细地摸那针脚，是敏雯仲秋时打的，敏雯一贯手巧。

放眼望过去，身边一个人都没有，只她自个儿独坐。这几日军中要有大动作，老一辈的人总想着过个圆满年节，越发对谢蕴施压，他常常晚归。

王妈递了贞吉的家书放到贞吉手边，贞吉打开信笺看，含章照例汇报家事，父亲母亲一向安好，嫂嫂孕期胎象稳定，大家都很挂念她。他再简略说了下战事，提到皖系已经有些沉不住气，行军越发急躁冒进了，能不能过得个安生年尚不可知。

贞吉精神头不大足，当晚早早就睡了。谢蕴独自在书房，看军阁那些老顽固给他写的劝诫书，无外乎是北平尽早发兵，彻底平了皖南。

谢蕴顾及东北那一支刚独立的军队趁乱搅和，且皖系成不了气候，实在是不急于这一时。老东西们活够了，带着手下的兵都不怕死，他却不得不拦着护着，否则他父亲怕是都要半夜托梦训斥几句。

总之一大堆的事情困着他。

寒生总是深夜悄声进门，我在睡梦中翻身便能窝进他的怀里，有了同他初次共眠，又有第二次，第三次……好些次。

他规规矩矩地搂着我哄我入睡，直到那夜，床头的灯还没熄，寒生满眼疲累，淡淡地说道："东北变天了。"

东北盘踞的那支新军易主，近几日都在同寒生洽谈，这夜终于命定：归顺谢家。

也就是说，只要皖南胶着的战事再告捷，整个东部的军阀便会同属一宗。这是年前最好的消息，没有一个人不为此畅快。

我却开心不起来，我满是担忧。

——贞吉 民国五年十一月十五日

今日北平落雪，雪花很小，可以宣告冬天正式到来。寒生决定亲自带兵出征皖南，又一个让我挂心的人要去打仗了。

——贞吉 民国五年十一月十八日

6.

谢蕴下决心送贞吉回南京，她起先不依，被他严肃地要求："必须回去，仗打完了我便接你一道回来。"

她静静看着他，仍有些执拗。

"你一个人在北平我放不下心，回南京哪怕有事过去也快些。"

贞吉凉飕飕道："在南京我若有事也找父亲哥哥，与你有什么干系。"

明知她在说气话，谢蕴无奈地说："变着法儿地惹我生气。"

贞吉非要与他坐同一趟火车，谢蕴拗不过只能应允。车厢里的台灯灯光有些暗黄，只照亮了两人头顶的一隅，谢蕴若有所思。

"寒生。"她纤细的手指轻轻在他肩头点来点去，挠痒痒般惹他心软，"在想何事？"

谢蕴不答，沉默良久却说道："最多两个月，你顾好自己，别让我担心。"

贞吉内心潜藏着无法吐露的慌张，敷衍着"嗯"了一声。

谢蕴又说："战事一告捷，我就去南京，我要娶你。"

她心跳如擂鼓，有羞愧在其中，没给出回应。

谢蕴亲自送她回家，贞吉的父亲和含章眼下都在皖南宣城，只有姆妈和嫂嫂在，看着谢蕴亲自过来，有些惶恐地招待了一番。

谢蕴要走的时候，贞吉跟着姆妈、嫂嫂送他到门口。他和善地挥手作别，眼睛紧紧盯住贞吉，贞吉也一样。车子开动，驶离院门，她便匆匆转身上楼回房，泣不成声。

贞吉敏感又脆弱，心里总觉得这次同他分开，再见面是那样的难。想到昨夜三更天她才忧心忡忡地睡过去，迷茫中他在耳边沉声说："现下已经没有人叫我寒生了，只有你。"

如谢蕴所说，自他到宣城坐镇后，两个月便结束了战局。

期间两人并未通信，顾及的是她的名声，毕竟谢蕴和赵家的婚约才解除不久。贞吉所知道的前线情报都来自父亲和含章寄回的家书，自然每一封都提到谢蕴，并未提及他的名字，都是三少如何，内容也多是行兵决策。

每每信到了，贞吉都主动凑过去看。

母亲见状忍不住说道："往日里你最不愿意看这些的，总说他们爷俩诓人，报喜不报忧。离家数月，倒是懂事了不少，敢看这些个了。"

嫂嫂摸着肚子，站在窗前拾掇那盆长势缓慢的仙客来，闻言也跟着打趣道："可不是，兰儿如今不是小姑娘了，要我说今后挑人家的时候，可别给她许个领兵打仗的。上次含章中弹那会儿，她偷偷哭得眼睛都肿了，含章心疼得不行。"

说起了出嫁许人家的事，贞吉赶紧寻个话题带过去："可别弄那盆花了，本就不开，再被摆弄死……"

母亲赶紧过来作势打她："你这是说的什么话，那个字岂是能随便讲的，赶紧吐出去。"

这厅里的三个女人都为前线的男人挂心，不过表面上故作轻松，实则都装着沉沉心事。

嫂嫂扯了个笑，放下弄花的手，转而叫了个丫头进厨房，说道："桂花应该捣好了，我去做糕。"

战事快结束的半个月前，谭家伯母下了帖子，请她们几个女眷到家里赏玉兰，彼时正是含苞待放，别具另一种风情。

贞吉不知从何时起食欲大减，人也清瘦了许多，那日天好风轻，她看着盘子里各色精巧的糕点，若有所思。

后来皖南局势定下，含章第一时间送信回来，他们末了打到淮北，又到山东济宁境内，才算止息。原地整兵后统一回宣城，尚且不知还要在宣城待上多久。只说有谢蕴镇着，父亲和他应该尽快便能回家。

皖南的信送到南京家里，定然比贞吉在北平时收信寄信快上许多，捷报传回来也不会晚多少时日，她却始终没有收到谢蕴的音信。明明他答应自己，战事一平就会立马来南京娶她，贞吉惴惴不安地等着，七日已过还是没见到人。

哥哥和父亲向来只报喜不报忧，她总觉得发生了什么不好的事情。

等到第十日，谢家小姐出走，

贞吉变卖了几件首饰，打扮低调，独自去了宣城。

在军营门口，她报的是父亲和含章的名字，驻守的士兵见她虽然打扮不起眼，气质倒有，说不准真是谢家的女儿，便带了她进去。

迎她的人是谢钦。

谢钦说谢蕴和她的父亲、哥哥眼下在宣城的一处谢家老宅里，他安排了些事下去便叫了车带贞吉过去。路上贞吉犹豫许久，才问道："他受伤了吗？"

谢钦坐在前面，闻言丝毫未动，平常答道："你自己去看就知道了，三爷最不乐意听人背后嚼舌根。"

贞吉先见到的不是谢蕴，而是闻声赶来的父亲和哥哥，俱是又急又气，确定贞吉没什么大碍。父亲要给家里去信，含章拍了拍贞吉的头，嗔怪的话到嘴边又咽了回去。

谢钦见状在旁边开口："六小姐这几日受苦，我让婆子带她去梳洗下换身衣裳。"

含章直说好，贞吉急着见谢蕴，但看着自己疲累的样子，还是顺从了。

大抵过了两刻钟，这处是个地道的徽式古宅，从厢房出来就是头顶方正青蓝的天井，摆着红木桌的正堂，那里不止有哥哥含章，还有谢蕴坐在正中主位等着她。谢蕴表情淡然，看不出潜藏深意。

谢钦适时打断话茬，做有急事状叫了含章，含章便跟着他走了出去。

终于只剩他们两个人叙话，贞吉刻意冷着脸瞪他，将近三月未见，总觉得有些天差地别的变化，又无法清晰说出口，她的眼神仿佛在问：为什么没来？

关怀的话、思念的话、委屈的话，通通被谢蕴开口压了下去："你怎么来了？"

语气平平，贞吉听着却觉得他百般不耐烦。

贞吉心里的那些苦和委屈通通一股脑发泄，忍不住落泪，偏头沉默着哭。她离他不到两尺的距离，谢蕴却铁石心肠，一动未动，更别说哄她。

他好像终于忍不住了，说道："别哭了。"

明明回南京的路上还说她是掉金豆子，百般心疼地哄着，眼下他都没站起来走近她。

贞吉心里已经凉了大半截，忍住哭意，有些决然地看向他，爱恨交杂，开口还带着啜泣的颤抖："谢寒生，是不是我们曾经说过的都不作数了？"

人人都知他叫谢蕴，无人敢叫谢寒生，亦人人都知道她名谢秋兰，他却偏偏从见面就叫她贞吉。

谢蕴张口的瞬间，贞吉尚且抱着最后一半还没凉透的心，等他说"作数"。可他仍然是那副不甚在意的脸色，飘飘然吐出杀人于无形的凉薄话："谢贞吉，便把那些忘了吧。"

话音落下，贞吉觉得呼吸都变得不顺畅起来。他仿佛不甚在意的样子，抽出帕子虚虚拭了两下额角的薄汗。他今日穿了件夹棉的长袍，看起来肩膀腰身宽了一圈，全然不见打仗操劳后的消减。

那方帕子还是她在北平时送的，谢蕴洗得勤快，总觉得有些褪了色。她没告诉他，自己在南京家里给他绣了新帕子，因为要背着姆妈和嫂嫂，只能在深夜点灯绣，还差半个"生"字。

这些他都不必再听了，她也不再想说，此时沉默着，有些哀莫大于心死。

含章再回来时，刚走到天井，贞吉就跑了出来，看起来是迎他，实则不过仓皇逃离。

他低声问道："小妹，怎么了？"

这一声关怀同身后冷漠的人形成鲜明对比，贞吉再忍不住，埋在含章怀里放声大哭，蹭湿他厚而粗糙的军服，开口说的全都是假话："哥哥，我做错了，我不应该来……我只是，只是挂念你和父亲，我想回家了……真的想回家……"

她这一哭，含章立马没了法子，好生心疼，携着人出了门。老宅院方方长长的一条，谢蕴清楚地看着人出了门，再也不见踪影，溃败着向后栽了下去，满目颓然。

他呼吸急促地开口："谢钦……"

等到终于躺在床榻上，谢蕴喝了口水平复呼吸，大夫紧跟着进来，把他左小腿那处的布料剪开，上面浸着湿漉漉的血，暗色氤氲。

饶是大夫也忍不住怨怪道："我都叮嘱多少回了，不要下地，这下可好，伤口又开了线了……"

谢蕴嘴唇发白，嗤笑了一声道："你不是说这条腿保不住了吗，何必还

莫斯卡托

介怀这些。"

那大夫上了年纪，摇头不赞同谢蕴的话，说道："瘸腿也总比残疾强，您养好些，顶多阴天下雨时疼上几天，挨个五年十年的不是问题。"

谢蕴心想这意思不还是早晚要做残废。

谢钦上前把人按住，那大夫又要给谢蕴缝线，少不了一通折磨。

半隔月前，皖军从淮北一路退到了山东，最后在济宁的微山县郊外彻底告败。那天山东境内下大雪，飘飘扬扬有压人的气势，皖军主帅陈千庞逃到微山湖，被马术高超的谢蕴追上，遍地厚厚的积雪，不怪后面的人跟不住。

一通缠打过后，谢蕴制住了陈千庞。陈千庞为人十分狡诈，面上举手投降，却又使阴招开枪打谢蕴。谢蕴躲开了，却还是小腿中弹。

当年他活下来了，有了今天的富贵，有了贞吉，如今却再没那个运气完好无损地同她续一个未来。

那一枪子弹入得极深，谁都不敢贸然取出，所有随军大夫商议后做了决定：就让它在腿里放着。

行军打仗的人，哪个身上还不带个子弹了。

只是他当时那只受伤的腿又长时间陷在雪里，如今血液都不大畅通，等伤口愈合后瘸腿是必然，程度深浅尚不可知。目前谢蕴还可以尽可能地争取让自己看起来正常，可这条腿早晚有一天要彻底坏掉，便不是他能控制得了的了。

重新缝好线后，谢蕴总觉得又在死亡的边缘走了一遭，身旁桌子上放着谢钦从正堂捡回来的簪子——是贞吉走之前扔下的。

她曾跟他说过，叫绒花。他手里这支做工精细，蓝紫色的雀形，栩栩如生，是南京几近失传的手艺。

想到曾在北平谢宅时，贞吉说道："这次来得急，我喜欢的那几支绒花簪子没带，等我再回南京戴给你看。"

为什么非要戴给他看，抑或是说为了他戴？

"绒花的谐音是荣华，姆妈在我小时候就说过，这是好兆头。"

他那时满不在意地说："我所得的荣华已经足够，现在只想要些平淡的。"

譬如与你相守。

男人粗粝的手举着那支簪子对向窗外的天，好似鸟雀奔空，天大地大满是自由。谢蕴心知：这只雀生得这样好，可不能配个瘸腿的伴儿。

谢蕴回北平后，给南京送来了份大礼，全家人都喜不胜收，只除了贞吉以外。

那是一封厚厚的信函，上面罗列着各家适龄且相配的男儿，几乎还都附了照片在里面，好生英俊，又都好生显赫，说任贞吉挑选。

来人特地说了，谢蕴的原话是让贞吉做主，父母哥嫂没细究其中含义，只当任她做主便是任她家做主。

父亲把信函递给了贞吉，很尊重她的选择，道："现在不兴老一套了，爹爹肯定顾虑你的想法，你自己看。"

旁边含章还在笑说："我当年怎么没这般待遇？"

被嫂嫂佯怒嗔怪，一片祥和。

贞吉看着手里的信笺、看各家少爷公子，有上海周家、扬州许家、绍兴傅家等，总归没有一家是北边的，亦没有一家是从军的。而那每一个字迹，她再熟悉不过，曾经多少日夜书房相伴，谢蕴的软笔硬笔，她都印刻心底。

那天同样是贞吉头回挨打。

父亲实在是气急，给了她一巴掌，随后年过半百的男人先红了眼，显然是后悔不已。

全因贞吉说："我怀孕了。"

含章到房间里安慰她，他们俩打小亲昵，含章懂事较早，不像别家哥哥都有过欺负胞妹的日子。

他几句话后还是忍不住问一句对方是谁，贞吉绝口不说，引他叹息："给你挑了那么多好人家，三少愿意做媒，全国男儿任你选个可心的，怎的就犯起这个浑？"

父兄完全不曾起疑，无论是家里的谁，或者是这世上的任意一个人，除了曾无意窥到他们接吻的谢钦，谁也想不到她腹中的孩子是谢蕴的。

到底算是家丑，不敢声张，贞吉搬到了城郊的一处小公馆养胎。

含章在楼上窗前看着家里的三个女人前后脚上了车，其中他的太太和小妹肚子里都有小生命，心里喜愁参半，不好言说。

远处沧桑着愣神的父亲，仿佛头顶的白发又新添了几撮。

含章走近添了杯茶递过去，说道："父亲，由着小妹去吧。"

"兰儿……兰儿打小就比同龄的姑娘们懂事早，我听你姆妈说，她心里

莫斯卡托

爱藏事情。"父亲急得嗓子都有些哑了，"去年开始打仗后，我见她日日担惊受怕，才生了心思送她去北平避乱，再加散心，怎的就成了今天这个局面？"

含章也说不出个所以然，皱眉试探着问道："会不会……是三少的？"

父亲气得拎着茶碗摔了过去，骂道："混账话！"

含章出门后，父亲独自立在那里沉思，想到当年在东北谢家祖宅的那场闹剧。他当时并未跟着看热闹，只是忧心自己的女儿。那声枪响在寂静的夜里太过震惊，大人都吓了一跳，更不必说胆小年幼的贞吉，她连夜高烧不退，满嘴胡话，病好后倒完全不记得那次去东北了，他们也再没去过东北。

大人们不知道的是，那年含章被父亲带着到各处拜节送礼，贞吉独自到后院，想加入同龄的小孩子们与他们一起玩，话尚且都说不利索的年纪，又是南方口音，被常年在东北的丫头小子们驱逐。

谢蕴恰巧路过，他性子孤僻，同那些小孩玩不到一起去，冷着脸吓得人退避三舍。小小年纪的贞吉却走近他，暗自认为他是保护自己的大英雄，赶走了欺负她的坏家伙。

没等谢蕴反应，她仰头攥住他垂在身侧的左手，和他十指相扣，开口却说："炸春卷……有吗？"

桌子上摆的炸春卷都被刚刚那些兄姐拿光了，贞吉一个也没落着。

谢蕴觉得她读音不对，皱眉指正："炸春卷儿。"

"炸春角儿。"她话还没说全，更别提儿化音，开口像是舌头捋不直一样。

谢蕴放弃，甩开她的手，又不想状似亲密地搀她，便拎着小丫头脖后的一块衣料，带着她去了自己院子里的小厨房。邱妈妈拿了那日剩的半盘炸春卷，谢蕴递到贞吉面前。

贞吉有样学样，用手抓着要塞进口袋里。谢蕴疑惑地"嗯"一声，吓得贞吉放了回去。

"端着盘子回自个儿屋里吃，弄脏手便打你。"

她点头，抱着盘子回去找姆妈。

后来那半个月贞吉常跑去谢蕴的院子。

邱妈妈见那个小不点的人儿悄声来了，就送上盘点心，还同谢蕴说道："也不知道是哪家的小丫头，成日来蹭吃蹭喝。"

谢蕴不多理会，对贞吉亦冷淡。

她年纪小却也懂礼，每次都给谢蕴留半盘，虽然自己吃的那一半还洒了大半在他的炕床上，实在是个不经事又让人操心的小丫头。

正月十五那晚谢务死后，她就再也没来过。

直到正月底贞吉一家回了南京，谢蕴才知道这小丫头被吓傻了。他知道她小字贞吉，出自袁子才的《秋兰赋》，哥哥叫谢含章，因为当年族叔取字的时候，谢蕴也在。

谢蕴默默念叨着："胆子也忒小，无趣。"

贞吉完全不记得了，可谢蕴记得。邱妈妈刚去谢宅养病的时候还问过他，直说贞吉眼熟，谢蕴想着贞吉忘了，便也没跟邱妈妈说。没什么好说的，十几年过去都变得大不相同了，谁又能想到当年那个胆小如鼠又笨拙贪吃的小丫头，日后会长成冷静自持、深不可测的女菩萨模样。

那年春节过得有些冷清，此处说的是南京谢家，亦是北平谢家。

父亲和含章低调去了小公馆，只带了几个信得过的婆子，贞吉有孕的事情要瞒得密不透风。

吃过了年夜饭，嫂嫂和姆妈在门口站着，看含章放花炮，尚且有些笑模样。父亲上楼去寻贞吉，父女俩不提那日分毫，说些有的没的，都在无声示弱。

父亲心疼女儿是亘古不变的常理，他放轻了声音跟贞吉说："我的女儿要顾好自己，不过多个娃娃，养得起。就算我和你姆妈去了，也还有你哥哥，莫要再藏心事，让我们挂心。"

贞吉靠在父亲肩头泪眼婆娑，捣蒜似的点头，愈加憎恨谢蕴，可自知仍旧念他爱他，更是纠结。

她想着好生对不起父母哥嫂，心里的那些事却还是一字一句都不能吐出口，真的不能。

"我和你姆妈商量过，等你的孩子生下来，对外搁在我俩名下，在家里自是听你的。到时候我把兵权给含章，咱们回老家去。"

北平谢宅越发冷清，谢蕴常到贞吉住过的那间房里久坐，桌案上还放着她制了一半的雪中春信香方。南京那边始终未回话，仿佛给她选婚的事情不了了之，这在谢蕴预料之中，只是这件事定要放在心上，打算过些日子再同她父亲通信。

小腿的枪伤渐渐好得差不多了，请了个大夫常来家里给他按一按通气血，走路尽量克制着还是有些瘸，毕竟里面嵌了颗子弹，比不了正常人。

即便死后在三途川旁回望，谢蕴想给自己申辩，这段感情他也曾想弥补一番的，只是败给了旁的障碍。

大抵过了半年，农历八月初，北平是个凉夏。谢钦结婚有月余，来谢宅送东西，看到谢蕴在擦拭香笼，忍不住又劝了几句。

他过去曾劝过两三次，谢蕴都不理睬，如今大抵中秋将近，难免更容易伤情。

"我这条腿都不知道能留几年，何必千方百计地把人圈在身边。你知道她是怎样的，便是你想娶她我都要揍你痴心妄想。"谢蕴觉得自己配不上她。

谢钦摸了摸鼻子，说道："那您也知道她的性子，闷声藏事儿的主儿，半年过去了不知道过得还好不好，若是想不开了寻死觅活，您在北平也是听不到个响儿的。"

没几日，谢蕴备好了礼，和谢钦几个人出发去南京。

谢钦不敢居功是自己那番话说动了谢蕴，有关情爱的事情，分别不过是积攒思念，一日积不够便积一月，一月不够便积数月，总有水溢出池子那天，山海便都要翻越，不见不休。

路上谢蕴鲜有那般喜形于色，好像眼睛闪烁着光，还剃了之前留的胡楂，人看着年轻了不知道多少。

到南京先在饭店下榻，谢蕴又亲自坐车，带着人在城内跑东跑西，买的有名贵之物，亦有家常之物，准备做得滴水不漏。

他最后还要特地去夫子庙走一遭，买贞吉最爱吃的那家桂花糕。谢蕴下车时，恰好看到路边卖的雨花茶鲜嫩，便让人称了两斤顺便带走。

他定下明日八月十五中秋节登门拜访，虽前路不可知，心里还是轻松的，还有些年少气盛般久违的悸动。他偏头同谢钦说道："我像你这么大时，喜欢高深甫的《四时幽赏》，读了多次。上回出兵来南京仅仅短暂停留半日，这回倒是仔细看了，自古金陵钱塘皆负美名，等我带上贞吉，我们向南去杭州停留几日，看看钱塘的景致。"

谢钦忍不住摇头，从未见谢蕴说过这么多的话。他接过茶贩递过来的纸包，想扶着谢蕴往车子那边走，被谢蕴按下了。

谢蕴手里拄着根拐杖，大体看起来无恙。

可路过的小孩眼尖，还是看出来了这位穿上等缎料长衫的男人腿脚异常，寻常人又不像军中那样，只要有功绩，瘸腿独眼皆如同伤疤一样是显赫的勋章。

小孩冒失地同身边的妇人说："姆妈，他是个瘸子。你不是讲只要有钱身子骨就不会有毛病的吗？"

妇人捂住了小孩的嘴，加快脚步从谢蕴、谢钦身后过去，隐没于人群中不见踪影。

谢钦看着谢蕴立在打开的车门前久久不动，心下一沉。

许久，谢蕴才上了车，鼻间还萦绕着雨花茶的馨香，让他想到有些久违了的熏香味道。

"谢钦，回吧。"

谢钦起初以为是回下榻的饭店，后来才知道，他说的是回北平。

所备的东西由谢钦亲自送到南京谢宅，只说是自己路过南京送些薄礼，这是谢蕴命令的。可主宅里没有一个姓谢的出来收，婆子殷切地应付，说是老爷太太带着少爷小姐去城郊小公馆度中秋，不知何时回来。

谢钦回去禀明，他们便立刻启程，坐上了回北平的火车。

民国六年农历八月十四当夜，贞吉产女。

嫂嫂则生了对龙凤胎，一兄一妹，跟含章和贞吉一样，故而名字也是从《秋兰赋》里面取的——谢弥多、谢兰何。父亲母亲俱是欣喜，哥哥嫂嫂很是动容，那时尚且觉得一切都朝着好的趋势发展。

而谢蕴在火车上，总觉得骨头里的子弹蹿了位置，一路上小腿作痛，浑身是汗。谢钦急得不行，恨火车开得不够快。

谢蕴在冥冥之中总觉得这腿保不住了，里子彻底腐坏，坚持不了多久了。他心里有不祥的预感，好像什么东西在离自己而去，一夜不安顺，生死失去控制。

贞吉给女儿起了个乳名叫"灵儿"，出自《秋兰赋》里的那句"留一穗之灵长，慰半生之萧瑟"，她想着同谢蕴的情感已经是"开非其时"，爱恨又不如秋兰那样能清楚咏叹，还不如留下"一穗之灵长"，宽慰的是自己余下半生。

她想：谢蕴，我们各过各的，老死不再相见。

灵儿从生下来哭声就不大响亮，别的孩子吵闹惹大人心烦，她却总是那样乖生生、静悄悄的，让贞吉心慌。

大夫看过，只说孩子有些不足之症。月子里贞吉顾不上自己，起初日日一门心思放在灵儿身上，后来姆妈、嫂嫂强行上手，不准她劳累，她便开始拜佛。

含章辟了个屋子出来，亲自请了尊药师如来像。贞吉为求心安，除了照看灵儿都在佛堂里跪着，人也日渐消沉，心事藏一箩筐，嘴上落了花旗锁，谁也撬不开分毫。

一个水静河飞的秋日，灵儿尚不足月就没了。

那天夜里，姆妈和嫂嫂抱着襁褓中戴虎头帽的孩子啜泣，含章立在一旁无言相对。贞吉手捧着盏莲子茶，独自走到院子里良久，仰头望月，明明见的是无垠长空，总觉得一生都看到了头。

她突然又没那么恨谢蕴了，居然还忍不住想他，可能因为心里还是爱着他的。她想如果有下辈子，下辈子就他们两个最好，他只有她，她也只有他，足够了。念头转瞬即逝，她又想：罢了，还是再也不见了。

民国七年腊月末，北平降下大雪，谢宅院子里新栽的几棵梅树都开花了。满目皓色映红梅，谢蕴的小腿仍旧隐隐作痛，他甚至有些破罐破摔地想不如早早截断。

曾给贞吉起小字的那位族叔捎了信要到他这里小住，直至午后才姗姗来迟。

院子里天寒地冻，王妈拿了加长的护膝想给谢蕴的小腿戴上，谢蕴拒绝了。族叔喝了口陈年花雕，使唤王妈去拿姜片下酒，他随口同谢蕴说道："前儿个听说，南京谢家的那个小丫头怕是快不成了。"

谢蕴端着的酒壶落在地上，好酒洒在青石板上。族叔皱眉惋惜，下人上前收拾碎片，一阵混乱。

不出几日，族叔便走了，由头是嫌谢蕴沉闷，更别说有心事的谢蕴。

那年他收到的雪中春信，写着贞吉的死讯。

她这一年在南京的所有动向，父亲和含章藏得很好，再加上那个年代女孩未出嫁前大多久居深闺，自然无人关注这些。

谢钦亲自走了一趟，他同含章交好，几杯酒下肚酒得知了事情原委，回去告知了谢蕴：她怀孕的时候就很郁结，免不了要吃调理的药，月子里又落下了病，大夫说心事太多难以排解，身子好得慢是难免，还常被含章发现偷偷把药倒掉，撑着活了半年，走之前还许久未见她笑了，更像是解脱。

谢蕴听闻后的表情实在是难以形容，沉默许久，捂着心头呕出了口血，腿还在疼，或者说浑身都疼，脑子乱作一团，呼吸也要断掉。他想他爱她是毋庸置疑的，可他忽视了更应该陪着她，到如今亏欠得这么多，怎么也弥补不了了。

除夕过后，谢蕴在北平有了大动作，提了谢钦的军衔，又过继了谢钦刚出生的儿子，依旧由生父生母抚养，但族谱写在谢蕴名下。谢钦年轻，和太太还会再生，可对于谢蕴算后继有人。

那晚明月高悬，又是一年正月十五，清辉照耀得窗外的红梅皎然高洁。谢蕴坐在书房桌案前，曾经多少个日夜对面坐着个冷淡模样的小丫头，往事不堪看，如她所想各过各的，到死都缘悭一面，不是"恨不相逢未嫁时"，而是"负你残春泪几行"。

不自觉想起了贞吉初到北平的光景，那时谢蕴不敢说等她好久，只是见她要来，凭空生出痴等的错觉。谢钦催促多次，他还是在楼梯上站了半日，像后来许多次偷听她读赋一样。

直到手心捏出了汗，他才见到抹雪青色身影，纵然有千言万语，还是只说了一句："贞吉到了？"

书房里传出声枪响，惊醒了宿在楼下的王妈和几个丫头。王妈使唤人给谢钦致电，再带头上楼……

许是当年的元宵节，他就该死了。

> 春日宴，绿酒一杯歌一遍。再拜陈三愿：一愿郎君千岁，二愿妾身常健，三愿如同梁上燕，岁岁长相见。
>
> ——冯延嗣《长命女·春日宴》

到后来，绿酒与歌皆不变，三愿成空念：郎君自断千岁，妾身未能常健，梁上也成分飞燕，清明同祭奠。

莫斯卡托